海西风云

HAI
XI
FENG
YUN

李玉平 著

中国文史出版社

# 海西风云

## 1

晚霞落在波浪起伏的海面上，恰似一片火海，燃烧着朵朵浪花，把海水染成一片殷红，在海浪的最高处，不断地跳跃起湿漉漉的火花。一眼望去，可以让人变幻出许许多多海市蜃楼的错觉。色彩斑斓的潮水响起了一阵又一阵悠远而粗犷的涛声，恰似各种不同风格与旋律的摇滚音乐糅合在一起，变奏出天籁之音。大海的远方一片迷茫，在雾霭中隐约可见金门岛的模糊轮廓。一水之隔的彼岸是台湾，这一片美丽的海域被称作台湾海峡。就在这海峡的西岸将要发生一场具有时代特征和历史意义的建设热潮和经济革命。

夕阳已经彻底地沉入大海，天海之间，一下子朦胧起来。高可天停住了脚步，海水爬上了他的脚面，沙子在他的脚底不断地塌陷。他情不自禁地笑了笑，几只海燕拍打着翅膀，在海浪上掠过。高可天转过身子，离开了海边。

今晚，高可天打算回乐山县湖水镇，尽管在那个镇上已经没有他的亲人了，但儿时的朋友还有几个，只是陌生了许多。大学毕业的那一年，高可天突然失去双亲的伤痛，至今依然是心灵上一块不能愈合的伤疤。他不想回首往事，对任何人也不想谈起，姐姐一家移民加拿大也很少联系。据说人一旦出了国，人情世故就淡薄了许多。高可天是能够沉醉在自己生活里的人，可以尽情享受孤独，自娱自乐。

乐山县城有一个高可天，县委、县政府当然知道，因为在这小小的县城，高可天可算是出类拔萃的人才。县委准备将高可天从教育局调到县政府，并提拔他担任分管文教和卫生的副县长，准备报江海市委组织部审批。乐山县的人事调动和任免必须要通过江海市委。

当事人高可天好像早有预感，这不是他会神算，而是他的自信。当组织部领导找他谈话的时候，高可天只讲了两句话："服从分配，努力工作。大公无私，死而无憾。"

话虽然简短，却掷地有声。组织部的人叫高可天等候佳音，万事俱备，只欠东风。等江海市委组织部审批下来后，高可天就可以走马上任了。

谁知，高可天提拔乐山县副县长的报告却被江海市委书记卓越压住了，这让乐山县委很是尴尬。好在卓书记并不是刁难，因为高可天早就走进了他的视线，只是还没有来得及考虑如何使用高可天而已。如今看到高可天所在地乐山县委、县政府要提拔他，才开始紧张起来。于是，卓书记先压住乐山县委的报告，亲自给乐山县委陈书记打电话："陈书记，我是卓越。"

"您好！卓书记。"陈书记见卓书记亲自来电话，有些紧张，一定有什么大事，否则书记不会亲自来电话。

"陈书记，关于高可天的事，你们乐山县不要打他的主意。"卓越声音虽轻，但威力挺大。

"哦！卓书记，怎么了？出什么事了？"陈书记惊讶地问。

"我想见这位年轻人。"卓书记说。

"卓书记，您认识高可天吗？"陈书记问。

"现在还不认识，但我看过他的书，那本《教育与经济》很好，你看了吗？"卓越说。

"看了。"陈书记说。

"值得一看。我建议你乐山县领导干部有时间都看一看，一定会有收获。"卓越有些语重心长地说。

陈书记舒了一口气，这才知道卓书记这个电话是好事，卓书记一定也看上了高可天。于是，陈书记试探地问："卓书记，江海市委组织部不同意提拔高可天任副县长吗？"

卓越笑了笑说："别急，使用一个干部，要量才而用，提拔一个干部要因才施宜，否则的话，就大材小用了。"

"是，是，对，对。"陈书记赞同卓越的意见。

"陈书记，你通知高可天来江海一趟，我要见见他。明天上午我在办公室等他。"卓越不容陈书记反应，一锤定音敲定明天见高可天。

陈书记已经明白，卓书记想要高可天，这小子可能要进入江海市委了。陈书记心里想。


# 2


高可天到底是何方神圣？又有何能何德让市委书记一眼看中？

毕业于南京林产工业学院的高可天，是江海市乐山县湖水镇人，他从小在海边长大，在树林里成长。涛声、沙滩、贝壳、渔网，还有那郁郁葱葱的木麻黄伴随着他的童年，也给了他许多梦想。他对于这片有大海、树林、田园、山丘的沃土太熟悉了。只是在他的记忆中，涛声总给他带来恐怖，风沙总是带给他荒凉，田园总是带给他潮湿。直到他上了大学之后，才感觉到自己的家乡是那么美丽。儿时的一草一木，一山一水，回想起来都是那么美好。于是，高可天决定大学毕业后回到生于斯长于斯的家乡，把自己的青春梦想播撒在这片土地上。

高可天是一个理想主义者，同时也是一个英雄主义者，还是一个独身主义者。这三者组成了高可天与众不同的人生个性和生活方式。在高可天的人生简历里，其实非常简单。九年的义务教育是在乡村度过的，由于地理环境的原因，常常在半工半读中完成了最初的学业，不像城里的孩子，一人念书，全家帮助。高可天进入大学后，才如饥似渴地饱览群书，汲取知识。

尽管高可天学的是林产专业，他却喜欢教育。上帝常常与人开许许多多的玩笑。高可天在大学里学习成绩并不是很好。但是，他的知识却非常渊博，特别对教育这一领域有独特的见解。教育与艺术、教育与社会、教育与经济、教育与军事等等，他都做了一番研究和阐述。所以，当他大学毕业后，却学无所用，歪打正着地踏上了教育之路，回到了自己的家乡，在江海市乐山县教育局里当了一名小小的文教处副处长。这时的高可天才二十八岁。

一个非常标致的小伙子，怀揣着美好的理想，构思着有些离奇但很巧妙的人生蓝图，发誓要做一个对社会有用的人，一个别人无法替代的有用之人。

的确，高可天是很有才华的人。这在他第一天去教育局报到的时候就已经被人觉察到了。更让人仰慕的是他的品德超过了他的才华。在当今缺钙补钙、缺铁补铁、缺蛋白补蛋白的年代，高可天曾经倡导说：国人最需要补的是教养和礼仪，品德和谦让的学说。尽管别人并不一定欣赏高可天的话，但是，高可天本人却为自己曾经产生过这样的想法而感到自豪。这起码表明了他自己本身具备了国际的标准品质。

在一个小小的县城里，当一名小小的教育局文教处副处长算不了什么。对于高可天而言，这个小小的职位是微不足道的。但是，重要的是它却给高可天提供了一个难得的平台，这个平台让高可天扬起理想的风帆，让自己的思想遨游在无边无际的理想国里。在工作不到三年的时间里，他利用业余时间出版了一部十几万字的专著《教育与生活》。这在一个小小的乐山县城里，有如一颗巨大的炸弹，让沉静的乐山县人目瞪口呆。特别在乐山的教育界引起了震动，并引起了一些惜才的领导重视。也是在这个时候，高可天这个名字有点像雄鹰一样划过乐山县的上空，成了一道奇异的风景线。于是，一些小学、中学争相邀请高可天去演讲，去签名售书，高可天成了县城的秀才。县城的报纸、广播和电视隆重地推介了高可天的现象，让这位还不到而立之年的年轻人有些受宠若惊。这个时候，人们突然发现：高可天还没有结婚，而且连女朋友都没有。

这是为什么？难道择偶标准很高？看不上乐山县城的女孩子？还是说他非常笨拙，得不到女孩子的青睐？人们的猜疑风生水起，各种说法，多种版本此起彼落。作为当事者高可天只字不谈个人的感情问题，只是轻描淡写地告诉别人：自己是一个独身主义者。

一些女孩子，特别是女教师慕名而来，以讨教为借口，用各种方式向高可天表示倾慕之情，却被高可天婉言谢绝。有人说过：爱一个人是一种幸福，而被一个人所爱却是一种负担。这话是有一定的道理，高可天的心中就有这样的感觉。尽管高可天并不是一个禁欲者，但是他对婚姻的恐惧由来已久。他不知从何说起，也不想谈起。他最理想的也是最向往的爱情是谈一辈子恋爱永远不用结婚。他知道这是不可能的，所以他干脆关起了感情的闸门，让自己的感情之水回旋在自己的心窝里。

于是，高可天在这座县城里被人谓为才比天高、心如海深、情似水清的新新男人。高可天并不是一个为别人而活的人，他的自我意识非常强烈。只要他认为是正确的，不妨害别人的，对这个社会有利的，能给人类有所贡献的，他都会舍身玩命的。所以，当有人认为高可天是一个柔情似水的男人时，他却表现出一种非常血性刚烈的性格；当有人认为高可天是一个粗犷奔放的男人时，他却表现出一种儒雅谦让虚怀若谷的个性。人本身就是一个矛盾体，既有一定的两面性，同时又有统一性。这是高可天在他那本《教育与生活》中说过的话。

有目共睹的才华外溢给高可天带来意想不到的荣誉光环，难以读懂的神秘感情给人们镀上了一层朦胧的铂金，使高可天在这座小小的县城里成了一位风流倜傥、玉树临风、满腹经纶的年轻学者。难能可贵的是高可天并没有被这些流光溢彩的东西淹没了虚荣心。他非常清醒，任何人的成功只能是暂时的，追求才是永恒的，否则最终只能走向没落，这是从古至今不变的真理。于是，在高可天被人们纷纷扬扬地宣传、奉承的时候，他的第二本专著《教育与经济》又由国家级出版社正式出版发行，并且拿到一万多元的稿费。也就是这一本书，彻底地改变了高可天的命运。

高可天以教育家的目光穿越现代经济领域的各种现象，辩证出两者之间的关系。这本书不管放在教育界，还是经济领域，都能够像一面镜子一样，照耀出让人深思的历史在教育中沉淀的经验，时代在经济中变迁的规律。

说来也巧，这本《教育与经济》专著在不经意间传到江海市委书记卓越的手中。这位对党对人民无限忠诚、年过半百的书记有一个很好的习惯，喜欢阅读。偶然间浏览《教育与经济》全书，再读后记，再看作者简历，他按捺不住内心的冲动，两眼发亮，想不到小小的乐山县城还有一位这样才华超群的年轻人。他在第二天的市委常委会上隆重地向常委们推荐了《教育与经济》这本书，并建议常委们有空好好看一看，同时还向常委们介绍了作者的情况。

江海市委的领导班子不但是一个团结的集体，也是一个开拓进取的集体。所以《教育与经济》专著成为常委们先睹为快的执政教科书。的确，这本《教育与经济》专著，不但谈了教育能够提升民族的智慧，同时也能提升不同时期领导干部的历史使命感。还谈了经济如果仅仅作为一种金钱物质的符号，会软化民族的骨气，繁荣的经济现象只有在文明与和谐的框架之下，才能支撑起民族的脊梁。这就是依靠全民教育的普及。只有全民教育的普及，繁荣的经济发展才能传承下去。

于是，这本《教育与经济》专著对于江海市委、市政府上上下下的官员来说，的确是一部值得一看的好书。而且这本书的作者是乐山县人，乐山县是江海市的一个直辖县。这下可不得了了。高可天的名字不经意中在江海市委、市政府大院中轻舞飞扬起来。这一切，高可天本人当然不知道。

# 3

高可天是当天晚上八点左右得到的消息。这让高可天一夜难眠，怎么会这样？

小时候听说过一本书主义。现在的作家多如牛毛，图书多如群山，自己小小的两本书又算得了什么，既不是文学作品，也不是电影剧本，仅仅是个人工作领域里的一点研究结果而已。怎么会触动乐山县乃至江海市高官贤达的神经？难道自己的书真的能够为他们执政提供参考作用？躺在床上的高可天感到不可思议。

夜色在一个小县城里，显得特别苍白，现在是春末初夏时节，气候非常宜人，不冷不热。高可天爬了起来，拉亮台灯，独自在屋里踱步，脑海中拂过许许多多的情绪。一个乡村的孩子，一个过早地失去双亲的儿子，一个从大学里出来的大学生，一个当了小小副处长的干部，让他想到人生本身是多么苍凉和渺茫。本来这段时间，高可天准备动笔写他的《教育与社会》，组成教育三部曲。可自从获得自己要被提拔，特别是江海市委书记说要见自己的消息后，一切都乱了。

高可天推开窗户，一股清新的空气扑鼻而来。

今天，高可天要去江海市，去见市委书记卓越，他心中有些忐忑不安，更多的是受宠若惊。高可天偶尔会在江海市电视上看到卓越书记，但是，他没有想到会有这么一天，自己可以去市委书记卓越的办公室见他。昨夜几乎没有合上眼的高可天，居然没有一丝困意。天刚蒙蒙亮的时候，他就出门去江海市了。

乐山县城与江海市区相距大约五十公里，属于江海市管辖的县。乐山县历来就是江海市的骄傲，该县不但经济发达，而且文化底蕴也非常雄厚，还是个侨乡。这也是高可天为什么大学毕业后愿意回到乐山县的原因。他喜欢这个小县城。

当然，江海市也是高可天所向往的地方。虽然相隔五十公里，毕竟是城市。江海在南方也算一座美丽的城市，被誉为水城。因为城市有许许多多江河贯穿于城市的街中道旁，有水之城是具有灵气的，许多建筑物的周边都有一条河水环绕而过，充满着动感。偶尔还能看到小舟摇摇摆摆地驶过，给江海市增添了许多亮丽的风景。江海市的南面是东南沿海，也就是现在所说的海峡西岸。江海市也许就是因为有江有海而得名。一座如此美丽的城市，用江海市委书记卓越的话来说，十年来江海市的建设没有跟上时代的步伐，起码比兄弟城市要落后五年时间。所以，当卓越成为江海市委书记时，他就决心要大刀阔斧对江海市的建设、发展描绘蓝图。他在被称作海峡西岸的方向勾勒出一片集工业区、商贸区、生活区的轮廓。由于种种原因，这片新区目前处于半瘫痪状态。工业区的企业入驻不是很理想，主要是招商引资工作做得不到位；商贸区的商业圈还无法形成，主要是人气不够旺，一些业主入驻后没有生意又退出；生活区的入住人口还不形成规模，主要是生活配套设施没有跟上，让市民感到生活出行不方便。卓越面对这些现状痛心疾首。作为市委书记，卓越认为自己没有开发好这片新区，换了几任管委会主任，都因为各种原则而调离。卓书记为此忧心忡忡。

谁是建设新区的领路人呢？卓越只能睁大眼睛，像伯乐识千里马一样去发现人才，去发现能够替他完成时代使命的得力干将。

不知道高可天是不是这样的人？

高可天到达江海时还不到八点。江海市上班的高峰时间已慢慢结束。高可天这时才觉得自己来得太早了。幸好江海的新华书店已经开门了。他只好先去新华书店看书，等到九点半左右去见卓书记比较合适。于是，他买了一袋豆浆和两个馒头，边吃边进新华书店。

高可天想不到在新华书店里能看到自己的两本书，内心不禁涌起一种自豪感。以往在书店里是看别人的书，今天能够在书的海洋里见到自己的作品，心情无比愉悦。正在这时，高可天身后响起一个悦耳动听的声音："可天，是你吗？"

高可天回眸一看，觉得面熟，却认不出来。这位打扮入时、身材婀娜多姿的女性，让高可天有些不知所措。他说："对不起，面很熟，真的记不起来。"

面前的女郎吃吃地笑，说："也难怪，十多年了，变化一定很大的，我叫杨梅啊。"

高可天一听"杨梅"二字，恍然大悟起来，原来是中学的同学。高可天伸出手说："对不起，老同学，你比学生时代更漂亮了。"

杨梅又咯咯地笑了起来，说："年轻时可以说漂亮，现在的年纪只能说美丽不美丽了。"

高可天点点头说："对，对，你比以前更美丽了。对了，听说你在江海电视台？"

"是啊！没有考上大学，当了三年模特儿，然后做了一个栏目的编导，现在当记者兼主持人。"杨梅介绍自己的简历。

高可天认真地听着，不断地点头，然后说："你很厉害，简直是一步一个脚印啊！"

"哪里，不像你考上大学，听说在乐山县教育局吧！对了，我后来参加电视广播学院学习三年，也拿到大专文凭了。"杨梅眉飞色舞地介绍着自己。然后掏出一张白色的名片，递给高可天。又说："你给我留个电话，有空常联系。老同学嘛！不要忘记了。"

高可天没有名片，只好先收好杨梅的名片，将自己的手机号码传给杨梅。道别时，高可天好像记起什么，又叫住了杨梅："对了，我要送两样东西给你。"

杨梅对高可天嫣然一笑，说："可天，不要开玩笑啦！"杨梅见高可天手中没有东西，只有一个小公文包，难道是一封情书？杨梅不得其解。

高可天随手从书店的架子上取下两本书，然后递给杨梅："这两本书送你，一起去收银台，我来买单。"

杨梅一看，见是《教育与生活》和《教育与经济》两本书，觉得莫名其妙。她万万没有想到这两本书的作者是高可天。

高可天说："请指正。"

这时，杨梅也发现了秘密，而且扉页上还有高可天的照片。杨梅爱不释手地翻着书，看着高可天，那双水汪汪的眼神仿佛又回到了学生时代，并且重新审视着这位阔别十几年的中学同学。一下子心生许多感慨，特别是人生的变迁，岁月流淌的痕迹，情感需求的变化，价值取向的定位，随着时间的流逝，都发生了翻天覆地的变化。原来那么向往的东西现在不觉得可爱，曾经追求的东西现在不觉得合适，过去放弃的东西现如今反而觉得珍贵。过了一会儿，杨梅才动情地对高可天说："可天，你行啊！你的成果让我重新陷入无限憧憬中，这才是一个人的真正作品。像我，十几年风里来雨里去，今天想想一无所有。"

"你别感慨万千了，现在不是少女时代了，能够在江海电视台当记者和主持人，也算名人了。"高可天轻描淡写地说着。

这时，两个人一起去收银台买单。杨梅说："你一定要给我签个名。"

"行啊，买完单，就给你签名。"高可天掏出腰包，准备买单。

"对了，可天，今年看看有没有时间组织一下，同学们聚一聚。"杨梅建议。

高可天每年都参加大学同学会，中学同学会倒没有参加过，也没有人通知他。这十几年里，大部分中学同学都没有什么联络，一起考上大学的倒有联系。一些落榜的同学有的出国，有的开公司，有的做生意，有的在家承包土地耕作，就很少联系了。杨梅是当时学校的校花，而且很高傲，许多同学都对她敬而远之。虽然没有考上大学，但她多才多艺，什么时候以什么方式进入江海电视台，高可天并不很清楚。高可天见杨梅把书拿过来签名，就签上"杨梅同学雅正　高可天"。

杨梅看着高可天问："对了，可天，你爱人在哪里工作？"

高可天看了一眼杨梅，见杨梅的眼神有异样的光，他答非所问地说："杨梅，你在电视台有号召力，可以组织一次同学会。"

杨梅点点头，高可天看了看手表，已经是九点了。他说："杨梅，我要走了，跟人约好九点半有事，我下午还要赶回乐山县呢？有空常联系。"高可天说完走出书店，直奔江海市委大院。

# 4

这个时候的卓书记，正在自己的办公室里等待高可天。

卓书记今年五十六岁。他原本是没有打算要当书记的，他知道一个市委书记的责任，他一生淡泊名利，而且对党和人民忠诚，在他的思想中有儒家的东西，这和他平时阅读有关。近年来他看到官场上中箭下马的贪官，他想不明白，为什么原本那么好的官员，在经济大潮中就经不起风浪？有的甚至腐化成一些女色魔爪下的猎物。他始终认为共产党人的身躯是特殊材料铸成的，不应该这么弱不禁风，可以经得起狂风暴雨。共产党人的思想是以马克思主义为导向，可以经得起金钱美女的诱惑。可是，今天就有那么多的干部违背党的原则，以各种手段进行犯罪。卓书记一想到这些，就会痛心疾首，就会想远离官场，好好研究自己的东西。

但是，卓越的人品、胆识又得到省委的赏识。三年前省委领导决定调他去江海当一把手，卓越当面就婉言谢绝。经过一番谈话，卓越最终还是答应了。他觉得党和领导这么信任自己，更应该用好手中的权力和担起肩上的责任，一边培养好的干部作为接班人，一边防止干部队伍中出现腐败现象，为建设社会主义大厦献出毕生精力。这就是卓越为什么如此喜欢高可天的《教育与生活》和《教育与经济》。因为任何时期，任何人在任何领域里，教育都非常重要，只有靠教育才能让一个人变得真知灼见、言行规范、品质纯正、修养高雅。于是，卓越能够从《教育与生活》和《教育与经济》的书中洞察出这位年轻人的品质、修养、觉悟。还有他那一腔热血，一股激情。

卓越初来乍到江海市至今，他庆幸交了一个好朋友，他常常说：我在江海个人收获最大的是得一好友。这位好友就是江海市现任市长叶江东，叶江东小卓越六岁，今年刚刚五十岁。叶市长曾对卓书记说："我如果是您的好友，那么江海市的人民也就是您的好友。因为我是一市之长啊！"

卓越非常赞同叶江东的话，他说："你那话非常经典，而且概括得非常精辟。"

卓越刚到江海市第一天的就职演讲不在会议室，而是在市委大楼广场上。据说这是江海市委市政府从来没有过的。那天来了许多记者。其实，卓越的就职演讲很简单，没有太多的艺术性，也没有过多的华丽辞藻。卓越自己回忆起来依然历历在目。

"同志们，现在是秋天的季节，我非常幸运，在这样的丰收时节，我被委派到江海市出任市委书记。我叫卓越。我一生的追求就像我的姓名一样，做到卓越。但是，至今没有什么建树。大家不要关心我从哪里来，可以关注我明天将要做什么。首先我向大伙保证，我决不会成为一名贪官，所以我也要求大家不要腐败。听说江海市的财政这几年很紧张，一些建设落后了。大家不用担心，只要我们不贪污，不腐败，还怕没有钱？我决心把江海市建设成像上海那样的大都市，像杭州那样的旅游城市，像苏州那样的园林城市。希望大家与我同行上路。"

卓越的这段就职演讲的话，第二天出现在江海市各家报纸头版头条和电视画面上，而且还附有评论文章。今天的卓越回想起来又有一番苦涩滋味。因为在这三年时间里，尽管他开辟了一个新区，盖了一些厂房，建了一些新村，开了一些商店，但是还没有形成规模的工业，还没有具备生活条件的居民区，还没有人气的商贸城。这与卓越新官上任提出的"城市扩大化，农村城区化"的执政纲领还相差甚远。卓越在这三年里并不满意自己的工作，尽管也拓宽了三条街道，清理了五条内河，形成了两个商贸集散区，每年举办了一场大型的招商引资贸易洽谈会。但是，要想把江海市建设成国际化都市是远远不够的。他唯一自豪的是好友、江海市长叶江东与自己并肩作战，能够思路一致，达成共识。还有唯一满意的是市委市政府领导干部工作作风、生活作风、思想作风发生了很大的变化。尽管如此，卓越依然坐立不安，因为在一些基层单位，没有很好地贯彻市委、市政府的精神，一些下达的任务偷工减料，没有很好地完成。江海市依然处于建设时期，百姓依然还有许多怨言。市委、市政府的压力依然很大。这些问题愁白了卓越的发丝，增添了叶江东的皱纹。有时候，卓越甚至怀疑自己的工作能力。他在和市长叶江东谈工作的时候，总是自责自己工作没做好，这也让叶市长感到很不安。叶市长在私下里称卓越为"卓兄"。他说："卓兄，江海有您的到来，已经发生了新的变化，关于市政建设这一块，我有责任。"

卓越非常重视市政建设这一块，市政建设和市民的工作、生活、娱乐休戚相关。关系到市民的幸福指数。卓越是提倡党政分工明确的领导干部，由于江海市政处于大建设大发展时期，他必须与叶市长同甘共苦。卓越追求的是先解决城市的硬件——环境，然后再来解决城市的软件——精神。所以卓越和叶江东在这三年里，拓宽了不少马路，疏通了许多内河，扩建了多座公园，增加了多处绿化带。这些变化是有目共睹的。但是卓越是一个不看成绩只找差距的领导，这一点他和叶江东市长是非常相似的。叶市长是个实干家，他是地道的江海人，前几年从江海市建设局提拔上来，抓市政建设很有一套。这几年，市政、公交、自来水、园林在他的狠抓之下，发生了质的变化。

卓越对叶江东的工作始终是肯定的，又是支持的，更多的时候是鼓舞的。卓越最担心的是自己身体不是很好，有时感觉力不从心。

正在这个时候，一阵强有力的春风从遥远的北京传来。党中央提出全面建设海峡西岸经济区，江海市作为典范城市，在三年内要实现大都市的经济、文化、能源、贸易中枢城市。在卓越心目中，这是一个大好时期，是一个很好的机遇，又充满挑战性。他结束会议之后回到江海，立即号召全体领导干部、人民群众认真学习中央精神。提出要"高举旗帜，围绕大局，服务人民，改革创新"的口号。要求广大干部在思想上统一，在行动上一致。

也就是在这个时候，《教育与生活》和《教育与经济》两本书吸引了他，还有一个陌生的名字——高可天引起了他的注意。

两本书读了，卓越非常欣赏，高可天人还没有见到，这个年轻人到底怎么样？卓越很是期待。他把这个情况告诉叶江东，叶江东市长也很好奇。今天，高可天要来市委见卓书记，叶市长是知道的。卓越说好了，等他和高可天认识了，再推荐给叶市长。

卓越把高可天的两本书放在办公桌上，这叫作以文会友以书为媒。正在这时，有人敲门，卓书记的秘书小程将高可天带了进来。

# 5

阳光透过窗户的玻璃，映入卓书记的办公室。市委大院的安静让高可天感到几分肃穆。和蔼的市委书记又使高可天的心情轻松起来。但是，敬仰的表情、拘束的动作依然让高可天感到自己是那么微不足道。平时的清高寡欲、一腔热血、雄心壮志，此时似乎都变成小儿科了。

秘书小程已经退出书记的办公室，高可天叫了一声："卓书记好！"然后不知说什么了。

卓越向高可天点点头，浏览了一会儿，说："你请坐，人和书上的照片差不多，长得挺帅。"

高可天脸一红，嘴上带着微笑，一时间，感觉面前这个人好像不仅仅是一位市委书记，更像是一位老者、长辈。

"先喝口茶，从乐山赶过来，难为你了。"卓越说后拿起桌面上的书问："这一本写了多久？"

高可天回答："三个月，是业余时间。"

"不容易。为什么写这样的书？"卓越在高可天对面的沙发上坐了下来。

高可天有些紧张，他说："自己是在教育局工作，对教育做了一些研究和思考，生活是一种经验的总结，人离不开生活，但什么样的教育将注定人过着什么样的生活。而经济是生活的保证，一个国家需要，一个地方也需要，一个企业也需要，人人都需要。经济的用处太广，人人都追求，所以也害了好多人。"

"你说得很好，有独特的见解，也具有普遍性，我很认真地看了你的书，并动员市委、市政府领导干部都去看一看。你看看，多伟大。一种优秀的思想，一种独特的见解不但会改变一个人，也会改变一个国家。"卓越凝重地说着，而且说得很认真。

高可天却感到很惭愧，觉得自己很渺小，因为卓书记对自己的评价太高了。他带着几分羞涩，谦虚地说："卓书记过奖了。"

"不要谦虚，要实事求是，对了，你是哪一所大学毕业的？"卓书记说后示意高可天喝茶。

高可天说："南京林产工业学院毕业的，学非所用。现在教育系统做事。"

"大学毕业生很多像你这样的情况。一个人就是在人生与社会的历练中不断地发现自己的才干，然后寻找一种适合自己的职业。就像我也从来没有想过要当市委书记。哈哈！"卓书记用自嘲的语气，轻松地说着。

高可天见卓书记如此平易近人，试探地问："卓书记找我一定有什么事。"

"那当然，多少人想见我都没有时间和机会。我找你肯定要叫你做事情了。你愿意不愿意？"卓越用拉家常的方式和高可天聊起来。

高可天心里知道一定是好事，也许从此之后要改变自己的人生了。的确，一个市委书记找自己谈话，多少人想见一眼，说一句话都很困难。卓书记才没有闲心和你胡扯，只有党和人民的事，他才尽心尽责地去做。此时的高可天当然有几分得意，但他不能表现出来。心里却在想：如果卓书记给自己一官半职，他就是赴汤蹈火也在所不惜，就像中学时代经常传诵的那句话：给我一个支点，我可以把整个世界撑起。

高可天心里虽然这样想，嘴上可不敢怠慢，依然谦虚地说："卓书记，我有何德何能？"

"你有，如果我没有看走眼的话，你应该是一位德才兼备的干部。我要好好培养你。"卓书记认真地说着，而且比先前严肃一点，这表明卓书记不是在开玩笑。

高可天当然听得出来，他心头一热，差一点热泪盈眶起来。被一个市委书记肯定和赞扬怎么不会心潮澎湃、热血沸腾呢？高可天的脸上有些绯红，心跳加剧了，觉得自己的前程一片光明。他问："卓书记，我能做什么？如果我在卓书记心目中是一个有用之人，我也心甘情愿为江海市贡献我的一生。"

高可天好像在发誓，但他这时找不到更好的话向卓书记表白。

卓书记点点头，喃喃地说："可天，乐山县是要你当副县长的，分管你的文教工作。被我压住了。我要你到江海来，从你的两本书中得知你的才华和思想。我这个书记很欣赏，今天找你谈话，也初步了解了你的人品，是一个很好的培养对象，你一定不要辜负党和人民对你的信任。思想那么深刻和丰富，胆子要大一点。"

高可天点点头，说："这些我都知道，不瞒卓书记，我看过许许多多的书，思考过许许多多的问题。从文学作品、民间故事到周易心理、军事科普，无所不看。我曾经思考这样的问题，如果我是一名科学家，我将怎样；如果我是一个工人农民，我将怎样；如果我是一个政府官员，我将怎样。很有意思，这样会磨炼一个人的不同心态。今后在处理各种事情和人际关系时，就能换位思考，将心比心。"高可天终于向卓书记吐露心迹。

卓书记很高兴，这个坐在自己面前不算太年轻的年轻人，终于能够真实地将心里话和盘托出了。卓书记接着问："那如果你是一个政府官员，你将会怎样？"

高可天看着卓书记，不敢吭声，脸上露出歉意的表情，好像对卓书记道歉，刚才自己的话有些信口开河了。

卓书记见高可天为难，鼓励地说："不要紧，大胆地说出你的想法，这种话题没有错对之分，纯粹是个人的观点而已。说说看，比如：你是一个市委书记，你怎么治理这座城市？"

高可天更担心了，他怎么敢在市委书记面前假设自己是一个市委书记呢？这不是不知天高地厚吗？这不是班门弄斧吗？他说："卓书记，能不能不说这些话题？"

"不行，这是我今天找你谈话的一个重要内容。你要如实地回答。"卓书记使用出行政的手段。

高可天在心里叫苦。感到今天是跑不掉了，只好理一理自己的思绪。的确，高可天的思想里有太多这样慷慨激昂的话，现在干脆一吐为快。

高可天说："如果我是一个市委书记，先把贪官清理出干部队伍中去，然后杜绝任何的形象工程，最后确实地为百姓办一些实事。在这样的大前提下，对城市的建设做到人无我有、人有我新、人新我特。在经济建设上做到没有贫富的差距，没有等级的区别，让大众一起享受改革的成果。在文化建设上做到精神上的富有，心灵上的知足。让广大老百姓在这座城市居住、工作、生活是富裕的、安全的、舒适的、幸福的。一个市委书记或市长就要为此而努力奋斗，去实现自己的目标。"

高可天的假设说完了，但卓书记却陷入了沉思之中，他没有对高可天的这番话评头论足。这让高可天感到很不安，甚至有些后悔刚才说话的肆无忌惮、海阔天空。然后歉意地说："卓书记，对不起，不要在意我刚才的胡言乱语。"

卓书记站了起来，握住高可天的手，说："可天，你说得很好，一个真正为党为人民的市委书记就应该像你所说的那样。今天的谈话先到这里。"

高可天有些不知所措地离开了市委书记的办公室。

# 6

时间已近中午，街道上繁华而杂乱。大车小车川流不息，人流匆匆忙忙地穿梭在大街小巷。各种广告牌五颜六色，广告语时尚而离奇。高可天站在人行街道上，看着车影人影在眼前闪过，听着喇叭声、嘈杂声充塞着自己的周围，还有汽车冒出的尾气，空气里弥漫着刺鼻而难闻的味道。这就是江海市，乐山县人都向往这个地方。毕竟它不会停电，有高楼大厦，有琳琅满目的商品，有丰富多彩的夜生活。但是，高可天不是这样想的，当时大学毕业就可以在江海发展，但他还是选择了乐山。虽然县城不大，但是很宁静，非常适合人的工作和居住。像江海市，就是找工作方便，经济、文化发达，真正生活在其中，是很累的。上下班坐车要一个小时，买菜要到很远的超市，活动要到有公园、广场的地方。过马路要等红绿灯，稍不注意就会遇上车祸，出门要小心，钱包常常被扒手偷走。乐山要比江海自由多了。

高可天在街头吃了一碗牛肉面，准备去汽车站坐车回乐山。

正在这时，高可天的手机响了起来，是一则短信。现代人都时髦发短信，这样可以省许多话费。有时电话上不便说的话可以通过短信传递，把事情说得清清楚楚，既不怕伤人家的心，也不怕被人拒绝。高可天打开手机，一则很温馨的文字映入他的眼帘：可天君，今天的偶见，让我忆起十几年前的同学之情，时光似箭，人生无常。不知你是否还在江海？我想中午请你共进午餐，以表你送我两本书的谢意。

短信原来是杨梅发来的，高可天重复看了两遍，决定要不要留下与杨梅共进午餐，尽管高可天已吃了一碗牛肉面，现在肚子并不饿，吃饭只是一种形式，叙旧才是本意。于是，高可天答应杨梅的邀请。他回了杨梅的短信：盛情难却，恭敬不如从命。

杨梅见高可天答应一起吃饭，索性与高可天通了手机："喂，可天，你在什么地方？"

高可天说："我在滨州大道的路口。"

"哦！你就在那里等我，我们去韩国料理，就在滨州大道路口的左边。我十五分钟内到。"杨梅说着有些激动。语句中充满着记者职业的快节奏和一个女人的一本正经。

十五分钟后，高可天和杨梅这对老同学在韩国料理的包厢里入座。韩国料理杨梅不大喜欢，她只是喜欢这里的气氛，而且食客不多。可以边吃边聊，不会被人干扰。而高可天是第一次吃韩国料理，他倒吃过日本料理，他想味道应该大同小异。

杨梅今年二十九岁，比高可天大一岁。在她的身上不但有着少妇的神韵，还有着少女的活力。中学时代她的外表与相貌、服饰与打扮吸引了无数的异性目光，也包括高可天的目光。今天看来，杨梅依然光彩照人，也许是她身为电视台主持人，经常上镜头，外表和打扮保留着少女时代特有的风格和品位。

这时，高可天告诉杨梅说："其实，我已经吃了一碗牛肉面，到这里来是为了叙叙旧。"

杨梅妩媚地笑着，非常甜美，此时此刻，她对高可天有着一种莫名其妙的亲近感。只是她不动声色地把这种感觉隐藏在内心深处。但是，高可天的心里可没有一丝半点的杂念，他把杨梅仅仅看成同学。她的记者和主持人职业让自己好奇，他想和这样职业的人交往，仅此而已。多少年来，高可天很少有儿女私情，不是他不食人间烟火，也不是他遭受感情打击，更不是他禁欲。他也是七尺男儿，也曾经在深更半夜思绪万千，寂寞难忍，热血沸腾，思春甚切。那是原始的人性，不过这样的时间极短，一闪而过。更多的时候，他是在享受高级的精神乐趣，从事着有意义的工作。高可天依然感到自己的快乐和惬意。

可是，今天见了卓书记之后，总感到自己的人生道路将要发生什么，上帝好像要将自己推向另一条道路。今天卓书记的话既语重心长又用心良苦。年过半百的卓书记很想干一番事业，他应该是一个求才若渴、思贤心切的好领导。但是，高可天不明白卓书记的意思，谈话突然中断，卓书记也没有明确告诉自己今天谈话的含义。所以，高可天与杨梅一起共进午餐，目的想向杨梅打听一些情况，她毕竟是江海电视台记者兼主持人，也许她还采访过卓书记呢！

"可天，你在想什么呢？"杨梅终于无法控制自己的沉默，她想和高可天进入一个缠绵的世界。

高可天笑了笑，喝了一口茶，说："我在想，一个电视台记者，除了有敏锐的新闻眼光外，应该能够经常见到各级领导干部，对不对？"

杨梅确实有敏锐的新闻眼光，她快人快语地问："你不会想见市里哪一位领导吧？才这么爽快与我共进午餐，同学十几年，咱们第一次坐在一起吃饭。你真的有事求我？"

杨梅的话有些咄咄逼人，这让高可天有点不大舒服，杨梅历来就是这样的性格，学生时代讲话也是火辣辣的，有时很难让人接受。高可天说："你曲解了我的意思，记者总是这么敏感吗？我的一句话会让你联想这么多？"

杨梅感觉自己的话有些欠缺，不好意思地说："可天，你知道吗？今天为什么请你吃饭？其实我挺孤独的，我能走到今天，当然有许多人羡慕，那只是表面的幸福。我去年离婚了，也许只有这个职业带给我一点体面，其他都是装给别人看的。心中压抑着痛苦、忧伤和愤恨，所以我渴望知心朋友，今天遇到老同学，我把你看成自己的知心朋友。"

杨梅的一番话，让高可天非常难受，又是一个婚姻的受害者，他更加坚定自己独身的选择。他看着杨梅双眼中潮湿的样子，好像要滚出泪珠，心中又充满着怜惜之情，他不知如何安慰她，只好现身说法了。

"杨梅，别难过，人生就是这样，有时快乐有时苦恼，有时幸福有时痛苦。现在的家庭婚姻都很脆弱，不堪一击。离婚率逐年攀升，你只是其中的一个。你要从婚姻的阴影中走出来，坚强地面对生活，保持好自己的心态。"高可天既像教育家一样，又似心理医生一般，在为杨梅的感情疗伤。

杨梅苦笑一下，慢慢地恢复低落的情绪。有点嗔怪地说："你别像哲学家一样开导我。其实这些道理我都明白，我在大众面前也伪装得天衣无缝，甚至也有一些男人向我示好，我都不屑一顾，我不是那样的女人，我还不到三十岁，还算年轻，我还想结婚，没有婚姻的女人容易衰老。我想，我还会遇上心中的白马王子。"

"这就对了，应该保持这样的自信和心态。有人说，我们不能左右天气，但是可以改变心情。幸福和快乐是自己创造出来的。对不对？"高可天侃侃而谈，有些眉飞色舞。

"那你的家庭婚姻生活一定很幸福很浪漫了？"杨梅羡慕地问。

高可天沉默了一会儿，他不知怎么对杨梅说。心里充满着矛盾，怕她误会，怕她取笑，怕她不解。杨梅再一次追问："可天，你爱人是哪里人，在哪里工作？孩子多大了？念几年级？"一连串的发问像一颗颗子弹一样落在高可天的心坎里，对于这些，高可天一无所有。他苦笑了一下，喃喃地说："杨梅，实话实说，我还没有结婚，而且是独身主义者。"

杨梅一听，双眼中流露出惊讶的光，一时回不过神来。然后语无伦次地追问着："这是真的吗？这是真的吗？为什么这样？为什么这样？"

# 7

江海市下了几场大雨，刚刚入夏的天气，气温又降了许多，凉意又抚摸着人们的肌肤，刚收起的冬、春装，重新又穿上。这正是南方多雨的季节，端午节即将来临，各种粽子成为街头巷尾主要的食品。江海市也即将迎来第三届贸易洽谈会。

高可天回到乐山县后，已经无法构思写作他的第三本书《教育与社会》。江海市似乎成为他的牵挂。市委卓书记的话不断地在他的耳膜里打滚，那种期待的目光，慈祥的脸庞，对年轻人的爱护，对人才的重视，让高可天心里升起了一种新的希望，为了卓书记的重托，为了江海的未来，为了海西的建设，他更愿意牺牲自己的一生，把自己的青春热情、聪明才智全部释放给江海市的人民。高可天不知道自己是不是自作多情，是不是一厢情愿。但是，他从卓书记的谈话中和眼神里，已经得知自己将要面临一种新的挑战。

高可天还想起另外一个人，那就是江海电视台记者杨梅，那天中午一起吃韩国料理，才得知杨梅这些年的生活状况。许多表面看上去光彩照人的男男女女，其实背后里都有这样或那样的苦衷和烦恼，甚至痛苦。这就是人生，人生怎么可能都是春光明媚的时节、扬眉吐气的日子呢？寒冬腊月，失意颓废的处境也是常有的事。高可天深知这一点，但是，让高可天感到不安的是杨梅已经喜欢上自己了。从那一天中午吃韩国料理起，高可天就已经感受到了。现在，杨梅一定在认真地看自己的书。高可天感到很遗憾，因为自己是一个独身者，杨梅的热情和努力是徒劳的。但是，高可天依然牵挂着她，毕竟是同学，希望她幸福与快乐。

就这样，江海一下子成了高可天的牵挂之地，好像那里有他的梦想，有他的亲人。

杨梅经常发短信给高可天，追问他为什么要过独身生活。追问他是不是至今还没有遇到称心如意的女孩子，追问他是不是受过感情的打击，如果是这样，杨梅她可以让高可天感到快乐、幸福甚至满足，尽管自己是一个离婚的女人。高可天的回答很简单：无可奉告。

但是，杨梅是一个很执着的女人，当她与高可天意外相遇时，她就感到这简直就是上苍的安排，当她得知高可天还没有结婚时，她激动地认为这是上帝送给她的最好礼物，这么多年的风风雨雨都是那么微不足道。因为在她那苦难的生命另一端，有一个优秀的男人在等候。杨梅早就隐隐约约地预感到，但是，她想不到这个男人会是中学时代的同学高可天，真是天意。

高可天在杨梅狂轰滥炸的感情攻击下，有些招架不住了。那一天晚上，他不得不主动与杨梅通了电话，这让杨梅感受到胜利者的自豪，在杨梅的爱情词典里，还没有攻不破的男人之心。她还没有亮出最后的法宝呢！杨梅喜形于色地对高可天说："你终于肯主动给我打电话了，你知道吗？我每天都抽出时间拜读你的大作，计划着做一档节目，对你做一次深度访谈。"

高可天打杨梅的电话，还没有说上一句话，就听到杨梅连珠炮似的一串话。高可天说："杨梅，免了吧！你知道我从学生时代就不喜欢抛头露面。这也是我为什么会去写书的原因，否则的话就上舞台唱唱歌，跳跳舞什么的。"

"你错了，上电视做访谈，可以提高你的知名度。多少成功人士花钱都上不了呢？"杨梅向高可天解释上电视的好处。

高可天并不买杨梅的账，他说："杨梅，人各有志，我也不是什么名人，成功人士，等哪一天成了名人，成功了再说吧！"

杨梅笑笑，说："好啦，尊重你的意见，你是一个与众不同的男人，这样的男人我的确喜欢。"杨梅又开始挑逗了。

高可天见状，一本正经地说："杨梅，我打电话给你就想告诉你，我为什么过独身生活。"

"为什么？"

"我给你说一件事，你就会明白了。大学的时候，我的一位老师很关心我，他也是出生于农村。有一天，他的农村中学老师到南京找他。我老师请他去自己家，并叫我一起作陪吃饭。那一天，刚好师母人不在家，老师只好自己下厨，叫我打下手，将冰箱里的东西都拿出来煮的煮、炒的炒、炖的炖，弄了一桌丰盛的晚餐，农村中学老师又自豪又感动，喝了几杯葡萄酒。正在这时，师母回家了，她一看这场面，脸上露出一副愠怒的样子，直截了当地问：老王，你这是干什么？我的大学老师姓王，他赶紧站了起来介绍，还没等王老师开口，师母先打开冰箱，见冰箱里的东西被洗劫一空，这下大怒了。她说老王你们打劫啊！从哪里带来的乡下人到家里花天酒地的？一气之下将整张桌子掀翻了，屋里一片狼藉。

我见势不妙，赶紧拉着王老师的老师往外逃。半路上，王老师的老师问我说你师母是不是一个神经病？我只好说是间歇性的神经病。事后，我问王老师，您怎么怕老婆？请客吃饭都不能做主？王老师说：不是怕，那是婚姻的悲哀，等你结婚以后就知道了。从此之后，我对上苍发誓：这一辈子，我高可天决不结婚，一个人过自由自在的独身生活。

杨梅听完一阵大笑，说："可惜你还是一个教育专家，天下的女人决不都像你师母那样吧！你一个堂堂男子汉怎么会被一个无理取闹的女人吓跑了，这至于让你对婚姻产生恐惧吗？我杨梅还离过婚呢，是被男人抛弃了。但我依然相信天底下还有好男人。"

"王师母只是个案，有临床实验表明，婚姻把男女拴在一起，就是要面临各种各样的战争。有的是暴力，有的是冷战。我听得多也看得多，说婚姻是爱情的坟墓一点都不过分。我为了好好地在人间活着，所以决心当一个快乐的单身汉。"高可天的话让杨梅感到悲哀。在杨梅的心目中，不管是男还是女，没有爱情或婚姻生活的人将会是一事无成。可是，她此时的思想又有些动摇，高可天毕竟是一个写出两本书的男人，这不就是成果吗？而且在没有爱情和婚姻生活的前提下，真是一个怪人。

杨梅一时驳不过高可天，说："可天，我们不谈这个话题。人靠缘分，我不逼你，如果有缘分，上帝会让你改变主意的。"

高可天说："我的话已经谈完了，希望你从不幸的婚姻和虚幻的爱情世界里清醒过来，把主要的精力放在电视记者和主持人的事业上来，那样照样可以获得快乐和激情。"

电话那边是一阵沉默，高可天不知道自己会不会说得太多太尖锐，伤了杨梅的心。他"喂，喂，喂"几声后，见没有什么动静，只好将电话给挂了。

这一个晚上，高可天和杨梅都失眠了，但各有各的心思。

# 8

思念是一季的花香，漫过山谷，笼罩你我，而祝福是无边的关注，溢出眼睛，直到心底，期盼又成为我无数个夜晚的祈祷，祈祷有一天，你我携手，在一曲笙箫中，在万家灯火里，你我沉醉在新春良宵中……一清早，高可天的手机里就出现这么一段缠绵的文字，这显然是电视台记者杨梅的杰作。

儿女私情人人有，人非草木，孰能无情。可高可天的心思不在这里，手机屏幕上这几行文字尽管让他思绪万千，但他心中牵挂的是乐山县委的动静、江海市委的消息。高可天突然有一种预感，今天一定会有重要消息传达给自己。

蓝天上飘着白云，高可天迎着柔和的阳光到达教育局，尽管上班时间刚到，但教育局上上下下的人都炸开了：高可天处长要调到江海市委去了。

高可天一点也不感到意外和惊讶，果然，教育局黄局长很快找到了高可天："可天，恭喜你啊！"

"局长，是我工作调动的情况吧。"高可天平静地询问。

"卓书记都接见了你，你还不清楚，那好，我现在正式通知你，明天到江海市委报到。但是，不要忘记了乐山，忘记了乐山教育局，忘记了乐山教育局黄局长啊！"黄局长面带微笑地对高可天说，心中充满着爱护和期盼。

高可天说："黄局长，可天是乐山人，乐山属于江海的，您依然是我的局长。"

黄局长点点头，问："你自己知不知道到江海市委当什么官？前一段大家都传着你即将成为乐山县的副县长，想不到乐山还留不住你，听说是卓书记钦点的，这个官应该不小。"

高可天自己也不知道到江海市委做什么？上一次与卓书记谈话，卓书记也没有明确地说。只是冥冥之中感到自己将会面临着一场人生抉择。这种抉择将决定自己这一生的命运和前途。高可天心想明天就要和教育局的上上下下道别，在乐山县教育局三年，完成了两本著作，别无建树，他并不感到有什么自豪，在这种情况下去江海市，反而给了他更多的压力。

当天晚上，乐山县教育局以局党委的名义宴请高可天，算是给高可天饯行。明月当空，一阵阵凉风从窗外飘入，白云在涌动，仿佛那轮明月也渐渐地来到窗前。高可天和他的领导、同事们都有几缕感慨涌到心头，大家不断地给高可天敬酒，有的说他仕途一片光明，有的赞扬他那两本著作独树一帜，见解精辟。最后，黄局长语重心长地说："可天，你年轻有为，一定会成为国家栋梁之材，但是，你个人的终身大事还是要认真对待，成家立业仍是一个男人的一生追求。希望你在不久的将来能请我喝喜酒。"

高可天有几分醉意，今晚他是开怀畅饮的。但是，他的头脑还保持几分清醒，他歉意地说："黄局长，这事可能会让你失望，喝不上喜酒。"

大家都有几分不解，不解高可天为什么不谈爱情，不谈婚姻。高可天也从来没有向他们表白过。可能只有杨梅才有一些了解。其实，杨梅所了解的只是一半。高可天害怕爱情、恐惧婚姻是父母婚姻的悲剧引起的，他姐姐在国外情感不幸，使他对爱情这么美丽的字眼失去兴趣。也使他对婚姻这么温暖人心的词汇感到恐惧。

高可天的父母从结婚开始，七年之痒后就走进了死胡同。母亲是一个认钱不认人的女人，而且性格暴躁，使父亲失去了做男人的尊严。在这样的前提下，父亲的情感开始了转移，与一个邻居的寡妇发生了婚外情。最终东窗事发，母亲暴跳如雷。高可天的童年就是在这样环境下度过的，他的姐姐忍无可忍，跟着一个男人去加拿大，谁知在花言巧语中走进爱情的姐姐感情不断受骗，从此逆反，大玩感情游戏，许多男人也成了姐姐的感情俘虏。高可天目睹这些，少年的他感到心灵特别无助，感到天底下什么美好的爱情、温馨的家庭全是披着假面具，里面是那么肮脏，如此残酷。父母感情的疏远，使家庭没有了亲情，父母为金钱的争吵，使变味的婚姻愈加发霉发臭，父亲婚姻外的孽情使原本还算幸福的家庭失去了光彩。使少年高可天对爱情和婚姻的恐惧胜过世界大战的恐惧。所以他喜欢一个人的世界，这世界既属于自己，也属于大众。父母在自己上大学那年意外中毒身亡，在高可天眼里是一种天意。高可天没有感到伤心，只为父母感到悲哀。

有时人死了比活着会更加安宁。在高可天眼里，起码自己的父母是这样。父母的葬礼很简单，姐姐在加拿大没有回家，也许是父母生前不够体面，或是自己在国外不够风光。而高可天是男孩，是孝男，在自家人帮助下将父母入土为安。

人的一生非常短暂，高可天是看着父母走完并不漫长的人生道路，而且这条人生之路又是那么崎岖不平，一路上争争吵吵，打打骂骂，充满着邪恶和凶猛。高可天认为这都和爱情与婚姻有关。

所以，高可天决心终身不娶，他不能再步入父母的后尘，也不能像姐姐那样一辈子在不幸的情感中死去活来，更不能像大学王老师那样走进婚姻的坟墓。他要当一个单身贵族，把自己的热情投入教育事业中。这也是他为什么要去写《教育与生活》《教育与经济》两本书，一方面打发多余时间，让文字吞食他所有的感情，另一方面他有太多感慨，他要把对生活的思考与教育联系起来，然后告诉大众一个真理。这也许就是高可天为什么不想结婚的真正原因。但是，高可天不想告诉别人太多，他也想生活得体面一点。家庭的丑事不想让人知道，所以，包括杨梅在内，只讲大学时期王老师不幸的婚姻给了他前车之鉴，不想谈到父母的原因，还有姐姐的原因。

这时晕晕的醉意有些退去，高可天苦笑了一下，想不到自己要离开乐山了，去江海将会怎样？他也是未知数，但起码有一点，高可天将无牵无挂，为了卓书记的重托，上刀山下火海都不会犹豫。

# 9

高可天自己也没有想到，会成为江海市长助理。

高可天知道，市长助理的工作只是过渡。这是卓书记告诉他的，在江海市第三届贸易洽谈会之后，高可天可能要到一个重要的岗位工作。现在是五月底，正是江海雨水的季节。六月十八日是江海市第三届贸易洽谈会。还有半个月时间。高可天心里想：半个月后，自己将会做什么工作？

市长助理的工作主要协助叶市长的工作。那一天下午，叶市长找高可天谈话，给了高可天两个问题：如何做好招商引资工作？如何营造投资环境？这对于高可天来说，是一个最新的课题。但是，高可天对这两个问题很感兴趣。他认为所谓招商引资就是发展和繁荣江海市的经济，投资环境就是一座城市的治安、人文、素养、品质等社会问题。说到经济和社会，高可天的思路又回到他的那两本书中去。于是，他确定了叶市长给他两个问题的内容。他认为一座城市的环境好坏直接影响招商引资，甚至会妨碍经济的发展。因此，高可天向江海市委、市政府提了一个建议。

卓书记对于高可天的建议很感兴趣，因为江海市委、市政府每年都向市民征集好建议，以此作为江海市委、市政府为民办实事的依据。今天听高可天说有一个建议，他当然喜欢听。于是，卓书记召见了高可天，并问他："可天，什么建议？"

高可天说："我有一个不成熟的想法。"高可天说得很小心，他面对的毕竟是市委书记。

"可天，你现在是市长助理，又是我钦点的，你可以大胆地说，我要的就是你那种大胆的设想，说错了没关系。"卓书记用鼓励的口气，他知道高可天是个人才，他就是要激发他的聪明才智。

"卓书记，如果江海市要创建无贼城市有没有可能？"高可天认真而大胆地说。

"无贼城市？"卓书记重复着高可天的话。是啊！就目前而言，江海市的治安情况不是很好，各个城市都有这种情况。作为市委书记，这也是首要的工作，一座美丽的城市，无法让市民安居乐业，就是市委书记的失职，今天这话由刚担任市长助理的高可天嘴里提出来，卓书记还是很惊讶的，觉得这位年轻人前途无量。他说："可天，你看过电影《天下无贼》吗？"

"我没有看过，但听说过这片名。"高可天不喜欢看电影，他是从报纸上获悉《天下无贼》的内容简介。他提出江海市创建无贼城市并没有受到《天下无贼》的启发。

卓书记示意高可天坐下，然后赞赏地说："你的想法很好，能不能具体地谈谈创建无贼城市的方案。"

高可天笑了笑，好像一个小孩子一样，在一个大人面前信口开河地讲了无数天真的话。他说："卓书记，江海的治安不好，乐山县也是，我走黑路都怕，这引起我的思考，江海市之前都大张旗鼓地创建全国卫生城市、园林城市、环保城市等等。我在想：一座城市卫生再好，再园林，再环保，没有安全感有什么用？所以我曾经做过假设：如果我是市委书记或市长，首先要想方设法创建无贼城市。百姓有了安全感才能谈温饱问题，有了温饱之后才能讲究卫生。我是这么认为的，不知道对不对？我认为这就是民生问题，不知道对不对？"

"对，你说得很对。但是，你知道谁是贼？"卓书记想了解更具体的想法，他带着发难的口气。

"贼当然也是人，人为什么变为贼？变为强盗？变为劫匪？这有教育问题，有生活问题，有社会问题，也有本身的人性问题。我想要像创建卫生城市那样把全民都动员起来，让那些大贼小贼无藏身之地。"

"这是一个浩大的工程，也是一个伟大的工程，更是一个利国利民的工程。高可天，你提出这样的设想了不起，你自己有没有信心？"卓书记被这位年轻人的大胆想法打动了，一个难得的人才。

高可天信心百倍地点了点头，为自己的想法被卓书记所赞赏而感到无比兴奋。高可天说："卓书记，现在提倡改革发展，我想，要创建无贼城市，首先要构建平安社会。"

卓书记被高可天这么一说，又来了精神，觉得这个高可天确实后生可畏。他打断高可天的话说："可天，你等等，我叫叶市长过来一起听你的计划。"卓书记说后拿起桌面上的电话听筒，给叶江东市长挂电话。

"江东，你来我办公室一下。"卓书记放下电话听筒后对高可天说："可天，等叶市长来，他不是给你两个问题吗？结合叶市长的问题，按你的思路继续演说，我们会根据你的想法考虑、研究、决定是否在江海市推广，作为为民办实事的大事去落实。"

高可天点点头说："我是一个理想主义者，我所说的只是纸上谈兵，如果有一点价值，那要靠你卓书记、叶市长才能付诸行动。"

卓书记担心高可天有心理障碍，对他说："可天，你放心，我能将你从乐山调到江海，能让你做市长助理，我就是赏识你的才华。可天同志，你应该看到，许多领导干部为了培养人才，爱护好干部，提拔年轻有为的接班人，用心良苦，忍辱负重，甚至甘当人梯。你明白吗？"

卓书记的一番话让高可天很感动，也很受教育。他不禁脱口而出："卓书记就是这样用心良苦、忍辱负重、甘当人梯的好领导好干部。"

这时，叶市长推门而入，见高可天在卓书记办公室，给他打了个招呼。高可天礼貌地说："叶市长好。"

叶江东市长对高可天也是关怀备至，先前听了卓书记几次介绍，后来看了高可天的那两本书，经过一段时间接触，觉得这个年轻人很有思想。叶市长也很欣赏这种思想和精神，觉得江海需要这种有思想、有精神的年轻干部。像高可天这样年轻干部在基层锻炼几年，一定会成长为国家有用的人才。所以叶市长对高可天要求很高，直接把他引导到江海经济建设来。他抛出的两个问题就是考验高可天治理城市的能力。

卓书记说："叶市长，叫你过来，陪我听一听这位有几分幻想、几分狂妄的年轻人说一说他对一座城市执政的遐想。我是很欣赏他那种开拓思想，那种不怕天不怕地的大胆构思，有一点像在写小说一样让人耳目一新。我们每年都搞贸易洽谈会，引进了许多新理念，新执政纲领。按可天同志的话叫作别人没有我们要有，别人有我们要新。是不是？可天同志。"卓书记揶揄地说，使办公室里的气氛相对轻松起来。

叶市长坐在单人沙发上，他对可天说："可天同志，到了江海，就要发挥你的聪明才智，我们支持你。"

高可天面对卓书记和叶市长，这可是江海市委、市政府的一把手啊！他们的喜怒哀乐都会影响江海的方方面面，他们的一句话就会改变江海的现状，他们的一个决定，就会让江海脱胎换骨。尽管江海是一个地市级城市，高可天有生以来第一次面对这么大的领导干部，而且不是来面试，接受他们的考验，而且给他们大谈特谈城市建设、人文管理。高可天不知道这是不是班门弄斧，会不会弄巧成拙。此时此刻，他只感觉胸口的心跳在不断地加剧，血管在不断地扩张，脉搏在不断跳动。一下子自己的思维有些混乱，许许多多的想法瞬间消失在他的大脑之中，一些灵感一溜烟地湮灭在思想之外。

# 10

在忙碌中别忘了给心灵一点空间，让喜悦与平静在心中滋长，随时给生命来个深呼吸，你会发现美好无处不在，阳光照耀的地方，有我默默的祝福，月光洒向地球的时候，有我默默地祈祷，流星划过的刹那间我要许个心愿：让你改变主意娶了我。

正当高可天面对卓书记和叶市长头脑里一片空白之际，高可天的手机"嘀、嘀"地响了起来。高可天一看是杨梅的短信，而且字里行间充满着柔情，一下子让高可天的脸上有几分烧灼之感。卓书记开玩笑地问："高可天同志，你没事吧？是不是你爱人给你发短信？对了，你爱人在哪里工作？是不是在乐山，我们一定要把她调到江海。"到目前为止，卓书记还没有具体地了解高可天的家庭情况。按高可天的年龄推测，小孩应该上幼儿园了。

高可天显得很尴尬，他不知怎么向卓书记和叶市长介绍自己个人情况，面对卓书记和叶市长的关心只好轻描淡写地说："卓书记、叶市长，我还没有结婚。"

卓书记和叶市长一听，两个人相视无言，感到很惊讶，高可天还没有结婚？正在卓书记和叶市长不得其解之时，高可天又补充了一句："我这辈子不打算结婚，我是一个独身主义者。"

卓书记有些歉意地说："可天，对不起，我们不该问你个人的问题，今天不谈这些。来，你接着谈你的无贼城市。"

高可天只好豁出去了，他像在创作《教育与生活》和《教育与经济》那样抛开思想包袱，集中思想，大胆假设。

"卓书记、叶市长，到目前为止，全国没有哪一座城市有胆量提出创建无贼城市的口号，这的确是一种挑战。如果我们江海市成功了，那就有可能创建无贼的中国。我说过，所谓贼也好，匪也罢，都是人。但是，在人群中却有强势与弱势之分。一些弱势群体，很容易会落入贼匪队伍。他们走投无路的时候，就会产生歪门邪道的想法。同时，贼匪的猖狂霸道，又暴露出大众的软弱无力、贪生怕死，以至于面对贼匪束手无策或袖手旁观，这就滋长了贼匪的大胆猖狂。所以，创建无贼城市首先就是挽救贼匪，感化他们，教育他们，并且要声势浩荡地进行抓贼大行动。从而达到构建平安江海，创造无贼城市的环境，要成为江海城市建设常抓不懈的工作。我只能这么简单地说，如果卓书记、叶市长都觉得我的想法可取，我会结合叶市长的两个问题写成书面文字，更加具体地谈谈我的想法。"高可天感到口舌有点干，只好拿起桌上的杯子喝了一口水，然后看着卓书记和叶市长的反应。

叶市长说："可天同志的想法很好，值得研究。如果江海市能成为无贼城市，我这个市长要把你培养成江海的市长，我要提着自己的乌纱帽去省委组织部，为你推荐。"叶市长听了高可天的一番话，确实很激动，他当了这么多年市长，也做了许多工作，改善了百姓的居住环境，比如大面积地建造了经济适用房，让普通百姓都能买得起房子，比如不断地启动再就业工程，让百姓尽可能地都有事做，比如江海绿化覆盖率不断地扩大，让百姓感受江海的美丽。但是，至今还没有哪个干部、专家、学者向他这个市长建议过这么大胆的设想。叶市长感到坐在自己对面的这个年轻干部，不是一个普通的人。

正当卓书记准备发表什么意见之际，高可天似乎文思涌泉，他有些不礼貌地打断卓书记的思路说："卓书记、叶市长，我还有话说。"

卓书记点点头说："你说吧！我们听着。"

高可天问："卓书记、叶市长，我们江海市委、市政府有没有可能每天中午向街头那些暂时还找不到工作的农民工、流落街头的乞丐、流浪者免费配送馒头，为他们暂时充饥。"

叶市长一时不知怎么回答，也不知道高可天为什么会这样问？他难道要建立一个共产主义社会？卓书记却听懂了高可天的含义，这就是关心民生最直接的体现，这就是构建平安社会的最好解说。卓书记说："江海市委、市政府每天向街头免费派送馒头，是有这种能力，但不是长久之计。你说说看，这样做想达到什么目的？"

"那当然不是长久之计。目前，每座城市的外来工都很多，劳动力相对剩余，一些民工暂时找不到工作，坐在街头等工作，如果我们能够暂时提供一些馒头，为其充饥。也许他们会反过来利用自己的剩余劳动力为江海服务，施舍之心人人有之，感恩之意也应该人人有之。也许他们会成为江海的卫士，参与抓贼，维持交通秩序，保护环境卫生等。这股力量将会是非常强大的。"高可天简略地谈了自己的想法。这种想法他虽然酝酿许久，但是，在卓书记和叶市长面前依然发挥得很不好。

叶市长这下听懂了，他像在听天方夜谭，觉得高可天同志完全可以开一家点子公司了。他理一下头发，迫不及待地说："像江海这样的城市，如果一天要派送免费馒头，一万个足够了，这完全可以叫民政部门完成，一些爱心企业也可以加入。高可天的想法确实很精彩，这样做完全有可能达到和谐温暖的效果。"

卓书记欣慰地说："在江海市，一天能够送出一万个免费馒头，不但能够温饱许多饥饿的肚子，还能够温暖许多人的心。"

高可天说："卓书记、叶市长，这完全可以叫一些企业参与，这也是一种爱心活动。如果这种活动能做得成功，我想一定会收到意想不到的效果。"

卓书记点点头，他和叶市长会意地笑了笑，说："高可天，我和叶市长支持你的想法，你要把这些想法变成文字，然后付诸行动，变为现实，可操作性要强，避免落入作秀的怪圈，毕竟这是政府行为，不要弄巧成拙。你的计划做好了，我们要召开常委会议，一起来探讨你的想法，不，应该是你的建议，到时请你来向大家讲解。"

高可天一听，自己仿佛在做一场梦。是啊！许多人其实都有梦想，而且也常常在做梦，有的是美梦，有的是噩梦。而高可天的梦想是通过自己的梦想去实现心中的理想，这种理想就是人人都受到很好教育，人人都能遵守社会公德，人人都过着丰衣足食的生活，人人都能担当起起码的责任，人人都有安全感和幸福感。但是高可天他不是上帝，也不是神仙，也不是什么社会学家，只是普普通通的人，一个受到一定教育的人，一个从事教育研究工作的人，一个被市委书记看中的年轻干部，一个刚上任不久的市长助理，一个敢于幻想的人。就是这样的一位年轻人站在卓书记和叶市长面前，一鸣惊人。

高可天说："卓书记、叶市长，我的这些设想，其实是即将要创作的《教育与社会》的部分内容。《教育与社会》虽然不是一部小说，但毕竟和现实生活有一定的距离，如何变成一种市委、市政府执政的方案，治理城市的纲领，管理政府的文件，这恐怕我难以跨越的限度。"高可天听卓书记要自己在常委会上向常委讲解，生怕出洋相。那些市委常委可都是江海市包括卓书记、叶市长在内的大人物。高可天可不敢这么做。

卓书记知道高可天的为难。虽然高可天想法独特，思维敏捷，而且也富有爱心，但是，他毕竟刚进入市委，在领导干部岗位上还缺乏锻炼，政治素质还不够成熟。这些弱点不是卓书记所担心的，他和市长都愿意甘当人梯，把高可天培养成政治素质高、业务能力强、思想品德正的干部。而真正让卓书记担心的是，高可天也许会引来许多莫名其妙的非议、攻击，甚至陷害。所以高可天的担心和犹豫让卓书记很理解。

叶市长表态说："可天同志，你放心，我和卓书记都作为你的后盾，我只要求你不管在任何时候都不要放弃，不要半途而废。"

卓书记说："叶市长说得对，可天同志，只要你有真才实干，我们一定会为你扫清障碍，让你的理想实现。"

卓书记和叶市长的话，让这位出身于农民家庭、父母双亡、有着不幸少年的高可天热泪盈眶起来。

# 11

人生就像大海中的浪涛，也有潮起潮落的时候。今天的高可天仿佛被时代的潮流推上风口浪尖，拍岸的惊涛正冲击着他的胸膛。站在这样的风口浪尖上，虽然能阅尽浪花朵朵，白云片片，海鸥行行，但是也有被波涛席卷，被漩涡吞没的危险。正所谓无限风光在险峰。

高可天是没有心情欣赏这些美景的，他想得更多的是卓书记的殷切希望、叶市长的信任与重托。高可天自己非常清楚，有着卓书记作为"靠山"，有着叶市长撑腰，自己将会办成许多有利江海建设发展的大事。因为，他已经有预感，党和人民将交给自己一项艰巨的任务，江海将给他一次人生博弈的机会，胜与败、公与私、正与邪、美与丑，在此一搏。是啊！人生能有几次搏？高可天庆幸自己的机遇，感谢卓书记的青睐，叶市长的器重。

任何一条消息，都能像一阵无形的风，潇潇洒洒，无孔不入地传遍任何角落。高可天作为江海市长助理初来乍到，就引起了江海市委、市政府大院内外的重视。大家拭目以待，睁开雪亮的双眼审视着这位半路杀入江海市心脏的陌生人，是何处神仙？有的人怀疑高可天可能省里有人，感到不奇怪。有的人把高可天与《教育与生活》和《教育与经济》联系起来，觉得江海市委大胆重用人才。一时各种议论铺天盖地向高可天袭来。人们不约而同地搜集起高可天的个人消息，一点蛛丝马迹都不放过。

狂风暴雨，高可天可能不怕，最多雨水打湿了衣衫，大风吹乱了发丝。可是，流言蜚语，曾断送了多少英雄豪杰。高可天不敢自比英雄豪杰，但他有着血性男儿的勇气，他决心要在狂风暴雨中屹立，要在流言蜚语中不倒。于是，高可天放释出了有生以来最大的能量，为江海创建无贼城市勾勒蓝图，为江海市派送免费馒头书写方案。同时，他还陪同卓书记和叶市长参加即将开幕的江海第三届贸易项目洽谈会。

卓书记告诉高可天，在这次贸易项目洽谈会上，有两个项目要展示并进行招商引资。这两个项目作为海西的重点建设项目，从此拉开海西建设的序幕。高可天关心的是如何把关好招商引资真实性这一关，将真正的儒商招进来，把那些奸商拒于千里之外。同时要引进世界各国的良性资金，拒绝任何形式的黑钱。这是高可天在《教育与经济》书中就有详细叙述的问题和观点。当然，高可天并不是经济学家，也不是社会学家，但是，他应该算是一位杂家，起码算是一位学者，一位善于思考与总结的学者，一位放眼于社会和未来的学者。高可天很崇尚一句话：真正的高手永远在行业之外。

在一次贸易项目洽谈会的预备会上，高可天才了解到这次洽谈会的亮点就是要在海西建一座万吨码头、一座核电站。而且选址都定在乐山县的湖水镇，也就是高可天的家乡。那可是高可天儿时天天光临的地方，那里的潮起潮落，高可天非常清楚，只要在家里，看着挂历上的日子，就会知道海边潮汐的情况。大海曾经给了高可天幻想的地方，同时也是高可天领悟真理的地方。高可天认为，任何人面对大海都不能当儿戏，否则大海就会吞没了你。这就是真理。今天，这片沉静几十年的地方将要沸腾起来，如果乡亲们知道这一消息，将会欢欣鼓舞。高可天作为市长助理，他可以先睹为快，捷足先登地得知海西建设将给自己家乡带来一场大变革。

叶市长还告诉高可天，在湖水镇的海边要立项建造一座吞吐能力达到五千万吨的港口，深水泊位要达到二十个，而且要融集、散为一体。计划港区内要有十个以上集装箱泊位，二十万吨以上散货码头。到时，东南亚国家和地区，包括港澳台等地的各种货物直通到达海西港口，同时也为台湾海峡两岸的三通打通海上交通要道。这将是有着划时代的意义。

叶市长还告诉高可天，核电站的选址也被定在乐山县湖水镇。这绝不是一种巧合，而是海西的魅力所在。总投资要达到一千亿以上，项目分为三期完成，第一期要建设十台百万千瓦级核电机组。等核电站工程建设投产发电后，可以给当地经济带来巨大的收益，而且将会扩大江海的品牌和知名度，引来更多的投资。

如果说，高可天给卓书记和叶市长大谈特谈江海创建无贼城市的想法和免费派送馒头的举措是纸上谈兵、渺茫幻想的话，那么卓书记和叶市长给高可天所描写的海西建设，在乐山县湖水镇外海边的地方要建设港口、核电站却是唾手可及的事实。那不是建议，也不是幻想，更不是纸上谈兵。而是在党中央的坚强领导下，即将拉开海西大建设的序幕。高可天深信不疑，自己可能会成为这场建设中一个举足轻重的人物。

卓书记还告诉高可天一个消息，港口建设核电站的立项、选址都有了，蓝图也有了，那么缺的是什么？高可天非常明白，那应该是招商引资了，第三届贸易项目洽谈会的意义可能就在于此。

招商引资将会是非常艰巨的任务。自古无商不奸，利益最大化成为许多商人无法跨越的一种遗憾。商人与企业家有着根本的区别，企业家是对社会有贡献的，能够贡献于社会甚至人类的，才能够被称作企业家。这些观点在高可天那本《教育与经济》书中也有详细的论述。

卓书记会不会把这两个项目招商引资工作交给自己？如果交给自己将如何开展工作？高可天面临着又一次崭新的挑战。高可天有了这种预感，他就不敢怠慢，他马上打开电脑，上网查阅关于海西建设的有关政策，学习掌握有关海西港口建设和核电站工程的有关数据和规模。关于海西建设的各种文章在各个网页都可以找到最新消息。尽管港口建设和核电站工程的文字不多，但是，高可天完全可以感受到一股建设海西的浓烈气息。高可天陷入了深深的思考之中。

正当高可天面对选择机遇的时候，正当高可天面对被时代选择的时候，一件让他意想不到的事件发生了……

## *12*

让人失去理智的，除了外界的诱惑之外，还有一种难以平息的妒忌；最后耗尽一个人精力和断送自己前程的，往往是自己膨胀的欲望。

那是一个非常温暖的中午，温暖得让人感到一点灼热。毕竟春天早已过去，初夏悄悄来临，当午的阳光正酣，这正合高可天的心情，他喜欢一个人的中午，在这样一座江南的城市，外面的繁华，高可天并不喜欢。在市委大院里，在几分庄肃的气氛下，多了一分宁静和淡定。高可天喜欢这样的环境。自从他进入市委大院后，他中午不习惯回去的，不管去哪里，他只是一个人，一个人的他会编织许多美梦，梦虽然很短，但梦的空间却很广，几多情绪，溢于言表，高吟低唱，心曲婉转，而且都是围绕着这座美丽的江海城的意境，如何把她变成无贼的典范之城，还有卓书记和叶市长的殷切希望，以及乐山县湖水镇的港口和核电站。在梦里高可天似乎变得非常伟大，好像自己是一个大工程师，可以指点江山，扭转乾坤。

高可天怀着这样的梦想和心情，在那一缕阳光沐浴下，走出了市委大院，他意想不到地遇上了江海市电视台杨梅。杨梅柳枝般亭亭玉立在市委大院门口，用非常复杂的目光看着高可天，在这目光里有柔情，也有责怪；有渴求，也有爱慕。

高可天感到很意外，半天说不出话来。见杨梅那多情的目光里隐含着一些不满。因为到今天为止，高可天还没有告诉杨梅自己在市委上班。这虽然只有一个月左右的时间，但对于杨梅来说，却看成是天大的事。一个男人不能将最新的消息和变化第一时间告诉一个女人，这个男人会爱这个女人吗？杨梅非常明白这个道理。

当杨梅听到高可天这个名字的时候，她简直不敢相信，高可天会成为风云人物。杨梅心想：高可天怎么没有告诉自己？这个高可天应该是自己的同学吧！不会是另有其人吧？于是杨梅经过多方了解，在确定高可天正是自己的同学之后，心中涌起了很复杂的情愫，不知是高兴还是应该生气，但是她并不了解高可天怎么会一夜之间成为江海市长助理，而且传出许多传奇般的故事。江海电视台计划要做一期高可天的访谈节目，被江海市委宣传部挡住了。因为高可天不会接受任何采访，市委市政府也不会有这样的安排。虽然江海市将会发生重大变化，卓书记决定暂时不对大众公布什么消息。他虽然对高可天的期望值很高，但卓书记不做冒险的事，如果消息公布出去，对百姓的承诺没有兑现，市委、市政府就会失去公信力。

"可天，你行啊！你怎么把我忘记了？我发给你的短信都没有收到？"杨梅不冷不热地发问，那表情极像是高可天的爱人。

高可天怕门卫听见，走上前，对杨梅说："走，我请你吃饭。我肚子饿了。"

杨梅跟着高可天进了一家饭馆。这时候有一个男人不远不近地尾随其后，然后进了这家饭馆。

其实，这个男人跟踪高可天很久时间了。这个男人年龄要比高可天大一些，大约四十岁。他叫赵大平，戴着一副近视眼镜，看上去温文儒雅的样子，喜欢穿西装不系领带，讲话轻声细语，而且非常爱干净，甚至有些洁癖。他就是前市长的秘书，当了十几年的秘书，大家习惯叫他赵秘。早有小道消息说赵大平要提升为市长助理，最后却没有兑现。赵大平也还未婚，什么原因至今成谜。

赵大平为什么终身不娶？据说他和杨梅有过感情瓜葛。早在十年前，刚当市长秘书的赵大平非常神气，看上刚进江海电视台的杨梅，并且大胆地追她，本来以为自己堂堂市长秘书，和一个小小的江海电视台记者谈恋爱，算是屈尊了。谁知这时候的杨梅正沉醉在谈情说爱之中，她的男朋友就是江海电视台文艺处主任。高考落榜之后的杨梅一度非常失落，后来凭着自己的美貌身材，做了几年非专业的模特，认识了那位文艺处主任。她进江海电视台就是这个主任的关系，从某种程度上来说，她的婚姻也是一种交易。

赵大平求爱受阻之后，并没有灰心丧气，得知杨梅有了男朋友之后，他还想竞争。但是当他知道杨梅和文艺处主任闪婚之后，赵大平才筋疲力尽作罢，从此对杨梅的渴望只好留在心中。心爱的女人成为别人之妻，是一个男人最痛心的事。赵大平陷入爱情的魔圈无法清醒过来，虽然在秘书业务上能够轻车熟路，但是在生活上、待人接物上不但迂腐，而且有些另类。平时很少与人开玩笑、谈话、拉家常。上班时间除了正常工作外不会多说一句话。

但是在赵大平的感情沉沦十年之后，又得知了杨梅与那个文艺处主任离婚了。这对于赵大平来说可是天大的喜事，赵大平的心中又升起爱的希望，他迫不及待地找到杨梅，向杨梅倾诉衷肠。性格泼辣的杨梅怎么会喜欢赵大平？现在不喜欢，十年前也不喜欢。但是刚离婚之后的杨梅非常痛恨前夫，想不到这个文艺处主任是一个伪君子。她想通过赵大平将自己的前夫，那个权欲、性欲、私欲、贪欲都极强的文艺处主任扳倒，不知赵大平有没有这么大的本领？但是，赵大平为了杨梅，信誓旦旦地承诺，条件是要杨梅嫁给自己。杨梅骗了赵大平，答应了赵大平的条件。

又是一桩交易，爱情或婚姻一旦成了交易的筹码，最终等待当事人的只有悲剧。

傻乎乎的赵大平天真地跑到市长办公室，那时的市长姓唐。赵大平对唐市长说：唐市长，我是你的秘书，我被人欺负了，你要为我做主。

唐市长是北方人，性格很豪爽，人也很平易近人，对身边的工作人员也很关心。他原来在省直机关，调到江海当市长才两年。他听赵秘书说的这一番话有些莫名其妙地问：小赵，哪个人欺负你了？

"电视台文艺处主任，他道德不行，不但夺走了我的女朋友，现在又抛弃了我的女朋友。"赵大平满头大汗地说着。

唐市长听得更加莫名其妙了，唐市长见赵秘书是老实人，生活能力非常差，虽然文字功底很好，其他方面都不太行，秘书的职业却非常适合他。唐市长只好先安慰赵大平，答应他调查后再为他打抱不平。

唐市长专门叫办公室主任去一趟江海电视台，找文艺处主任了解情况。结果办公室主任了解后向唐市长汇报，说赵秘书神经有些毛病，人家文艺处主任和老婆刚办了离婚手续，女的就是那个长得挺好看的主持人杨梅。杨梅怎么会是赵秘书的女朋友？唐市长这下才恍然大悟，从此唐市长对赵秘书关心有加，总觉得赵大平心里有障碍，也为他介绍过女朋友，但都没有成功。后来唐市长到其他市走马上任去了。

有了这样的背景，赵大平今天跟踪高可天和杨梅，一定有他的目的。

## 13

高可天和杨梅落座在一个靠窗户的位子上，他们并没有发现赵大平。此时的赵大平的确有些像幽灵，而且阴气十足。他为什么跟踪高可天和杨梅，有什么动机，没有人会知道。

"高可天，你的稳重和沉着过了头，进了市政府，当了市长助理，都不吭一声，是怕我麻烦你吗？"杨梅一坐下就数落高可天。

"你现在不是知道了吗？"高可天平静地说着。

"那不一样，我不是从你嘴里听到的，是从其他渠道得知的。"杨梅显然在嗔怪可天。

"你知道我的性格，一些事情随便地公开游说，人家会感觉在炫耀自己。再说当市长助理也没有什么，我大学一个同学还当了市长，没有什么大惊小怪。"高可天依然自然淡定。

"这说明你的心中没有我，我知道自己配不上你，而且还是一个离过婚的女人，你高可天还是纯正的处男。不过我也不相信，你虽还没有结婚，难道还没有碰过女人？"杨梅面对高可天，也许是心急，她必须一针见血地说明白。

高可天有些尴尬，不知怎么说，他沉默了一会儿，脸上有几分红，感到这样的话题很无趣。他说："杨梅，我们不谈这些话题好吗？"

"为什么？"

"你难道还不怕被感情伤害？有人说过结婚是一种错误，离婚是一种醒悟，再想结婚是一种无药可救的执迷不悟。"高可天哲人般地说着，好像是婚恋专家。

"你还没结婚就这么悲观？不过我对你的一些观点也很认同，你要相信我们已经认识十几年，初中、高中在一起同窗度过，对你非常了解，尽管这几年没有联系，但你的性格一点没变。我对你很有信心。"杨梅快人快语地说着。

"可是，我对你不了解，也对你没有信心。"高可天如实地说。

"为什么？"

"没有为什么？就好像你为什么离婚，为什么不能和前夫继续生活下去？你自己也很难说清楚，就是想离开他，是吗？"高可天打了个比方。

"那是因为我不爱他，因为他太卑鄙，因为他太险恶，因为他是伪君子。所以我才离开他。"杨梅对她的前夫深恶痛绝。

高可天不想谈论这样的话题，这些天来，他满脑子都是海西建设，港口、核电站，还有无贼城市，他要为江海大显身手，否则就会辜负卓书记和叶市长的希望。他知道杨梅钟情于自己，他很感谢杨梅，也很同情杨梅。但是，高可天非常清楚自己的心态，不管杨梅多么热情，不可能有结果。只是他面对杨梅如此狂热，如此多情，心中有了一种负担，这种负担虽然不是责任，但也不美好。

高可天说："杨梅，我们是同学，还可以做朋友。我现在肩负重任，我必须对卓书记和叶市长负责，对江海有个交代。"

高可天的这几句话多少引起杨梅的反感。她刻薄地说："可天，你不要像救世主一样说得冠冕堂皇，市长没有你这个助理就当不了？江海没有你高可天就乱了？你历来喜欢做一个与世无争的人，喜欢淡泊名利，喜欢一个人的世界。现在怎么变得想当英雄？想当豪杰？"

高可天沉默，他喝了几口汤，觉得没有什么胃口。他笑了一声，对杨梅说："所以，你对我并不了解。"

杨梅很后悔刚才讲的话，感觉自己的话有些刻薄，可能伤了高可天的心，赶紧说："对不起，可天。我的意思是你不管要做什么大事，总要考虑自己个人的事，老婆总要找吧，家总要成吧。"

"我感谢你的关心，我真的有许多苦衷，我真的无法改变自己的初衷，我真的让你失望，我怕伤害你。"高可天无可奈何地说。

杨梅的心软了，她不想一直逼他，她想改变一下策略，甚至思考着如何才能打动这位铁石心肠的男人。于是，她转移了话题："可天，前夫留给我唯一的财产是一幢别墅，环境倒是很优美，三层楼。在南园别苑，以后有机会一定要邀请你去参观一下。"

"哦，南园别苑听说是富人区啊。"

"那是外界随便乱传的，什么富人区穷人区？这简直是对我们社会主义社会的蔑视。"杨梅像新闻记者一样眉飞色舞地说着。

高可天当然知道杨梅本身就是一名记者。一名女记者当然有她的感情也有她的事业，有她的思想也有她的爱情。这无可厚非。高可天说："有机会一定去，别墅不要说我没住过，还真的也没有见过。当然，路过的时候只看到外观，我是说别墅的内部结构、装潢风格等等。"

"如何，你以后可以去住啊！拿一层借你都没问题。"杨梅似在开玩笑，其实她话意在弦外之音。

这时候，两个人的谈话气氛非常融洽。一旁等候多时的赵大平已经怒火中烧，他无法忍受高可天那种德行，他夺走了自己的饭碗，还想夺走自己的女人。而杨梅，这位不知好歹的女人，我赵大平有什么不好？十年前如果不和那个文艺处主任结婚，也不会落到今天被人甩的下场。我赵大平有什么不好？大大小小也是个市长秘书，江海市许多新政策都是经我赵大平之手。如果你不识抬举，我要专业研究一个政策针对你杨梅这个电视台女记者，让你失业。这时候的赵大平头脑已经混乱，他的包里揣着一颗自制的炸弹，他今天跟踪高可天和杨梅就是要制造一起轰动江海的新闻，让这位女新闻记者和市长助理成为江海新闻的焦点人物。他已经酝酿很久了，计划得万无一失。

现在的饭馆，客人开始慢慢地少了，高可天与杨梅因为有话题可谈，所以不单单为了吃饭，可是，他们不知道这里潜伏着一种危险。

因为饭馆里的客人慢慢稀少了，高可天本能地向四周浏览一遍，发现一个人影非常熟悉。这不是赵大平吗？高可天对他很了解，对自己的到来有些成见。叶市长曾向高可天介绍过赵大平的情况，叫高可天不要和他一般见识。

高可天没有在意赵大平也不在意赵大平为什么今天出现在这个饭馆。据高可天了解，赵大平至今也是单身一人。但是他从来不下馆子吃饭，今天中午太阳从西边出来了？破天荒了？正在高可天露出不解之意时，杨梅问："可天，你怎么了？"

高可天根本不知道赵大平和杨梅也互相认识，而且还有一段鲜为人知的恩恩怨怨。这时杨梅也随着高可天的视线，见到赵大平。不禁脱口而出"这不是赵大平吗"？

还没等高可天反应过来，赵大平等不及了，他知道自己已经被高可天发现，迅速从包里掏出自制的炸弹，手慌脚乱地拉开导火索，扔向高可天和杨梅的脚下。

# 14

淡淡的初夏如亚热带的少女，热情地扑面而来。别墅里，杨梅还轻摇手中的折扇，虽然只是一种道具，但那清雅妩媚醉人心。风正从窗外飘过，轻轻拂过脸颊，点点惬意清除了某种遗憾。高可天正半卧在沙发上，有些虚弱地注视着杨梅，那楚楚动人比少女娴熟比少妇雅致犹如古典优雅仕女般正摇曳生姿，使高可天顿生一个念头：女人确实是一种善变的动物。此时的杨梅多么淑女，哪里像一个记者？在这浓郁初夏的夜晚，顿生出丝丝清凉的温柔。

在这样的环境之下，高可天的心中也生出无限的陶醉之意。虽然心中依然不断地涌现着那天中午饭馆里的可怕情景。但是，此时此刻金碧辉煌的别墅，多情温柔的同学，含有几分暧昧的气氛，让这位还不曾碰过女人的男人，悠然涌动着一种雄性的本能，心中好像有无数的蚂蚁，不断地袭击着他那坚固的爱欲之坝，某种难以言喻的渴望，仿佛触动了他的荷尔蒙，在他的心田里像洪水泛滥，似乎要冲破他的爱欲之堤坝。他有些无力地对眼前的杨梅说："杨梅，你不该把我带到这里来。"

"怎么了？难道我家是个陷阱？"杨梅伸出她那纤纤的小手，在高可天的鼻子上刮了一下，其动作非常亲热。

"不是陷阱，是让人难以自拔的意境。"高可天喃喃地说着。

"那你还不趁热打铁？"杨梅挑逗的语言像玫瑰的花香一样刺激着高可天。

高可天说："我要一杯开水。"

"我给你一小杯葡萄酒怎么样？"杨梅说。

"干吗叫我喝酒？"高可天不解。

"可以为你壮胆啊！"杨梅的话里依然充满挑逗。

"我不需要胆量，此时我最需要的是降温，酒只有给我带来热血沸腾的结果。"高可天说。

杨梅见高可天这么一说，心里很扫兴，心里想：坐怀不乱的男人，现在这样的男人还有吗？高可天，你是冷血动物吗？或者是无能？杨梅在心里盼望高可天主动地用行动来满足自己的冲动。

正在这时，高可天起身，转移话题，问："杨梅，赵大平怎么会和你认识的？"

杨梅突然被高可天这么一问，伸出的手又缩了回来，女人最怕在调情的时候被对方提到另外一个男人或女人的名字。杨梅不屑一顾地说："他是追求我的失败者，至今依然暗恋我，为我终身不娶，你说傻不傻？上帝总是不公平，想得到的得不到，不想要的东西却三番五次地骚扰你。"

"哦！我以为他是为了我，原来是为了你才做出这么极端的事。"高可天这才明白赵大平和杨梅还有一段这样的纠缠。

"不仅为了我，也为了你。你是不是夺走了人家市长助理的位子？"杨梅说。

"那是组织的安排，又不是我的错。"高可天说。

"这下赵大平的前途完了。"杨梅为赵大平的前途感到可惜。

"幸好我们没有受到伤害，我也只伤了一点皮毛，我要向公安机关求情，放赵大平一马。"高可天同情起赵大平来。

"这是公安和法院的事。我想，他无法再待在市政府了。人其实很悲哀，四十岁的男人，没有老婆，现在工作也没了，一无所有。这活着还有什么意义？"杨梅说得很悲观。

高可天见状，怕影响杨梅的情绪，他说："杨梅，我们不谈他了。你说得对，现在是公安和法院的事了。"

"高可天，我的意思你还不明白？人不能太亏待自己，你总不能像赵大平一样，你真的要重新考虑个人问题，如果我杨梅配不上你，我也希望你身边要有女人。"杨梅又把高可天的话题提了起来。

高可天沉默，其实，高可天的心里很清楚。他只是装出一副大智若愚的样子。现在不是他谈情说爱的时候，他刚进入市政府，刚走马上任市长助理一职，刚向卓书记和叶市长建议江海的民生工程方案，一切都只是纸上谈兵，还未付诸行动。成败在此一搏，下一周又要与市委、市政府领导参加第三届项目贸易洽谈会，今年年底前要完成海西的港口建设和核电站工程的招商引资工作。明年这两个项目作为江海市的重要工程，作为海西建设的重点项目，全面拉开海西建设的大局面。在这样一个关键时刻，高可天怎么可能去谈情说爱呢？

杨梅既是泼辣的，又是可爱的。她虽然经历过一次婚姻，她依然有着少女般的羞涩，还有少女没有的风骚。也许正因为她经历了一次婚姻，才有了她那成熟的丰满和独特的少妇神韵。这样的女子在任何男人眼里都会动心的。高可天当然也不例外，而且也想放纵一下自己，甚至把自己想象成深山老林里的猛狼，不顾脸面地，不负责任地发出狼一样的嚎叫。可是，高可天不是深山老林里的狼，而且生活在现代文明的社会里，是受过高等教育的国家干部、肩负重任的公务员。眼前有着比狼的需求更重要的更有意义的事业要做。所以，高可天一下子能够变得非常理智起来。

高可天看着杨梅脸上那一抹失望的表情，自己也露出感激和歉意的微笑，然后主动地伸出那双厚实的大手，紧紧地握着杨梅的手，说："杨梅，在这样的环境之下，如果说我不动心是假的。如果我高可天真的无动于衷，你一定会怀疑我是不是没有男人的本事。杨梅，我很健康，就是因为我有健康的身心，所以我才能健康地面对。杨梅，请原谅我的冷漠，说心里话我对你也有许多渴望，但我不能望梅止渴，因一时快乐，给你带来终身的痛苦。你曾经被爱情欺骗了一次，被婚姻伤害了一次，我不能再给你造成任何的伤害，也不能欺骗你的感情。这是我的肺腑之言。"

"可天……"

"杨梅。"高可天打断杨梅的话，继续说："我在大学时代就有许多理想，在这理想的花园里，还没有爱情的花朵和婚姻的果实，我迄今为止没有爱过任何女人，虽然也欣赏过一些女人，那只是她的品质、为人、爱心和精神让我倾倒。你知道吗？我大学毕业后为什么回乐山？为什么要写《教育与生活》《教育与经济》这样的书？我还要写一本《教育与社会》，这是我人生的"教育三部曲"。但是，我进江海市政府是没有想到的，我想不到卓书记是这样开明的领导干部。他不是一个高高在上的领导干部。他就是一个普通的人，如果说卓书记特别，就特别在手中有一定的权力，而且令人敬佩的是他把手中的权力正确使用在为江海建设、为江海人民服务上。不然的话我也不可能，也不会有机会进入市政府，成为市长助理。叶市长对我期望值很高，他讲的一些话让我终生难忘。我不能辜负他们的希望。其实卓书记和叶市长都顶着许多无形的压力。我高可天何能何德？我的压力也很大，我不能让卓书记叶市长被人说成有眼无珠。卓书记亲口告诉我，他和叶市长任期都是最后一届，江海被耽误了许多时光。他要拼着老命顶住各种压力，给江海人民一个交代。所以，他大胆起用人才，大胆构想江海的未来，大胆尝试新生事物，我为江海有这样的领导干部而自豪，我有幸被卓书记赏识，所以我给自己立下军令状：为江海而活，为江海而死……"

杨梅津津有味地听着高可天长篇大论。从高可天激扬的话语中感受到一个男人的伟大胸襟，远大抱负，美好理想。这使杨梅更加不想失去这样的男人。这时，杨梅的纤纤小手依然在高可天的手掌里，杨梅情不自禁地抱住高可天，恳求地说："可天，你不娶我可以，那么，我愿意做你的情人。"

高可天一时不知所措。


# 15


一则因情感纠纷引发的爆炸事件，在市委、市政府大院内悄悄地传开了。

赵大平，一个古怪的中年男人、失宠的前市长秘书、缺乏家庭的爱与温暖的处级干部。因陷入爱的旋涡、情的迷雾，最终选择了复仇的道路。自制的劣质炸药，古老而蹩脚的复仇计划，想将情人与情敌炸得粉身碎骨，却把自己的前程和未来炸得烟消云散。

而杨梅，一个电视台的女主播、风骚野性的女郎、绯闻不断的电视主播，以她诱人的身姿和迷人的美貌，博得江海电视台文艺处主任的心旌荡漾，一场传统又时尚的交易、没有爱的婚姻最终破产，却没有输与赢，只有爱与恨。

高可天呢？一个陌生的名字，因《教育与经济》的著作迅速走红。从一个小小的乐山小县城到繁华大都市江海，一段既远又近的路程，高可天一路欢歌笑语走来，使市委、市政府的人们心生妒忌。不知上帝给了他什么力量，使他具有翻江倒海的魔力，成为江海市长助理。

巧妙的是这两男一女又构成了古往今来不变的主题。更为悬念的是谁爱了谁？谁恨了谁？无从考证。但是，因爱而恨，因恨而死也是屡见不鲜的事。赵大平的极端行为证明了他是失败者。那么是不是杨梅脚踩两条船，才酿成悲剧。或者是高可天夺人之美，才使赵大平一意孤行，复仇解恨。

种种的猜测和谈论此起彼落。一时，高可天的名字再次被人们吞云吐雾起来。想不到衣冠楚楚的秀才也做起男盗女娼的勾当。什么《教育与生活》，《教育与经济》，全是狗屁文章，原来是一肚子坏水。什么单身贵族？终身不娶？坐怀不乱？原来也是个道貌岸然之人。什么为江海而奋斗，为海西的崛起而献身，原来只不过是用华丽的语言去掩盖一切丑陋的思想而已。

自古寡妇门前是非多，偏偏这个寡妇寡得风流而潇洒，寡得大胆而贪欲。这正合多年来情荒欲渴的高可天，一个年近三十的男人，不知女人的芳香与柔情，自然成了杨梅心中的太阳。一个经历过婚姻的女人，等于白捡了一个还未经风雨的纯正男儿，你情我愿，演绎了一段又一段爱与欲的闹剧。暗恋十几年的赵大平当然不想当观众，眼看这出闹剧的男主角被高可天夺走，当然怒火中烧，加上市长助理一职也被高可天所代替，旧恨与新仇，使赵大平铤而走险。各种版本的传说，自圆其说的编造，给好奇的人们带来茶余饭后的乐趣。

正在这个时候，市委书记卓越收到一封匿名信。那是一封揭发高可天的举报信。卓书记非常惊讶，举报信不长，但可以将高可天置之死地。举报信的内容如下：

卓书记，您好！

请您先不要问我是谁？也不要去猜测这封信的可靠性。但是，我以一名共产党人的责任，向您解剖高可天丑陋的一面。

第一，高可天的著作《教育与生活》《教育与经济》系抄袭之作。高可天的大学专业是林产，他怎么变成教育学者和社会学者呢？这值得质疑。

第二，高可天是一个孤儿，他有变态心理。至今独身，又与电视台主持人杨梅鬼混，这说明他的正常心理已经裂变，明知赵大平与杨梅有恋爱关系，他偏要当第三者，而且又不想娶杨梅。他就是以此为乐趣的人。

第三，高可天进入市政府是个大阴谋，他以个人的小聪明，步步为营，先在乐山县城营造气氛，然后七拼八凑成两本破书，以暗度陈仓之术，将《教育与生活》《教育与经济》传入市委市政府大院，以卓书记您求才若渴的弱点，以卑鄙的手段来获得卓书记的青睐。是为了将情敌赵大平从市政府里赶走。

卓书记，仅此三点，就可看出高可天的居心叵测，敬望卓书记三思。

×××

卓书记坐在自己的办公室里，手里久久地捧着匿名信，心里有说不出的滋味，谁是匿名信的主人？匿名信的可信度有多少？高可天真的是这样的人吗？那么，他进入市政府有什么目的？仅仅想为了赶走赵大平？他的那两本书是抄袭的产物？他与赵大平争风吃醋？与电视台女主播杨梅鬼混？这一切的一切打乱了卓书记的心思，也干扰了卓书记的心情。

正在这时，有人敲门。进来的是纪委书记宋朝。卓书记站了起来，将匿名信放入抽屉。问："宋朝，有事？"

"卓书记，我收到了一封匿名信，是举报高可天的。我觉得不可信，所以拿来给您看一看。"宋朝将信交给卓书记。

卓书记打开一看，除了卓书记改为宋书记之外，其他内容一模一样。这下才引起卓书记的怀疑。卓书记从抽屉里拿出那封匿名信交给宋朝，说："我也收到一封。"

"有人陷害高可天。"宋朝脱口而出。

"为什么这样说？"卓书记不解。

"卓书记，我对高可天很了解，知道他的底细。"宋朝说。

卓书记盯着宋朝问："你说说看。"

"高可天毕业于南京林产工业学院，他的大学老师王甘长是我的大学同学。王甘长与高可天的师生情非常好，至今还有联系，但是王甘长是一个婚姻受害者，其老婆是市井之人，蛮不讲理。高可天的独身主义是目睹了老师王甘长的婚姻状态产生了一种恐惧。加上童年时代父母的婚姻悲剧，以及姐姐受感情伤害，最后流落异国他乡，从此沉沦在红尘之中。种种的不幸与现实使这位年轻人过早地失去对爱情的憧憬，对婚姻的向往。所以他发奋攻读，博览群书。在大学时就与王甘长老师谈过人生、社会、教育、经济、文化，还做了许多笔记。高可天放弃去北京和上海的机会，回到家乡乐山县，他的工作、生活都非常低调，默默地创作《教育与生活》《教育与经济》两本书。许多异性向他示好，都被高可天婉言谢绝。因为他决心当一个快乐的单身汉。他的老师、我的同学王甘长非常支持和欣赏高可天的选择和生活状态。这是我在高可天进入江海市政府大院之后，一次偶然的同学聚会时从王甘长那里了解到的背景。我想，我对高可天所掌握的个人材料应该是非常准确的。所以，这两封匿名信是无中生有，捏造事实，有意诽谤。"宋朝作为江海市的纪委书记，他每年都会收到无数封举报信，并且要展开调查。但是，他对这封匿名信的虚假成分深信不疑。所以如实地向卓书记汇报。

卓书记听了宋朝的一番话，心头好像卸下了一块大石头，如释重负。并对高可天的艰苦人生、曲折青春、独特理想、艰难抉择给予了深深的理解。他对宋朝说："宋朝，我们既要爱护年轻干部，也不能祖护年轻干部。这样，你找个时间了解一下杨梅的情况，注意方法方式。不要给人家造成新的伤害。另外，打听一下，这封匿名信的主人是谁，一旦查出是诽谤，检察机关介入处理。"

宋朝点头表示赞同，然后离开卓书记的办公室，此时，卓书记桌面上的电话铃声响了起来。

# 16

雨水季节开始来临，阵雨、暴雨天气常常袭击着江海地区。整座城市在一片湿漉漉的背景下，忙碌着她应有的功能。江海市常住人口二百多万，加上这几年来外来人口不断攀升，使江海市日益显得拥挤起来。据不完全统计：目前江海市外来人口有三十多万，还有十多万的流动人口，占江海市总人口的十分之一。这也给江海市的社会治安带来不安定因素。

江海市委书记卓越在他走马上任时，就提出了开发江海西面的新区，称为海西新区。就是因为看到江海市区的街道、住宅、工作和社会活动已经不适应现代人的需求，商贸、企业、娱乐、住宅必须分流一部分到新区去。所以，卓书记很重视城市建设，在城市规划上提出了大胆的设想。由于种种原因，海西新区的进展停滞不前。本来，卓书记的构思就是利用江海地理环境的优势，扩大江海市区范围。当时，卓书记提出海西新区开发，是以江海以西作为建设新区。江海以西的"小海西"与海峡西岸的"大海西",两者虽然有所区别,但目标是相当吻合,这正是卓书记的梦想。而且他要把这些梦想托付给高可天去完成。

江海市只有两条繁华街道,一纵一横,形成较为独特的城市经济、文化的景观。纵的是商业大街,位于江南路上,全长约十公里左右,据说:无论在巴黎的哪一款时装面市,五个小时之后,就会在江海市江南路上的商业大街上出现。当然,也有山寨版掺杂其中。可见江海市的新潮和时尚是不言而喻。虽然当今是信息时代,人们可以从各种渠道获得自己有用的信息。江海市应该是跟上时代步伐的城市。横的是娱乐休闲区,是位于海西路上,全长也是十公里左右,在工作压力不断加大的现代人身上,人们需要放松。在江海市这条十里长街上,人们都可以找到令自己心旷神怡的去处。而且还常常有俄罗斯人、法国人出没,港台澳地区的同胞就更不要说了,好像是国际大都会。

江海人上街,离不开这两个地方。当然女同志更喜欢去江南路,男同志则喜欢光临海西路。这些年虽然也开发了不少步行街、商贸中心、娱乐城,但人气都不是很旺,就更不要说"海西"新区了。然而,这几年的楼盘价格像疯了一样不断飙升,海西新区盖了许多商品房,房价高到每平方米两万元以上,由于生活配套没有跟上,商业区还没有形成,所以入住率都很低。据说人们到海西新区买房,只是作为周末或长假之时的住处。上班、生活起居还是在江海市区方便。卓书记很是心疼,担忧海西新区这块处女地被糟蹋成黄脸婆。幸好党中央的春风吹绿了江海市,也吹绿了海西大地。以大海西的大建设代替了江海市小海西的小建设,这不是否定了江海市关于海西开发新区的做法,而是提升了原有小海西小建设的档次和规格。这当然让卓书记满脸春风了。这也就是卓书记为什么这么重视高可天的原因。

江海市有一个特色,或者说是一种景观。每天在街头上的大小路口,都有许多外来的农民工坐在那里等雇主。只要你家里屋顶漏水、下水道堵塞、马桶坏了,抽油烟机、空调机要清洗等活儿,到街头一叫,谈好价钱,非常方便。但是,这种景观也不雅观,这些民工在没活时就地一卧,有的打牌,有的打瞌睡。一些女民工边打毛衣边拉家常,还与男民工打情骂俏,影响市容。甚至还有一些无良民工做起小偷小摸的勾当。还有一群队伍也相当壮观,那就是"摩的"。就是专门骑着摩托车拉客的。这些年,下岗工人为了生计,买一部摩托车就可入市，简单又赚钱。那些拉客的摩托车为了省油，没客时，就在各个路口守株待兔，像一排骑兵一样，给市区交通造成压力，很容易发生交通事故。在江海市，自行车也多，加上电动车，就像一群蚂蚁似的在街道上过往穿梭。因为公共汽车太少，而且覆盖率不广，逼得人们选择出行的交通工具具有不确定性，近年来私家车也逐渐增多，给整个江海市交通造成新的困惑，天天堵车成了家常便饭。有人说江海市各种车辆不断增多，驾驶技术不断下降，交通安全意识很淡薄，开车做派很牛。

在高可天的眼里，就连小小的乐山县城交通状况也是一片混乱，何况车水马龙的江海市呢？高可天还没有来江海市工作之前，就领教了江海交通的厉害。当年是城里人往乡下走，而今是乡下人往城里挤。城里最苦最累的活是这些民工在干，最脏最不体面的活也是民工在做，许多城市管理者开始重视民工了，甚至把这些民工称为建设者。一些民工也自豪地把自己打工的城市称为第二故乡。高可天免费向街头派送馒头的灵感来自一位留学日本的同学。据说在日本的街口，每天傍晚政府都会向街口抛送面包之类的食品，因为这些食品保质期即将到期，不吃掉也会浪费，而且还会制造生活垃圾。是这位同学日本街头的亲自体验，给高可天思考提供了个案，每天向街头免费派送馒头的想法就是由此而来的。所以高可天那两本书能够让人耳目一新并且产生共鸣，关键是高可天的观点和看法不是凭空想象，而是以许多个案为基础，才形成了高可天的思想体系。

只是高可天没有想到，因为与十年前的同学杨梅意外邂逅，会牵出这么多意想不到的风波。他更没有想到的是这位往日傲慢的公主，如今会对自己情有独钟，而且表现出意想不到地疯狂，使高可天有些招架不住了。难道说杨梅没有男人就活不了了？难道说杨梅那么需要感情？高可天有些不理解。那么，杨梅是怎么进电视台的？与那个文艺处主任是怎么相识的？又怎么分手的？又与赵大平有什么样的感情瓜葛？无数个问号像蜘蛛网一样纠缠着高可天的神经。高可天就怕卷入这样的风波之中，让高可天后悔莫及的是自己已经卷入这场风波。

高可天突然发觉市委、市政府大院里的人以不寻常的目光注视自己，他知道背后里有许多人对自己指指点点。人言可畏，自古有多少英雄豪杰能够挡得住明枪暗箭的攻击，却躲不了流言蜚语的伤害。高可天是天不怕地不怕的人，他只担心自己的理想大厦会因此而毁于一旦。

# 17

又一阵大雨在人们毫无准备下降落了。高可天匆匆忙忙赶到市府大院，在办公室甬道上遇到一位美女。这位美女叫许真容，是市政府政策研究室干事。她毕业于西南政法学院，比高可天早一年进市府大院的，由于天生丽质，长得如花似玉，清纯得像湖面荷叶上的露珠，晶莹剔透。加之为人真诚，给人一种心比水软、情比血浓的感觉，所以人们给她一个外号：美女。高可天却习惯叫她小许，因为她要小高可天好几岁。

美女见高可天匆匆忙忙的样子，叫住了他，"高助理，给你透露一件事。"因为美女对高可天很欣赏，又看过高可天的书，心里也很崇拜，基于这些，她才决定偷偷地告诉高可天一件事。

高可天见状问："什么事？"

"有人揭发你，知道吗？"美女用几乎听不见的声音对高可天说。

高可天吃了一惊，问："谁揭发我？揭发我什么？"

"我听叶市长说的，我怕你还蒙在鼓里有危险，所以告诉你。"美女诚恳地说。

这不得不让高可天相信。他问："你知道揭发的内容吗？"

"我不大清楚，据说有三条罪状。"美女见有人过来，赶紧走开了。还呆在那里的高可天一时陷入思索之中。

正在这时，高可天的手机响了起来。他一看是卓书记找自己，赶紧接通了："卓书记，我是高可天。"

"可天，你来我办公室一下。"卓书记和蔼地说着。

高可天猜测到卓书记找自己干什么了，他一时心中无限忧伤，一种被人误会、冤枉的忧伤。几分钟后，高可天战战兢兢地来到卓书记的办公室，见卓书记正在抽烟，心里更加忐忑不安起来。要在平时，卓书记是不抽烟的，只有在他苦闷时才点燃香烟，今天的情况看来不是一种好兆头。高可天小心翼翼地说："卓书记，我给您添乱了。"

卓书记灭掉香烟，然后喝了一口茶。说："可天，我这次和叶市长带你参加第三届经贸项目洽谈会，你要做好充分准备。特别是海西项目、港口建设和核电站工程已经获得批准，材料都在叶市长那里，你要好好研究一下，做到了如指掌，如期做好招商引资工作，如期开工上马，如期交付使用。所以，你要掌握好三个如期啊。"

高可天有些丈二和尚摸不着头，卓书记不是向自己了解举报的事？是交代海西建设的事。这使高可天更加感到对不起卓书记，难道说卓书记在袒护自己？还是根本不相信举报的内容？高可天为了弄清楚内情，试探地问："卓书记，还有什么事吩咐吗？"

"对了，向街头免费派发馒头和创建无贼城市的报告方案抓紧写，你要在常委扩大会上做报告，然后形成文件。在今年国庆节前实施。"卓书记略有所思地谈着。

高可天点点头，其实他的那两个建议已经写得差不多了。这关系到自己的前途和荣誉，也关系到卓书记和叶市长的诚信。高可天当然不可怠慢，几乎是夜以继日地在电脑上折腾。但是，高可天感到很意外的是卓书记怎么只字不提举报的事呢？

正当高可天准备退出卓书记办公室的时候，卓书记又叫住了他："可天，今天晚上请你到我家做客，吃顿晚饭，想和你聊聊天。"

高可天停住脚步，双眼中露出感激的神态，他觉得眼前的卓书记似乎不是书记，而是比父辈更加敬仰的长者。高可天整个人感到温暖无比，然后说："卓书记，这样会不会很麻烦？"

"不会，你晚上七点前到达。我等你开饭。"卓书记用命令的口气对高可天说。

高可天知道，这时候恭敬不如从命，他点了点头，说："我会准时到达。"

阵雨过后，天边竟然有一束太阳光冲破乌云，使大地一下子灿烂起来。高可天的心情就像天上的乌云、太阳还有雨水一样，时而晴时而雨，时而飘忽不定。他已经感受到卓书记对自己的关怀和栽培，今晚邀请自己去他家吃饭，在高可天眼里，已经超越了市委书记对一个市长助理的关心。高可天除了感激也只有感激，他今晚不能空手而去，最后决定买两瓶张裕干红葡萄酒送去。

夜色就这样赶走了白天，高可天准时地到达卓书记的家。高可天没有去过卓书记的家，但知道卓书记家的地址和门号，也知道卓书记家的电话。

卓书记亲自开门把高可天迎了进去。桌子上已经摆上许多菜，卓书记转身向厨房里叫着"小卓，你出来一下，老爸给你介绍一个客人"。

这时从厨房里走出一个貌若天仙、气度不凡的女子，她微笑着向高可天示意："你好！"

卓书记说："这是我的女儿，叫卓心兰，在市旅游局工作。"卓书记介绍女儿后介绍高可天："他就是《教育与生活》和《教育与经济》的作者，叫高可天，市长助理。"然后叫高可天入座。

高可天腼腆地向卓书记女儿问好，见她长得如此姣好，不敢多看她一眼。卓书记见高可天提着酒来，他说："卓书记是不喝酒的。今晚特殊，第一次请你做客，喝点啤酒，下不为例。"卓书记说后自个儿笑了起来。

这一下让高可天感到轻松了许多。卓书记的女儿卓心兰没有入席吃饭，还在厨房里忙碌。高可天给卓书记倒酒，叫卓书记女儿一起吃饭。一瓶啤酒还没有喝完，卓书记就认真地对高可天说："可天，知道卓书记为什么把你叫到家里吃饭吗？"

高可天点点头动情地说："知道，卓书记是把我当成儿子一样关心。所以我心里就怕辜负了您。"

"没有这么夸张，不过，我确实很关心你，那是因为我爱才，的确有点把你视为亲儿。但是，如果不孝、不忠、无德、无能就是我的亲儿也没用。"卓书记的话说得掷地有声，表现出一个市委书记的正直与胸怀。

高可天说："卓书记，我听您的吩咐。"高可天感到此时的话变得很苍白，不知怎么说。

"可天，有人同时向我和纪委举报你的情况。叶市长也收到了，你要知道，市委、市政府内部有一些干部我是清楚的，喜欢搞一些小动作，捉风捕影。但是，身正不怕影子斜。在任何时候，你高可天都要记住，你的机会只有一次，一旦失去了，就是终身的遗憾，知道吗？"卓书记语重心长地说着。

高可天不断地点头，他脸有些红，不知是醉了还是心动。他问："卓书记，举报信里都说些什么？"

"你不要问，我怕影响你的情绪。不过，经过调查了解，纯属造谣。你应该经得起各方面的压力，思想不受任何影响，一如既往地去完成你的事业。这才是一个共产党干部，一个男子汉。"卓书记一针见血地指出问题。

高可天心神领会，坚定了信心。然后与卓书记拉了一会儿家常，并把自己的身世和家庭背景统统地向卓书记和盘托出。卓书记以长者的身份，并以自己的生活经验和人生阅历提出看法，供高可天参考。大约九点钟的时候，高可天带了一点酒气离开了卓书记的家。

# 18

雨后的江海夜晚，街道上显得格外清新，这时候的车和人也很稀少，一些路段还有积水。在橘黄色的灯光照耀下，街景显得色彩斑斓。卓心兰开着车，缓慢地向前行驶，副驾上坐着高可天，迷蒙的双眼，显露出七分醉意，三分清醒。

高可天离开卓书记家时的神态，估计是喝多了。卓书记赶紧叫女儿卓心兰开车送高可天回家。卓心兰是一个比较腼腆的女孩，长得一副清纯与典雅的模样，如出水的芙蓉，似兰花般高洁。但是她从来不以父亲是市委书记而高人一等，大学毕业不靠父亲帮忙，自食其力，到市旅游局工作。平时她为人低调，对工作积极，对他人热情。今年二十七岁的卓心兰也算是个大龄青年了，曾经谈过男朋友，因为男朋友想利用她父亲办事遭拒绝而分手，至今再没有谈过恋爱。卓心兰喜欢运动，业余时间里，常常与同事结伴打羽毛球，每周登山一次。她说有氧运动比什么都好。

卓心兰是看过高可天那两本书的，心中对高可天有一种爱慕之情，但她从来没有表露。她时常和父亲探讨高可天书中的内容，谈吐之间，卓书记听出了女儿的弦外之音。这位平时忙于公事、愁于江海市建设的书记，忽然觉得女儿的婚事该提上议事日程了。于是，卓书记想到了高可天。这位年轻有为的、与众不同的男人，如果能够成为卓心兰的男朋友，那多好啊！只是卓书记似乎听说过高可天要过独身生活。不管怎样，卓书记心里打算哪一天有机会请高可天到家里做客，与女儿卓心兰见个面，看看能不能碰出爱的火花来。

卓书记认为人是可以改变的，当年自己爱上卓心兰的母亲也是偶然的。人的姻缘天注定。只可惜，卓心兰的母亲过早地离开了人间，父女俩相依为命，幸好卓心兰懂事，没有让卓书记操更多的心。谁知现在女儿的婚姻大事成了卓书记的一块心病。这不，卓书记终于找到了机会，他不动声色地把高可天叫来，又自然而然地让卓心兰去送高可天。聪明的卓心兰感受到了父亲的良苦用心。其实，有了那两本书了解高可天的背景，当高可天进门那一刻的相见，卓心兰就在心里对自己说：这个男人值得去爱。尽管如此，卓心兰还是把这种感觉藏在心底，她要看高可天的眼里有没有自己，会不会发出异样的光。几次四目相遇，卓心兰虽然洞察到高可天对自己的欣赏，但缺少一种爱意。那目光深邃而有神，包含着一个男人的睿智，但没有爱慕的眼神，没有深情的目光。

矜持的卓心兰有些心慌，她始终认为交朋友容易，找知己难。在她二十七年的人生中，她似乎就是要等待高可天这样的男人，虽然至今她还没有和高可天说上几句话，但是，见他在饭桌上与父亲对饮、交谈，使她能够较为全面地了解高可天的综合素质，特别在有几分似醉非醉的情况下，更能洞察高可天的真面目。卓心兰不像电视台的那个杨梅，她的柔情是包容在含蓄之中，像江南女子一般，如同光影中的一阵清风，似乎水波里的一片涟漪，给人优美而清澈的陶醉。

卓心兰开着车，到了一个路口，她不得不问高可天："高老师，你的家是往左还是往右？"

高可天心中怦然一动，那声音好像宁静的夜晚里传出一首优美的曲子，让高可天有些心旷神怡，一下子醉意醒了几分。他看着前面的方向低吟般地说："应该是左边吧！"

卓心兰打了左边的方向盘，带着微笑地问："好像酒醒了一点。"

"真不好意思，深更半夜的让你来送，改日我一定要感谢你。"高可天诚心实意地说。

"是吗？高老师哪天要请我吃饭，我将十分荣幸。"卓心兰很开朗地说着。她把汽车行驶的速度放慢了，很想高可天的家还很远很远。

"你别客气，至今还没有谁叫过我老师，我感到不好意思，他们都叫我高助理。你也可以这么叫。"高可天在卓心兰面前不敢当老师。

"叫你高助理，不是都和别人一样了吗？"卓心兰的话中充满着某种与众不同。

高可天在温馨之余，感受到了一种敬重和好感。只可惜自己这辈子不打算结婚。如果要成家，像卓心兰这样的女子最适合。杨梅与卓心兰是不可比的，一个只有表面上的漂亮，一个却是内在的美丽。高可天怕卓心兰误会，赶紧说："卓书记很器重我，对我也很爱护。真的，如果不是高攀的话，我会把卓书记当成父亲。那么，你就是我的妹妹了。"

"我才不做你的妹妹呢！"卓心兰表面上和高可天开起玩笑，其实话中有话。

"你没我大啊！那当然要做我的妹妹。"高可天的醉意没了，酒又醒了许多，精神也来了。他还没有真正懂得卓心兰的意思。

卓心兰突然问："你交过女朋友吗？"

高可天不知怎么回答，沉默了一会儿。然后如实地说："我在大学时就决心这辈子过独身生活。所以没有去交女孩子。"

"怎么，你恨天下的女孩子？"

"不是，我是不相信爱情，对婚姻也没有信心。仅此而已。"高可天面对卓心兰，不知怎么的就坦露心迹。

"哦！你一定被女人伤害过。"

"没有，我没有交过女朋友，怎么会被伤害？我不想结婚只是一种生活的态度，没有更多考虑。"高可天轻描淡写地说着，好像说这话不是一时冲动，而是千年不变的初衷。

这时，卓心兰沉默了，在她的双眼里有淡淡的忧伤，在淡淡的忧伤里有无限的惋惜。然后对高可天说："高老师，一个人是可以改变的，其实你对爱情、婚姻的态度也可以改变。"

"我想很难。因为在我心中，想的是如何为江海而努力，为海西而奋斗，不辜负卓书记对我的殷切希望。从来没有去想改变什么态度。"高可天有些激动起来，他觉得在卓心兰面前要如实地说出自己的想法，生怕在不知不觉中伤害了卓心兰。

卓心兰又一阵沉默，汽车终于在高可天的楼下停了下来。高可天有些依依难舍，他并不是留恋什么，而是担心自己刚才一番话，是否让卓心兰心里难受。他说："感谢你送我回家。"

卓心兰依然沉默，她直直地望着高可天打开车门，下车了。然后一直追随着高可天上楼的身影，目光里，不自觉地流淌出泪水。

## 19

这个晚上，天空上的那轮明月显得特别亮。月光从窗外照进，屋内不用开灯，就洒满银白色的亮光。高可天失眠了，卓心兰的名字一直在他的脑海里回旋。卓心兰姣美的容貌一直在他的心田里涌动，卓心兰柔美的言语一直在他耳边荡漾。这是为什么？一个人几时才能在人生的道路上遇上这样的风景？一个想与红尘绝缘的男人，上帝为什么还让他与美女狭路相逢呢？高可天从来没有这样烦躁过，也从来没有这样对一个女子如此怀念过。他甚至相信世界上有一见钟情的事，虽然他至今还不相信爱情。在高可天心里，爱情只是朦胧的，互相只能看见三分到六分，过于清晰就没有了爱，就会互相埋怨互相揭丑。所以因误会而相爱，因了解而分手大有人在。但是，今晚的高可天非常难熬，他是在想念一个姑娘，这个姑娘又是卓书记的千金。如果自己成了卓心兰的男朋友，那么自己的前途又如猛虎添翼。然而，高可天不敢这样去想，也不能这样去想。

楼下的卓心兰坐在车上久久不想离去，她看着高可天家的窗户亮起了灯，她多么想自己能够变成一只飞蛾扑入那束光线之中，一直等到高可天家的灯光灭了，剩下月光的影子，让人陡生几分惆怅，然后才启动车子回家了。

有着恋爱经验的卓心兰，躺在床上也久久不能入眠。自己的终身大事又涌上心头。自己毕竟是市委书记的女儿，有的人是冲着父亲来的，她见这样的男人连多看一眼都不看。有的是冲她是独生女，有着许多财产可继承，她见这样的男人连多说一句话都无趣。就这样日子一天天地过去了。今晚这个男人是卓心兰赏心悦目的，就连那么挑剔而严格的父亲都能看得上，更不要说卓心兰自己。只可惜这么优秀的男人为什么要独身呢？世界上优秀的男人本来就很少，有的已经成了别人的丈夫，剩下的都是芸芸众生。卓心兰双眼再次潮湿了。就在这个时候，卓心兰床头的手机响了起来。

这么晚了还有谁来电？没有睡意的卓心兰抓起了手机，一听，心潮澎湃起来。原来给卓心兰打电话的不是别人，而是高可天。

"心兰，很冒昧，我打扰你了。"高可天的声音。

"高老师，不会，我还没有睡呢。"卓心兰起了床，半躺在床头。

"我打电话想给你道歉。"

"为什么向我道歉？你又没有做错什么？"卓心兰莫名其妙起来。

"在车上我的话不知有没有伤了你。"高可天说后又怕自己自作多情，又补充说："我是说我对爱情和婚姻的失望，会不会破坏你的心情？因为我感觉到你是一个多愁善感的人。"

"但是，我又是一个善解人意的人，你有这样的想法，说明在现实生活中，爱情和婚姻也许真的比不上面包和咖啡。我能理解，正因为这样，我对爱情、婚姻也要持慎重考虑的态度。"卓心兰略带理解的语气说。

高可天在电话那里笑了笑，然后说："我从来没有对女子动过心，今夜我面对着你失眠了。你是一个值得男人爱的好姑娘，可惜我没有这样的福气。"

"你太谦虚了，你如果真的动了心，那岂不是你在扼杀人性，一个人自然产生出的情感是最浪漫也最可贵的，你太狠心了。"卓心兰谈过恋爱，懂得如何去征服男人的爱，特别是优秀的男人。

高可天又笑了笑，说："这就是这么晚了还给你打电话的原因，我想做一个真实的人，我不会虚伪，所以才打电话向你解释，希望你不要因我而忧伤，要像往日一样快乐。"

"我是个乐观主义者，我曾谈过恋爱，分手两年了，从来不会感觉寂寞，更不会感到忧伤。但是，今晚与你短暂的相遇，好像是我一生中千年的等待，万古的姻缘，确实让我为之而忧伤。我在你楼下看着你的灯亮了，又看着你的灯灭了，然后流着忧伤的泪离开，宁静的夜色没有让我寂寞，而刚认识的这个男人却让我思念。今晚的夜好像特别漫长，而且又无眠。想不到在这样深的夜里，还能听到你的声音。虽然这声音还并不很熟悉，但是，我把他看成一种希望，一种黎明的曙光即将来临的希望。"卓心兰已经不能控制自己，毫无顾虑地袒露心迹。

高可天手拿着手机，好像在听轻音乐，每一个音符似乎都在演奏爱的旋律。高可天有些后悔打这个电话，他不知道如何结束这种谈话，他不敢无礼。他深知自己的身份，一个市长助理，受到市委书记的厚爱，这个市委书记正是卓心兰的父亲，这样的复杂身份如果没有处理好，会弄得赔了夫人又折兵。于是，高可天以折中的办法说："心兰，你愿意不愿意做我的妹妹？"

"我不是说过了吗？不愿意！"

"那我们交个朋友吧。"

"什么朋友？男女之间有真正的友谊吗？能做朋友吗？"卓心兰有些茫然，不知怎么理解男女朋友？她说："其实未婚男女之间的朋友关系在某种意义上就会演变为爱情。"

"对不起，我可能没有表达好，你不要介意。对不起。"高可天怕祸从口出。

"高老师，其实我很敬佩你的人格，我听父亲说过，也看过你的书，你的智慧胜过我的父亲。我父亲也承认这一点。我父亲说你能让江海变得更加美丽。我相信，你可以抛开儿女私情，可以死而无憾，说明你的胸襟与胆识。在这一点上让我望尘莫及。你的那些构想，你的那些建议，我更愿意把你想象成一个科学家，一个工程师。如果你的规划能够实现，你会当上市长、市委书记，或者是省长，也许会当上更大的官。有了这样的想法，使我感到在你的背后应该有一个人支持你、关心你。当然这个人不一定是我。"卓心兰再次向高可天进攻。

"我明白，现在就是你的父亲，尊敬的卓书记在支持我，关心我。"

"你不明白，我父亲只能是你的引路人，而你需要的是有人与你同行，一起走过漫漫的长路，一路上有美景，也可能有风沙。"卓心兰喃喃自语，侃侃而谈。

"是啊！人生的美景需要有人一起欣赏，只可惜上帝注定我这一生一世独自跋涉，无人喝彩。"高可天有些悲观。

"你不要这么悲观，也不要那么一成不变。计划总是赶不上变化的，说不定有一天你会改变主意，重新又谈情说爱呢？"卓心兰把话题放松了一点。

高可天沉默一会儿，心里想：是啊！一切事物时时刻刻都在发生变化，谁都不能改变现状，谁也不能预知未来。谁又能知道明天会怎样呢？于是，高可天说：

"你说得对，现在好像天边有了点鱼肚白了，我们不觉谈了一个晚上。"

"是啊！天快亮了。我依然没有睡意。"

"心兰，我们今晚的交谈不要告诉卓书记好吗？"

"我不会的，这是我们两个人的事，不是在你们市委、市政府大院。他若知道了，还以为我们在谈恋爱呢。"

高可天不好意思地笑了笑，然后说："那祝你早安！"

"再见！"

两个人几乎同时挂掉手机，窗外的天空开始在朦胧中淡淡地亮了起来。

## 20

江海原市长秘书、赵大平因犯故意伤害罪，被法院判有期徒刑一年六个月，并被开除公职。这是一则新闻，也是江海市政府的丑闻。高可天一早就从报纸上看到这则新闻，这则与自己有着直接关系的新闻，不得不引起高可天的思考。他为赵大平感到悲哀，一生的努力就此烟消云散。本来赵大平在市政府混了这么久，虽然年过四十，应该有一官半职，当一个局长、部长应该没有问题的。谁知心胸这么狭窄，嫉妒心这么强烈，而且没有正确的恋爱观，求爱不成反目成仇，这种扭曲的心灵，加上裂变的人格，使得他铤而走险。最后沦为阶下囚。此时，高可天刚到办公室，就接到杨梅的电话。

"可天，你知道了吗？赵大平被判刑了。"杨梅似乎心头除了一块大肿瘤，心情舒畅起来。

高可天没有欣喜若狂，他说："不管对谁，都是一则丑闻。这不但是赵大平的应有下场，也影响了你我的声誉，也给江海市委、市政府带来负面影响。我感到可悲。如果一个人没有处理好事情，不管是事业上，还是家庭上，或是感情上，都会发生不可收拾的悲剧。"

"你总是这样悲观，现在好了，我们安全了，没有人跟踪了，骚扰了。我们应该庆幸。"杨梅总是很乐观。

"你知道吗，有人举报我三条罪状，其中一条就是整天与江海市电视台女主播杨梅鬼混，乱搞男女关系。"高可天见杨梅没有丝毫反省的意思，忧心忡忡地说。

"这有什么？我们都是单身男女，而且至今都很清白，就是有亲密关系，也是正常的恋爱关系。让举报信见鬼去吧！还有两条罪状是什么？"杨梅愤愤地说。

高可天不想说什么，也不想与杨梅争论什么。杨梅见高可天不吭声，一直"喂、喂"地叫着，然后问："可天，你知道是谁举报你的吗？"

"不知道。"

这下换作杨梅不吭声了，她沉默一会儿，然后自言自语地说："刚才想起前段时间市纪委的人调查我的情况，原来和你的举报信有关。"

"你说什么？有人去电视台调查你？你看这事严重了吧！杨梅，你太锋芒毕露了。"高可天说。

杨梅又一阵沉默，然后脱口而出："可天，我知道是谁写的举报信了。"

高可天这一听，好像溺水的人抓到了一根稻草，赶紧问："杨梅，你知道是谁？"

"现在还不确定，但我要调查一下就会水落石出。"杨梅说完挂断了电话。

高可天还拿着电话发呆。他听市纪委书记宋朝说过，举报的人基本上排除了市委、市政府大院内干部职工所为。高可天也相信这一点，虽然市政府出现一个赵大平，他的极端举动，主要是感情上的事，他几次被杨梅拒绝后由爱生恨。男人最脆弱的时候是感情上挫败，才会产生毁灭性的念头。职场上的竞争，大多会选择走上层路线，或行贿去达到目的，不管怎么不择手段，不会轻易地置对方于死地。再说，高可天到江海不久，大部分干部职工还不太认识他，无冤无仇。虽然成为市委、市政府的红人，让一些人眼红、羡慕甚至嫉妒，还不至于去陷害高可天。高可天自己也在想：是谁这么心狠手辣？他想到了乐山县。是不是乐山县人对高可天下毒手？正在这时，高可天却听杨梅说知道是谁写的举报信，这让高可天愈加感到像是雾里看花，不知是什么颜色。

杨梅的判断，或者说猜测，是正确的。举报的人不是别人，而是杨梅的前夫，江海电视台文艺处主任吴同。这位大杨梅十来岁的男人，很有文艺细胞，而且才华过人，当年看上杨梅的时候，还没有和老婆离婚。但是外面有好几个情人。虽然都是逢场作戏，整天却乐此不疲。这些情人也都有一定的档次，不是歌手，就是舞者，还有是模特儿。杨梅当时也是个模特儿。

吴同手中有权，而且也讲义气，所以在社会各界有许多朋友。同时，吴同也很有钱，而且用钱很大方，许多漂亮的女子就愿意围在他身边转。杨梅就是其中的一个，很有心计的杨梅能够在情场上脱颖而出，不但使用了暗度陈仓之计，而且还掌握了吴同大量的不法勾当。很快，吴同的心和情就被杨梅所俘虏，隐私和内幕也被杨梅所控制。吴同无奈，只有让杨梅成为自己的妻子，才是安全的结局。就这样，杨梅进入了江海电视台，成为一名记者主播。然后吴同抛弃了结发之妻，娶了杨梅。

结婚不到半年，杨梅才发现，吴同这个男人有变态心理。比如，他每天晚上上床前要喝两杯红酒，每天晚上睡觉要和杨梅调情，而且不过正常的夫妻生活，也就是说，他光打雷不下雨，折磨得杨梅死去活来。用吴同自己的话说：人生就是需要刺激，刺激是生活的目的，快感只是暂时的感觉。他把这称为是性爱的最高境界。

有一次他把一个女模特儿带到家中，当着杨梅的面，要求两个女人脱光衣服比体形，然后由吴同本人做评点，从头到脚评价一番，不放过任何一个部位和细节，让杨梅受尽污辱。他说对女人的欣赏只有通过对比才能感受不同容貌、不同胴体、不同形态的性感程度。然后吴同自己也脱光衣服，要求杨梅和女模特对男人的身体进行评价。杨梅只好肉麻地对面前这只雄性动物进行不着边界的胡扯，直到让吴同野性大发为止。女模特儿只好当配角任由吴同摆布，她为了获得更多的人生机会，不惜以人格为代价。当杨梅得知吴同外面有许多情人的时候，才知道他在家里只打雷不下雨的真正原因了，杨梅对婚姻彻底失望了。于是，杨梅红杏出墙了。

仅有一次的红杏出墙，恰恰又被吴同发现。不管一个男人玩了多少女人，绝不允许自己的女人与另外男人有染。吴同当然感到耻辱。于是，吴同非常明白地对杨梅说："杨梅，你是不是很想男人。"

杨梅说："当然想，不然为什么要结婚。"

"那我问你，和外面的男人做爱感到刺激吗？"吴同变态地问。

"只是一种需要，谈不上刺激。"杨梅淡淡地说。她知道自己的风流事暴露了。

"那好，我让你彻底地刺激一次。"吴同说完拂袖而去。

第二天晚上，吴同带一个非常年轻强壮的男人回来。后来杨梅才知道是吴同从娱乐城用钱聘来的。那天晚上让杨梅终生难忘。自己的丈夫和陌生的男人一起让杨梅进入性的无底深渊里。他们轮番上阵，接踵而来疯狂地攻击着杨梅的肉体，把杨梅当成性奴一样地摧残。

接着吴同就提出与杨梅离婚，给了她一幢别墅、一百万人民币。杨梅想得开，点头同意。让人感到意外的是离婚后吴同还强求杨梅做自己的情人，而且一次要两个男人结伴而去。杨梅每次面对两个男人的折磨，痛苦万分但又敢怒不敢言。直到遇到老同学高可天后，杨梅才果断拒绝吴同的变态要求。

吴同不解，派人调查，才发现她有了新的男人。于是，吴同又发现这个男人是市长助理、市委市政府大院的红人。于是，他对杨梅百般威胁无效之后，见杨梅死心塌地改邪归正并钟情于高可天，想去重新寻找爱情，做一个贤妻良母。吴同很是嫉妒，心里不平衡，觉得杨梅曾是自己的女人，不能成为别人的贤妻良母。他知道自己的隐私被杨梅掌握得太多，不敢对杨梅下手，只好对高可天下手，让高可天身败名裂，一败涂地，才能让这位虚荣心极强的女人死心塌地离开高可天，重新成为自己和哥儿们的性奴。

于是，吴同经过精心策划，捕风捉影，捏造事实，炮制了一封举报信，列出三大罪状，将高可天打入十八层地狱。他把这封举报信分别寄给卓书记和纪检书记宋朝还有叶市长。他还准备寄给省委组织部。

这就是举报信的内幕，杨梅判断没有错，但她不敢对高可天说，怕因这封举报信引发出自己不可告人的往事。

# 21

夏天的火热天气，让江海市一夜之间变得火烧火燎的。等待许久的女性们开始时尚地袒胸露背了。倒是男士们依然裹着长裤和短袖。街头上行色匆匆的人们变得色彩斑斓起来。墨镜、太阳帽、披巾，还有各种花花绿绿的凉鞋成了街上最亮丽的风景，五颜六色，五花八门，一定程度地装饰着这座城市的时尚，点缀着这座城市的浪漫。

今天是星期一，高可天精神抖擞地到达了市委大院。十几个漫长的夜晚，终于让他完成了"关于向江海市区免费派送馒头的方案"。今天他要把这个方案提交给卓书记。高可天非常得意这个方案，他想卓书记、叶市长乃至那些常委们也一定会满意的，具体方案如下：

为了充分体现以人为本的城市管理理念，解决弱势群体的温饱问题，更好地给予外来工人文关怀，平等而友好地善待外来民工。江海市委、市政府研究决定，从七月一日中国共产党生日那一天起，每天向街头免费派送一万个馒头。同时也倡议一些爱心企业积极参与，给那些暂时在江海地区还没有找到工作的外来农民工兄弟姐妹充饥。

具体做法：

一、由江海市民政局负责，每天从中午十二点到十四点，在江海市区内分为东西南北区域，每人送一至两个馒头，解决他们一饭之需。

二、凡是外来农民工，无论男女老少，只要当天没有找到工作，均会得到至少一个馒头充饥。白领金领阶层的外来务工人员不列入派送馒头对象。

三、江海市人无论是否失业，或者家庭妇女、下岗工人、企业改制人员、退休人员均不能成为派送馒头的受益对象，这些人员应由当地社区进行生活补助。

四、每天派送的馒头必须保质保量，质量应该由小麦面粉制作成的馒头，每个馒头重量不少于二两。卫生必须符合标准，保证农民工暂时度过饥饿期。

五、希望农民工们有序地领取馒头，杜绝造成浪费并注意卫生，不给街头造成生活垃圾。同时禁止弄虚作假，尊重江海市的爱心，共同把这个免费派发馒头的活动开展好，并长期地坚持下去。希望有更多的企事业单位，特别是生产和销售副食品的企业和公司伸出援助之手，使江海市成为一座爱心城市。

高可天这个不到千字的方案，反复修改了五次，最后用最简洁、直白的文字敲定五点内容，让没有什么文化的农民工也看得懂，能理解内容的含义。

高可天在市委大院的走廊上，又遇见那位市纪委干事、号称美女的许真容。她轻轻地叫了声："高助理，以后要多多关照啊。"

高可天听不明白，一头雾水，关切地问："小许，你怎么了？工作上遇到了阻力？"

许真容笑了笑，那笑容像一朵夏花一样，带着火热的芳香扑鼻而来，又蕴含着含羞的青涩，令人怜惜。高可天也笑了一笑问："小许，我真的不太明白你要说什么？能不能讲清楚一点？"

这时，许真容才意识到可能高助理还未接到通知。于是，她神秘地问："你真的不知道？"

高可天摇了摇头说："真的不知道？到底又发生了什么？"高可天生怕又有人诬陷自己什么事。

许真容见状，才悄悄地对高可天说："我要做你的助手了。"

高可天还是不明白，心想：什么助手？市长助理本来就是市长的助理，自己还配助手？没听说过。高可天急着去见卓书记，他的包里揣着那一份方案呢。于是高可天应付一下许真容，说："到时候再说吧！"然后直奔卓书记的办公室。

高可天敲门后直入卓书记的办公室。只见卓书记低头正在批阅一份文件，高可天不敢干扰，就坐在沙发上等候。叶市长还没有来。

原来卓书记正在批阅市委组织部送来的人事任命文件。几分钟后，卓书记站了起来，活动了一下胳膊，然后看一眼高可天，示意高可天过来，将文件递给高可天，殷切地说："可天，这份文件一发，你就是江海市海西新区管委会主任了，并且全面负责大海西港口建设和核电站工程的招商引资工作，代表江海市政府与叶市长一起参加第三届'八一八'经贸项目洽谈会。你有没有信心？"

高可天边听着卓书记的话，边浏览一遍文件，立马想起纪委许真容干事说的话。原来她早就知道了，消息这么灵通？那么自己为什么还蒙在鼓里呢？高可天脸色变得凝重起来，很庄严地对卓书记说："卓书记，我一定努力工作，以您为榜样，打响建设海西第一炮，将江海建设成为南方沿海地区的典范城市。将江海新区建设成为与国际接轨的现代化之城、文明之城、和谐之城。"高可天好像是面对着党旗，宣誓般地向卓书记发下誓言。

卓书记点点头。他毫不怀疑地相信高可天的每一句话，他对高可天的关注，虽然只是从他的两本书开始，但是，他通过书中的文字判断出这个作者的思想境界，非常适合担任中层领导干部。只要给他一个舞台，就一定会给你表演出精彩的节目。卓书记说："可天，市委很关心你的成长，叶市长也很重视你的工作，特别为你配了一个助手。她就是纪委干事许真容。她是西南政法学院的高才生，为人正派、思维敏捷，也算是难得的人才。所以让她出去锻炼一下，你要好好地带她。以后配合你组建新区管委会。"

高可天恍然大悟起来。他说："卓书记，你放心，我一定会和她配合好。"高可天说着，从包里拿出那份方案递给卓书记说："卓书记，我的方案初稿写好了，请您审阅。"

卓书记摊开打印纸，认真地看了起来，然后对高可天说："你先忙去吧。叶市长有个紧急会议不来了。"

高可天兴高采烈地离开了卓书记的办公室。


## 22


高可天作为江海市海西新区港口建设和核电站工程负责人的身份，参加了江海市第三届经贸项目洽谈会。全国各地的商人、投资者，以及港澳台地区，亚洲一些国家的商贸人士、银行高管、企业家风涌云集在江海市。这座中等城市处于东南沿海，地理位置优越，依山面海，水上交通非常发达。这几年来采取了一系列优惠招商政策，吸引了许多海内外商客。为了更好地做好招商引资工作，江海特意建造了具有现代功能的展览中心，从新世纪开始每两年举办一场经贸项目洽谈会。时间定为每两年的八月十八日。故称为"八一八"。这是一场江海经济贸易的盛会，也是一场全国性的招商引资盛会。

由于江海市面对台湾海峡，大陆与港台地区的往来，先是由民间形式的文化艺术交流，到传统节日观光旅游，再到半官方的商贸小三通。作为沿海城市，江海当然首当其冲。近水楼台，从文化领域到经济领域都有了比较频繁的来往。近几年来，特别是台湾地区的商人非常看好江海这座突飞猛进的城市，每年都有十几个项目在江海地区落地。日本、新加坡等国的企业、商人也不断在江海投资，大的从事房地产，小的各种制造厂。新加坡还准备在江海建一座新加坡城，并把选址的目标定为海西新区。

每年的八月是江海最热的日子。炎热的江海城，给人感觉地球好像在发高烧。尽管如此，也挡不住来自四面八方的商贾云集。作为东道主的江海比这天气还热情，以文明之城、和谐之城接待客人。高可天坐在一辆奔腾小轿车上，他西装革履，还系着领带。此时的高可天安然自得，虽然他是第一次参加这样的盛会，但是他感觉非常好，他有着卓书记亲自面授机宜，有着叶市长亲自扶持，而且这些天对经贸项目洽谈会的了解、研究，目标明确，胸有成竹。

坐在高可天旁边的是原纪委干事许真容，这位精通政治纪律的美女作为高可天的助手，其实有着深刻含义。卓书记大胆提拔了高可天，从一个县城调到江海市，不到半年时间，将一系列的重要任务交给高可天，江海市委还根据高可天的一些建议，制定出对江海城市人文管理的新概念。一个年仅三十岁的年轻人，敢于幻想，敢于实践，特别是他身上那种热情高涨、执着钻研的精神，让卓书记暗中称喜。但是，卓书记也怕高可天政治素质不够硬，从一个学者型的普通干部到有着决定权的负责人，会不会权欲膨胀，思想会不会被歪风邪气腐蚀，误入歧途。卓书记深知不能轻易地提拔干部，但又不能将优秀有作为的干部拒之门外的道理。卓书记提拔干部的条件很简单，只有十六字：一生清廉，两袖清风。一心为民，大公无私。他认为高可天符合这十六个字。但是，他还是不放心，把纪委的许真容调到高可天身边当助手，这位知法知情的女子一定会给高可天带来好运。高可天当然不知道这些内情，高可天也必须接受这样的考验。而许真容是知道自己的使命，她也有这种觉悟。

奔腾轿车停在了江海展览中心广场上，前面有红地毯，半空中飘着红气球，各种标语和口号让人心潮澎湃。各方媒体记者来往穿梭。上午是第三届经贸项目洽谈会剪彩仪式，高可天与叶市长一道代表江海市委、市政府官方参加剪彩仪式。这就是高可天今天为什么要西装革履的原因。从汽车上下来的高可天，额头上开始冒汗，许真容紧紧跟随在高可天身边，不断地递给高可天卫生纸，高可天不时地擦着额头上的汗珠。

剪彩仪式是在露天的广场上，大约九点钟的时候，市级领导代表、商贸人士代表作为第三届江海经贸项目洽谈会剪彩仪式的嘉宾一行字排开。高可天被安排在叶市长旁边，这时候各界知名或不知名人士会对剪彩的嘉宾评头论足，说这个嘉宾是某某，那个嘉宾是谁。就是高可天这张脸庞比较陌生，好多人并不认识。于是，高可天愈发引人注目。

半个小时后，开幕剪彩仪式结束，这时的高可天已经是大汗淋漓了。他在许真容陪同下来到展厅。叶市长和其他领导直接回市政府。高可天到了展览厅后，脱掉了西装，细心的许真容说："高助理，我帮你拿　　"

高可天轻声地说："小许，现在不能叫高助理了，叫主任。"

许真容叫高可天为高助理习惯了，现在高可天是海西新区管委会主任，港口建设和核电站工程负责人。她笑了笑说："对不起，我以后改叫主任。"

展厅内容可以说丰富多彩，各种项目说明会、招商引资介绍会、青年论坛会、项目洽谈会等等。有国内兄弟城市的企业家、商客，有港台地区的龙头企业代表，还有海外金融人士。展览中心有两个项目特别引人注目，一个是港口建设，一个是核电站工程，这两个项目江海市委、市政府已经立项，由经贸委的同志负责项目展示说明、洽谈。

高可天与助手许真容花了将近一个小时，对整个展览中心巡视了一遍。给高可天最大的感觉是新科技、新项目伴随着新发展，新机遇。这让他联想翩翩：如果有一天，在江海市委举办一场城市建设与人文管理的展示会，那将是什么样的情景？高可天抱着几分幻想，但又多了几分好奇。他总是在幻想与好奇之间开拓自己的思维，幻想可以让人变成现实，而好奇则会让人无止境地去攀登。因为越高的地方风景越好，风景越好的地方越有奇光异彩。

这时，助手许真容问："高主任，我们港口建设和核电站工程的项目，今天在洽谈会上能谈成功吗？"

高可天说："今天不可能，我们的任务首先确定招商，然后再引资。今天能够有个意向算不错了。"

正在这时，高可天的身后有人叫他："可天，你也在这里啊！"叫高可天的是电视台记者杨梅。她知道高可天来剪彩，但还不知道他是港口建设和核电站工程项目的负责人。

高可天见状，做了介绍："你好，杨梅，这位是我的助手许真容小姐。"

然后介绍杨梅："她就是电视台女主播杨梅。"

许真容点点头，表示认识，而杨梅伸手礼貌地握着许真容的手说："认识你很高兴，今天想做一期关于第三届经贸项目洽谈会的节目。两位能不能接受采访？"

这时，高可天才发现杨梅的身后站着一个小伙子，而且扛着摄像机。高可天挥了挥手说："杨梅，我们还有任务，不采访了。"然后与助手许真容匆匆地离开了。


# 23


正在这时，一个披着丝巾的女子向高可天走来。那是一个大约三十岁的女子，一米六以上身材，整体苗条，局部丰满，浑身上下性感十足，让人猜不透她到底是少女还是少妇？浓密的头发瀑布般披在背后，长长的眉睫一闪一闪的，把那双丹凤眼衬托得棱角分明，黑白清楚。吊带裙子黑白相间，在身上飘逸轻盈，显得优雅而华贵。高可天猜不出她的职业和身份，更猜不出她到展览中心做什么？也猜不出此时她向自己徐徐走来的目的。

"请问你是高先生吗？"一句清脆的声音，如夏日里的一阵清风向高可天吹了过来。

高可天看着眼前这位女子，判断她绝不是江海本地人。那么她怎么会认识自己？高可天有点犹豫："你是……？"

"我是你的读者。"这位女子微笑地说着。

"哦！"高可天惊讶了。

"恕我冒昧，三个月前，我在书店里买了一本叫作《教育与经济》的书，书上有你的光辉形象。我猜你是不是教育家，也可能是经济学家，书写得很好，很有收藏价值，所以印象非常深刻。今天看见你出现在第三届经贸项目洽谈会开幕剪彩仪式上，让我对你的身份产生了浓厚的兴趣和好奇。"这位女子对高可天的背景娓娓道来。

高可天恍然大悟，他常常遇到这样的情况。那两本书给自己带来了许多荣誉，也给自己带来意想不到的惊喜。面对自己的粉丝，高可天不知道说什么好，更不知道怎么介绍自己。他使出外交辞令："感谢你对我著作的厚爱，你今天到这里？"

这位女子见高可天不想介绍自己的身份，就先做了自我介绍："我叫周明朗，苏州人。我大部分时间都在瑞典，一年前才回国，我是瑞典一家公司驻江海市招商引资的代表，所以这个洽谈会我必须参加。"

"哦！"高可天点了点头，"周女士年轻有为。"

"哪里，哪里，高先生一定是精英人物。不知高先生肯不肯交换一下名片？"周明朗说着从兜里拿出一张精致的名片。

高可天接过名片，浏览一下，上面印有几行大字：瑞典皇家商业城驻中国地区招商引资代表：周明朗。然后是电话和手机号码、办公地点。高可天非常抱歉地说："周代表，很不好意思，我还没有名片。我给你写一个手机号码好吗？我今天是以经济专家身份被邀请而来的贵宾。"

"哦，原来如此。这样吧，如果中午有时间，我请高先生共进午餐，高先生会不会赏脸？"周明朗见高可天能参加这样的剪彩仪式，一定不是等闲之辈，就向他发出了邀请。

高可天犹豫了一下，无法确定中午是否有空。周明朗见状说："高先生有困难，吃顿便饭不至于很为难吧。"

高可天感觉自己有些小气，他说："可以，我们共进午餐，不过我要改一下你的说法，不是你邀请，还是我请你好了。"

周明朗笑了起来，心里想：男人总是讲究面子的。这样也好，先吃他的，以后再回请。于是，周明朗说："行啊！谁买单都一样。"

高可天回头对许真容说："小许，你先回去，叫我司机送你，我还有事。"

许真容很不情愿，作为助手，怎么能半途而归？难道高主任对眼前这个女子动心了，有什么事情要瞒着自己？这么一想，她只好不吭声，毕竟刚跟高可天几天时间，她不敢随便反问，就对高可天说："高主任，那我先走了，你有事打手机给我，我会马上过来。"

时间已近中午，展览中心开始送快餐了，工作人员大部分都是吃快餐的。高可天和周明朗边说边走出了展览中心，他们的话题大部分围绕高可天两本书的内容。周明朗只看过高可天的《教育与经济》，没有看过《教育与生活》，高可天答应周明朗有机会一定签名送一本给她，并告诉她自己准备接着写第三本书，书名叫《教育与社会》。是教育三部曲的最后一部。周明朗多年来在商场上风风雨雨走过，听到和看到的都是关于商业的话题，还有那竞争激烈的场面。偶尔听到一个文化人的讲话内容和方式，感到格外清新和惬意。

周明朗是自己开车的，她那部红色凌志小轿车开在江海的街道上，非常时尚而显档次。她想高可天可能没有车，就示意他坐在副驾上。别看周明朗是个女子，但喜欢飙车的。他们上了车以后，由周明朗做主，直入江海比较有名的日本料理。这家名叫红缨的日本料理店是江海市最高档和最正宗的一家。高可天与人共餐不计档次高低，却讲究环境卫生，不讲吃饭形式，却讲究吃饭气氛。

两个人进了包厢，对面就座，然后简单地点了菜。正在这时，高可天的手机响了起来，高可天一看是助手许真容的电话："小许，你有事吗？"

"高主任，您在哪里，要不要一起吃饭？"许真容是在市委给他打的手机。

"不要了，我已经在吃饭了。"高可天说。

"对了，高主任，卓书记交代下午三点去找他一趟。"许真容猜想高可天可能在外面和朋友一起吃饭，和什么朋友一起共餐她不得而知。

高可天说："小许，好了，下午我去。"然后把手机挂了。

周明朗好奇地问："是不是家里打来的？"周明朗隐约地听到对方是女声。

"不是，是我的一位同事。"高可天如实地说。

"哦！那你要不要向家里通个电话？或者请个假？"周明朗半开玩笑地问。

"不要，我是个自由的人，但是，也是个自制力很强的人。"高可天幽默地说。

"这话怎么讲？"

"一个人的自由不自由，不是别人管，而是自己管。我是属于自己管自己的那种。"高可天说后笑了起来。

周明朗说："那你老婆是个通情达理的女性，能给你这样的自由，难得。"

"那你很会管丈夫了？"

"我不知道。"

"怎么不知道？你有给你的先生什么样的自由？"高可天问。

"我现在还没有先生，我想如果有了先生，一定会给他一定的时间和空间。"周明朗有些尴尬，觉得自己都三十了还没有结婚，不知高可天会不会笑话自己。

高可天想不到周明朗还没有结婚。他说："周小姐为了事业，不要耽误个人大事。"

"是啊！像高先生这样，小孩一定都很大了吧。相比之下，自己感到很孤单。"周明朗感慨地说。

"周小姐眼睛不要看得太高，感情的事没有十全十美的。"高可天答非所问，有意不谈自己的事。

周明朗说："我很相信缘分。总感觉心中的他在世界的某个角落等着，总有一天会遇上。"

高可天被她这么一说，拿起桌子上的茶杯，举了起来说："来，以茶代酒，祝你心中的他在世界某个角落尽快地遇上。干杯！"

"谢谢！"两个人举杯，一饮而尽。就这样，高可天和周明朗认识了……

# 24

一场意想不到的风波，像大海的潮起潮落掀起了千重浪。又是捕风捉影？还是别有用心？风波的主人公高可天感到了生活中到处暗藏着小人。

本来就是一个很正常的午餐，就是与一位异性共进午餐，怎么就成了利用手中的职权，通过第三届经贸项目洽谈会开幕式，将一位商界美女揽入怀中？这是谁的诬陷？什么利用港口建设和核电站工程的负责人身份，勾引美女？这不是血口喷人吗？还有什么海西新区管委会主任，就配备了一位美女助手，是生活腐化的象征？这不是市委安排的吗？怎么会不是风就是雨？高可天有些忍无可忍。这些人吃饱撑着没事干。难道自己被人跟踪了？自己的一举一动都被人所监视？如果一个人连起码的隐私都没有，那还要什么助理、主任、负责人干什么？自己不就是和一个在开幕式上认识的瑞典驻江海代表周明朗女士吃一顿饭吗？这不是为了工作吗？怎么就成了与美女幽会，想吃人家的豆腐呢？真是无稽之谈。

高可天是发了很大的火，觉得"害人之心不可有，防人之心不可无"的古训有道理。但是，高可天心知肚明，自己没有干过任何对不起党和国家的事，也没有做过任何有损市委市政府形象的事，更没有做过任何让自己斯文扫地的事。可是人言可畏，难道仅仅因为自己是个单身汉，今天与一个女性谈话就有夺人之美嫌疑吗？明天与一个女性约会，一定就是男女偷情吗？这是谁的法典？又是谁的逻辑？高可天一气之下想去找卓书记诉苦。

傍晚的夕阳依然那么热情，似乎没有摔到山沟里。高可天趁下班之前，匆匆忙忙去找卓书记。但是，他的冲动很快被助手许真容阻止了。她说："高主任，你那么稳重的人，怎么也经不起那些不攻自破的谣言刺激？你找卓书记解释什么？他能给你证明什么？以市委书记的人格证明你高可天清白？那是不可能的事，那只能引起人们更多的误会。如果你想向卓书记解释、表白、诉说委屈？那又怎么样？就算卓书记相信你、理解你、支持你，普天下的人们都能相信你、理解你、支持你吗？所以，你去找卓书记是下策。"

许真容的一番话，使高可天停住了脚步，他面对着许真容有些哭笑不得。在高可天眼里，这位助手还有些天真，平时只知道她柔情似水的一面，今天听她这一番分析，简洁而一针见血，说得很有道理，让高可天刮目相看。高可天点了点头，说："你讲得有道理，那么小许，你相信人们的谣言吗？"

"当然不相信。"许真容脱口而出。

"是真话？"高可天小孩子般地问。

"高主任，我说了你不要生气。"许真容小心翼翼地说。

"你说，我不生气，谁让你是我的助手呢？我连这点风度都没有，哪有资格当你的主任？"高可天怕她不讲真话，向她承诺。

"那天开幕式你的行动是有些可疑，你突然打发我回去，好像你和周代表之间有什么事不便我知道。后来打电话给你，你说在外面吃饭，我猜一定和异性共进午餐，你一个人不会在外面吃饭的，特别是中午。那些谣言验证了我的猜测是正确的，但我不相信你是风流之辈。就是谈恋爱也没有什么，你不是还单身吗？难道自由恋爱也不行？"许真容如实地说出自己的感受。

高可天呆呆地看着许真容，然后向她解释起来："小许，那天我没有打发你回去的意思，那天中午和一个异性共进午餐是事实，那是一件很偶然的事。你知道我是不想结婚的人，就没有恋爱一说。这段时间我满脑子都是招商引资港口建设和核电站工程。我必须年底前拿下这几个项目，明年上半年前资金到位，才能赶在第四届经贸项目洽谈会之前上马开工。再说那天中午一起吃饭是瑞典驻江海招商引资的代表，偏偏她又读过我的作品，她根本不知道我的身份，应该是出于对我的崇拜而已。在她心目中我是一名学者，而我预感她的能力可能对我们的海西建设会有帮助。所以才一起去了红缨日本料理。"

许真容咯咯地笑了起来，然后开玩笑地说：还真是很传奇很浪漫呵！可惜某些人真是不解风情。不过，高主任，我理解，自从我认识你到现在跟着你，处处让我感受到你的与众不同，可是，你在感情上为什么这样小心翼翼？那么神秘？人非草木，孰能无情？谈情说爱，是人生必经之路，又何必避而不谈呢？自古寡妇门前是非多，男人也一样。我劝你赶紧谈恋爱结婚吧。"

高可天倒是听得很认真，他再也不敢小看自己的助手了。年纪不大，点子不少。经历不多，感情丰富。许真容的几句话确实讲到他的痛处。没有快乐童年的高可天，从小就没有得到家庭的温暖，让他更早地学会独立。青年时代的他除了汲取知识，还认真地阅读社会，思考生活，并且把自己的情感封锁在冰天雪地里。父母的不幸婚姻、姐姐不羁的感情游戏、大学老师被爱情和婚姻折磨得死去活来，这一幕幕没有硝烟的战争，温柔的陷阱，使高可天大学还没有毕业就下定了决心：这一辈子打死也不结婚，一定要做到不爱美人爱江山，同时也尽量做到不被人所爱。但是，生活本身就是一部无字天书，任何人都无法预先写好自己的人生。每当生活翻开新的一页时，都有意想不到的事件发生。你无法把握，也无法制止。今天很快乐，明天也许很痛苦，现在可能穷光蛋，将来说不定会变成富翁。

在人生长河中跋涉的高可天，其实已经领教过这样的现实：他曾面对同学杨梅的火热调情，心中涌起了某种冲动，遗憾自己为什么要许下一辈子不结婚的誓言。他也曾面对卓书记女儿卓心兰的真情流露，心中无限烦恼但只能忍痛割爱。还有身边的助手许真容，常常送来火辣辣的目光，似乎要把自己的情感点燃，那是多么难受的滋味啊！高可天面对这一切，他甚至害怕夜晚的到来，夜会给人无限的空虚和幻想，夜又会让人有许多美梦和噩梦出现。高可天已经把长夜压缩得很短很短。此时，他被许真容这么一说，勾起自己无限的哀怨。悲哀自己不曾谈恋爱，悲哀自己还没有结婚。才让人觉得自己见到美女一定会垂涎三尺了，才让人怀疑自己是一个大色狼。但有谁知道自己不想恋爱不想结婚的内在痛苦呢？自己的人生选择又怎么能够去向人们一一解释呢？真是悲哀。

许真容见高可天沉默之中又有几分失意，心中涌起了无限的关爱，她生怕心中的偶像被自己的话语所伤害，她多情地问："高主任，你怎么了？是不是我说错了什么？"

"没有，你讲得没错。我只感到自己很悲哀，有时太情绪化了。"高可天轻描淡写地说着。

"高主任，你能不能改变主意？其实，你还没有尝试过恋爱、婚姻！怎么就没有信心？你提倡和谐社会，你要知道社会要和谐，首先要有美满的婚姻，稳定的家庭。"

"问题是现在的婚姻有几桩是美好的？还有现代的家庭有几家是幸福的？"高可天悲观地说。

"高主任，你试一试吧！"许真容喃喃地说着。

"怎么试？"高可天一头雾水。

"高主任，其实我暗恋你好久了，我想成为你的女朋友，你会爱我吗？"许真容动情地说着。

高可天一听，一阵茫然，不知该说什么好……

# 25

人的感情有时真是莫名其妙，高可天没有经历过感情的事，却常常被感情所煎熬。

有人说过人怕出名猪怕壮，是有道理的。高可天在很短的时间里名扬千里，这不得不让人产生种种猜疑，各种说法都有。有人一边对高可天评头论足，一边又对高可天点头哈腰。人们知道，高可天是卓书记身边的红人，而且身兼数职，市长助理、海西两大项目港口建设和核电站工程负责人、江海市海西新区临时管委会主任。虽然还没有正式任命，可想而知，将来海西新区掌门人一定是非高可天莫属了。

高可天就是站在这样的风口浪尖上，名望也日渐高了起来。于是，他在江海市的进步和作为很快传到了乐山县。

乐山县教育局有一个叫罗兵的副局长，是高可天在乐山县教育局时的分管领导。这位年近五十的中年男人据说当了近十年的副局长，就是无法转正，几次机会都失之交臂。他利用职务之便将乐山县城下属中小学校校园建设工程承揽交给自己的小舅子去做，并且给了教育局几个领导一些好处。几个处长也接受他的收买，尝了一点甜头，自然不敢说三道四。有一次罗副局长要请高可天吃饭，这是很给高可天的面子，哪有上级请下级吃饭的？其实高可天知道，那是鸿门宴。有道是吃人家的嘴软，拿人家的手软。高可天拒绝了。

罗兵有些恼羞成怒，那天下午刚下班的时候，他到了高可天的办公室。罗副局长开门见山地说：可天处长，你是一个很有才华的年轻处长，人品也很好，应该很有前途。像我当了十几年的副局长，还是老样子，一生都献给了教育事业。现在国家很重视教育，经常有一些中小学校需要改建、扩建，还有教学楼、宿舍楼等等，我小舅子是搞工程的，而且有资质。我在乐山县教育局也是老资历了，将一些工程交给自己的小舅子做也是天经地义的，当然也承蒙乐山县教育局领导们的关照，给了不少方便，我罗兵也懂规矩，没有亏待大家。几次请高处长吃饭，我也给足了面子，高处长不赏脸，我不怪你。但是，希望高处长不要说三道四，以免祸从口出。

罗兵的一番话，高可天听得很生气，觉得这位十几年资历的副局长真没有水平。罗兵几乎垄断了所有中小学校的建设工程，这已经是人人皆知的事实。他整天开一部丰田小轿车，哪来的钱？那些拿他好处的人不敢说，有是非之明的人总会发些感慨。罗兵本人一定听到什么风声，所以威胁高可天来了。高可天说："罗副局长，学校的工程总是要有人做，只要合法，通过正当地竞标，凭实力拿到手的工程没有什么可怕的，因为工程的质量关系到学校师生的生命安全。你今天给我说这些，说明你没有通过投标，而是通过你给下面施加压力，将工程介绍给你的小舅子，所以心虚了，来威胁我这个下属。罗副局长，我没有心思关心你的事。如果你运气不好，很多部门都可以管的。我高可天又算什么？我是你下属，如果我有能力，早就会去左右你的思想，制止你的不妥做法了。"

高可天的一番话，让罗兵感到此人非等闲之辈。于是，他赶紧眉开眼笑起来，和蔼地说："小高啊！你不要误会，言重了。其实，我小舅子认识你。"

高可天问："是谁？"

"他叫马征远。是你的中学同学。"罗兵说。

"马征远？是我的中学同学，他现在搞工程？"高可天有印象，虽然高中毕业后从来没有联系过，现在自己大学都毕业了。中学同学也有组织过同学会，因各种原因，高可天都没有参加。这时听罗副局长说马征远是他的小舅子，颇有些冰释前嫌的味道。

罗兵说："他如果像你考上大学，毕业后还出版专著，有远大的理想，前途也一片光明了。马征远高中毕业后从小工程做起，做小包工头，然后组建建筑公司，现在也可以承接大工程，江海市的花园大厦就是他盖的。也做过公路、隧道、水电站工程等等。所以学校的改建扩建对他来说小菜一碟。"罗副局长不断地夸自己的小舅子。

高可天点点头，心想，这和我有什么关系？不过从此之后，罗副局长对高可天格外好，在教育局内部，对高可天的工作给予很大支持。高可天的第二本书《教育与经济》也得到罗副局长的帮助。他还为高可天在《教育报》上写了一篇评论文章，高度赞扬了高可天的《教育与经济》是一部教育百科书，也是一部经济参考书。就这样，高可天和罗副局长有了来往。在罗兵眼里，这位学识盖人的高可天并不是一个可恶之人，从他的生活细节看，还是一个性情中人。虽然个性独特，终身不娶。但是，高可天和这位顶头上司来往，是小心翼翼的，决不上他的当。

有一次，罗副局长偷偷对高可天说："可天，你还年轻，要争取进步，乐山县教育局长这个位子一定要争取。要不要我拉你一把？"在罗兵眼里，你高可天不爱财，一定是爱当官吧！

高可天轻描淡写地说："罗副局长，不要说教育局长，就是乐山县长我也不感兴趣。"

"那你要什么？"罗兵有些不解。

"我还没有想好。"

罗兵哈哈大笑起来。他其实很羡慕高可天这种状态。一个人一旦有了欲望，烦恼的东西就多了。特别是一种欲望一旦得到满足之后，就会有新的欲望，而且永无止境。

在罗兵眼里，人就是贪婪的。自己已经五十多岁了，政治生涯上已经日暮西山了，生命旅程里的欲望却依然旺盛。所以也就不怕犯错误，胆子也大了，城府也深了，行为也开始卑鄙了。罗兵心想，高可天不一样，他的心很高，他的目光很远。就好像他要终身不娶一样，他绝对不做被一个女人所爱的男人，真正的男人要被众多的女人所爱，那不仅是男人，还是英雄。高可天可能就是这样的人。

果然如此，半年之后，当罗兵听到高可天可能会被提拔当乐山县副县长的消息时，才感到自己的预感是多么准确。有一天晚上，作为高可天的分管领导，罗兵亲自登门拜访高可天。让高可天感到意外的是，罗兵的到来竟然是给自己做媒，想介绍一个女子给高可天。这个女子不是别人，而是罗兵的千金，年仅二十五岁的罗梦，这让高可天啼笑皆非。

　　那天晚上罗兵说得很诚恳，并且介绍了自己的千金是如何漂亮，又如何善解人意，而且风情万种，又贤惠达理。高可天只好不断地感谢罗副局长的一番美意，说些客气话，不敢高攀罗局的千金，怕自己不才，不解风情，耽误了罗局千金的青春年华。罗兵见高可天有意推卸，只好亮出底牌，说如果高可天答应这门亲事，他愿意用百万巨资陪嫁，并让女儿一生支持高可天的事业，甘作有力后盾。

　　高可天对罗兵如此一副德行，心中既瞧不起他，又有几分可怜他。他也只好亮出底牌：独身主义。

　　罗兵当然知道高可天终身不娶，他只是想诱惑高可天，改变他的初衷。如果他能成为自己的夫婿，不但女儿幸福，自己脸上也有光。

　　但是，高可天只能让罗兵失望。

# 26

　　应该说，高可天到江海市后成了市长助理、海西新区临时管委会主任、海西港口建设和核电站工程负责人后。罗兵是第一个到江海找高可天的人。

　　火热的天气没阻挡罗兵的脚步，这位已经发福的中年男人在教育系统打拼近三十年，混到副局长之后，再也不能往上爬了。于是，他调整了方向，从学校招生入手为亲戚朋友开绿灯，得到了一些好处，尝到了许多甜头，而且一举两得，既捞到一些好处，又卖了许多人情。那些亲戚朋友说罗副局长就是好，解决了孩子上学的问题。现在哪个父母不是为了让孩子到好的学校读书四处求人呢？于是，罗兵从此吃香了许多年。

　　他的小舅子偏偏又是一个包工头，从私人包工头到有资质的注册建筑公司，罗兵的小舅子马征远已经是今非昔比。有些财大气粗的马征远通过姐夫的关系，打通了乐山县教育系统的层层通道，几乎垄断了乐山县内所有中小学校零零碎碎的建筑工程。罗兵从中得到的回报是他三十年辛辛苦苦所得到的都无法相比。罗兵当然很看重小舅子从事这一行当的利润。而马征远早就对江海市海西建设志在必得，当他了解到海西的港口建设和核电站工程总负责人是高可天时，欣喜若狂。因为他知道高可天曾是自己姐夫的部下，通过这条渠道，拿一些海西的建设工程应该不在话下。

罗兵就是受小舅子之托前来找高可天的，他信心满满，自己只要出面搭桥牵线，就可以从中渔利。这简直就是天上掉下馅饼一般，一夜可以暴富。

罗兵到达江海市还不到十点，他知道高可天的手机号码。所以罗兵直接挂了手机给高可天。

"小高啊！我是罗兵啊！"罗兵称小高，显得非常亲和的样子。

高可天见是乐山县教育局的罗副局长，也显得礼貌和客气起来："哦！罗局啊！你找我有事吗？"

"我现在人在江海市，顺道想去拜访你。"罗兵亮出来意。

"哦！这样吧，中午我请您吃饭。我上午在忙一个方案。好吗？"高可天这时正在市政府，他正在和助手许真容探讨下一步如何开展招商引资工作。

罗兵只好等到中午。此一时，彼一时，一个堂堂县教育局副局长，更多的时候是别人等他，他很少等过别人，可到了江海市办事，他想不到等的不是别人，而是昔日的部下。

高可天不知道罗兵找自己有什么大事，他出于礼貌，就安排在市委附近的一家餐厅里吃饭，而且还带着助手许真容一起去。罗兵手上还提着一袋东西，高可天不清楚是什么，他没有想到是不是送礼之类的。高可天非常热情，毕竟是自己过去的顶头上司。他对罗兵说："罗局，你风采依旧啊！来，我介绍一下，这位美女是我的助手，叫许真容。"

罗兵打了个招呼，伸手与许真容握一下，赞美地说："许小姐确是貌如天仙。"

许真容的脸一下就红了，嘴上说："幸会，幸会。"眼睛瞟了一下高可天，不知道是甜蜜还是酸溜溜的。

高可天说："真容，他是乐山县教育局副局长罗兵，是我在乐山县教育局时的分管领导。"

许真容点点头，说了一句："罗局长好。"

三个人坐下，高可天点了菜，还喝了啤酒。许真容一直提醒高可天：下午还有事，不要喝太多。因为她知道高可天一喝酒脸就红。正在这时，罗兵悄悄地对高可天说："可天啊！你的变化很大，听说你现在不单单是市长助理，还负责海西的港口建设和核电站工程。你知道，我小舅子马征远现在工程越做越大。今天来就是想通过你先做个铺垫，看在我们乐山县教育局时的关系，弄一两个工程给马征远，决不会让你失望。许真容小姐是你的助手，你能将她带出来，我想也不是外人，所以我就开门见山地说了。请不要介意。"

高可天又敬了罗兵一杯，其实他心里很介意罗兵讲这话，很不欣赏罗兵这一点，一些事就是说得太白，而且也不分场合，特别在助手面前。高可天只能不冷不热地对罗兵说："罗局，海西建设不像乐山县盖学校校舍那么简单，不是我高可天一个人就可以做主的，你的想法太天真也不现实。你回去告诉你小舅子，如果他真的有实力，还怕没有工程做？再说，现在的工程都要经过公开投标。如果这一点还不知道，那说明你的小舅子在建筑界是不行的。更何况罗局是搞教育的，对工程一窍不通，这样为小舅子当说客，有些盲目。"

罗兵一听高可天这么一说，脸上露出极为难看的微笑，心中却很不好受，感到高可天的话没有一点人情味。但自己有求于人，只能忍受。他说："可天，话也不要讲得那么绝对，事情都是人做出来的。这工程不给我小舅子做，总要给别人做，这只能说明我罗兵面子不够大。没关系，就算我没说。以后有机会，在同样的条件下，可天如果还有一些过去的情面，请不要忘记我这个副局长。"

高可天知道罗兵生气了，在他尴尬之时，助手许真容说话了："罗局长，你也是一个领导干部，我想在工作中也一定会有许多人找你，大的从教育调动，小的到学生升学。你对这些走后门者不知道是怎么处理的。我想只要你是一个正直的干部，负责任的领导，决不会随便给人开绿灯的，也决不会以自己的原则为代价，做一些有损党和国家利益的事。在这一点上你应该理解高可天，你当过他的领导，你不希望你的部下犯错误吧！"

"爽快！"高可天在心里感到许真容这番有些尖刻的话听起来非常舒服和爽快。许真容的这番话也让罗兵感到浑身滚烫又不出汗，他想不到这位看上去柔美似水的女人，讲起话却寒如坚冰。这简直和高可天一路货色，这才明白高可天为什么会带一个美女来做铺垫，原来早有准备。他冷笑了一下，无可奈何地说："你们的话虽讲得铿锵有力，谁知道心里是怎么想的。这只能说明我的面子不够大，没关系，后会有期。"罗兵说完站了起来，叫着服务员："买单。"

"罗局，不要了，我来买。"高可天说着示意许真容去买单。

罗兵有些狼狈，更多的是不悦，他瞧一下手中的那袋东西，本来他从乐山县带些土特产给高可天，这些土特产是高可天爱吃的。现在他不想给高可天了，他也不和高可天告别，自个儿走出那家饭馆，很快地消失在街头的人流中。

高可天和许真容面面相觑，不知说什么好。看着这昔日的领导，高可天心中有些可怜，也有一些可恨。


# 27


午后的太阳更加毒辣，罗兵一刻也不想在江海市停留，他直奔汽车站坐班车回乐山县。高兴而来，扫兴而归。罗兵感到自己丢尽了面子，一个堂堂的教育局副局长，也当了高可天多年的领导。谁想这个忘恩负义的家伙，还是小舅子马征远的同学，连这些面子都不给，这算什么东西？罗兵愤愤然，心中吞不下这口气，他一回到家，就给小舅子马征远打电话，诉说今天去江海找高可天的遭遇。

马征远虽然没有考上大学，这十几年来走南闯北，他与各式人物打交道，只要想拿到工程，没有打不进的关系，只要你是人，不管是高官，还是地头蛇，他总会有办法让你妥协。高可天，一个中学的同学，在马征远眼里，高可天是一个老实人。中学时期，书念得不是很好，但很勤奋，考上大学当然是天经地义的事。令马征远感到意外的是高可天进步这么快，一贯对官场毫无兴趣的他，竟然走上仕途，这让中学时代的师生都无法相信。在中学时代的师生眼里，高可天是做学问的人，后来听姐夫说进了乐山县教育局，还写了两本书，这就对了，也是高可天真正的状态。后来马征远听姐夫说，高可天很有可能会被提拔为乐山县副县长，这事还没有兑现，突然间，又听说高可天去了江海市，成为江海市长助理。正当马征远揣摩着高可天用什么登天摘月的本领的时候，又听到高可天成为江海市海西新区临时管委会主任、海西港口建设和核电站工程的负责人的消息。这不得不让走南闯北的马征远刮目相看，感到现在的高可天已经不是中学时代那个书生气十足的高可天了。

而且他的步步高升不张扬、很低调，许多同学都不清楚，如果没有当乐山县教育局副局长的姐夫透露风声，他马征远还蒙在鼓里。所以，马征远坐不住了，有这样一个同学，他不能浪费这个资源，自己十多年没有和高可天联系，只好求姐夫出面，先做个铺垫，打探高可天的情况。可惜，姐夫传来的消息并不好，马征远心想只有靠自己出马了。于是，他想起一个人，她就是电视台女主播杨梅。

马征远马上给杨梅打电话，马征远知道这些年来杨梅的感情受到打击，至今还一个人生活。马征远曾经打过她的主意，想用金钱去诱惑她。谁知杨梅不吃这一套，电视台记者外快也捞得多，结过一次婚，得了一些财产，使杨梅成了一个富婆。所以马征远用金钱无法打动她，那就别无他策了。因为马征远除了钱，只剩下那一堆已经发福的身体，不会引起杨梅的兴趣。马征远只好以同学的名义偶尔通一个电话，互相问候一下。这次马征远打电话给杨梅，是为了高可天。

"喂，是杨大记者吗？我是马征远啊！"马征远大大咧咧地说着。

杨梅在自己的别墅里，刚从浴室里出来，好像出水芙蓉，呈现着一派潮湿而娇艳的色彩。她徐徐拿起手机，以为是高可天来电话，一时让她心中有了些许幻想。一听那粗犷的声音，一下子没了心情。她说："马工头，有什么大事吗？"

"杨大记者，我想举办一场同学会。你有没有兴趣参加？"马征远问。

"现在又不是春节长假，而是炎热的夏天，哪有这个时候举办同学会的？"杨梅有些不解。

"是啊！一般同学会都在春节期间举办。但是，现在是暑假期间，也是学生毕业时节。这个时候举办同学会更有意义。"马征远说出理由。

"应该是马工头另有大事吧？不过，我们那一届同学会很少举办，有空聚一聚也不错，我争取参加。"杨梅心想许多年了，昔日的同窗一定变化很大，见一面也算一种回忆。

"杨大记者，不是你参加，你是电视台的记者，有号召力，要站出来动员啊！"马征远想通过杨梅，成功举办这场同学会。

"这？"杨梅有些犹豫，她心想自己又不是特别想与同学相聚，在江海经常能见到高可天，别的同学又不能让杨梅感兴趣，干吗要去组织这场同学会？马征远见状，在电话那边说："杨大记者，我们同学会是小范围的，只有我们那个班，大约五十人，我想能来的最多不会超过三十人。你负责通知，我负责买单。我在乐山县城快乐大酒店订两大桌恭候大家。"

杨梅心想，马征远这么慷慨，一定有什么事有求于哪位同学。她只是不知道马征远求的是谁，但一定不会是自己。自从被自己拒绝之后，马征远还算识相，从此之后不再骚扰自己。杨梅见马征远整天走南闯北，现在拥有一家建筑公司，找人联系业务也是天经地义的事，想求助哪个同学，以举办同学会形式也是用心良苦。杨梅只好答应了，她说："马工头，想不到你还这么看重同学之情，那好吧。我负责通知，你赠送两桌酒菜给同学，我先代同学们谢谢你了。"

"对了，杨大记者，你一定要通知高可天啊！叫他一定要来啊！"马征远的目标是高可天，他当然要叮嘱杨梅。

杨梅这下才恍然大悟起来，原来马征远求的是高可天。杨梅说："马工头，你求高可天办事直接找他嘛，为什么还要这么麻烦。"

"也不是呀！这么多年同学没见面，也挺想念的，高可天的前程节节攀升，令人羡慕，可喜可贺。通过同学会互相了解一下，建立友好关系，这样高可天也容易接受，你说呢？"马征远也不是大老粗，他也懂得方式方法。

杨梅听马征远这么一说，觉得有理。就对马征远说："马工头，好了，我负责通知高可天到场。如果他不来，那两桌酒菜由我买单。"杨梅心想凭自己和高可天的关系，叫高可天与自己同行参加同学会，应该有十分的把握。

马征远心中暗喜，杨梅能夸下海口，一定成竹在胸，然后对杨梅说："时间定在七月二十二日，地点在乐山县快乐大酒店。"

第二天，杨梅几乎花了一天时间，打了无数次电话，打通了当年高中毕业的同班同学三十二个电话。有的无法联系上。杨梅只能叫同学互相转告。其实现在离同学会时间只不过十天左右。杨梅心中没底，到底能来几个，但是，她关心的只是高可天去不去，谁缺席无所谓，高可天不能缺席。

高可天感到很意外，中学毕业十几年，好像没有举办几届同学会，虽然自己都没有参加，这几年同学之间都没有消息。他问杨梅："怎么你想起举办同学会了？"

"现状不好嘛，感情空虚呀！所以很想与同学们叙叙旧。"杨梅没有告诉高可天真话。

高可天也知道杨梅说的不是真话，不管怎样，高可天也挺想参加同学会，十几年了，昔日的同窗、好友，今天各奔东西，各有各的希望和烦恼，聚在一起重诉衷肠，也算一种美好的回忆。于是，高可天答应准时参加。这正是杨梅所需要的，她说："可天，你坐我的车一起去吧。"

"到时再说吧！"

同学会说到就到，高可天最终还是坐杨梅的车去参加同学会。乐山县也是高可天的家乡，从乐山到江海，从江海回乐山，心中有无数感慨涌上心头，今天本来叫司机送自己，后来觉得影响不好，就决定坐杨梅的车。杨梅开车技术不错，一路上离不开感情的话题，这让高可天感到十分尴尬。高可天只好不断地向杨梅了解今天同学们的安排，会来多少人，费用如何开支等等。杨梅也一一做了回答。

车到了乐山，直奔快乐大酒店，快乐大酒店是乐山最大的、档次最高的、设施最全的酒店，也是乐山县唯一收取服务费的酒店。高可天当然知道这家酒店，他在乐山教育局的时候就光临过。那是同事儿子结婚喝酒时去的。

高可天和杨梅上了电梯，到达第八层，吧台上竖了一块牌子，红纸黑字写着："乐山县二中九三届三班同学会"几个大字。这无端地勾起了高可天和杨梅的回忆。然后推开一扇名叫富贵厅的大门。里面有同学十几个，排着两张大桌子，还有几排沙发，空调非常大，环境非常优美。那些同学在高可天眼里，似曾相识，无情的岁月痕迹在每个同学脸上刻下了悲欢离合的故事。这时，一个胖乎乎的身影映入了高可天的眼帘，这不是马征远吗？就是罗兵的小舅子、包工头、某建筑公司的总经理？高可天一下子好像明白了什么？心想：今天可能是一场鸿门宴。

# 28

午后的骄阳，热情逼人。丝丝的南风，也夹着热气，在树荫下，在深巷里一晃而过。唯有一阵阵热浪肆无忌惮地将整座城市烘烤。

江海市政府的小会议室，开放着冷气，人类发明了空调，使得人们能够在酷暑里享受着春秋季节的清凉。今天下午，由江海市长叶江东主持的一场会议，可以说别开生面，这位年纪虽然不轻、思想开明的市长，在他的脑子里不但有一种超前意识，同时也有一种放眼未来、开拓进取的精神。今天的与会者是市委、市政府分管城管的领导，各区区长，还有民政局、总工会等领导干部参加。会议的议题是关于在江海市开展"同甘共苦，一起度过"系列活动。活动的内容，主要是从十月一日起每天向江海市街头免费派送一万个馒头，为那些暂时还没有找到工作的农民工充饥。

在江海市，每年都开展许多形式不同的活动。但从来没有像今天这样开展"同甘共苦，一起度过"的活动。每天向街头免费派发一万个馒头为农民工充饥，此举确实让人耳目一新。叶市长亲自主持。高可天就坐在叶市长的旁边。会议三点三十分准时开始。

叶市长用他富有激情的话语对大会说："同志们，大会开始之前，我代表市委、市政府向大会推荐和介绍一位年轻有为的干部，他就是高可天同志。"会场立即响起交头接耳的议论声，高可天站起来向在座的领导干部致意。叶市长继续说："大家可能对高可天同志比较陌生，但是，市委、市政府大院的很多干部都看过他的书。他是一个从事教育工作的干部，被提拔为市长助理、海西新区临时管委会主任、海西港口建设和核电站工程的负责人。今天会议的主题'同甘共苦，一起度过'，为街头暂时还没有找到工作的农民工兄弟免费派送馒头，就是高可天倡议的，活动方案也是由他起草的，这种敢于创新、愿意吃螃蟹的精神正是江海市委、市政府所需要的精神。这种超现实的人性化管理模式，也正是江海市委、市政府今后人文管理的方向。现在由高可天同志向大会介绍开展'同甘共苦、一起度过'活动的深远意义。"叶市长的话音刚落，会场响起了掌声。

这些掌声胜过了窗外的烈日，参会的领导干部都以期待的目光和好奇的心理，期待高可天的高谈阔论。当然，也有一些干部抱着怀疑的态度，私下里议论着，这不是天方夜谭吗？免费派送馒头？这会不会引发争食大战？弄得头破血流？影响了城市的正常秩序？免费派送馒头，这会不会惯坏了那些懒惰者不想打工？整天在街头守株待兔？那些流浪者、下岗工人、孤寡老人会不会也参与这一行列？他们会不会从此依赖于政府？最后弄巧成拙反而搞得怨声载道？也有干部担心，会不会被人误解为江海市在作秀？这种供人一饭之需是否能够解决问题？

这时，高可天站了起来，会场安静了下来。高可天说："感谢大家的掌声。"然后以他浑厚的声音说："尊敬的各位领导，今天我有幸以一个理想主义者，向大会介绍我的'同甘共苦，一起度过'的想法，权当纸上谈兵。因为这需要在座的各位领导通力合作，才能得以实现。"

大会又有一些骚动，那是正常的气氛下一些干部互相发出一种感想。因为今天这个会都是处级以上干部，而且由叶市长亲自主持，会场能够保持以往的秩序。就是因为是新课题，会场里有些讨论声音纯属正常。

高可天停顿一下说："这些年来，党和国家非常关注民生的问题。作为一个教育者这几年我都在思考这个问题。我想所谓的民生，就是让老百姓有事做、有饭吃、有地方睡，这是基本的需求。在这些前提下，他们希望有安全感，提高生活质量，有一定的幸福指数。我们的政府抓经济，抓建设，抓发展，最终目的都是为了百姓，为了百姓的美好生活，为了培养优秀的下一代，这样我们的国家才能不断地富强起来。"

叶市长带头鼓起了掌。会场再次激荡起一股掌声的洪流，泛滥在高可天的心田里。高可天的话很朴素，也很直白，在场的人应该都能接受。同时高可天的话直击现实，让人们产生几分共鸣。

高可天继续说："在这样的前提下，我发现每一座城市的街头，都有不同程度的农民工。他们来自四面八方、五湖四海，这是八十年代开始城市出现的一种新现象。这些民工几乎在每座城市都包揽了最苦、最累、最脏的活，但他们当中有的还找不到工作，有的得不到公平对待，有的成为管理者、建设者，有的也走上了歧途，甚至锒铛入狱。这些问题摆在我们面前，我们不能回避，要勇敢去面对。我们首先伸出援手，善待他们，把他们当作城市的一员，然后要求他们，引导他们，感动他们。让我们这座城市——江海变得和谐起来。所以，我提出了每天免费向街头农民工派送一万个馒头的建议。"

高可天娓娓道来，是平叙，没有挑逗，却引起了到会领导的恻隐之心。高可天的话引发了人们的责任之争，良心拷问。一时，人们从问题的讨论延伸到对高可天的高度评价。叶市长笑着对大会说："大家请安静，高可天同志还没有介绍完。"

高可天继续说："大家可能会问，每天派送一万个馒头，在实际操作上有难度。我认为很简单。我们算一下账，一万个馒头多少钱？这些费用我想江海市政府应该有能力承担。但是，我预估活动开展一个月后，很可能会有许多企业自告奋勇加入。"在坐的各位领导听完高可天的介绍后，不管有什么情绪和想法，不管对高可天的梦想抱有希望或怀疑，毕竟高可天的梦想已经变为江海市政府的为民行为。所以与会者也不敢怠慢，并以高姿态的方式参与这场江海市有史以来的"同甘共苦,一起度过"活动。

会议一直开到下午六点还没有结束。高可天介绍完免费派送馒头的想法后,下面的时间由与会者讨论。大家各抒己见,发表不同的意见,会场讨论显得格外热烈。

# 29

第二天的江海市,各家媒体以头版头条的新闻介绍了昨日江海市委市政府准备开展"同甘共苦,一起度过"活动的具体情况。高可天的名字再度飞上了江海市的上空。

高可天的手机铃声响了起来,他有些不安起来。一大早,许多新闻记者通过各种方式与高可天联系,约定时间专访他。高可天一一拒绝了,他懂得"人怕出名猪怕壮"的古训,更何况高可天并不是为了出名。高可天看手机号码似曾相识,就接通了:"喂,是哪一位?"

"你是不是早把我忘记了?你还欠我一顿饭呢?"给高可天打电话的不是别人而是卓书记的女儿卓心兰。

自从高可天第一次到卓书记家的时候,卓心兰那高雅的神态、矜持的个性、姣美的外貌使得高可天久久难以忘怀。如果不是高可天终身不娶的人生信条,如果高可天心中没有志在远方的崇高理想,也许早就被卓心兰迷住了。那天晚上,她一路上送自己回家,轻声地问候,小心地搀扶,多情的眼神,在夜色苍茫中显得无比温馨与迷人。只是高可天在似醉非醉中懂得自己应该面对的是什么,不应该发生的就要压抑住自己的感情。时间不觉已过了一个多月。卓心兰对高可天几乎是一见钟情,因有父亲的铺垫,第一次见到高可天,他的一举一动、谈吐、眼神,正是自己心中的白马王子形象,而且才比天高,只是不知高可天是不是情比海深。卓心兰无数次的失眠,都因想念高可天,无数次想给高可天打电话,但又打消了念头。她心里总是盼望着高可天有朝一日突然给自己打电话。可是,难熬的夏天没有给卓心兰带来高可天任何的消息。

卓心兰只好每天向父亲打听高可天的消息,细腻的卓书记当然知道女儿的心思。男大当婚,女大当嫁。这是天经地义的事情。可是,高可天偏偏要一生不娶。自己作为市委书记既不能强迫高可天与女儿卓心兰相爱、成婚，又不能干涉女儿去爱高可天。他不清楚自己的女儿到底知不知道高可天的情况，知不知道他是一个独身主义者。这让卓书记有了难以言喻的烦恼。但是，卓心兰那种善解人意、快乐无忧的样子又让卓书记过多的忧虑冰释雪化。其实，卓心兰本人清楚，自己的感情要自己面对，她向父亲打听高可天只是出于关心和牵挂，只是自己太爱面子不敢给高可天打电话。她也想证实一下是不是高可天真把自己忘了，还是确实公务在身。

今天，各家报纸上出现了高可天的名字，让他成为江海人谈论的主题。卓心兰再也按捺不住心中的激动，她多想马上见到高可天，倾听他关于免费派送一万个馒头的想法。于是，她给高可天挂了手机。

高可天听见卓心兰的声音，迟疑了一会儿，然后马上回过神。他有些受宠若惊的样子，毕竟是卓书记的千金，而且貌若天仙，心似春兰，一种洁白无瑕、沉鱼落雁的美好形象，怎能不让高可天受宠若惊呢？他故作镇静地说："哦，是卓心兰，对不起，是我的不对，那一个晚上的感恩之情，还没有面谢呢？我是欠你一顿饭，我一定要请你。"

"开个玩笑，其实我怎么敢叫你请客呢？你现在是个大忙人。我今天在报纸上看到你的名字，才想给你通电话。第一祝贺你心想事成，第二向你问候注意身体，第三想告诉你我对你的支持。"卓心兰谈吐得体，既表现出一个知识分子的智商，又显现出一个女性的情商。

高可天不断地说"感谢、感谢"二字。此时此刻的高可天，好像嘴也变得非常笨拙，不知道如何表达自己的心情。这倒不是因为爱慕对方，而是因为卓心兰是卓书记的千金，高可天小心翼翼的样子，并不是怕得罪卓书记，而是害怕伤害卓心兰。一个如此美丽的女子，不应该被伤害。

卓心兰说："可天，你还要说感谢，我又没有帮你什么？我父亲很欣赏你，那是他的事情，那是工作，是一个书记必须对一个年轻干部的关心、栽培、提拔。你也不必以'感谢'二字去回报，你应该用你的智慧、才干、热情、勇气为江海，为江海人民发挥你的所能。我认为这就是对书记的感谢。我虽然是他的女儿，这又算了什么？我只是爱慕你的出众才华，钦佩你的敢想敢冲，敬重你的正直无私，崇拜你的人格魅力。"

卓心兰的话犹如夏天里一阵凉爽的清风，又像冰山上一股火热的暖流。使高可天在自我陶醉下生出无数惭愧的念头。高可天感到卓心兰一番话里的深刻含义，值得自己深思和回味。高可天说："心兰，我没有他意，只有感谢才能表达我对卓书记和你的心情，虽然有些俗，但是，这是中国人的礼仪之言。当然，我更应该用自己的实际行动为党和国家，贡献自己的一生。所以，也包括对你一直以来的关心表示谢意，也必须以实际行动请你吃饭。就今天晚上，我们一起共进晚餐。"

卓心兰嘻嘻地笑了起来，笑得特别甜蜜和开心。也许这是卓心兰一个多月以来的苦苦等待，也许这是卓心兰盼望已久的一种愿望。男女的相见，特别是有着纯洁感情为基础的男女相见，那是天地的融合、阴阳的交替、日月的交辉，会传颂出令人怦然心动的传奇故事，会吟唱出千古流传的佳话。那么高可天和卓心兰的单独见面，共进晚餐，将会意味着什么？

卓心兰幸福地问："可天，我们去哪里吃饭？不要山珍海味，不要美酒佳肴，最好是两个人的餐厅。"

"我一定找一家适合你的餐厅，有轻音乐，没有吵闹的噪声，有宜人的美酒，但决不会醉人。我们可以欣赏美景佳色，但我们绝不会成为别人窥视的风景。怎么样？"高可天的情商也不低，他好像也坠入世外桃源里。

"那当然好，你会给我这样的美景佳色吗？你希望我们成为别人的风景吗？"卓心兰如痴如醉，心潮澎湃，浮想联翩。

高可天不自然地笑了起来，一时感到自己的话是不是带有感情色彩了。他说："我不知道有没有这种能力，你不感到失望，就是我最大的心愿。"

"我又不是那么苛求的人，只要你不要成心让我失望就可以了。到时，你请我吃饭，我也会给你一个惊喜。"卓心兰动情地说着，语气中带着羞涩的味道。

"是吗？我先感谢你了，但是，你一定不要刻意为我做什么，那样我会感到不安。"高可天无奈地说着，心中充满着矛盾。

"你多虑了，不像你的工作作风。我希望我们之间交往，不要像你在工作上那么原则。一个对工作认真的人，也一定会对生活认真。你说呢？"卓心兰怕高可天有太多的想法，鼓舞他坦然面对生活。当然生活也包括感情。

"是的，你的话一定记住。好了，我们先到此，晚上见。"高可天不敢再说下去了，生怕自己控制不住自己的情绪。

"那好吧！我等你的电话。"卓心兰说后先挂了电话，然后陷入美好的想象之中。

高可天刚把手机放在桌面上，手机的铃声再次响了起来。

# 30

谈话的时间总是很快的，聊天的心情总是很好的。在高可天和卓心兰通话中，不觉已谈了一个小时，而且意犹未尽。当高可天把手机放在桌面上准备喝一口茶水时，铃声又响了，她以为卓心兰还有什么事忘记说了，又重新打电话过来。高可天心里似乎也还想和卓心兰说些什么，迫不及待地抓起手机，和颜悦色问："还有什么吩咐吗？"

"我怎敢有什么吩咐！你的手机占线一个小时呀！"原来对方不是卓心兰，而是在第三届经贸项目洽谈会上认识的周明朗女士。

高可天听声音不对劲，不好意思地说："对不起，刚才在和一个市委领导通电话。"周明朗这位有着职业素养的苏州姑娘，她那种甜美的声音、开朗的性格、诱人的表情、性感的服饰都给高可天留下深刻的印象。只是那个中午共进午餐被人捕风捉影，无中生有地捏造了一系列让高可天难堪的谣言，让高可天心有余悸。此后高可天很少和周明朗联系，也没有把自己更多的情况告诉她。今天周明朗突然来电话，一定是在报纸上看到的消息。

果然如此，周明朗就是从报纸上看到的消息才来电话的，虽然她和高可天是在第三届经贸项目洽谈会开幕式上认识的，但她对高可天的儒雅风度极为欣赏，特别是著书立说的才华令人仰慕，这样的男人对于周明朗来说寥若星辰。周明朗长期活跃在商场上，从中到外，又从外到中，见过的男人无数，有千万富翁，有亿万富翁，有少年得志，有老当益壮，有风度翩翩，有风流倜傥，有稳重老成。但不管什么样的男人，只要在商场上，最致命的弱点就是为了钱。利益的最大化、行业的垄断化是每个商人的一生追求，商场如战场就是这个意思。有了钱他们可以做公益事业，可以当爱心企业，可以慷慨捐助，可以回报社会，但是，赚钱是他们永远不变的游戏规则。在周明朗眼里，高可天不是这样的人，虽然周明朗还不了解这个男人的具体情况，但他作为开幕式的嘉宾，有着教育与生活、经济关系的著作，绝非等闲之辈。只是周明朗琢磨不透高可天到底是政府官员还是纯粹的商人？那个午餐时间很短，高可天没有具体介绍自己的职业和身份。周明朗也不敢做更深一步的试探，毕竟是初次见面，不能像警察一样调查起人家的身份来。

但是，周明朗冥冥之中感到面前的这个男人与众不同，既有满腹经纶，思想又一尘不染。周明朗就是喜欢这样的男人，至今未嫁的她好像就是在等待这样的男人。可是，这样的男人总是淡如清水，对天下的金钱、美女敬而远之。她在高可天的身上也尝到了这种风格，言谈举止中，有着学者的睿智，也有一般男人的情趣，更有商场上的独特见解。只可惜，那次邂逅之后就很少联系。

周明朗平时是比较忙的，作为瑞典皇家企业驻江海招商引资的代表，每天要与无数企业家接触、商谈，同时也要和银行的金融人士接触。赴宴会，跑银行，与企业家娱乐成了她的家常便饭。由于周明朗有几分姿色，而且青春依旧，刚到三十岁的她，站在那些财大气粗的企业家当中，犹如青竹郁郁葱葱，好似白藕不染污垢。于是，羡慕的目光、贪婪的目光、猎艳的目光、淫肆的目光汇合成一股色彩斑斓的气氛。有人甘拜石榴裙下做鬼也风流，有人想砸金砖博得美人回眸一笑，有人想献殷勤只为那一声撩人心弦的声音。周明朗看在眼里，记在心里。她懂得男人这个与狼一样的特别动物，他们有雄壮的体魄，有充沛的精力，有旺盛的欲望，他们每时每刻都在寻找目标，每时每刻都在追求，包括女人的色、性、情，这就是男人。周明朗对男人的了解、理解似乎胜过女人。

当然，周明朗并不怕这样的男人。男人的本性与生俱来，男人的本色要靠后天建立，性与色是相通的，也是男人的象征。周明朗虽然与高可天接触不多，但她看得出来，高可天是斯文的，是理性的，是绅士的。周明朗喜欢这样的男人，这样的男人能给她自然清新的感觉。周明朗愿意和这样的男人厮守一辈子，将会在他呵护下变得更加妩媚。她也愿意为这样的男人牺牲自己的青春年华，那将会给他的事业锦上添花。周明朗美美地想着。高可天的突然出现，使她一下子对爱情的向往、对感情的渴望、对男人的需求热烈起来。

可是，毕竟只有一面之交，高可天是不是她所想象的那个人？是不是在那个炎热的午后，他也一样对自己意留情牵？他会不会在那个午后的分手之后，也日思夜念？脑海中萦绕自己的容颜笑貌？一个月时间，他没有电话打来，一个月以来，再没有见到他那与众不同的举手投足之印象。原来他的身份是如此高贵，他的职位如此重要。难道高可天早把自己给忘了？难道自己不曾在他眼里留下一点倩影？周明朗不断地反问，不断地失眠，不断地揣摩，不断地渴望。相思成了周明朗每天的生活内容。

最后她还是鼓起了勇气，给高可天打了电话。

"可天，请允许我这样称呼你，你为什么这么神秘，没有把真正的身份告诉我。"周明朗叫他名字，想更加亲近一点，她的言语中不是责怪，而是埋怨。

"对不起，周明朗，首先我没有骗你，其二我依然记得你，其三我的身份是个学者，助理也好，主任也罢，那只是一种暂时的头衔，我最终会回归研究的领域。因为我有许多理想，要通过这些职业去实现。你可能在报纸上看到我的消息，报上的文章只能做参考，记者的文章有渲染，有夸张，甚至有水分。"高可天想向周明朗解释什么，高可天没有刻意去隐瞒什么，他怕周明朗误会，他不想失去这个朋友。他很清楚周明朗在商场的能力和地位，海西的建设说不定需要她的帮助。

"是啊！当时出于礼貌没有具体问你的个人情况，只知道你是一位学者，《教育与经济》的作者。因为我崇拜你，以为你是以学者的身份作为开幕式的嘉宾，想不到你还有其他的身份。你是我见到的男人中非常特殊的一个人，所以，这一个月来，我总是在你的声容笑貌里生活着。我是不是没礼貌，你的心中是否有灵犀？"周明朗想表达心中的倾慕之情，又怕高可天笑话，想尽力掩饰自己的爱意，又怕失去机会。

高可天听得出来，自己又被一个女子所爱，他觉得这样不好，他懂得一个男子被一个女子所爱，才算一个男子汉，如果被两个女子所爱，那么这个男子就是一个情种，倘若被三个女子所爱，那么这个男子就是一个花花公子了。所以高可天害怕无缘无故地被一些女子所爱，特别在自己要独身的前提下，每一份爱、每一份情都将给对方带来伤害和痛苦。高可天说："周明朗，你还没有真正了解我，我不是你所想象中的男人，也没有你所想象的那样身兼数职、高不可攀、神秘复杂身份的人。我只是普通的男人，有喜怒哀乐，有失意与彷徨，请你理解。"

"我当然会理解，你也不了解我这个女人，我决不像其他女人那样，你不要以为我在商海中被各种浪涛冲击得没有了女人味、人情味，只有铜臭，只有势利，我不是这样的人。所以我们还需要彼此了解，经常沟通。我想你一定会发现周明朗这个女人是你所遇到的最优秀的一个。请不要见笑，我有些自吹自擂了。"周明朗用了商业的手段，在言谈中掺杂了自我推销的法宝。这也是现代人新的营销理念。

高可天说："我看得出来，小小年纪的你，能够作为瑞典皇家企业的驻江海代表，已经不简单，与你短短的一顿午餐中，能看出你的职业素养、为人品德，有女性的柔情与魅力。我想谁找了你一定会幸福一生的。"

"让你见笑了，虽然求爱者无数，但不是我理想的另一半。找一个人结婚容易，找一个志趣一致、心心相印的人难，所以我在等待，如果上帝真的不给我机会，我只好认命。你说呢？"周明朗开门见山地向高可天介绍自己的情况。很明显，她等待的可能就是高可天这个男人。

高可天有些担心，他只好说："是啊！一切随缘。"

周明朗问："可天，你的太太一定很幸福啊！"

高可天笑而不答，他不知道该不该告诉她自己的真相。正在犹豫中，周明朗趁热打铁地说："可天，今晚我请你吃饭，我们一起共进晚餐吧。"

高可天一下子跳了起来，他已经和卓心兰约好了今晚一起吃饭。此时此刻不知如何面对周明朗的邀请。周明朗见高可天不吭声，问："可天，你不赏脸吗？你不喜欢和我见面吗？这一个月来，我真的日夜都想见到你，而不是看报纸上才这样，那只是找到一种理由给你打电话而已。不要拒绝我好吗？"周明朗几乎用恳求的语气说着，这让高可天左右为难……

# 31

现在时间已到傍晚，但太阳还久久地停留在天边，依然不断地喷射着强烈的光，留在大地上的热气依然像被烧烫了的铁锅，久久地不能冷却。天上没有一丝白云，蓝天被渲染成血一样的色彩。在这黄昏的瞬间，人们也许盼望着夕照早些退去，夜晚早些到来。然而，急得有点像热锅上蚂蚁的高可天，却害怕夜晚的来临，他甚至希望夕阳就这样停留在天边，永远不要移动。他想起了远古的一则传说：说的是武则天在当上女皇之前，曾有一个生死攸关的时刻。那时她站在大草原之上，面对百万雄兵，先帝要求她在太阳落山之前，点完草原上的百万雄兵，否则将要砍头。如果在太阳落山之前点完雄兵，就把百万雄兵交给她，也把皇位让给她。这时已是黄昏，夕阳正挂在山头上，很快就要落山了。武则天面对这情景，要么砍头，要么成为女皇。于是她拿下插在头发上的金钗，插在草原上，即刻夕阳就凝固在山头上，一动不动。

这时，武则天开始清点百万雄兵，她花了近五个小时才点完百万雄兵，然后拿起插在草原上的金钗，太阳即刻落山了。武则天自然成了皇帝。这也许只是一则传说，却能说明高可天此时此刻的心情。高可天猜想这应该是野史，把武则天神化了。而自己决不能像武则天一样，让夕阳不落山，在他还没有想好如何面对卓心兰和周明朗的电话约会之前，太阳不要落山，夜晚不要到来，那是多么好啊！可惜高可天没有这么神奇的本领。

卓心兰是卓书记的女儿，卓书记对自己恩重如山，卓心兰又倾情于自己，她如一潭清泉，又像一弯彩虹，脱俗而无尘，有情而不虚伪。高可天不管从哪一个方面考虑都不敢伤害她，如果连一顿饭都不能与她共餐，那将是自己不可饶恕的罪过。周明朗是商场上的女中豪杰，有着大家闺秀的风度，她叱咤商场，以柔克刚，步步为营，成为瑞典皇家企业驻中国江海的代表，这位内慧外秀的女强人出淤泥而不染，身居商场，情却在商外。她与高可天邂逅，心旷神怡，目传柔情，气染爱意，让高可天浑身烧灼无比，好像陷入一潭温泉之中，又如飞入天边的云影，飘飘然，惶惶然，是仙境？还是瑶池？不得而知。周明朗神通广大，招商引资手段特别高明，高可天初涉商海，又心系海西，港口建设和核电站工程的招商引资成了他的当务之急。他隐约感到周明朗是个有用之人，说不定有一天能助自己一臂之力。所以高可天也不想得罪她。他虽然没有交过女朋友，但懂得女人的特性，天生脸皮薄，很少主动去约会异性，一旦约了，如果被对方放了鸽子，就会由爱生恨，将对方打入十八层地狱，一辈子不能翻身。

高可天望着窗外的夕阳，面对两难无法选择，焦虑的情绪布满脸上。正在这个恐惧的黄昏时节，他那部黑色摩托罗拉手机再次响起了铃声。

本来是非常熟悉的铃声，这时听起来有点像防空警报声，让人恐慌又闹心。高可天看着桌面上正在响铃的手机，不敢靠近，好像是一枚炸弹，稍不注意，就会粉身碎骨。高可天委实不敢接，他猜想是谁的电话？是卓心兰在催问去哪里吃饭？还是周明朗在问几点出发？这电话绝不会是卓书记的，也不会是叶市长的？会不会是自己助手的电话？平时和许真容交谈时，高可天感受到一种热情，这种热情不是上下级之间的热情，也不是同事之间的热情，极有可能就是男女之间的热情了。高可天自问：自己为什么这么容易被异性所爱？难道自己天生就是一个大众情人吗？

手机的铃声再次响了起来，而且显得特别焦急。其实手机的铃声都是一样的，只不过是高可天自己心里焦急。高可天受不了了，是刀山也要上，是火海也得下，高可天拿起了手机，接通了对方的电话："喂，是哪一位？"

焦急的语气让对方大吃一惊，对方说："我是杨梅啊！怎么不接我的电话？是不是怕我骚扰你啊！"原来是江海市电视台记者杨梅。她的快人快语先将了高可天一军。

高可天见是杨梅，心平气和了一点，也没有那么怕杨梅。杨梅毕竟是中学时代的同学，已经被自己拒绝过。那次在她的别墅里传出了风流轶事的风波，想必杨梅也领教了人言可畏的厉害。再说杨梅也是比较容易打发的女子。她想做自己的情人，简直是笑话。杨梅就是这样的人，她对每件事都会让步，这是她的弱点，夫妻做不成可以做情人，得不到情可以得到身。高可天听起来有些同情她，可怜她。让高可天感到害怕的是她的前夫，那个魔鬼般的江海市电视台文艺处主任吴同，至今都还没有放过杨梅，两个人还藕断丝连。

高可天问："杨梅，你有事吗？"

"我的老同学，我是没有事啊！倒是你，最近好事不断啊！"杨梅兴奋地说着。

"我有什么事？是不是看报纸了，你也是记者，你也会相信报纸上说的事？"高可天问。

"我当然相信，新闻媒体是党的喉舌，就是真实反映事实，你以为是港台的狗仔队啊！"杨梅认真地说着，这一点她不赞同高可天的观点。

高可天见自己说话有误，赶紧纠正地说："那当然，我是指报纸上对自己的评价有点夸大其词。"

"那当然，好文章要有渲染性，也要有艺术性。"杨梅全然以一个记者自居。

高可天笑了笑，他不想与杨梅讨论这些问题，他对这些问题也不感兴趣。现在时间不早了，夕阳没有在山顶上停住，照样以它的行程走完一天的路。高可天说："杨梅，没什么事我们改日再聊好吗？"

"喂，我还没有和你讲正事呢？你别挂电话啊！不然后果自负。"杨梅的话又让高可天愁上眉头。

他问："还有什么正事？"

"你自己说要不要请我吃一顿？"杨梅开始撒娇起来了。

"这也算正事？"高可天哭笑不得地问。

"那当然不是，你请我吃饭，我再和你说。"杨梅开始卖关子了。

"那好吧，改日请你吃饭。"高可天答应杨梅的条件。

"不要改日，今天晚上我有时间。我们晚上一起吃饭。"杨梅迫不及待地要见高可天。

"那不行，今晚我没有时间。还是改日吧！"高可天无可奈何地说着。

"我的老同学，你不要辜负我一片好心啊，我是为你好。你要安排一下，今晚我必须见到你，否则你就会后悔。"杨梅亮出底牌。

高可天心想：什么重要的事能让自己后悔？杨梅又耍什么花招？他问："什么事？"

"你得罪了人家，你有危险知道吗？"杨梅神秘地说。

"你别骇人听闻了，什么事说呀！"高可天莫名其妙起来。

"老同学，电话上怎么说？这不是一句两句能说得清楚的事，这样吧！也不要上馆子请我吃饭了，还是来我的别墅，我做几道菜请你了。怎么样？"杨梅主动提议，这么热的天气她也不想户外活动。

"这？"高可天相当为难，话语中流露着许多无奈。感觉女人确实是一种很麻烦的动物，骂不得打不得，没有办法。

杨梅见高可天正犹豫着，便趁热打铁地说："可天，这关系到你的安全问题，也关系到你的前途问题，更关系到你的名誉问题。你要知道，你现在不是过去那个默默无闻的学者。树大招风，你应该知道这句至理名言，要不要来你自己看着办吧！我是为你好，不要让我落得诚心对明月，明月照臭沟。"

高可天依然没有吭声，他默默地听着杨梅的声音。一种从未有过的烦恼涌上心头，本来那种无比喜悦的心情，此时正像和天边的夕阳一样，一同在不断地回落。

## 32

夜色毫无商量地如期而来，夕阳毫无顾忌地按时而去。高可天的心如同夜色一样变得黑暗起来。在这关键时刻，他快刀斩乱麻，做出两全其美的决定。把第一时间交给卓心兰，最后落脚点是杨梅的别墅，作为最后一站。周明朗安排在中间见面，每个人见面不能超过一个半小时。于是，他匆匆忙忙地分别给卓心兰、周明朗、杨梅打电话，约好具体时间：卓心兰七点见，周明朗八点半见，杨梅十点见。然后马不停蹄地去"跑片"。他与卓心兰相约在红馆海鲜楼吃套餐，这样即省时又高雅。海鲜楼套餐只有三道菜，鱼翅、鲍鱼、燕窝。一道菜一百元人民币，还有赠送一些小碟、浓汤、点心等。高可天和卓心兰一落座，高可天就安民告示地说："我只有一个半小时的时间，请不要介意。"

卓心兰知道高可天是个大忙人，理解地点点头，然后将戴在手腕上的手表摘下，放在桌面上，意思说可以掌握时间。她今晚打扮得很漂亮，也许是第一次约会，也许是第一次和自己心仪的男人约会。所以她精心打扮，洁白而润滑的肌肤，穿着藏青色的连衣裙，黑白分明，对比度显得特别强烈。乌黑的长发在脑后高高挽起，露出洁白的颈项，颈项上一张秀丽的脸，带着甜美的微笑，显得楚楚动人。一双乌亮的眼睛好像在诉说着少女内心的秘密。这时，她并没有责怪高可天给她一个半小时的有限时间，而且还表示出某种歉意。她说："你自己掌握好时间，我们八点半结束，我车在楼下，等下我送你。"

高可天感激地点点头，然后说："你不用送我，我自己打的很方便。"

这时，第一道菜上来了。高可天没有说什么，埋头吃东西，也叫卓心兰快吃。可天心想：时间紧迫，先吃菜然后再和卓心兰聊天，今晚他决定要和卓心兰好好地谈一下，不然一定会伤害她，而且会伤害得很深。他每看一眼卓心兰那双多情的眼神，心里都非常焦急，都感到自己做错了什么，忐忑不安起来。卓心兰见高可天默默地吃着，便说："你肚子很饿了？"

"也不是，趁热吃吧。"高可天有几分难为情。他心里焦急，好像赶路的食客匆匆填饱肚子后再继续上路，被卓心兰这么一问，抬起了头说："让你见笑了。"

卓心兰咯咯地笑了，说："你这么客气，可天，我大胆地问一句，我对你的好感你看不出来吗？"

"我当然看得出来，不然我为什么会感到这么不安。"高可天如实地说。

"为什么感到不安？难道你不喜欢我？"卓心兰也不安起来。

"不是。"高可天有苦难言。

"那为什么？你有女朋友了？"

"没有，一辈子都不可能有。"

"我被你说糊涂了。"

"心兰，我有苦衷，面对你，无法表白我的心情。你是那么清纯的一个姑娘，你的父亲又是我敬重的书记，你喜欢我，是我三生有幸，卓书记赏识我，是我一辈子的福气。这恩，这情，让我不能自拔。我只有好好工作、献身江海、开创海西建设的大局面，才能对得起卓书记对我的培养、期望。可是，你呢？我始终不敢走近你，我怕伤害你，其实现在已经伤害了。"高可天的声音变得无力起来，好像他的每一句话都没有说服力。

卓心兰惊讶地问："你真的有女朋友了？抑或是已结婚成家了？"

高可天摇摇头说："心兰，我如实告诉你，我在大学一年级的时候就发誓这一辈子不结婚，独身主义者。所以我没有谈过恋爱，没有交过女朋友。"高可天说出心中的秘密，好像一块石头落地，显得轻松起来。

卓心兰嘻嘻地笑了起来，而且笑得很开心。她很庆幸面对这样一位守身如玉的男人。她简直不敢相信，这样一个貌比潘安、才如子建的男人没有女孩子追过，也不去追女孩子。这应该要感谢他的独身主义精神，才能够保持这么一块难得的"净土"。不然，这个社会谁又能说得清楚，哪个清哪个浊？哪个黑哪个白？哪个是哪个非？卓心兰问："你为什么要独身？难道天底下所有的女孩子没有一个看得上？"

高可天再次摇摇头说："不是这个意思，那是我追求的一种境界。就好像有的人为什么会同性恋一样，好多人也不理解，道理是一样的。"

卓心兰重新审视着高可天，好像一下子变得陌生起来。这时，第二道菜上来了，是两碗燕窝。高可天又自个儿地吃了起来，而卓心兰好像没有了食欲。她问："可天，我不管你一辈子结不结婚，我就问你，你喜欢我吗？"

高可天不假思考地脱口而出："当然喜欢。"

"那就够了，你既然喜欢一个女孩子，而且这个女孩子也喜欢你，你就应该改变生活。你结婚不结婚，独身不独身，又不是法律规定的，也没有人强迫你的，你干吗自己和自己过不去？"卓心兰娓娓道来，以理服之，以情动之。

"那是我的人生计划，怎么能更改？"

"计划总是赶不上变化的，你是一个学者型的干部，要相信科学，事物总是在不断变化着。人就要根据事物的变化不断调整计划。对事、对人、对情都一样。你说不是吗？"卓心兰眼睛一闪一闪，语气中闪烁着浓郁的情感和睿智的哲理。

"这个，这个。"高可天无话可答，他说："心兰，对不起，我心里很乱。你能答应我吗？不管怎样，你都应该保持快乐，不要因我无眠、无食、无精打采，好吗？"

"我们吃菜吧！时间不多了。"卓心兰见第三道菜上来了，而且时间已八点十分了，便叫高可天先吃完最后一道菜。那是一小碗鲍鱼，只有两小瓣。但味道非常鲜美，清淡。

高可天说："心兰，你不要把这件事告诉卓书记。他工作忙，事情多，不能让他太操心。"

卓心兰感激地点点头。然后说："可天，我一定要改变你的计划，你给我这个机会吗？"

高可天苦笑了一下，无可奈何地说："你就不要徒劳了，你如果不嫌弃的话，我当你哥哥如何？"

卓心兰苦笑了一下，心烦意乱地说："那是自欺欺人的想法。我们彼此喜欢，不属于那种英雄义气的肝胆相照，而且属于男欢女爱的心心相印。那怎么能做兄妹呢？你难道真的是那么无心、无情、无义吗？"

高可天不知怎么说，不知道自己有没有说错话，自己的话是不是激怒了卓心兰？高可天歉意地说："心兰，对不起，我，我实在想不出更好的办法。"

"可天，时间不早了，不然我们先到此吧！"卓心兰拿起桌子上的手表，看了看戴到手上。

高可天像逃兵一样，结好账，再三地谢绝卓心兰用车送他，三步并作两步地离开了海鲜楼。


# 33


夜晚的江海市，灯光成为主要的背景。街道上依然穿梭着各种车辆和各色行人。高可天坐在出租车上，眼望着窗外，思绪万千：自己行色匆匆，竟然是为了儿女私情，这是不是与自己终身不娶的初衷相悖呢？一个公务在身、壮志凌云的年轻干部，私下里纠缠于几个女人之间，这是不是有些道貌岸然？高可天想到这些，不觉感到自己的灵魂深处其实很龌龊。

这时，高可天的手机响了起来，那是周明朗打来的："可天，你到哪儿了？"

"我在车上，十分钟就到了。"高可天回了话。

周明朗说："我已经在北海道日本料理店了，在第六包厢。"

"我知道了。"高可天说后看了看表，现在是八点半，心中有几分焦急。偏偏在这个时候，前方又发生了一起交通事故，一部私家车和出租车追尾了。两个司机在那里互相指责，引来了很多围观者。这时，高可天叫苦连天了，出租车被阻在这里，而周明朗已经在北海道日本料理店了。高可天怎么不焦急呢。

无奈的高可天付了车费下车，徒步向前走，然后拦了一辆摩托车，直奔北海道日本料理店。这几年，日本料理店在江海市开了好多家，据说要算北海道的最正宗，那里的消费也相对比较贵。周明朗和高可天讲好了，今晚她要买单，以表自己对高可天的敬仰与祝贺。高可天也不反对，他并不在意谁买单，既然挤出时间答应见面，谁买单已经不重要了。当高可天风尘仆仆地到达第六包厢时，已经快九点钟了。

周明朗的第一句话："你迟到半个小时了，时间应该就此顺延半小时，对吗？"周明朗说后自己先笑了起来，算是开玩笑，但是，她又好像是当真的。因为高可天约好八点半见面，只有一个半小时，就是十点结束。现在都九点了，是不是要顺延到十点半结束？这样才够一个半小时啊！

高可天当然知道周明朗的意思，无可奈何地点点头，也为周明朗的用心良苦而感动，她不就是为了和自己多待半个小时吗？如此痴情的女子为什么偏偏遇上我这个无情郎呢？高可天有种人在江湖、身不由己的遗憾。然后问："菜点了吗？"

周明朗点点头，说："点了，你先喝杯茶水吧。"

高可天其实肚子饱得很，口也不渴，只是心里有些火烧火燎的。刚才与卓心兰在一起吃了鱼翅、鲍鱼和燕窝，虽只三道菜，也吃了个半饱。高可天赶紧说："菜不要点太多，我刚才吃了一小碗粥。"

周明朗点点头，然后问："你知道日本菜最有名的是哪一道吗？"

高可天脱口而出："寿司？"

周明朗摇摇头说："不对。"

高可天知道周明朗是个走南闯北的人，她也曾在日本待过，对海外的生活非常熟悉。他只好请教她："那是什么菜？"

"女体盛，听说过吗？"周明朗只能问高可天有没有听说过，肯定他没有吃过，就连周明朗本人也没有吃过。

可是，周明朗忽略了一点。高可天毕竟是一位学者，他对日本历史的了解，并不只知道日本曾经侵略过中国，他当然也知道日本的饮食文化。高可天说："女体盛，顾名思义，那是日本贵族的一种饮食文化，由此可见，日本妇女的地位是多么卑贱。"

高可天虽然没有具体介绍"女体盛"的情况，但是，周明朗从他的几句话语中，可以听出高可天对日本饮食有一定了解。菜很快上来了，高可天也抓紧时间了解周明朗今晚和自己见面的真正目的。他知道江海市电视台的杨梅还在家里等自己呢？他问："周小姐，我们虽然初次相识，却能一见如故，难得。"

"不是，我发现要想了解你，一定要有足够的时间，你有些神秘，不是吗？"周明朗说。

"那是你多虑了，我们毕竟才见过两次面，当然对我不可能全面了解，这不怪你,但你也不能怪我向你隐瞒什么？就算你在报纸上看到的那些情况，也没有什么可以向你炫耀的啊，请不要介意。"高可天说得很诚恳。

这一点让周明朗相信，在她眼里，男人都是爱吹牛的，喜欢摆阔气的，有意耍派头的。高可天不是这样的男人，他稳重而低调，淡泊而宁静，诚恳而务实。周明朗说："可天，你是我所见过的男人当中最优秀的一个。"

"请问你对优秀男人的标准是怎么界定的？"高可天好奇地问。

"三点：真实、儒雅、平凡。"周明朗说。

高可天略有得意地微笑着，心里想：这倒没有听说过，优秀的男人是真实、儒雅和平凡，应该来说不同的审美目光，对男人的评价是不一样的。就好像男人对女人的评价一样，各有各的不同。

周明朗问："你笑什么？我说得不对吗？"

"没有，我在想，你对男人的优秀标准很特别，也很务实。"高可天说。

"那你承认自己是这样的男人吗？"周明朗咄咄逼人的目光有些火热。

"基本上是这样，如果一个人活得不真实，那是很累的，是吗？一个男人起码的斯文礼貌，既是对别人的尊重，也是对自己的尊重，所以儒雅应该是一个男人的风度表现。平凡应该也符合我的状态，在平凡中去创造不平凡的事，在平凡中去寻找奇迹。"高可天作了自我评价，他的情绪好像被周明朗调动起来了，有些情不自禁起来。

"可天，你会不会看得出来，从我见到你第一眼开始，心中就有了某种难以言说的情感，这是我从来没有过的，也许曾经看过你的作品，对你有了一定的认识基础，从那次午餐后，我明白了有一种情感叫作牵挂，也因为有你，我知道了有一种旋律叫作想念。我不知道这是不是自作多情？"周明朗好像无法控制自己的感情，说得很动情，柔肠欲断，一点不像商海中的女杰，好像百花丛中的牡丹，多么需要人的呵护。

高可天惊得满额头都是汗，他最怕周明朗讲这些感情色彩很浓的话题。他今晚要面对三位女子，他想明白地告诉她们自己的想法和人生追求。在交谈的过程中，尽量不要造成对她们的伤害。但是，只要对方提到了感情的事情，就意味着自己已经伤害她们了。卓心兰如此，周明朗也如此，高可天很歉意地说："周明朗，我其实很欣赏你的个性，也很钦佩你的作为，一个女子能够在商场上横冲直撞，很不简单，我很愿意与你为友，也很希望有朝一日能够在商场上合作。只是非常遗憾，我至今不想谈感情的，对你给我这样的厚爱，我心怀感激，不要因为感情的事连朋友都没有了。你理解我的话吗？"

"我不大理解。"周明朗见高可天对感情的事这么敏感，当然感到不解。她问："你是成家了，对吗？抑或是有女朋友了？"

高可天摇了摇头说："都没有。"

"就是吧！虽然你的年龄超过三十岁，但我知道你至今还没有女朋友。"周明朗胸有成竹地说着。

"是吗？你对我很了解？"

"那当然，你以为不了解一个人，就能爱上他吗？去爱一个人就要对他了解和理解。"

"那你知道我是一个独身主义者吗？"

"这、这我还不知道。你不要骗我，这不可能。你是一个有感情的人，怎么会是独身主义者。"

"是真的，周明朗，不然我早就结婚了。"

"那谢天谢地，如果真的是那样，我就没有机会了，你因为想做一个独身者，我今天才有机会，不然早被人找去当老公了。可天，你会因我而改变主意的。"周明朗说得很自信。

高可天忧心忡忡起来。但是他看周明朗这么开朗的样子，好像不大容易被人伤害，心中又得到几分安慰。他说："周明朗，时间差不多了，我要离开了。"

周明朗知道约会的时间已到，她不想吭声，抱有侥幸心理，希望高可天把时间给忘了，能够多待一会儿。这时，她只好点点头。

高可天站起来买好单之后，匆匆地离开了北海道日本料理店。

# 34

　　行色匆匆的高可天，在夜色茫茫的城市里穿越情感的隧道，想到达一个纯洁而清白的世界，这个世界没有人卿卿我我、恩恩怨怨。离开周明朗后，也算舒了一口气，不管周明朗怎么想，感情这东西是两相情愿的，她应该会理解的。高可天只是希望能够做到把对她们的伤害降至最低程度，不要因为儿女情长弄得焦头烂额、满城风雨。现在高可天要面对的是杨梅。这位泼辣的同学不知道有什么花招？神神秘秘的，说什么事关重要，关系到自己的前途，有些装腔作势的样子。

　　杨梅的别墅高可天去过一次，还引起一场风波。今晚，夜这么深了，高可天特别小心，怕又被人跟踪，小心翼翼地来到了杨梅的家。

　　杨梅在家里穿得很休闲，屋子里开着空调，客厅的茶几上放着西瓜，还有点心、茶水。她见高可天姗姗来迟，嗔怪地说："你总算到了。"

　　"对不起，我迟了一会儿。"

　　"没事，只要你不告诉我马上又要走了，我都很高兴。你现在是一个人，自由得很，谁也管不了，只要不做伤天害理的事，都不犯法。是不是？"杨梅拉着高可天，示意他坐下，然后递给他一块西瓜。

　　火热的话语，情意绵绵的眼神，亲热的动作让高可天不寒而栗。高可天吃了一块西瓜，然后开门见山地问："杨梅，我们算老同学了，不要卖关子了，你有什么重要的事快说，我真的有些累了。"

　　杨梅咯咯地笑了起来，说："你累了最好，在我这里睡吧！我又没有赶你走，我说过，你不和我结婚可以，我心甘情愿做你的情人还不行吗？又没有叫你承担什么责任，你怕什么？"

　　"杨梅，我不爱听你这些话。你不要把自己的感情当游戏好不好？"高可天有些不悦起来。

　　杨梅见状，怕高可天生气了拂袖而去，只好说："对不起，这不就是因为我太喜欢你了嘛！好了，我不说了，你的心太硬了。"

　　"杨梅，你已经受过感情的曲折，我希望你认真对待，不要再受到伤害。我不是你所找的人，我早说过，我们是同学，可以做朋友，不可以做情人。希望你理解。"高可天再次把话挑明，免得杨梅有太多的想入非非。

杨梅见状，沉默了，一时眼眶里湿润起来，然后起身走到卧室，拿出一包东西，对高可天说："高可天，是这样的，我们的同学马征远，他的姐夫罗兵是你在乐山县教育局时的副局长，上一次同学聚会就是马征远组织的，他就是想通过同学会能和你见面，拉拉关系。上一周他拿了十万元人民币，让我转交给你。他说这几年发了一点财，作为同学有福同享，以表他的同学之情，请你收下。"杨梅说后将一个塑料包递给高可天。

　　高可天恍然大悟起来，他想不到绕了一大圈还是马征远的事，这位神通广大、财大气粗的同学这几年确实发了。他现在看好高可天了，因为高可天有海西临时管委会主任职务，有港口建设和核电站工程项目。十几年不见面了，现在都能找得到。这就是商人的厉害。但是，高可天面对十万元人民币，一点都不心动。钱和色都无法打动高可天的心，他有先天的免疫力。高可天有些不高兴地说："杨梅，我想不到你也会做这样的事，你大大小小也是一个新闻记者，你不觉得这样做很肮脏吗？"

　　"可天，这是你知我知的事，人在江湖身不由己。况且我们都是老同学，又不是行贿受贿，这有什么可怕的，你不要歪曲马征远的好心，人家也是一片同学之情。你干吗想得那么多？"杨梅怕高可天误会，一直心平气和地解释。

　　"杨梅，那请你转告马征远，他的心意我领了，钱不能收。如果他一定要把钱送出去，叫他捐给乐山县希望小学。"高可天认真地说着。

　　"高可天，说心里话，你这样处理不好，会伤了同学之情，你就收下吧！一点事都没有，你也接触过马征远，这人还蛮讲义气的，我们都是老同学，知根知底的，给人家一个面子。"杨梅说着硬将十万元人民币塞给高可天。

　　"我如果给了人家面子，自己就会失去尊严，钱是很重要，但君子爱财取之有道。况且我是有工资收入的人，我还有稿费。"高可天毫不含糊地将钱还给杨梅，然后又说："如果你叫我过来是为了这钱，那我可以走了。"

　　"想不到你这么固执，你怎么不贪色也不贪财？那你告诉我，你到底喜欢什么？"杨梅简直不敢相信现在还有这样一尘不染的男人。

　　"哎，杨梅，看来你是白当了一回记者，一名新闻记者，首先要知道职业道德，什么是正义？什么是良知？什么是丑恶？什么是卑鄙？"高可天的话有些严厉，但他对杨梅还是友好的，在友好中生出些许的惋惜。

　　杨梅呆呆地望着高可天，夜深人静了。她面前这位男人，不管从哪一方面都很吸引自己，她幻想着有什么办法将他留下？钱不收，是次要，那是马征远的事。如果人能留下，就是心不在这里，也算是另一种收获。杨梅走近高可天身边，委屈地说："你不要误会我了，我受人之托，有苦难言。你既然坚持己见，那我也不勉强，明天将钱退还给马征远。我只是怕他受打击，想不开亲自去找你。你还要去面对。"

"那你告诉马征远，是同学，不要搞这一套。要想做事，要懂得游戏规则，别走歪门邪道。现在提倡阳光工程，任何人都无权擅自以权谋私，否则早晚要中箭落马。"高可天掷地有声的话使杨梅不断地点头。

高可天见状，又说："算了，还是我明天亲自给马征远打电话。你将他的手机号码告诉我。"

杨梅只好将马征远的手机号码告诉给高可天，然后紧紧地抱住高可天，可怜兮兮地说："可天，我求求你，给我一次温存好吗？哪怕是假的。给我一次爱好吗？哪怕是违心的。我不在乎，就算看在我们十几年同学的份上。"

高可天的心在颤抖，身子在痉挛。他不知道这是福还是祸。这座别墅确实是是非之地，这么温馨的地方总会让人想入非非的。高可天也是有血有肉的男人，而且血气方刚。但是，他不能贪一时之乐，毁一世之清白。如果自己要改变初衷，要去选择一个女人，也不会是杨梅。尽管她还是那么妩媚，那么性感，那么妖娆。高可天同情而温和地说："杨梅，我理解你的心情，也很感谢你的多情。请不要责怪我的吝啬，我既不想占有，也无法给予。不然，过了这个晚上，离开这幢别墅，我们都会后悔，也许连同学都没得做了。因为我不想恋爱，拒绝情感，无心男欢女爱，请不要破坏我的规矩，好吗？"

高可天的话像一盆冷水，但是，现在是夏季，别墅内还开着空调，杨梅的心并没有被冷却，身体的热潮依然沸腾着，然后喃喃自语："你的心好狠啊。"

高可天却笑着对杨梅说："你可以骂我，但是，等到明天那轮太阳升起的时候，你就会感谢我，感谢我没有给你造成伤害。"

高可天说着，离开了杨梅的别墅。

## 35

高可天非常清楚，江海市有着优越的地理环境，这样的优越地理环境，在整个海西大建设的背景下，一定会有翻天覆地的变化，这个机遇是百年不遇的。江海市在这场变革中会发生什么样的变化？变化中的江海市将以什么样的风貌引人注目？成为高可天苦思冥想的课题。他以为江海在硬件上要走在全国的前列，与国际接轨。在软件上要以独特的人文环境，从全国脱颖而出。于是，几个关键词又涌上高可天的心头：核电站工程、港口建设、派送免费馒头、创建无贼城市等等。

江海市处于海峡西岸的特殊位置，彼岸就是台湾地区，放眼于未来，海峡西岸经济区的建设必将推动海峡东岸经济区的建设，形成海峡东西岸的经济繁荣。因此，高可天可以预测，港口建设将成为海西建设的重头戏，它将架起大陆与台湾地区的海上通道。江海市建成港口，会起到大陆与台湾地区三通的桥梁与纽带作用，这无疑会推动江海市的经济大发展。其次，江海市掀起免费向街头派送馒头，这将是独一无二的，在人文上把江海市定位为爱心城市。同时，在江海市再掀起创建无贼城市活动，让这座城市不但在政治上安定，经济上繁荣，人文上富有爱心。如果这一系列的构想能够实现，这必将会引起其他城市的效仿。

有人说：二十一世纪什么最贵？是安定。那么，二十一世纪什么最温暖？是爱心。如果江海市拥有安定和爱心的人文精神。那么，江海市就可以无愧于典范城市了。

这是高可天昨晚约会后在床上想到的事情。他知道自己一夜之间从一个默默无闻的教育工作者变成万人注目的管理者。这一跨越表面上是轻而易举的，但实际上经过了多少历练和积淀。高可天当然也相信一夜成名，但他更相信从古到今，有多少伟人和名人曾经也默默无闻。于是，高可天相信自己能干出一番大事业，会为江海市开拓出一条光明的道路。

但是，面对三位多情的女孩，还有自己的助手许真容。高可天感觉自己卷入了一场前所未有的风花雪月旋涡中。卓心兰的温柔、杨梅的奔放、周明朗的热烈、许真容的深刻，使得从未与女子交往过的高可天重新评价女人。他觉得每个女人都不一样，好的女人应该是各有千秋，坏的女人应该都有一个共性：低俗。高可天知道，要在这四位女子当中处理好关系，那是相当难的。一个是卓书记的女儿，他不敢怠慢，也不敢伤害。一个是同学兼记者，他不敢得罪，也不敢翻脸。一个是商贸代表，他不敢冷落，也不敢疏远。一人是助手，他不敢轻视，也不敢傲慢。于是，高可天对待她们可不能像对待海峡西岸经济区建设那样大刀阔斧、叱咤风云。他要小心谨慎，巧妙周旋，让她们知难而退。

高可天深知，自己要劈波斩浪、所向披靡，就要把主要精力集中在海西建设上，要为江海市的典范城市而努力奋斗。

因为昨晚一夜未眠，已经起床的高可天依然昏昏沉沉。今天是星期六，他要办的第一件事是和同学马征远通电话。这位做工程的同学财大气粗，在他眼里，现在流行"有钱能使鬼推磨"的潜规则，只要有钱，就没有打不开的路子。但高可天却不吃这一套，他平时不断地警示自己，在任何时候，不能当金钱的俘虏，不能做女色的俘虏，绝不拿权力当儿戏。他觉得今天有必要与马征远做个了断。

高可天挂通了马征远的手机，这是中学毕业十几年后头一次与马征远通电话。在高可天的印象里，学生时代的马远征应该还算一个厚道的人，虽然当时就不爱读书，但人还算聪明，做事情大胆而周全。现在变成一个建筑工程的头头，不管算大还是小，也算顺理成章。高可天问："是马征远吗？我是高可天。"

马征远见是高可天的电话，有些受宠若惊，虽然是同学关系，因为身份不同，而且有求于高可天，所以马征远不敢怠慢，他笑容可掬地说："我的老同学，我是马征远，感谢你给我挂电话。你的声音我听得出来，我的声音你可能听不出来了。哈哈！"马征远不知是高兴还是惊喜，连珠炮似的说着。

高可天说："是吗？你现在很好啊！成老板了，你不但发福了，还发财了。听说你是在搞建筑工程的？"

"对、对，小打小闹，前两年注册一家建筑公司，承接一些小项目。这两年工程不好接，条件都很苛刻，风险也大。三角债问题困扰着公司的发展，只能通过一些亲戚朋友支持和帮助，承接一些建设项目赚点小钱。对了，听说你调到江海了，而且权力还蛮大的，是不是啊！"马征远在谈吐中还算有节有礼，像一个在社会上跑的人。

"你姐夫在乐山教育局，曾是我的上司，他曾经向我提起你。不错，你能搞成今天这样已经很好了，大企业有大企业的好，小企业有小企业的轻松，不要搞得太累，也不一定要赚多少钱。身体要多保重。"高可天语气缓和，真心实意地与老同学交流。

马征远不断地说："是，是。风险太大了就不做。你现在大权在握，不知港口建设或核电站工程中有没有小打小闹的项目可以推荐一两个给老同学做。

我是不好意思向你打听的，毕竟十几年都没有联系了，有事求于你时才想给你打电话，这也太现实了吧！所以通过杨梅向你打听。她说和你经常联系，我就动了这个念头。老同学不要见怪啊！"马征远很直白，说得很坦诚，令高可天颇有几分好感。不像他的姐夫罗兵，翻脸不认人。

高可天听马征远的语气，判断他的为人，应该是可以说得通。于是，高可天语气带歉意地说："征远，我们是同学，有好处当然要想到老同学，不然就没有人情味了。港口建设和核电站工程是大项目，关系到海峡西岸与东岸经济发展的先决条件，是江海市走向港澳台乃至东南亚地区的重要硬件。这样重要的项目，你的建筑公司恐怕实力不够，竞争不过人家。你说呢？"

"那是肯定的，所以我不敢给你打电话，怕为难你，这样重要的项目我是不敢想，我只是想有机会推荐一些附属工程，我有能力做得起来，而且做得好的项目。不能太为难你，更不能让你犯错误。我很理解你所处的位置，一定有很多人求你。所以我能不能做得成，我都理解，而且都要感谢你。"马征远通情达理地说着，他虽然人高马大的，说起话来确实有礼有节。这令高可天刮目相看，甚至觉得没有帮一把马征远，就对不起老同学似的。

高可天说："征远，能听你这么说很高兴。港口建设和核电站工程的后期附属工程肯定有，到时看情况，我一定记得这事。对了，征远，你拿十万元人民币放在杨梅那里，我不能收，你出手也太大方了，现在赚钱不容易。如果你把我当同学，就把钱拿回去，这样不好。"

"对不起，老同学，我的举动可能俗了点。但是，我们是同学，又不是行贿受贿。我马征远不是那样的人，送你钱就一定要让你为我办事。我与你之间绝对不做权钱交易。我只是想，你一直赚工资，现在到了江海市，不能太寒酸，我这几年赚了一点钱，与同学分享成果，提高一点生活质量，这没什么，你一定收下。"马征远实话实说，每一句话都充满着友好。

高可天心中有些感激，觉得马征远可以交朋友。但是，十万元人民币他绝不会收，这是他的原则，也是他的职业道德底线。他说："征远，你讲的都有道理，钱我是不能收的，朋友是可以做的。请你理解，你不希望我的人生尽头快到了吗？"

马征远无言以对，只好说："我们不谈这些了，有空我到江海请你吃饭，见个面。"

"有机会行。好了，征远，我挂了。"高可天挂断了手机，舒了一口气。

# 36

一轮红日又高高地挂在江海的上空，几片白云被太阳光穿透，显得支离破碎，飘忽不定。高可天正准备出门，手机里传来一则短信：可天，我想到你家做客，你欢迎吗？

这则短信是周明朗发来的。这让高可天感到特别意外和惊讶，周明朗怎么想到自己家里做客？用意何在？是招商的事？还是感情的事？高可天一听无法揣摩透周明朗的心思。但是，有一点可以肯定。周明朗的来访一定没有恶意，也不可能像老同学马征远那样有求于自己。然而，高可天还是又惊又喜又忧，惊的是来客毕竟是异性，喜的是她的到来对招商引资有利；忧的是一定还带着某种感情色彩。这让高可天的心海中犹如海浪一样又潮起潮落起来。

高可天来到江海后，市委为他落实了一套两房两厅一卫的房子，约八十平方米。高可天住得还算宽敞，很高兴也很知足。他知道现在房子很贵，像江海这样的三级城市，房价都攀升到两万元，要想拥有一套八十平方米的房子，没有打拼十几二十年是买不起的。况且高可天的房子位于海北路段，那也应该属于一级地段，虽然是五年前的房子，现在升值的空间依然很大。

高可天思考之后，没有给周明朗回短信，他直接拨通周明朗的手机："喂，周小姐吗？"

"你好，可天。"周明朗直呼高可天的名字。然后从话筒里传出丝丝甜美的笑声，揶揄地说："没有让你为难吧？欢迎我去吗？"

"你是稀客，怎么不欢迎？只是不大明白是什么主题？"高可天想打听周明朗的用意。

"去你家做客还要有主题吗？又不是招商引资洽谈会。你说呢？"周明朗也三句离不开本行。其实，她这次想去高可天家做客，是与招商引资有关。

高可天说："那也是，无须什么主题，这么一位美丽可爱的小姐光临寒舍，一定会让我家蓬荜生辉。"高可天心想无法拒绝周明朗突然来访了。

周明朗认真地说："可天，我可不喜欢你叫我小姐啊！你知道吗？现在称小姐的都是指那些在娱乐城、夜总会、桑拿浴里的风尘女子呢！"

"哦，对不起，对不起，我没有想那么多。周代表，我向你道歉。我以后叫你周代表吧！"高可天豁然开朗，诚恳地向周明朗道歉。

"也不要叫我周代表，太商业化了，而且还含有某种政治的元素。你叫我朗朗吧？那是我的昵称。"周明朗说后就咯咯地笑了起来。

"朗朗，昵称。那是我叫的吗？"高可天知趣地说。

"就是你叫的，而且只能是你叫的，你害怕了还是高兴了？"周明朗半开玩笑地说。

"既不害怕也不高兴,有些受宠若惊。我还是叫你小周或者小朗更合适。"高可天觉得叫朗朗不妥，纠正地说。

"随便你怎么叫，不叫小姐就行，现在时间不早了，你既然欢迎我去你家，我现在马上就动身。"周明朗说着就把手机挂了。

高可天拿着手机摇了摇头，一时有些手忙脚乱起来。

年近三十的周明朗，出生于苏州，毕业于复旦。学历很高，而且拥有双学位，主修专业为国际金融经济学，兼修法学。就职于瑞典皇家商贸投资有限责任公司，作为地区代表，年薪十万美元，仅用了五年时间的努力。确实是一位才貌兼备的优秀女子。

苏杭出美女，的确有这种历史渊源，从周明朗身上就可见一斑。现在单靠美貌还不够吃香，还要有才华。从传统而言，男才女貌好像是天经地义的事，现在不行了，不管男女，纵然你再有才，长得丑八怪，依然无人问津，所以，才女才是当今最吃香的一种。周明朗就是属于这一种类型。

她虽然只有一米六的个儿，对于女子来说足够了，太高反而显得单薄。乌黑的头发柔软而细密，给人健美与阳光的感觉。脸庞稍长偏圆，富有立体感，加上动人的杏仁眼睛，两弯浓密的眉睫，像两把桃花扇，惹人喜欢。汉白玉般的鼻子嵌在双眼底下，在那两片微微蠕动的双唇衬托下，显得灵性十足。她的声音清脆而悦耳，柔和中带着玉石相撞的声音，音质动人而能穿透心扉。她的装束依然带着苏杭一带女人特有的服饰，一年四季她的肩上都披一条精美的披巾。春夏季节，她披薄如蝉翼的丝巾，隐隐约约可见到香肩上的吊带以及洁白如藕的臂膀。秋冬季节，她就换成了比较厚的毛质披巾。这种点缀几乎成了周明朗的招牌，她一年四季很少穿裤子，各种面料、款式的裙子多达几十条。她喜欢穿裙子，站在路上，迎风飘逸的是头上的头发和脚上的裙子。

有人说，越优秀的男女越难拥有美好的爱情和幸福的婚姻。因为他们拥有较为富裕的经济收入或者较为体面的职位，日子过得自由自在。他们常常把情感当成一种游戏或生活中的点缀，正所谓恋爱不像恋爱，友谊不像友谊，偷情不像偷情，有点三不像。

周明朗从大学校门出来就进入瑞典皇家商贸城，然后成为招商引资的代表，时间虽不长，但经历却非常丰富。她所接触的都是金融界的精英，什么金融家、银行家，什么企业人、投资商，什么行长、经济分析师，有老有少，有官方的也有民营的。周明朗周旋于他们之间，进步很快，世面日渐宽阔。一方面是凭着周明朗的聪明美貌，另一方面也离不开她那高雅的气质。虽然在铜臭味十足的金融河床上跋涉，却能白藕一样出淤泥而不染。周明朗如鹤立鸡群，那些商界精英甘心为她办事，不会轻易地驳她的面子，献殷勤也好，帮助也罢，他们都想传达某种情意。哪怕请她吃一顿饭，看一场电影，听一场音乐会，都觉得心旷神怡。周明朗虽然无法做到一笑值千金，但凭她的才华、为人加上美貌、多情、温柔，就可以步步为营，赢得四方支持，八方援助。

今天的周明朗，已经步入中产阶层的前沿，只要有人托她帮忙，她都热情帮助，各行各业的朋友圈在不断地扩大，只是回首茫茫人海，朋友虽多，却没有自己的最爱。这个时候，高可天走进了她的生活。她在人生旅途中遇上了高可天，是福还是祸，她都不怕。也许是天意，仅仅偶然看到高可天的书，书的内容又让自己着迷几分，所以印象颇深。偏偏又在招商引资洽谈会上邂逅，周明朗有一种说不出的幻想和希望。所以，有生以来，周明朗第一次对一个异性显得那么热情与主动。周明朗认为：这是一个成熟富有魅力女人的举动。

## 37

周明朗最崇尚这样一段话：最完美的风景在电影里，最完美的建筑在图纸里，最完美的产品在广告里，最完美的爱情在小说里，最完美的婚姻在梦境里。周明朗在去高可天的家的路上，轻轻地问自己：那么，最完美的男人在哪里？

周明朗已经站在高可天的门口，她轻轻地按响了门铃。此时此刻，屋里的那个男人就是她人生中最完美的人吗？高可天打开门，把周明朗迎进了屋。

周明朗脱了鞋，甩一甩那飘逸的发丝，开心地笑着说："没想到吧？这么唐突地闯进你的家门。"然后自个儿浏览着屋子里的一切。

高可天站在一边不知说什么，也不懂如何招呼周明朗。周明朗先参观厨房，说："有一点麦当劳餐厅的风格。"然后又说："有什么菜呀？中午我下厨烧菜。"

高可天笑了笑说："都在冰箱里。"

周明朗又参观了卫生间，认真地说："墙壁用马赛克砖装饰是富有立体感的，颜色用蓝、黄、红、绿相间很大胆。这种暖色调很适合卫生间的气氛。"然后来到客厅里，一种温馨的感觉爬上她的心头。

高可天说："小周，你请坐吧！是吃水果还是喝饮料？"

周明朗没有去卧室参观，只用她那双杏仁眼瞟了几眼，然后情不自禁地说："多么温馨的巢啊！可天，这里就缺一个女主人了！"

高可天又笑了笑，从冰箱里拿出一听雪碧饮料，说："小周，请坐吧！你今天来不是为了看我的房子吧？"

"当然不是，我要体会一下单身男人的家是什么样子的，是不是与单身女人的家差不多。"周明朗终于坐在沙发上，打开易拉罐喝一口雪碧。

高可天问："那你觉得是不是一样的？"

"不一样，单身男人的家要比单身女人的家整洁得多。什么时候我要邀请你去我家做客。让你看看我的闺阁是什么样的。"周明朗终于平静下来，然后略有所思地望着高可天。

高可天在周明朗的对面坐下，他不是坐在沙发上，而是另外搬一张餐椅坐下。发觉周明朗的眼神里有许多文章，然后就开门见山地问："小周，你有什么事吗？"

"可天，我们虽然相识一个多月，见面也才三次，但是，我好像和你已经认识好多年了。觉得你是值得依赖的朋友，不管是在商业合作上，还是朋友的友情上，我觉得你都是值得我去交往和珍惜的朋友。"周明朗很动情地说着。

高可天投去感激的目光，然后说："感谢你的信任，也感谢你的赞美。哈哈！"

"我知道，你是一个比较低调的人，不然也不会至今还是一个人。听说江海市委书记很欣赏你，大胆地提拔你，可见卓书记是中国官员中的杰出代表，很不容易。我大部分时间在国外，像卓书记那样的干部实在难能可贵。可天，你是幸运的，也是幸福的。"周明朗一本正经地说着。

高可天呆呆地听着，一时做不出反应。周明朗的这一番话，使他突然对周明朗肃然起敬。卓书记是他人生中的贵人，周明朗对卓书记的评价正说到自己心坎上。就因为这样，他不能辜负卓书记的一番苦心栽培，他要把自己的聪明才智洒在建设海西的沃土上。高可天感触颇深地说："江海有卓书记是有希望的，江海的父老乡亲有卓书记是幸福的。"

　　"那么，海西有你高可天，一定会飞黄腾达的。"周明朗说。

　　"小周，说心里话，我是学教育的，虽然对社会、经济、政治有些研究，但是，对金融、商贸却一窍不通。卓书记把我推上建设海西的风口浪尖，而且具体落实到一个港口建设，一个核电站工程，然后带动一个新区的崛起，委实有些压力。我深深感到一个江海市的小海西新区要成为典范之城，需要时代建设的大背景、地方政府的开拓精神、各级领导干部齐心协力，这样才能成就一番大事业。我想这个任务是光荣的，也是艰巨的。当然，因为它位于台湾海峡的西岸，显得更具历史意义和时代特征。这不但是经济发展的需要，也是两岸和平的政治需要。我是拿自己的生命作赌注，要把这个小海西建设好，并且成为典范城市。这是卓书记和叶市长交给我的任务，也是江海二百多万人民的重托，更是这个时代赋予我的使命。"高可天见周明朗把话题转到事业上来，他不得不向她和盘托出心中的想法。

　　周明朗点点头，然后说："你的想法是对的，你的使命也富有意义。人的一生几十年，这样的机缘是可遇而不可求的。我多年来到处漂泊，招商引资，为瑞典皇家商贸城服务，成年累月在中国、新加坡、日本、马来西亚、瑞典等地奔波，表面上人们挺羡慕我，其实心中的苦衷颇多，就连自己的终身大事都耽误了。"

　　"那是你自己眼光太高，求偶条件太苛刻。女孩子就这样，自己学历高，地位高，经济条件好，就看不起男人，就觉得天底下都是臭男人，总担心自己嫁错郎。心比天高，情比纸薄。所以像我这样，干脆不结婚，也不稀罕那些高高在上的美女才女们。"高可天是想活跃一下气氛，生怕周明朗内心惆怅。因为高可天感觉到周明朗有时也挺多愁善感的。

　　周明朗笑了笑说："你看，这不是暴露了你不敢结婚的心态吗？你不会是一个懦夫吧？"

　　"当然不是，我只是想远离是非之地。"高可天说。

　　"男女相爱、男婚女嫁，怎么是是非之地？你不会这么悲观吧？你真的受过伤害，好像你告诉过我，你还没有谈过恋爱。"周明朗惊讶起来。

"那你谈过恋爱吗？"高可天问。

"我谈过，当然，那是我不成熟的表现。现在回想起来是多么滑稽。所以，我现在应该懂得如何去爱一个人，如何做一个女人。"周明朗坦诚地说。

高可天点点头，表示同意周明朗的说法。他说："那谁如果娶了你，一定很幸福。"

周明朗有些不好意思，她不想深谈下去，那是很难受的。她的心里很钟情高可天，她也知道高可天应该了解自己的心情。可是，高可天就是这样装疯卖傻，回避两个人之间的感情话题。周明朗也有自尊，当然，这种自尊比起爱情来就变得微不足道。只是周明朗是一个聪明的女人，她懂得如何把握，如何声东击西，慢慢让高可天在不知不觉中束手就范。这正是周明朗的高明之处。她绝不像高可天的老同学杨梅那样直奔主题，让高可天胆战心惊，甚至反感。周明朗不会这样做，她今天来高可天的家也的确不是为了讲感情的事。她是和高可天讲江海的事，讲海西的事，讲港口建设的事，讲核电站工程的事，讲招商引资的事。只有这样的事，高可天才感兴趣，才认真倾听你所讲的每一句话。

高可天的确是这样的，他想和周明朗保持联系，他相信周明朗这个女子能助自己一臂之力。

## 38

时光移至中午，窗外阳光正酣。屋内正放着冷气，从空调出风口吹出来的冷风，如春风拂面般透出丝丝清凉。纱窗的帘子轻轻飘动，好似树叶随风飘扬。透过玻璃，窗外的天空似乎灼热而平静。高可天与周明朗依然坐在客厅上，宛如坐在百年偶遇的长廊石阶上，诉说着各自纷纷扬扬的情愫，忘记了这时候正是中餐时刻。

约会的时光总是那么匆忙而短暂。交谈的愉悦总是连起彼此相通的心路，将美好日子凝固。但是，生活并不是这样。高可天已经意识到什么，他站了起来，说："中午煮面条充饥吧。"

周明朗咯咯地笑了起来，说："时间过得真快，不觉到了中午，肚子一点都不饿。"

"我可饿了，我早晨只喝了一杯牛奶呢！"高可天说着走进厨房，并把冰箱打开。

"我下厨吧！简单一点。"周明朗说着叫高可天退出厨房，她倒像女主人一样在厨房里忙碌起来。

大约三十分钟左右，两碗面条已经端上了餐桌。西红柿、鸡蛋做佐料，阳春挂面看上去也色香味美了。

周明朗边吃面边认真地问："可天，你能不能告诉我，你的计划？如果信任我的话。"

"什么计划？"高可天装糊涂。

周明朗笑了笑，说："或许我会帮上忙。"

"你为什么要帮我？"高可天放下手中的筷子，欲言又止。

"你先吃面吧！海西建设是江海市的重头戏，不但省委重视，中央也非常关注。江海就是要靠海西建设大背景来发展城市的经济，把江海建设成一座具有国际水准的典范城市，这不但是江海现任领导的心愿，也是你高可天梦寐以求的夙愿。目前，港口建设和核电站工程的选址、立项已完毕，只有将这两个重要项目建成，才能与海峡东岸产生经济区域链作用。核电站工程的建成才能带动工业区的企业入驻率和经济的发展。我知道，现在江海市这两个项目方案是想引进社会资金来建设。所以，招商引资成了你高可天的头等大事。我多年来从事招商引资的工作，知道这是一个非常棘手的工作。儒商、奸商共在，热钱、骗贷皆有。你面对这些情况，与谁合作？一着不慎，全盘皆输。不但项目无法及时上马，还会引来许多纠纷。你又是政府官员，一不小心，就会粉身碎骨。"周明朗娓娓道来。

高可天听周明朗这么一说，食欲全无。虽然周明朗这番话是在高可天的预料之中。但是，他还是惊讶于周明朗对江海市招商引资的状况如此熟悉。好像她已经掌握了港口建设和核电站工程的全部情况。

高可天面对周明朗感觉很轻松，他愿意和她讲实话，把自己的想法也是江海市委、市政府达成共识的计划告诉周明朗。高可天心里知道周明朗能够放下身段到自己家做客，可能是爱上自己了。一个女子一旦爱上一个男子，智商不但会降低，情商也会变得脆弱起来。她都可以把终身托付给你，还有什么不能给的。高可天心里不知道周明朗是不是这样的女子，但是有一点可以肯定，她一定喜欢自己。所以高可天不用过分提防，自己与周明朗交往只有好处不会有什么坏处。尽管自己对周明朗没有那一层意思，但人家喜欢你，抑或爱上你，那是人家的权力。高可天这么一想，他把最后一点面吃完，然后擦了一把嘴巴，倒了两杯开水说："小周，我可以把我的想法，或者说计划告诉你，请你不要外传。因为有一些事还没有成熟，怕搞得满城风雨。我有一个同学在电视台，一直想采访我，我都没有告诉她。"

"我知道，你是一个有头脑的人，我应该不会看错人。"周明朗说。

"小周，我原本是一个从事教育的人，因为两本书引起了江海市委书记卓越的注意。卓书记是一个非常爱才的人，他曾经给我讲过一句话：我当市委书记多年，如果没有培养一个好干部，干成一番大事，真是死不瞑目。这一句话对我触动很大，也是这句话让我决定弃文从政。让我震惊的是他看人看得很准，认为我是能办事的人。你知道，我进入市委、市政府大院，卓书记是顶了许多压力的：有人说我的天线很粗，是擎天大柱；有人说我是才貌出众，年轻有为，天降好运，像中了彩票；有人说我是卓书记的未来女婿。卓书记有一个千金，在市旅游局工作，长得婀娜多姿，温馨可人。她从来不打父亲的招牌，走自己的路，在她面前，我是有点诚惶诚恐的。卓书记又告诉我一句话：要想成就一番大事业，不但要出奇制胜，同时还要经得起流言蜚语甚至是恶毒攻击。一个真正的共产党员要经得起千锤百炼，然后才能勇敢向前。"高可天有些激动，他拿起杯子，喝了一口水。

周明朗一动不动地听着，屏住呼吸，一时对卓书记肃然起敬。

高可天继续说："有人说，做人要晶莹剔透，诚信、光明；做事要水滴石穿，用心、坚持，对人要润物无声，乐施、奉献；对己要自我超越，勤学、多做！这也是我对卓书记的评价。作为自己的座右铭，我的人生参照物就是卓书记，我的奋斗目标就是江海市。以海西为契机，我要打响两炮：港口与核电站。在江海市，我要推出两大举措：创建无贼城市和每天免费派送馒头。然后建立一个小海西新区。港口与核电站是海西的重要项目。但是，单靠政府财政是有困难，所以我提出了利用社会资金，以国有控股、民营参与的形式，把这两大项目尽快上马。江海与香港、台湾地区，新加坡、日本等海外的企业、商人乃至经济交往都非常频繁和密切。我想在招商引资方面突破地域的局限，放眼于世界。不管来自何方，把真正的商人引了进来，把奸商们拒于门外，从而能够净化投资的环境。公平竞争、公开投标、公正做事，才能获得成功。这是卓书记最看重的，也是最欣赏的。

"江海是一座美丽而典雅的城市，有山有水，有辽阔的黄金海岸，胸怀之大，内涵之深。近年来，江海的发展也可以用突飞猛进来形容。虽然商业多了，经济好了，生活富裕了。但是接踵而来的是治安问题、环境问题、生态问题、外来工问题。这些问题归根到底就是缺少城市文化，要想形成城市文化，首先要解决硬件问题，那叫环境。自然环境、投资环境、经营环境、生存环境、娱乐环境、学习环境等等。其次是软件问题，那叫精神，朴素精神、奋斗精神，献身精神、博爱精神、助人精神、见义勇为精神等等。于是，我提出了创建无贼城市，让这座城市变成和谐的城市、安全的城市、温馨的城市，只有这样的城市才能吸引八方来客。

"小偷、扒手、抢劫犯可能每座城市都有，苦了公安民警。江海市要利用社会力量将这些毒瘤取缔。还要高姿态地打压地痞流氓，黑恶势力，让各种贼影、劫匪不敢走进江海市，从而达到净化社会风气的目的。我要编一张天罗地网，让那些贼无藏身之地。其次就是每天免费向街头派送馒头，为暂时找不到工作的民工们充饥。这是人文关怀。我想许多人都愿意去做，而且也做得起。如果我的理想成真，那江海的街头将会出现一道亮丽的风景线。我到江海要做的就是这几件事，这几件事也得到江海市委、市政府的支持，已经通过了常委会决定。"

高可天洋洋洒洒地向周明朗介绍了自己将要履行的海西建设中的重头戏，创建典范城市的具体举措。周明朗听得很入迷，面前的高可天在她眼里不像一个官员，更像一个思想家。他无愧是从事教育出身的，治理城市还带着文人的气质。

她呆呆地望着高可天良久以后，才热泪盈眶一字一句地说："可天，我爱你，我爱你……"

## 39

血色般的夕照涂满西天的云彩，斑斓的大地依然冒着热气。周明朗离开高可天的家已近傍晚。她行色匆匆地在街道上走着，突然感觉有些不对，赶紧又回头，到了高可天家的小区，原来她的小车停在小区里忘记开了。

也许她听着高可天的理想和展望,听着他讲起江海市委书记卓越的情况,听着他如何受命于市长助长和管委会主任的来龙去脉,听着他如何受市委、市政府的重托,扛起建设海西的大旗。周明朗心中久久不能平静,她觉得认识这个很不一般的男人,自己三生有幸,在这个并不算很大的地方,还有像卓越这样优秀、正义、忠诚、廉政的官员,还有像高可天这样出色、睿智、勇敢、纯洁的男人。江海确实是一块卧虎藏龙之地,这也就是国际瑞典皇家商贸集团为什么选择江海作为招商引资根据地的原因吧!周明朗回到小区启动车子,脑子里仍然翻滚着高可天的声音,就像海西岸边的浪涛,一浪高过一浪,撞击声一阵高似一阵。就在这一刹那间,周明朗做出一个重要决定:这一辈子非高可天不嫁。

女人是特殊的感情动物。一旦洞开那一颗爱恋之心,就像流淌出如火如荼的浪漫情怀。尽管周明朗也曾有过初恋,那是大学三年级时的一段幼稚插曲,只不过是漫长人生路上的一站小憩,还没有体验过摇滚般的热恋。虽然许多男生拜倒在自己石榴裙下,但她从来没有正眼去看过一眼。她总认为自己的爱情还没有真正来临。今天,她认识了高可天,虽然还不到两个月时间,但是,这已经足够了。从古到今,有多少英雄佳人一见钟情,又有多少俊杰美女回眸一笑百媚生。更何况现在是信息时代,有网友相见一拍即合,有相亲会上一谈便生爱的闪婚族。认识一个人不在时间长短,而在于彼此是否心心相印。今天到了高可天的家,是周明朗最大的收获。长期以来,周明朗是怕被人所爱,也怕爱上别人。她知道,当今的女孩有多少是嫁错郎的。所以,有人说过:结婚就像是通俗音乐,一下子把人从缥缈的云端打入黑乎乎的泥坑中,变得俗气。因此,离婚成为流行音乐。

女人既盼着婚姻,又害怕离婚。在周明朗的情感词典里,是拒绝通俗的婚姻,渴望美妙的爱情。但是,谁能永远拥有美妙的爱情呢?谁又能回避婚姻呢?有人说过:挽救爱情的是婚姻,那么,挽救婚姻的又是什么?好像现代人还没有找到最好的药方,所以离婚便成了家常便饭。在周明朗认识高可天之后,在周明朗听完高可天一番肺腑之言之后,面对这个男人,不断地扪心自问:这个男人是否能够带给自己美妙的爱情?又是否能够改写通俗的婚姻?有道是亲近松竹,可以傲骨;亲近风月,可以脱俗;亲近山川,可以养目;亲近花鸟,可以入图。那么,亲近高可天这样的男人,是否可以变得洒脱呢?周明朗当然很憧憬也很想去冒险。

憧憬总是美好的，现实却很残酷。周明朗在商海中也算沉浮多年，虽然成绩累累，却也日夜风雨兼程。她凭着自己的才智、端庄、美貌、可人、知性，获得了许多成功。金融界的朋友、合作伙伴无数，虽然因拒绝人家的"美意"而得罪了不少人，但她仍然在招商引资领域能够云卷云舒，游刃有余，当然，周明朗心里非常明白金融界的潜规则不亚于文艺界，关键在于本人的掌控与把握。周明朗非常清楚自己时时处于风口浪尖，脚底下有凶猛的鲨鱼和猛虎，说不定哪一天就不小心陷入虎口粉身碎骨。所以，她也想早日嫁人，让那些垂涎三尺的男人死心塌地。但是，说嫁就嫁又谈何容易？这个时候，高可天的出现无异于周明朗眼里的一根感情稻草，她自然想抓住高可天牢牢不放。

可悲的是到现在为止，周明朗还没有抓住高可天，更谈不上不放手了。那么，如何抓住高可天呢？既不能惊动他，又不能让他无动于衷。难道说男女之间的感情也像商业一样讲究策略吗？周明朗的汽车驶进自己的小区。将车子倒入车库，但她久久不愿下车，坐在驾座上，掏出了手机。

不可否认，周明朗是一个优秀的女人。虽然年龄不算大，她自称要"奔三"了。但商贸的经历却很丰富，作为国际性商贸招商引资首席代表，除了月薪还有年度奖金。她的财富虽然不像大企业家、总裁、集团持股人那样富有。但是，她在股票、房地产等方面也有投资。就目前而言，她不工作就可以养活没有收入的老公，完成下一代再下一代子女的温饱、学业。她曾经可笑地想过，如果高可天仅仅是一个只会写书的教育家、作家或是身无分文的文人，那有多好。那样她可以给高可天财富，可以养他一辈子，让他潜心做学问，那样可能更容易抓住他。可是，高可天偏偏除了学者、教育家身份外，还懂得管理，还懂得官场之道，并且已涉经济领域，让这位深不可测的男人拥有政治的、经济的、社会的、人文的多重身份。周明朗心里明白，有着这样多重身份的男人怎么可以放手呢？如果放过这样的男人，那自己就白当一回女人了。如果无法获得这样男人的爱情，那是女人最大的悲哀。如果不能与这样的男人共度一生，那是我周明朗一生的失败。

天已经黑了，车里更黑了。周明朗打开车顶灯，小小的空间给周明朗无限遐想的空间。她掏出手机放在手上，想给高可天打电话也不是，想给他发短信也不是。中午在高可天家吃一碗面条早就没了，但是，现在一点都不饿。肚子里的饥饿可以抵挡的，精神里的饥饿是发慌的，情感里的饥饿是痛苦的。此时的周明朗变得很脆弱，好像需要一个人安慰、体贴。她终于忍不住，打开翻盖手机，给高可天发了一行文字：听君一席话，胜读十年书。然后坐在车里等高可天的回复。

有人说：世上有一种东西不能欺骗，那是感情，也有人说：世上有一种东西不能玩弄，那是心灵。更有人说：世上有一种东西不能伤害，那是真爱。这是高可天收到周明朗那一行短信后想到的关于感情、心灵、真爱的话题。他判断周明朗对自己的爱意已经溢于言表。高可天只能大智若愚，他无法回复周明朗的短信，怕引火烧身。

这让周明朗在汽车里苦苦地等待。等待虽然包含着一种希望，但是也意味着另一种煎熬。周明朗就这样在希望的煎熬中度过分分秒秒。她可以在商界上艳压群芳，温柔似花香、魅力四射，张扬着独特神韵，此时似乎也变得黯然失色。是高可天不懂得欣赏，还是他原本就是一只木鸟？周明朗无法忍受这种奚落，她又一次地向高可天发了几行文字：因为你，让我明白有一种情感叫牵挂；因为你，让我知道有一种旋律叫想念；因为你，让我领悟有一种音符叫快乐。

高可天见状，有些不忍心。他揣测再三，还是给周明朗回了一段文字：难得糊涂是种境界，心静如水是种修养，顺其自然是种洒脱，知足常乐是种态度，正直坚韧是种品格，你我之交是杯清茶。

周明朗欣喜若狂，看着手机屏幕上的文字好像等待了千年的佳音，又似百看不厌的知己，认真地阅读、品赏，好像每一句话都有味道，还散发着网络电波的电流，还带着高可天手指的温度，让这位刚强的招商引资代表痴迷、神往。最后，她的目光落到了"你我之交是杯清茶"。然后自言自语地重复地说着：清茶、清茶、清茶，想从中寻找更深的含义。

## 40

有人说：沏的是茶，尝的都是生活；斟的是酒，品的却是艰辛，点的是烟，抽的却是寂寞。那么，高可天所说的清茶又代表着什么？想说的是一起品味幸福的生活？还是他和我交往只仅仅是淡如一杯清茶？这一个夜晚，周明朗无眠，无眠的夜晚却有许多梦。

周明朗躺在床上，她只喝了一杯牛奶，吃了几块苏打饼干，虽然开着电视，画面上的男男女女却没有映入她的眼帘。周明朗是喜欢看电视连续剧的，内容是都市情感类的，而具是悲欢离合的那种。这样的情节大都是凄美的，是会让人柔肠寸断的。此时此刻，电视上的画面没有吸引周明朗，她手中依然拿着手机，心里正想着给高可天打电话还是继续发短信。她不敢贸然打电话，发短信会好一些，可以不会那么尴尬。今夜一定要将高可天征服，周明朗这么想着。于是，她又输了一行文字发给高可天：夜空因繁星而美丽，清晨因旭日而多彩，人生因朋友而美好，朋友因知心而幸福。然后是漫长等待。一会儿，她的手机屏幕上出现了几行文字：懂得豁达才能找到满足，懂得微笑才能找到快乐，懂得自信才能找到真诚，懂得放弃才能找到机会。

周明朗反复地看了几遍，想从不同的角度去解释高可天的真正含义。心里想，我周明朗遇上你高可天已经无法豁达起来了，我已经不懂得微笑了。是有一点不自信了，你叫我放弃？我做不到。于是，她又发了几句文字：人，相互依靠才能脚踏实地；路，有人同行才能风景美丽；事，共同努力才能简单容易；友，时常惦记才能分外亲密。

过了一会儿，高可天及时地回了短信：山以青为贵，水以秀为贵，月以明为贵，人以正为贵，友以挚为贵。

周明朗点点头，表示赞同，但是，她有些失望，因为缺少一点情调，没有什么感情色彩。她又发了几行富有感情色彩的文字：春雨飘落时，愿把滋润献给你；盛夏到来时，愿把绿荫留给你；秋风吹过时，愿把收获捎给你；冬雪覆盖时，愿把炭火带给你。

高可天再次回复：好朋友是生命的丛林，是心灵的歇脚驿站，是隐藏心事的寓所，是储藏情感的行囊，不管人生路上有几多风雨，好朋友如伞，总伴你一片晴朗。

周明朗再次点点头，心里想高可天是学者，不是纯粹的官员。在他身上没有政治味道，却有着艺术之树长青的葱茏。少了几分呆板，多了几分情趣。她格外开心地又发了几行文字：彩云总在风雨后，温馨总在阳光里，幸福总在寂寞后，朋友总在你身后。

高可天又立刻回复：一生相识，来自天意；一段友情，来自诚意；一份美丽，来自惦记；一句祝福，来自心底。

周明朗见高可天情趣正浓，她趁热打铁，又发了几行文字：我想把自己的心，开成一朵鲜艳的花，绽放在你生命的天空，为你的生活增添一抹亮丽的色彩，为你的人生带去一丝甜蜜的芳香。

周明朗终于按捺不住自己心中的感情，情不自禁地亮出一点想说出的话，通过短信的形式试探高可天的意思。她知道要小心翼翼，不能操之过急。因为像高可天这样文雅的男人决不喜欢单刀直入。这时，她的手机屏幕上又映现几行文字：人生最大的快乐不在于占有什么，而在于追求什么；人生最大的幸福不在于得到什么，而在于奉献什么。

情调不够，哲理有余。这是周明朗对高可天短信内容的评价。当然，从高可天的短信中又能体会到一个成熟男人的稳重。这是周明朗所欣赏的男人。她不知怎么了，从来没有像今晚这样，对一个男人的爱慕这么心动神摇。高可天有什么魔力，又是什么神仙，让她如此情窦初开般痴迷不醒？周明朗又开始按键输入文字：日是有色彩照耀的地方，就有我对你真挚的爱意，月是有朦胧弥漫的地方，就有我对你深刻的思念。心融化了是情，情升华了是爱……

高可天又回复了短信：月圆了就赏月，别想月会缺；花开了就恋花，别说花会谢；风起了就吹风，别怕风会走；潮涨了就弄潮，别管潮会落。快乐心境才能成就美好生活。

周明朗马上回复了过去：就怕岁月老了青春的容颜，月光陪伴了孤独难眠，时间带不走似水缠绵，清风吹不散深深爱恋，长歌几曲，难掩心中牵挂，情深意切，唯愿你与我携手走进明天。

可能夜很深了，深到电视屏幕上出现了盲点。就连周明朗的手机上也变得黑屏。她生怕没有电了，还检查了电池，一切正常。那为什么这么久了高可天还不回短信呢？他不敢回了？他还是困了睡了？或是害怕了？深夜中的周明朗没有睡意，好像人生中遇到抉择的时候，决定自己命运的时候。好像过了这一夜，什么都来不及了，什么都晚了。她必须在天亮之前，打响自己人生中爱情的第一炮，如果这一炮没有打响，那么，这辈子将会在无声无息中度过孤独的年华。周明朗情真意切地向高可天又发了短信：我只能向你寄去一个恳求，期待的目光我如何寄去？我只能向你寄去一份梦呓，晶莹的泪珠我如何寄去？我只能向你寄去一行文字，跳动的心我如何寄去？

周明朗期待着高可天的互动，可是，一分一秒在夜色匆匆中流逝，手机的短信声没有再响起。周明朗好像一个跳水运动员，她已经从高空的跳板上跃起，而且已经划了一个美丽的弧形。下面的水突然蒸发了，这让周明朗叫苦连天，没有回头路。就在这个关键时刻，高可天的短信回复过来了：控制金钱，可以得到财富；控制饮食，可以得到健康；控制情绪，可以得到快乐；控制感情，可以得到幸福。

周明朗看完这几行文字，好像被人泼了一盆冷水，有一种不寒而栗的感觉。难道落花有意，流水无情？高可天啊高可天，你为什么总是这么巧妙地回避我的问题？为什么我们刚刚站在爱恋的起跑线上又突然回头？为什么我们似乎奔跑上恋情的田径上又突然停止？你难道是一个不食人间烟火的男人吗？你难道没有感情细胞吗？你难道不需要女人的温暖吗？在和你接触中，在与你交谈中，在和你共进晚餐中，在和你发短信中，你应该是一个有情有义的人，我也感觉你是一个有爱有义的男人，那么，你为什么要控制自己呢？欲望可以控制，感情不能控制啊！贪婪可以控制，幸福不能控制啊！野心可以控制，追求不能控制啊！周明朗在内心呼喊着。一种刚刚被高可天燃起的情火又突然熄灭了。

今夜对于周明朗来说是多么刻骨铭心，她已踏上了爱的征途，虽然是那么黑暗，但是黎明并不遥远。她一定要穿越深夜丛林，去寻找爱的黎明……

# 41

太阳又开始它新的一天行程，火球般地在漫无边际的海面上湿漉漉地升了起来，它的血红色彩染遍微波粼粼的海面，如鱼鳞般金光闪闪，蔚为壮观。高可天睁开惺忪的眼睛，窗外的太阳光显得较为热情，探头探脑地从一些隙缝里照了进来。

高可天懒得爬起来，昨夜与周明朗折腾到三更半夜，差一点陷入感情的旋涡，人非草木，孰能无情？只是他有几分同情周明朗，从她的短信中可以觉察到周明朗对爱的渴望，对自己的钟情。有人说：爱一个人需要勇气，那是一种幸福。但是，被一个人所爱，需要巧妙面对，那是一种负担。高可天不想伤害周明朗，包括杨梅和卓心兰。就怕她们被情所困，做出意想不到的事情。

有人说过：当一个女人爱你的时候，你是一个男人；当有十个女人爱你的时候，你可能是情圣，当有一百个女人爱你的时候，你也许是富翁；当有一千个女人爱你的时候，你可能是一个偶像；当有一万个女人爱你的时候，你也许是英雄。高可天心里想：周明朗、杨梅、卓心兰和许真容可能都爱自己，那么，自己将是一个什么样的人？男人？情圣？还是偶像？抑或是英雄？其实自己什么也不是，仅仅是一个男人，一个不想谈恋爱、不想结婚的男人，仅此而已。既没有说当和尚，也并非禁欲主义者。只想一心扑在海西建设上，完成卓书记的夙愿。可是，生活往往不是你自己想象的那样，也不是你自己所计划的那样，上帝会与你开许许多多的玩笑。你想得到的，它偏偏不给你；你不想要的，它却要强加给你。你苦苦追求的，最终也许不是你喜欢的；你不屑一顾的，到后来也许是你的最爱。有道是有心栽花花不开，无心插柳柳成荫。这就是变幻莫测的生活。

事业也一样。高可天怎么会想到，从一个默默无闻的教育工作者一跃成为江海市长助理、招商引资的代表、海西建设的带头人。高可天心里明白，摆在自己面前的几出重头大戏，如果表演成功了将会前途无量。高可天心里更清楚，前面的路充满着阳光，也充满着泥坑。

高可天相信天时、地利、人和这句老话。他也明白，如果没有卓书记，就没有自己的今天。据说凡是能成大器者，除了自身才华、睿智、谋略、胆识之外，都有一个贵人相助、点拨。卓书记就是高可天的贵人、伯乐。如果不是卓书记的慧眼、开明、扶持，高可天怎么可能会进入江海市政府呢？高可天心里更清楚，卓书记是一个富有责任感的好干部，是一个善于发现人才、敢于使用人才的好领导。卓书记在高可天身上寄托了许多希望，他为高可天搭建了一个大舞台，这个大舞台就是江海，就是海西。高可天将在舞台上表演什么节目，这就要看高可天的才华了。

高可天懂得自己的历史使命，懂得时代赋予的责任，他要把这种使命和责任融化在自己的血液中，他不能让卓书记失望，要靠自身的努力和奋斗，靠自身的才华施展来证明卓书记当初的判断是正确的。高可天知道，卓书记也有许多苦衷，从他的言语中可以觉察得到。高可天曾经扪心自问过：自己何能何德？卓书记为什么要舍近求远？难道江海市委、市政府大院没有人才？没有一个值得卓书记信任的干部？市委市政府中不乏大学生、研究生，为什么他们都无法担当起重任？是卓书记不给他们机会，还是他们失去了机会？高可天仅仅把自己定位为一名学者，尽自己所能，为卓书记对自己的赏识披荆斩棘，所向披靡。因为，一个人一生中难得被人欣赏、被人爱护、被人尊重。

高可天坦率地评价自己：自己应该是一个有才华的人，而且是一个不怕死的人，高可天曾经这样想过，人的一生中不在于生命的长短。如果说一个人一生中能够成功地做出了大事，在某一领域有所建树，在某一时期有个开天辟地的事业，在某一阶段有个辉煌的前程。那么，生命就是缩短十年又算什么？因为虽然生命很短暂，但只要你对这个社会贡献很大。这应该就是评价一个人活得是否有意义的一种标准。高可天想做这样的人，但不是每个人都可以做得到。首先自身的条件要具备，其次要有人发现了你，再者要有很好的机遇。正所谓时代造英雄，就是这个道理。

高可天知道江海和许多城市一样，目光所及是千篇一律的高楼大厦、玻璃墙，还有不断闪烁的霓虹灯、纵横交错的立交桥。城市的背景正逐渐地被所谓的麦当劳、肯德基、必胜客那火红的标志所点燃的时候，那万城一面的景象都成为人们视觉的灾难。那么，真正的城市文化、城市精神、地方特色正在消失。如何改变现状？如果建设城市？如何营造良好环境，如何解除人与人之间的隔阂？成为高可天进入江海市委、市政府之后苦思冥想的问题。在经济大繁荣、大发展的时代，如果财富不能发挥善意的力量，那么这些所谓的财富，在法律和公理面前就有如粪土。在这样的情况下，高可天向江海市委、市政府，向卓书记、叶市长建议：每天免费派送一万个馒头让人充饥，创建无贼城市，是另一种扶贫和扫黑。

这是高可天最简单的想法。因为他看到了还有很多人没有解决温饱问题，免费派送馒头，作为一项关心广大民众温饱的举措，让更多有财富的人发挥力量，让这个社会变得多一些温暖。所谓创建无贼城市，就是当地政府要让自己所管辖的地方平安无事，让广大民众有安全感。如果小偷遍地，抢劫出没，地痞流氓横行，城市的卫生再清洁，城市的绿化再好，都不会让广大民众感到安全幸福。只有先解决了社会治安问题，才能谈城市的卫生、绿化。因此，高可天大胆设想，他要出奇制胜，将江海市作为试验田，推行免费派送一万个馒头，创建无贼城市，来提升江海的和谐、平安、温暖。如果成功了，将是全国独一无二的。如果失败了，那说明我们城市的国民素质尚未达到基本的水平，我们城市还缺乏善意和英雄，那些爱心人士和感恩的心还没有被铸造。还有那些所谓的贼还没有被征服。

# 42

有人说股票是毒品都在玩，金钱是罪恶都在捞，美女是祸水都想要，高处不胜寒都在爬，抽烟伤身体都不戒，天堂最美都不去。是啊！现在有多少人在说实话？但是，在高可天心目中，卓书记不是这样的官员，叶市长不是这样的官员，高可天也不想做这样的官员。

是啊！一个人如果连起码的真话都不敢说，整天口是心非，不要说执政为民，就是在社会上混也难以立足。现在是讲诚信的时代，个人的诚信涉及方方面面，生意上的、金融上的、租赁上的，甚至情感上的、爱情上的、婚姻上的，都要讲诚信，否则将寸步难行。

这是高可天踏入江海市委、市政府大院之后的坚强信念。有道是言之必行，行之必果。就在这个时候，江海市委书记卓越约谈了高可天。

夜色在夏季里显得特别枯燥，空气中夹杂着热气，混浊了灯红酒绿下的男女。高可天在市委大院吃完工作餐，直奔卓书记的办公室。他不知道这个时候卓书记是否吃过了晚餐？他为什么要在下班之后约谈自己？是有什么重要的事要面授机宜？还是自己做错了什么？高可天心里有些七上八下的。这个时候的市委大院很安静，虽然还有一些办公室灯是亮的，广场上的值班老头，还有武警战士使人感觉大院的夜晚是肃穆的、森严的。高可天到达卓书记办公室后，才知道还有叶市长在里面。

卓书记没有说话，他正埋头看一封信，看样子好像已经反复看了好多遍。这时候，叶市长先开口了："高可天同志，今晚卓书记约你来，知道是什么事吗？"

高可天摇摇头，说："不知道。"

卓书记突然抬起头，问："可天同志，你为什么至今未娶？"

高可天心里一怔，不知怎么回答。他还没有完全反应过来，卓书记又问："你一个晚上能约三个女孩子，而且乐此不疲，行啊！"

高可天脸一下子红了起来，他准备向卓书记解释什么，被叶市长打断了：

"可天同志,你知道江海市委为什么把你调上来吗?我们寄予你很大的希望。你现在是国家干部,你即将代表江海市委、市政府开展工作。你的生活作风、工作作风都应该非常严谨,你不是电影明星、歌星,可以有许多绯闻。"

"卓书记、叶市长,我没有沉溺于儿女私情。不信可以问卓心兰,她可以为我做证。"高可天不知道从何说起,有些语无伦次,只好搬出卓书记的女儿。

卓书记语重心长地说:"你这样做,把三个女孩子都伤害了。你不像市长助理,倒像滑稽的电影演员、老练而巧妙地周旋于情场上的老手。让人哭笑不得。"卓书记可能说得有些尖锐。

高可天听卓书记这么一说,顿时无地自容,额头上、腋窝下不断地有汗珠溢出,有点跳进黄河都洗不清的感觉。高可天还想说什么,卓书记打断了他的话:"人家把举报信都写到市委书记办公室来了,你还想解释什么?你以为举报信只揭发贪污腐败的?你的生活作风不严谨、道德情感不纯洁照样会被人揭发举报。只有高尚的情操、正确的人生观、价值观,才能体现一个党员干部的良好形象,才能代表政府为人民政务的形象。否则人民就不会相信你,甚至会唾弃你。"

高可天全身发热,十分后悔一个晚上同时与卓心兰、杨梅、周明朗约会,而且安排得天衣无缝,滴水不漏。高可天不知道这是不是出于无奈?只是真的当儿戏,甚至是一种堕落。此时他才明白,卓书记的约谈是关于这件事。高可天不明白是谁消息这么灵通,知道自己一个晚上分别和三个女子约会。是谁写的举报信?高可天无法想象,从第一次在杨梅的别墅里被人知道,弄得满城风雨,到这次与三个女子的约会,是谁跟踪了自己?高可天有些害怕起来。

这时候,高可天声音有些沙哑地说:"卓书记、叶市长,我先不说这封信的可信度和真实性,也不说是谁写了这封信。我只想解释一点,那天晚上,卓心兰、杨梅、周明朗同时约我吃饭,我怕拒绝她们会伤害她们,只能委曲求全,不破坏她们的好心情,才给她们约好每人只有一个半小时,这样就可以两全其美。其实我并不是以谈恋爱的方式和她们约会,作为朋友,仅仅出于一种礼貌。因为我是一个独身者,不存在儿女私情,更谈不上玩弄感情了。"

高可天的这段话作为一种表白,不管卓书记、叶市长信不信,高可天还是要表明自己的态度。

卓书记站了起来,说:"可天同志,要吸取教训,不要责怪别人捕风捉影,要严格要求自己,你要好好反思。从写信人的语气、内容,是出于对你的爱护。人家没有把信满天飞，只寄到我的办公室，如果寄到了办公厅、组织部、纪委、监察室，那你的人格就会受到很大影响。今晚我和叶市长找你谈话，也出于一种爱护。我们始终把你当作人才引进，希望你能脱颖而出，为江海做出贡献，不要有丝毫闪失。"

高可天点点头，心中充满了惆怅、苦涩。通过这件事，他深深地感到自己政治上的幼稚与不成熟。

这时候，卓书记又说："可天同志，我和叶市长做了研究，决定暂停海西港口建设和核电站工程项目的工作开展，先全力以赴抓好城市民生工程，就是每天免费向街头派送馒头的方案。再一个就是城市平安工程，创建无贼城市。这两大工程关系到江海市民众温饱安全，要抓好。抓成功了，我给你请功。有了这样的好环境，还怕没地方招商引资？这样，海西的两大项目上马就指日可待了。你有意见吗？"

高可天的心头如同被一座冰山压住，全身冰冷，但他不能表现出来，也不能让卓书记和叶市长看出来。这时候，他才知道自己一个小小的失误，结果就是这么严重，严重到被江海市委摘去港口建设和核电站工程负责人的头衔，他半天反应不过来。叶市长说，"可天同志，你还缺乏锻炼，你应该经得起考验。"

这时，高可天才回过神来点了点头，提起精神说："我接受市委、市政府的决定。我会从哪里摔倒，再从哪里爬起。"

卓书记说："时间不早了，你先回去吧！"

高可天走出卓书记的办公室，市委大院在橘红色的路灯沐浴下，显得更加宁静，这时候办公室的灯光大都暗了。高可天突然想了起来。这封举报信到底是谁写的呢？


# 43


也许高可天不会相信，也不会想到，向卓书记写信的人不是别人，正是他身边的助手许真容。

许真容，这个看上去有几分天真、温柔与体贴的姑娘，怎么会向卓书记写信揭发高可天呢？在这个世界上，爱的魔力真的很可怕。尽管这封信出自许真容之手，信很简短，而且只提高可天的感情泛滥之事，没提工作上的事，以感情用事、儿女私情、风流浪漫影响工作的罪名，来解剖高可天作风不严谨。可见，许真容是因为爱高可天，怕被人夺爱，怕高可天舍近求远对自己的爱意视而不见。当然，这种手段是冒险的，一旦被高可天发觉，不但得不到爱，还会落得个人情两空。

许真容的确长得很漂亮，这是高可天第一眼见到她的感觉。她今年二十六岁，正是春暖花开的季节。本应该到了谈婚论嫁的年龄，只是被她的美貌和高文凭耽误了人生大事。许真容是江海土生土长的人，毕业于同济大学传媒专业。有着研究生学历，她是经过公务员考试进入江海市委。许真容并不爱说话，一旦说话坦诚相待，真情流露。有人说她像山谷中一泓清泉，似天边一抹彩虹，让人心爽，让人幻想。

她那高挑的身材，有人说像林志玲，但没有她性感。许真容应该是含蓄的，那张棱角分明的脸庞，有人说像歌星王菲，但没有她冷峻。在江海市委大院，许真容被称作美女，一个尚未有男朋友的美女，当然会引来许多异性的目光。然而，情比水柔、心比天高的许真容，目光所及，还没有发现能让自己心波荡漾的男人。

表面看上去，美丽大方，天真可爱，其实心中充满烦恼。年龄也不小了，父母也追得紧，爱情之花没有怒放，婚姻之树无法结果，只叹自己命苦，上帝偏偏给了她美丽，而不给她爱情。慢慢地，许真容开始相信缘分。正所谓一世两颗心，缘定三生石。于是，许真容开始等待，等待有朝一日，不管从四面八方走来一个心仪的男人，她就要用一生一世的情和义去追随，去爱护。因为她知道这机遇来之不易，这缘分求之不得。

在江海市委大院，几乎是一夜之间，出现了一个高可天，好像是天外来客。许真容眼睛一亮，像天空的闪电传入全身，血管偾张，心跳加剧，情丝颤抖，爱意溅溢。她深深地感到自己苦苦等待的就是眼前这个男人。

许真容调动各种手段，了解高可天的背景和个人资料。才知道他是一个教育型学者，著有两部作品。江海市委作为人才引进，可以预见，在不久的将来，高可天将成为江海的主人。许真容喜在心中，乐在眉梢。感到这是上帝送给她二十六岁青春年华的礼物。

更让许真容没有想到的是，自己会成为高可天的助手，难道是市委的有意安排，才子佳人，天生一对。许真容心中欣喜若狂，感谢市委市政府提供这样的机会，为她创造这么好的条件，今日成为高可天的助手，明天就有可能成为高可天的爱人。

许真容是以准爱人的身份，带着几分自作多情的美好心情来到高可天的身边。口口声声称自己小许的高可天其实并没有大自己几岁。她不喜欢高可天称自己小许，哪怕叫名字也亲切。但是，当许真容来到高可天身边后才发现，这个高可天有点不食人间烟火，没有正眼看过自己一眼。

众所周知，在江海市委大院，自己是公认的美女，而且有秀外慧中之称，高可天怎么可以无动于衷？她知道高可天至今还没有女朋友，又听说过他要过单身生活。不管是男是女，为什么要单身，说白了就是找不到另一半，没有心仪的人，只好认命，选择单身。这并不为怪，就好像自己到了二十六岁的年龄，才遇上这个男人。

她庆幸高可天以单身出现在自己面前。如果是已婚男人那就空欢喜一场了。许真容猜想高可天至今未婚，一定也有一段被情所困、为爱受伤的历史。所以，许真容表现得相当冷静，她要给高可天一定的缓冲期，以悄然无声的爱意，潜移默化地从高可天的身上流过。让他慢慢愉悦，悄悄感受。爱虽然可以高山流水，激流勇进。情也可以溪水潺潺，缓缓流淌。

尽管许真容感受到的是落花有意、流水无情的气氛。她的视线还是无法离开高可天的身影，除了工作之外，高可天的身影离开她的视线之后，许真容总要以各种办法了解到高可天的消息。于是，她要么打电话，要么突然出现在高可天的身边。当然，许真容这一举动，都会以工作为借口。

爱是自私的，许真容很赞同这句话，虽然高可天至今还没有开始爱自己，但是，许真容已经爱上了他。许真容认为这就足够，虽然爱是两相情愿的，但是，许真容认为爱的双方总有一方是处于主动状态，另一方是处于被动状态。从古到今，从中到外大都是这样的，许真容并不感到奇怪。她认为总有一天，高可天会发现身边的许真容是多么优秀的女孩，而且又是那么体贴关心人，是一个最适合做妻子的女孩。到那时，自己将会像一朵盛开的玫瑰，簇拥在高可天的身边，为他散发出芬芳，为他开放美丽的花蕾。

可是，在许真容的目光追随中，在她敏锐的视野下，出现了三个女子。杨梅，江海电视台主持人，高可天的同学；卓心兰，江海市委卓书记的女儿；周明朗，一个神秘的女人，也是对许真容威胁最大的人。她是瑞典皇家集团招商引资的代表。据许真容了解，高可天决不喜欢杨梅这样的女人，过于泼辣，而且还有婚史。卓心兰和自己的性格有些相似，那只是表面的，卓心兰的弱点就是内心很软弱，而且身为卓书记的女儿，在政治气氛较浓的家庭感染下，不敢越雷池一步。而许真容敢。周明朗是一个富有内涵的女人，虽然没有许真容漂亮，但魅力四射，还充满着青春活力。在金融界、商业界都颇有成就，追她者无数，她在事业上能助高可天一臂之力，这对于许真容来说，都并不可怕。有这么多的女子追求高可天，爱慕高可天，说明这个男人很优秀，是否能得到，不仅是自身的条件和努力，关键在于高可天本人。不管高可天目前处于怎么样的状态，关键就在于你是否能够征服高可天的心。

如果说卓心兰、杨梅、周明朗开诚布公地主动约高可天吃饭是一种暗示的话，那么，许真容常常以各种暗示来提醒高可天身边还有一个值得仰视的女孩。可是，当许真容发现有一天晚上高可天一下子同时与这三个女子吃饭的时候，她坐不住了。高可天要和三个女子吃饭，而且自己却在饭局之外。无形中自己就输在起跑线上。如果说，高可天改变自己的初衷，改变独身的想法，那么他秘密与三个女子约会共进晚餐，是否意味着三选一？许真容这么一想，感到危机四伏。她想中途闯入，觉得太鲁莽。于是，她采取快刀斩乱麻的方式打破局面，经过苦思冥想，给市委卓书记写了一封举报信，将了高可天一军，暂时搅乱那即将形成对自己爱情威胁的局面。

# 44

高可天当然被蒙在鼓里，如果高可天知道了向卓书记举报自己的人是助手许真容，又会做何种反应？许真容因爱而醋意大发，是因为高可天不曾正眼看一下自己，是因为高可天整天周旋于杨梅、卓心兰、周明朗之间的回应，这是她出于无奈。但许真容的这一招，果然获得很好的效果。

高可天回到家已经很晚了，他洗完澡躺在床上，想起卓书记和叶市长所说的话。他想不到清心寡欲的自己却被戴上儿女私情、游戏感情的帽子，真是冤枉。难道仅仅是自己单身未娶的缘故吗？还是因为卓心兰的缘故。卓书记是为了女儿卓心兰，怕自己卷入三角恋爱，给自己一次严肃的提醒？自己早就对卓书记表白过，这辈子过独身生活。虽然平日里卓书记对自己关怀有加，而且还邀请自己到他家做客，还特意叫卓心兰送自己回家，难道这都是有意的安排？高可天心里也清楚，从卓心兰轻描淡写的谈话中，举手投足中都可以发现有一股爱意直冲高可天的神经末梢。说心里话，如果高可天想结婚，就目前而言，他会毫不犹豫地选择卓心兰。高可天承认，卓心兰是自己心仪的女孩。可惜，自己的心思不在这里，在卓书记的殷切希望里。自己与她们的交往仅仅停留在朋友分上和工作上。比如与周明朗交往，纯粹是为了工作。高可天知道周明朗是一个招商能量非同小可的女人，自己招商引资工作可能需要她的帮助。而杨梅是老同学，又是江海电视台的记者，那一份同学之情，还有记者的身份也很厉害，能让你一夜成名，也会让你身败名裂。特别像杨梅这样性格刚烈的女子。卓心兰就更不要说了，她毕竟是卓书记的女儿，不看她的面子，还要看卓书记的面子。她们每个人都心地善良，为人热情，通情达理。高可天怎么忍心破坏她们的心情呢？难道说不是为了爱情就不能和她们交往吗？不和她们谈恋爱就不能在一起吃饭吗？高可天唯一感到后悔的是不应该一个晚上同时答应三个女子的邀约。高可天不怕被别人误解，最怕被卓书记和叶市长误解。

夜色已深，高可天却没有睡意。正在这个时候，有一个人也没有睡意，她正在为高可天担心，甚至有些后悔自己的所作所为。她就是许真容。

许真容也躺在床上，房间里只亮着床头灯，手里拿着手机，几次想打电话给高可天，她知道今晚卓书记找高可天，就是谈他同时与几个女孩纠缠不清的事情。许真容不知道卓书记是怎么说的？也不知道高可天听后会不会恼羞成怒？但是，有一点许真容很清楚，今晚是高可天的无眠之夜。高可天是很爱面子的，有着文人倔强刚直的自尊，有着学者严谨踏实的做派，是经不起别人说三道四的，更不可容忍别人诬陷。这个时候，高可天在做什么？许真容想知道高可天的消息。她不断地反省，自己的举动是不是太卑鄙了？为了对高可天的爱，将他推入爱的深渊，然后再用爱去拯救他。这是爱还是爱的战争？许真容一遍又一遍地想着，一遍又一遍念着：可天啊！夜空能阻隔天高地远，却阻不住深深的思念；经纬可以拉开距离，却挡不住真挚情意；岁月可以流逝年华，却流不走我对你的一往情深。此时此刻，你是否安然入睡？

许真容发现自己的眼眶里有着丝丝的潮湿，是泪珠，为什么有泪珠？是爱恨交加，爱的是这位有着千年等待的男人，恨的是自己用了太卑劣的手段。这样得来的爱是不够高尚的，不够光明磊落的。她想把真相告诉高可天，又怕高可天看不起自己而失去他；她想把真相告诉卓书记，又怕卓书记说自己犯了诽谤罪从此失去工作。矛盾撞击着许真容的心房，后悔折磨着许真容的思想。她从书架上取下高可天那本《教育与生活》，书的扉页上有高可天的照片。她无数次地望着照片，用手无数次地抚摸着照片，心潮澎湃，心旌摇动：一个成熟青春的姑娘是需要爱的洗礼，一个优秀的男人一定会被女人情不自禁地爱恋。

许真容按捺不住自己的冲动，打开手机滑盖，用短信的形式向高可天发了一则短信："轻轻地问你一声，睡了吗？悄悄地问你一句，你在想什么？"

高可天突然收到许真容的短信，感到惊讶万分。他知道许真容喜欢自己，而且在工作中不断地暗示，平时只好装傻，他只把许真容看作是一个助手。许真容却在某些时候超出了助手的范畴，这个时候发来的短信，一定又在想自己了。高可天不敢轻举妄动，卓书记的一番话，弄得自己思想上支离破碎，感情上浑浊不清，工作上非常被动。你许真容再来凑热闹，不是让我雪上加霜吗？高可天不敢回应许真容的短信。

他睡了？按他的性格，不应该这么早入睡啊！许真容见高可天这么久还不回短信，心里有些难受。她再一次发了短信："把思念写成邮件，传递给你；把问候制成贺卡，邮寄给你；把关怀编成短信，发送给你；把牵挂写成博客，天天为你更新。为什么总是不见你的回音？你是在梦里？还是在灯红酒绿里？"

这个许真容，怎么不屈不挠呢？高可天的心已经很乱了，她为什么总在添乱呢？难道女人的爱要比男人丰富吗？高可天曾经在一本书上看到一句话，说什么男人靠征服世界来征服女人，而女人则靠征服男人来征服世界。多么可怕而疯狂的哲理啊！

高可天三思而后行，还是选择沉默。有时候，沉默会被看作是金，是意境。也有时候，沉默蕴含着灭亡、消失。此时，在许真容心里，琢磨不透高可天是醒着还是睡着。如果是在梦里，她愿化作一只精灵，撞破他的梦乡。如果在灯下，她愿化作一只飞蛾，甘心在火中永生。

许真容又一阵失望，失望在夜色苍茫中；许真容又久久等待，等待在脆弱的灯光下。她已经无药可救，她不相信高可天已经睡了，她更不相信高可天就这样无动于衷。于是，她再发一个短信：你是我甜蜜的梦，睡也思念，醒也思念；你是我连绵的缘，前世相见，今生相牵；你是我丝网的情，我网着你，你网着我。

许真容，你太残忍了，你怎么能够如此柔情似水地诱惑我呢？我本以为今生今世与情绝缘，你却用相思的电流制造一场场情感的灾难。你是否记得自己的诺言，要与我一起把海西的两个重要项目上马，要把江海的城市变为无贼之城、平安之城、典范之城。今晚怎么如春蚕吐丝般没完没了？你们这四个女孩，我是不是前世欠你们的情，欠你们的爱？今生今世要一一偿还？自古有三个女人一台戏之说，加上你许真容，四个女人会掀掉舞台没戏唱啊。高可天在心里默默地叫苦连天。

高可天承认，这四个女子各有千秋，神韵不同。只可惜自己不是风流倜傥的唐伯虎。虽有怜香惜玉之心，却无谈情说爱之意。如果自己不进入江海市委、市政府，如果自己不是独身者，如果自己仅仅是一个作家、学者，面对这样的女子，怎么不能心动？怎么不想潇洒走一回？哪怕为情而醉、为爱而死，这一生一世该多么快乐、幸福。一个人怎么可能离开爱而活呢？但是，爱有好多种，有对祖国的爱，有对人民同胞的爱，有对父母亲的爱，有对兄弟姐妹的爱，有对自己家乡故土的爱，当然也有男女之间的爱。但爱的意义不同，有广义的，有狭义的。高可天早已把自己的爱洒在江海的这片沃土上。

高可天思忖良久，最后还是给许真容回了短信：明天九点，到我办公室探讨如何开展免费派送馒头的活动事宜。


## 45


高可天与许真容同时度过了一个难眠之夜。许真容带着几分失落的心情，准时地敲响了高可天的办公室。为了提神醒脑，高可天正在喝一杯咖啡，他见许真容进来，就站了起来，好像要比平时客气了许多，说："小许，你请坐，要喝咖啡吗？"

许真容摇摇头坐了下来，然后说："高主任，昨晚很对不起，请不要介意。"

高可天怕伤害许真容的心，安慰地说："过去的事不提了，是我让你失望，我们还有很重要的事情要做。

"是我太感情用事，虽然没有办法打动你，但是我不会放弃。因为这是我第一次主动向男人发出爱的信号，我没有退路。"许真容若有所思地说着。

这让高可天很为难，他怕许真容越陷越深，不得不向她提起昨天卓书记找自己谈话的内容。他说："小许，你知道吗？昨天晚上卓书记和叶市长找我谈话，说有人写信举报我与几个女子感情纠缠不清，说什么同时一个晚上与三个女子约会，大玩感情游戏。你听听，我是这样的人吗？"

许真容问："那你到底有没有和三个女子同时约会？"

"事情是这样的，那天晚上周明朗、卓心兰、杨梅同时约我吃饭。我这个人很爱面子，拒绝她们当中的两个会伤她们的心，特别是女孩子，脸薄、心软、泪多，容易生气，无奈之下，我分了三个时间段与她们一起吃饭，给足了面子。我疲于奔命不要紧，只要她们觉得开心就可以了，谁知我的一举一动被哪个无聊之人跟踪了，不懂内情就上纲上线，还写信给卓书记举报我沉溺女色。你说我冤不冤？所以，昨晚你给我发短信，就好像给我发射远程导弹，差点被炸得魂飞魄散。小许，你有没有听到什么风声？"高可天惊魂未定的样子说着。

"我倒没有听到什么风声。不过依我看，你就是至今未娶惹的祸。如果你已经有女朋友了，或者已经成家了，谁会去管你呢？"许真容指出自己的看法。

"那未必，捕风捉影大有人在。纵然你有了女朋友或成家了，他们照样可以诬陷你什么偷情啊、婚外情啊。"高可天忧心忡忡地说。

"不然你接受我的爱，让周明朗、卓心兰、杨梅死心，这样就平安无事了，你也不会节外生枝了。我们全身心投入工作中去。你看行吗？"许真容趁机又争取希望。

"小许，别开玩笑了。我们言归正传吧！"高可天说着递给许真容文件。这份文件就是关于如何开展爱心活动、免费派送一万个馒头的活动方案。

正在许真容看文件时，高可天的手机响了起来。高可天见是周明朗打来的，迟疑了一会儿，然后无可奈何地按掉接听键，拒绝接听。

许真容问："为什么不听电话？"

"看完了没有？别打听领导的事。"高可天一本正经地说着。

许真容看完说："我们在三个城区六个街头发放馒头，一个街头一千六百个馒头左右，时间下午两点。每天如此，这是否能做得到？"

"应该没问题，我们开展一周后，组织各家媒体记者做深度报道，让各企业参与这爱心活动。我想，一定会有企业参与的，特别是食品生产企业。"

"江海市的常住人口有二百多万，流动人口大约在三十万左右，街头暂时无工可做的民工约一万人左右，如果大家不弄虚作假，江海市本地人不在派送之列，一万个应该差不多。我最担心的是，这免费的午餐会不会让外地的民工都蜂拥而上，那样，整个秩序就乱了，好事变成了坏事。"许真容有些担心。

"所以，我们要把各种因素都考虑清楚，利弊都要分析清楚。下一周卓书记和叶市长要召集民政局、总工会、工商联开会，专门研究和发布关于每天免费向街头派送馒头的有关活动。我是这个活动的倡导者，所以我们必须要制定一套完善的活动计划。需要向市委、市政府提出解决问题的办法，比如街道秩序、治安问题、卫生、环境问题等都需要解决。"高可天把问题提了出来。

"是啊！我们还需要城管的配合，还有派出所的民警，万一发生意外，包括医院在内的一些部门要给予及时支援。"许真容说。

"我会全力以赴的，可能活动之前新闻媒体会做一些新闻发布。我们要把这次活动的调子定为构建江海典范城市，首先要让在江海居住和生活的人过上温饱日子。一方面鼓励大家创业、就业，另一方面为暂时无业可就的人派送馒头充饥，把江海市打造成爱心城市。"高可天胸有成竹地说。

"这次活动是针对外来的民工，那江海本地有困难没有工作的人怎么办？"许真容问。

"听卓书记说，江海当地人由各社区负责给予生活补助，所以不在免费派送范围。到时，各社区会对所管辖的居民进行动员，不能上街抢馒头，一旦发现就取消当月的生活困难补助。"高可天向许真容解释。

许真容点点头，然后说："高主任，免费派送馒头的具体活动安排和规定由我来写吧！"

"不，这个方案我自己写，你这几天负责上街做最后一次调查。"高可天说。

"你还有海西两个重要项目的招商引资工作呢？"许真容怕高可天忙不过来，想主动替高可天分忧。

"还招商引资？你从现在开始不要叫我主任了。"高可天的脸一下子阴了下来。

"这话怎讲？"许真容一时糊涂了。

"就是因为莫须有的罪名，卓书记和叶市长停止了我的招商引资工作。

也暂停了我海西两大重要项目负责人的职务。"高可天向许真容解释。

许真容一听，跳了起来，她表现得比高可天更激动。因为这一结果是她亲手制造的，她万万没有想到事情会这么严重。她原本只想由卓书记出面提醒高可天要自尊，不要再和几个女子混在一起，自己才有机会闯入高可天的生活，谁知会影响到他的工作。这不等于害了高可天吗？这如果被高可天知道了，还能得到他的爱吗？不恨你算便宜了你。许真容这么一想，后悔莫及。这事情如果传出去，自己将会无地自容，寸步难行。以后谁敢与你共事？许真容以愧疚的目光注视着高可天，轻声细语地说："高助理，委屈你了，你别难过，我永远支持你。"

高可天感激地说："没事，虽然没有像举报信中写得那么严重，但是，一个晚上同时与三个女子吃饭，确实有不妥之处。是自己不小心被别人钻了空子。吃一堑，长一智嘛。"

"卓书记和叶市长也不调查清楚这封信是否真实，也不给你解释机会，就这么取消你的职务。这帽子也太高了，这代价也太大了。人都有感情的，在还没有确定女朋友之前，应该有权力选择。何况你还没有结婚，应该有权力谈恋爱，可以同时和几个异性来往，互相比较，然后选择适合自己的伴侣。这无可厚非啊！市委、市政府领导也管得太宽了，随便一封信举报信，就可以定人家的罪，这不是太草率了吗？"许真容心里责备自己，嘴上却责备市委、市政府领导，发了一通牢骚。但是，她的这一番感慨，却让高可天感动。他觉得许真容刚才讲的句句是真理，自己应该没有错，就算谈恋爱，同时与几个女子约会又算什么？应该是光明正大的，没有触犯哪一条法律啊，我应该找卓书记评理去！

高可天感激说："小许，谢谢你的理解。"

许真容说："我永远支持你，我要找卓书记、叶市长澄清事实，还你清白。如果谈恋爱会犯错误，与恋人约会会被停止工作，那这个社会就乱了套，谁还敢在政府部门工作？"

高可天见许真容说得过于偏激，制止她说："小许，算了，你不能找卓书记和叶市长说这事。那样，我会罪加一等。"

"不，只有我才能澄清你的清白。"许真容已经无路可走了，她必须承担起这个责任，解铃还须系铃人。

高可天一听，如堕五里雾中，一时不明白许真容葫芦里卖的是什么药。

# 46

卓书记是爱护高可天的，他知道自己的女儿喜欢高可天，而偏偏高可天又是一个独身者。所以他心中没有鬼，不管和几个女子一起吃饭，都是很正常的，都谈不上三角恋爱，也不能说他游戏感情。卓书记判断，举报信可能出自包括女儿卓心兰在内的几个女子当中，他没有想到是许真容。举报的原因一定是吃醋，怕心上人被别人抢去，所以将了高可天一军，提醒他早日拿主意。

卓书记是希望高可天成为自己的女婿，他曾经和叶市长谈过这事。叶市长也很关心卓心兰的个人婚事，也想撮合高可天和卓心兰的婚事。只是碍于自己是市长，不宜给高可天太多的压力。况且现在的年轻人，思想特别活跃和时尚，什么独身、只谈恋爱不结婚、丁克家庭，无奇不有。叶市长只是配合卓书记一起唱个双簧，暂停高可天对海西两个重要项目的工作。这只是缓兵之计，并不是对高可天的工作有意见，也不是因为一封举报信，再说举报高可天一天晚上同时与三个女子吃饭，这并没有违法乱纪。法律上也没有规定，谁不能一个晚上同时和几个异性共进晚餐。卓书记只是出于私心，给高可天敲敲警钟，这并没有坏处。

卓书记很疼爱女儿，她从来没有让卓书记操过心，在旅游局工作也从来不以当市委书记的爸爸而自傲。她为人热情，心地善良，对人对事宽容而低调。只是她的个人大事让卓书记放心不下，有人知道她是市委书记的女儿，不敢高攀，都敬而远之。这倒害了女儿，当市委书记的父亲没有给女儿带来实惠，反而影响了她的正常感情生活乃至婚姻大事。

市委大院来了个高可天，是个人才。卓书记是很欣赏的，他和叶市长有约，将高可天作为第二梯队，要好好推一把高可天，让他在江海市的工作岗位上起到举足轻重的作用。这也是卓书记从政以来大胆培养人才复合型干部的一种新探索。高可天果然不负众望，提出了一系列城市建设特别是人文建设的独特见解。让卓书记感到遗憾的是高可天想过独身生活。尽管如此，卓书记认为一个人是可以改变的，随着生活阅历的不断提高，社会历练不断丰厚，会重新认识事物，调整自己的价值取向。他想高可天也不例外。于是，卓书记请高可天回家吃饭是有意安排的，他就是想让高可天与女儿卓心兰认识，只要认识了，彼此有好感，先成为朋友，以后就有可能成为恋人，那就有希望谈婚论嫁。

卓书记的计划应该是成功的，那天晚上卓心兰送高可天回家，两个人虽然不能说一见钟情，起码彼此都有好感，这一点很重要。他想：谁找女儿当老婆，是一辈子的福气。在卓书记的眼里，高可天与卓心兰应该是天生的一对，叶市长也是这种观点，叶市长甚至和卓书记说好，等两个人真有那么一天，他要当证婚人，为两个年轻人主持婚礼，这是后话。

今晚卓书记心情很沉重，他约谈高可天之后，心想高可天一定会失眠，年轻人初涉社会，思想单纯得很，文人书生气太重，学识睿智有余就是缺乏社会的历练，这并不是缺点。一个真正的共产党干部，就应该要纯洁，不要有太多的贪欲，少一些人际交往中的圈套、陷阱。

卓心兰见父亲回得这么晚，叫了声："爸，您吃了没有？"

卓书记扔了公文包，坐在沙发上，说："吃了工作餐。"

"那我给你泡一杯茶。"卓心兰忙着泡茶和准备小饼干点心。

卓书记有一个习惯，他喝茶要配点心，否则他会醉茶。特别是空腹，茶喝多了，好像会低血糖，所以要增加热量和糖分。

一会儿，茶泡好了，饼干打开一包。卓书记喝了两口，没有吃点心，他说："心兰，你坐下，我有话问你。"

"什么事呀？这么晚了。"卓心兰问。

"你最近和高可天有联系吗？"卓书记认真的样子，让卓心兰有些意外，她心里想高可天是不是出事了？因为她经常听到哪一个官员昨天还在台上大谈城市建设，今天怎么就出事了。

心兰说："有啊！上一周我们还一起吃饭，有时通电话。今天没联系。怎么？他出事了？"

"他没有出事，你们一起吃饭时，他有没有告诉你，他还和其他人吃过饭？"卓书记又问。

"没有啊！这是怎么了？您怎么关心这事？"卓心兰不解。

"傻丫头，你们两个有没有意思？你喜欢不喜欢他？"卓书记直白地问。

"高可天这个人不错，老爸能看得上，能差到哪里去？"心兰羞涩地说着。

"那你还不争取主动。"卓书记鼓励女儿。

"人家是独身主义者。"心兰泄气地说。"那要看你能不能改变他。一个人对另一个人影响是很大的。就看你有没有这种本领。恋爱、婚姻也一样。"卓书记好像要对女儿传经送宝。

"他说我如果是他妹妹多好。我向他暗示过,他却说我们做兄妹吧!不知道是真是假。"卓心兰没有什么心计,心地善良而纯洁。

"不管是真还是假,你如果喜欢他,都当作假。要去摸清人家的心,为什么要独身?是不是曾经受到过感情挫折,或者说受过伤害。对症下药,给他信心。"卓书记说后又喝了两口茶,然后吃了几块小饼干。

卓心兰苦笑一下,对卓书记说:"爸,你别为我操心了,您难道担心女儿嫁不出去?您小看女儿了吧!"

卓书记也苦笑了一下,说:"你知道吗?还有一个电视台的主持人叫杨梅,什么招商引资的代表周明朗,据说对高可天都有意思,想方设法接近高可天。所以,你不要错失机会。人的感情需要培养,没有接触怎么培养,没有联系怎么了解,怎么建设感情?"

"如果高可天要改变初衷,打消独身的念头。我想,我应该是他的首选。"卓心兰自信地说。

"为什么?说出理由?"卓书记要论证一下。

"您看,您的女儿长得不差,学识也有几分,温柔可人,心地善良。而且有一个市委书记的爸爸。是人都不能脱俗,仕途也好,金钱也罢,只要来之正道,没有不好。照样让人羡慕。高可天不看僧面也要看佛面。您说呢?爸。"卓心兰有些得意扬扬的样子。

卓书记心里想,女儿的话不无道理。心兰自身条件不错,家庭条件也可以。从高可天的言谈举止中是感激自己的。虽然这是两码事,但是,卓书记在内心当然希望高可天成为自己的女婿。那样,他就可以像对待自己的儿子一样更加严厉对待和要求高可天了。卓书记说:"心兰,今天我收到一封举报信,举报高可天同时和几个女子纠缠不清。这虽然有些夸大其词,但从中可以看出,有人在吃醋,想以举报信的形式让高可天谨慎用事,特别对感情的事别当儿戏。我昨晚批评了高可天一番,并对他目前的工作重新做了调整,但不会影响他的前途,只要他有能量,他就一定会成功。是驴是马要拉出去遛遛,所以先让他全力以赴开展爱心工程系列活动。"

卓书记的一番话,让心兰陷入了沉思。有人写举报信,说高可天游戏感情？卓心兰一时感到莫明其妙。难道男女间的恋爱，约会也要钩心斗角？那么，高可天到底是一个什么样的男人？难道真的像举报信所说，只不过是一个伪君子？

# 47

许真容因举报信事件而陷入深深的悔恨之中。有人看不惯某些官员胡作非为而向执法机关写信举报，也有人因为痛恨某些官员贪污腐败而向上级机关写信举报，也有人因为发现某些官员包二奶、养情妇而向有关部门写信举报。然而，至今还没有人因为爱慕官员怕他与其他女人谈情说爱而举报他游戏感情。许真容突然发现自己的所作所为很荒唐。因为自己爱他，生怕别人横刀夺爱而采取的举报行动，确实有些卑鄙，许真容为此无地自容。特别是得知高可天因为举报信风波而影响前途之后，许真容更加不可宽恕自己了。

古今中外，有多少人因为爱而铤而走险，又有多少人因为情而不择手段。但是，最终都很难获得真正的爱情。许真容意识到了这一点，她决定再向卓书记写一封信，澄清真相事实，还高可天清白。于是，许真容从床铺上爬了起来，亮了灯，开了电脑，开始写信：

卓书记：您好！

我就是那个向您举报高可天的人。今天我再一次地向您写信。首先向您表示歉意。同时也向高可天表示歉意。因为我捏造了事实，歪曲了真相，给卓书记增添了麻烦，损坏了高可天的名誉。这应该算是诬陷，而且要承担法律责任，我知道如何惩罚自己。

卓书记，请您不要问我是谁，也不要追究我的罪名。我是一个女性，我爱高可天，就因为爱他，发现他平时又和其他女性一起吃饭、约会，使我醋意大发，生怕自己对高可天的一片深情成为泡影，为了阻止他继续和其他女性来往，我使用了举报方式，举报他感情不专一，游戏感情，让他小心谨慎，不再和其他女性来往，这样我就有更多的机会接近他，向他表达我的爱慕之情。可是，人算不如天算，高可天因为我的举报，不但受到您的批评，而且还影响了他的前途。我突然良心发现，这一切都是我造成的，我应该还高可天一个清白。

当然，我知道自己已经没有资格再爱高可天了，因为这爱太自私，甚至包含着某种罪恶感。这样的爱高可天肯定也不会接受，因为他的感情是高尚的。他曾经想一个人生活，崇尚独身主义。现在不知道是什么想法，至少要有一个非常优秀的女人感动他、征服他，使他改变自己的初衷，我想这个女人一定不是我。

至少我不是这样的女子，我必须在高可天的视线里消失，否则会玷污高可天的感情。我知道高可天是一个很善良的男人，也是一个很细心的男人，特别对女性，有一种怜香惜玉的情愫。那一天晚上，刚好有三个女子约他吃饭，是他怕伤害她们其中的一个，不敢拒绝。为了满足她们的自尊心，为了感激她们的热情，为了不让她们失望，他只好先后同她们共进晚餐。这种追求两全其美、委曲求全的男人是很少见的，不管他心里是怎么想的，起码他是爱护女性的，尊重女性的。如果那天晚上我也约高可天吃饭，他一定也会满足我的要求。

可是，我为了自己一厢情愿的爱，把他同时与几个女性一起吃饭看成很龌龊、很下流。那是我心理不健康、感情不纯洁。我的举报信不但影响了高可天的工作和前途，也影响了他对感情的看法。本来他就是拒绝感情、过独身生活的男人。这样一来，不是更加坚定了他拒绝爱情与婚姻吗？更加坚定独身生活的信念吗？造成这一结局的罪魁祸首是我，当然，我会为此负责。

现在，我恳求卓书记重新找高可天谈话，把我的信给他看，告诉他举报信的导演者是我，一个爱他的女子，一个不值得他爱的女子。恳求卓书记给高可天一次机会，是我冤枉了他。恳求高可天原谅我，是我昏了头脑。

我所写的这封信，句句字字都来自我的心田，我愿以我的人格担保这封信的真实性。请卓书记相信我。如果不相信，我可以出现。但是，如果是那样的话，我的出现之日，便是我的死亡之时。切切！

许真容是流着眼泪写完这封信的，她知道自己是自找苦吃，把感情看得太自私，把爱情看得太世俗，所以才酿成这样的结局。此时此刻，自己都不理解那封举报信是怎么写出来的，自己都难以相信会写那样的信。从小到大，从中学到大学，从来没有妒忌过别人，陷害过别人，始终都会以欣赏的心态和赞扬的目光面对周围的人与事。怎么在自己感情最成熟的时候却做出不理智的举动。况且这些举动都是无中生有。许真容的羞愧心理几乎将她美好的希望和幻想粉碎得一干二净。这时，她在电脑屏幕上重新浏览一下今晚所写的这封信，然后修改了几个地方，将信打印出来。

窗外的月亮很暗淡，有一片白云飘过，江海市的夜色很沉闷，夏季还没有过去。沉浸在夏季夜色中的江海城，似乎像往常一样，日去月来，夜去昼来，轮回生生不息的季节。许真容擦干了眼泪，今年二十六岁的她，曾经对爱情是多么向往，对自己的未来是多么憧憬，对高可天是多么痴情。可是，现在，这一切好像变得那么遥远，变得那么狰狞，变得多么害怕。她对不起高可天，对不起爱情，对不起那几个与高可天一起吃饭的女子。

被打印出来的信有三张纸。许真容重新又看了一遍，心想卓书记一定看不出来是自己写的。她不知道高可天会不会怀疑自己？这只能听天由命了。如果高可天有所怀疑，他会怎样？看不起自己，不让自己再做他的助手，将这件事情公布于众？让全江海市的人都知道，有一个叫许真容的女子，为了得到高可天的爱，不择手段，用卑鄙的手段诬陷高可天，想独占高可天的感情，如果这样，自己一定会被人称作母老虎、恶妇、毒蛇。高可天会这样做吗？他知道真相后会报复自己吗？会揭露自己丑恶的面目吗？根据许真容对高可天的了解，应该是不会的，高可天不可能这么无情。他是怜香惜玉的人，他不可能对一个弱女子这么无情，况且这个女子是为了爱。许真容脑海中浮现出这样那样的情形。为了避免别人看出破绽，她又从电脑里打印一张市委大院的地址和卓书记的姓名贴在信封上。这样就不会留下自己的任何痕迹。

许真容封好信封，推开窗户，深吸一口夜色中的空气，遥想这个时候的高可天在做什么？是在梦乡里，还是躺在床上无法入睡？如果在梦乡里，他会不会梦到自己，那梦中的自己又是怎样的一个许真容？如果高可天无法入睡，那是为什么？是想着那封举报信的事？是在憎恨写举报信的人？许真容杂乱无章地想着。她望着夜空轻轻地说："亲爱的高可天，你不要想了，请你放心。明天，过了这个夜晚，卓书记就会收到我的信，我还你一个清白。你不要再烦恼了，我亲爱的高可天。"

# 48

黎明冲破了沉闷的夜色，大地在白色的薄雾中渐渐地明朗起来。顷刻，薄雾渐渐地消失在灿烂的阳光之中。江海市在阳光的沐浴下，开始了忙碌的新一天。

高可天似乎已经意识到，那封举报信可能与自己的助手许真容有关。他已经觉察到许真容不大正常的举动和那复杂的眼神，高可天心里非常清楚，许真容是爱自己的。许真容在高可天心目中是一个纯真的姑娘，她含蓄的言辞、迷人的微笑、多情的眼神，还有善解人意的话语，都给高可天留下深刻的印象。虽然偶尔会表现出超越上下级或同事之间的关怀，只要高可天有一点的暗示，她就会话锋一转，回到正常的情绪之中，不给人丝毫烦人的感觉。这样的女子可以这样形容：走得出厅堂，入得了厨房，上得了台场。

可是，如果举报信真与许真容有关，甚至是她所为，那高可天就不可理解了。许真容怎么会干出这种事？难道爱情真的能让人不顾一切吗？难道为了爱情，可以把对手当作敌人一样置之死地？高可天知道人是有感情的，但任何人为了感情也好，为了婚姻也罢，必须在正常的社会秩序和人际关系中去获得属于自己的爱情与快乐、婚姻与幸福。如果用下流的手段或卑鄙的手段，就算暂时能获得美好的爱情、幸福的婚姻，也一定不会长久的。高可天从来没有认真地思考与面对过这些事情，但是，他懂得判断黑白是非。

高可天在办公室里见到许真容，她的脸色有几分憔悴，高可天关心地问："小许，昨晚没有睡好吗？"

许真容不自在地笑了笑，然后轻描淡写地说："还不是前两天去各个街头做现场调查的缘故，昨夜在电脑里整理调查材料，到了凌晨一点三刻还无法入睡，所以今天脸色不大好。"

"我以为你又去上网了？现在很时髦偷菜，都是深更半夜起床上网偷网友的菜地。"高可天知道许真容经常上网，也知道最近时髦网上种菜偷菜的事。

"最近哪有这份闲心啊！高助理别冤枉我了。"许真容一直想回避高可天的目光，怕被高可天看出什么破绽。

"小许，对了，最近周明朗一直打电话给我，我都没有接她的电话，她可能是谈海西港头建设和核电站工程投资的事。我现在已不再是项目负责人了，再加上举报信的原因，为了避免不必要的麻烦，我始终没有接她的电话。这样很不礼貌。小许，你替我见见她，就说我目前人不在江海，你看行吗？"高可天以商量的语气对许真容说。

许真容内心很自责，都是因为自己的举报信，害得高可天不敢正常地与人交往。幸好今天她把那封信寄出去了，卓书记明天一定会收到的。高可天马上就可以清白了，平反了，就可以像正常人一样生活了，就可以恢复港口建设和核电站工程项目负责人的职务了。想到这些，许真容多少还有一些安慰。但是，听到周明朗这个女人的名字后，她还是产生几分妒忌和憎恨，都是因为她不断纠缠高可天，而且妖里妖气地以瑞典皇家集团江海代表而自居，打着招商引资的旗帜，不断地与高可天接近，实是为了获得高可天的感情。女人对感情是很敏感的，许真容从高可天与周明朗几次交谈和约会中，就已经感受到某种不寻常的气氛，像一对恋人一样，边谈工作，边谈感情，虽然无法判断谈话的具体内容，但许真容可以料想到，无非离不开情感、婚姻、家庭这些字眼。女人与女人之间一旦爱上同一个男人，不是你死我活，就是同归于尽，决不会让任何一方得逞。如果这个男人没有处理好，不但得不到任何一方的爱，甚至会弄得焦头烂额，身败名裂。

然而，许真容毕竟是高可天的助手，她已经做错了一件事，她不能一错再错，不为了周明朗那个女人，也要为了面前这个男人。于是，她说："我就说你上北京出差了，我一定替你接待好周明朗女士，看看她有什么要紧的事。"

高可天点了点头，很欣赏地说："谢谢你，小许。"

许真容看着高可天，关切地说："高助理，不要老想举报信的事。只要自己行得正，不怕影子歪。误会只是暂时的，总有一天，卓书记会判断出那封举报信不过是子虚乌有的事。"

高可天笑了笑，他心里想，许真容是真的善解人意？还是做贼心虚？其实，高可天没有很在意别人说什么，一封举报信能说明什么问题？举报与几个女子同时吃饭？这算什么事？是流氓行为？还是偷情勾当？是公款吃喝？还是与风尘女歌舞升平？都不是，这封举报信并不能让自己斯文扫地，也无法让自己身败名裂。因为自己本身就是与人正常地交往，况且还是一个单身男人。如果一个单身男人都没有与一个或者两个、三个女性一起吃饭的权力，那男人岂不是憋屈死了。到底是谁写的举报信？让高可天百思不得其解，他很好奇。因为他明白写信的人要么是爱自己，要么是恨自己。这两者，高可天都想知道。一个人如果不知道谁是自己的朋友，谁是自己的敌人，那他一定会失败的。

高可天就是感到对不起卓书记，他栽培了自己，寄予自己无限的希望，如果老听到自己的丑闻，看到自己的劣迹，哪怕是假象，卓书记也一定会信以为真的。虽然高可天现在不敢向卓书记解释清楚，但是，总有一天他会向卓书记解释自己的苦衷和冤枉。他有怀疑过是许真容写的举报信，理由是许真容爱自己，并且知道自己的行踪，与三个女子相约吃饭，或许许真容知道后有了失落感，感到自己在爱的边缘，爱的圆心被杨梅、卓心兰、周明朗所占领。于是，只好从高可天身上入手，写一封不痛不痒的举报信，让卓书记出面阻止，让高可天退缩，不再和那三个女子相见，然后她便可以捷足先登。高可天不断地分析，似有道理，又似无道理。因为迄今为止，他还没有发现许真容有什么特殊的表现，也没有乘虚而入。她只是不断地劝自己不要太在意举报信的事，甚至说她要出面找卓书记说清楚。高可天仅仅是怀疑，如果是许真容所为，高可天似乎对她也恨不起来。

正在这时，高可天的手机铃声响了起来……

# 49

一叶知秋。江海市下了一场大雨之后，初秋的季节已经悄悄地来临了，炎热的天气在雨水冲刷之下，变得气候宜人。

关注"三农"，关注民生、关注农民工早就是中国要面对和解决的重要工程，解决"三农"问题，改善民生状况，关心农民工生存现状，已是各级政府施政纲领中的重要内容。但是，在现实生活中，在社会的底层阶级里，在弱势群体中，依然存在着无工可做、无粮可食、无衣可穿的现象。作为一座普通的地市级城市，江海市以实际行动关心农民工在江海的现状，并准备启动充饥保温暖的工程，为部分暂时找不到工作没有任何收入的农民工免费派送馒头，这就是一个具体的举措。高可天对此充满着期待，现在万事俱备，只欠东风了。

高可天回想起来，他来到江海近一年时间，大约有半年时间忙于杂事，不断地被卓书记召见，配合叶市长工作，开展各种领域调研，书写各种方案，起草各种文件。还参加了几个大小不一的招商引资洽谈会、剪彩奠基仪式，会晤各方领导、企业家，等等，似乎都没有什么进展。他不断地在市委、市政府会议室向常委们介绍关于免费向街头派送馒头为农民工充饥的方案，介绍如何打造平安江海、温暖江海的品牌效应，介绍如何提升江海市的城市扩大化、农村城市化、环境园林化、地方旅游化、荒地工业化设想。高可天作为一个学者，他以教育家的思想、理念，又以社会学家的敏锐目光，酝酿着一座城市在海西建设大背景下如何发挥重要作用。高可天不厌其烦地调查江海民情，不厌其烦地查阅资料、不厌其烦地向市委市政府介绍、求证。每个项目、方案几易其稿。但是，最终还是被卓书记压在办公桌上。卓书记沉静思考、认真审阅，不断地指出新的观点，不断地提出新的疑问，不断地提出新的举措，都让高可天大吃一惊。高可天一方面感受到市委书记的沉稳冷静，另一方面又因自己的方案不能马上实施而焦急。

就在这样的重要关头，自己偏偏又卷入一场莫名其妙的绯闻事件。什么感情游戏，什么与三个女子纠缠不清，一封无根无据的举报信，让自己斯文扫地，无地自容，真有点跳进黄河也洗不清的感觉。更让高可天感到痛心疾首的是炮制这封举报信的始作俑者竟是近在咫尺的美女助手许真容。高可天唯一感到欣慰的是许真容知错就改，她的本性是善良的，她为了心中的爱情，以为用这种方式可以从高可天身边赶走杨梅、卓心兰、周明朗三位女子。殊不知以这种方式想获得爱情，不但自己悔恨莫及，还伤害了别人。

上帝拯救了许真容，她再一次给卓书记写信，表明了许真容的知性。本来，一个做错了事的人是很难改正的。有的是碍于面子、不敢承认，有的一错再错、无法回头。许真容无疑是勇敢的，这种勇敢很可贵，也很真诚，她敢于承认自己的错误，坦诚心扉，表示愧疚，自责不已。这一点令高可天感动并原谅了她，可是，许真容自己却无法原谅她自己。

高可天依稀记得那次正和许真容说着举报信的事，许真容好像有所暗示，高可天并不在意，总感觉许真容是自己的助手，对自己的安慰和劝解，应该属于正常的范畴。谁知她已经在赎罪，已经再一次地向卓书记写信，澄清事实真相。正在那时，高可天突然手机铃声响起，那是卓书记打给他的电话。

高可天有些迫不及待地赶到卓书记的办公室。卓书记的心情看起来很愉悦，也很轻松。他招招手，示意高可天坐下，然后将一封信递给高可天说："你看一看，是一封急件。刚刚收到。"

高可天一目十行地浏览着，似乎明白了一切。他委屈地望着卓书记，嘴角荡起微微的笑意，没有说话。

卓书记笑着说："是写举报信的人写的这封信。"

高可天点了点头。卓书记又说："这显然是一个女同志所为。"

高可天又点了点头。但是，这个时候他已经知道了是谁所为，只是不敢说穿。

卓书记问："你知道是谁写的吗？"

高可天思忖片刻，然后很不自信地反问卓书记："卓书记应该知道是谁写的了。"

卓书记走近高可天身边，拍了拍高可天的肩膀，点点头说："是的，卓书记知道。你说说看，应该怎么处理？卓书记替你主持公道，可以告她诬陷，损坏你的名誉。"

高可天突然害怕起来，他说："卓书记，这事到此为止吧！不要追究了。"

"为什么？"卓书记问。

"因为，因为。"高可天支支吾吾，半天才从牙缝里挤出几个字："她能写第二封信给您，说明她已经知错了，而且难能可贵的是她敢于承认错误，这不是每个人都可以做到的。"

卓书记欣慰地点了点头说："得饶人处且饶人。况且她还是你的助手呢？你还要她当助手吗？"

"可能她不愿再当我的助手了。"高可天说。

"为什么？"卓书记不解。

"我们原谅了她，也许她不能原谅自己。"高可天推测着说。

卓书记说："有可能。"然后嘱咐高可天说："你要观察异常动静，帮助她度过这非常时期。女孩子的自尊心都很强，面子薄。这种愧疚心理和罪恶感很容易造成心理障碍，甚至为此走向极端。你应该有思想准备，懂得如何去安抚她，尽快恢复心理健康。"

卓书记的一番话，让高可天茅塞顿开，同时也感到这位书记大人确实有宽容之心，亲民之情。当然，高可天最高兴的是自己终于一身清白了。

卓书记再一次嘱咐："年轻人做什么事都要三思而后行，特别对个人的感情更应该谨慎为好。有一些人就喜欢捕风捉影。生活如此，感情如此，就是事业也如此。"

高可天感激地点点头。

# *50*

高可天离开卓书记的办公室之后，心情就变得非常舒畅。雨停了，太阳又出来了，天气又闷热起来了。但是，高可天的心中好像沐浴着阳光，感到无比温暖。

卓书记恢复了他海西重要项目港口建设和核电站工程项目负责人的职务，并可以全力以赴地去实施免费派送馒头的爱心工程。

当天晚上，江海市就开始下雨了。

第二天上午，许真容是冒着雨去见周明朗的。这是她受高可天之托去见周明朗的。今天虽然下雨，许真容还是经过一番打扮，想在周明朗面前多几分端庄和自信。

雨淅淅沥沥地下个不停，雨幕中氤氲起一片白雾，视线能见度极差。许真容撑着一把花雨伞，刚从一部公交车上下车。高可天本来要叫司机送她，许真容却执意要坐公交车。于是，高可天也就不勉强了。许真容和周明朗约好上午十点钟在黄昏艺术茶吧里见面。

现在市面上各种"吧"如春笋般不断涌现。什么酒吧之后就是迪吧，聊吧之后就是网吧，茶吧之后就是书吧。好像什么东西都带上"吧"字才显得时尚。许真容平时是很少去什么"吧"的。就是最近心情有些郁闷去了几次酒吧。一杯鸡尾酒，几曲轻音乐陪她度过了几个小时。她向卓书记举报高可天谈情说爱之后，心里一直自责不已，虽然写信向卓书记澄清事实真相表示自己的愧疚之意。但是，心中仍然有一种做贼心虚的感觉。尽管高可天没有说什么，也没有表露出对自己的怀疑。直至卓书记找她谈话时，许真容才明白自己的举报身份已经暴露了。虽然卓书记那么婉转，那么善意，那么宽容，语重心长地开导自己，说年轻人能够面对错误，敢于承认，就是一种进步。卓书记温暖人心的谈话，却让许真容感到无法原谅自己。

高可天简简单单的一句"一切都让它过去"的话，让许真容感激不尽，内心对这个男人更加爱慕。这样的男人胸怀一定能够承载千山万水，容纳百川大海，虽然高可天只到三十而立，却已历练渐丰，眉宇神情间自有一份沧桑中的平淡，举手投足间更有一种热烈中的平静。在许真容眼里，高可天大雅不俗，旷达自约，激情正义而又有怜悯之心。对于世态人情、万事万物爱而不溺，伤而不丽，如朗风明月，无所挂碍，似云卷云舒，水到渠成。她认为高可天决不像自己所举报的那样感情用事，爱情游戏。他是从不会作秀也不扮酷的男人，既不刻意追求格调，也不滥用情调。这样的男人一定懂得欣赏女性却不轻佻浮浪、喜欢结交朋友并不喝五呼六。这样的男人应该处厄运而不负青云之志，行通达而不露张狂之喜。许真容自叹可惜，这样优秀的男人在自己面前擦肩而过，留下终身的遗憾。

许真容从头到尾，从左到右，方方面面地做了一次反思，最后决定要离开江海，离开市委大院，离开高可天，辞去助手职务。今天自己冒着大雨与周明朗见面，是为高可天做最后一次"工作"，那是受高可天之托。高可天不接周明朗的电话是有苦衷的，他怕节外生枝，又让人乘虚而入。其实他是不敢面对周明朗。因为公事私事，还有招商引资之事和个人感情的事交织在一起，错综复杂。现在，他暂时不管港口建设和核电站工程的事，与周明朗见面，无法展开这个话题。许真容猜测，高可天是不想失去周明朗这位异性朋友的。因为在高可天心目中，这个非同一般的女性，可能有朝一日会助自己一臂之力。所以，高可天暂时不愿和周明朗见面，见面后不知从何说起，只好借口去北京出差，这种善意的谎言有时会起到很好的效果。所以高可天明智地选择回避，而且安排助手与周明朗见面，也说得过去。

许真容理解高可天的用意，她懂得如何去完成高可天交给的任务。虽然这个任务有点别扭，好像有一种与情敌相见的味道，但是，许真容已经明白自己输给了杨梅、卓心兰、周明朗她们了。现在高可天只属于她们之中竞争的对象。许真容只是好奇，高可天将会成为哪一个女性的新郎？也许三个女子都无法得到。如果高可天坚持独身的话，那么，杨梅、卓心兰、周明朗也许都是瞎忙了。这真的让许真容很期待谜底揭开的那一刻。

此时此刻，在雨中行走的许真容还没有想好与周明朗见面后该说什么？不该说什么？要不要把高可天一个晚上同时约会三个女子吃饭被人举报的事情告诉周明朗，要不要对周明朗说高可天暂时不管港口建设和核电站工程的事，是因为你周明朗与他纠缠不清被卓书记罢免掉的。要不要告诉周明朗那个向卓书记写举报信的人就是自己。许真容有些胡思乱想起来，她还没有见到周明朗，脑子里就已经很乱了。她只好安慰自己，见机行事吧！

雨好像小了一点。街道虽然湿漉漉的，但显得格外清洁。一些农民工在人行道上跑来跑去，由于没有雨具，似乎都湿透了。他们见有人过来雇工就一窝蜂地从屋檐下跑出来抢工。这几年来，外来农民工像潮水一样从四面八方的农村涌进城市。粥少和尚多，剩余的劳动力只好蹲在街头等人雇工做临时工。有的农民工一天等不到一小时的临时工，有的一星期也等不到一天的工，只有碰运气而已。如果有人过来喊工，农民工就会一拥而上去抢工，看谁抢得快，也要看雇主要请几个工人。

这时，许真容在想，同样一个人，农民工下雨天里为了找工作，争先恐后去抢工。而坐在办公室的人有工作却不干，一杯清茶，一张报纸可以过一个上午，然后聊天，说张三的长，评李四的短。许真容摇摇头，已经到了黄昏，她找一个靠窗户的地方坐下，这个时候，茶吧里的客人很少，一眼望去，她还没有发现周明朗的影子。

# 51

周明朗一直还蒙在鼓里，什么都不知道，也不知道到底发生了什么事，她一直给高可天打手机，一直没有人接听，周明朗感到很纳闷，是高可天有意不接自己的电话？还是手机不在高可天身边？周明朗想来想去，好像这两者都不成立。为什么不接电话？没有理由啊！我和他又没有做什么交易？也没有做什么走私的事？他不欠我的，我也不欠他的，只是萍水相逢而已，没必要不接电话。再说，他怎么可能手机一直不在身边呢？周明朗是以不同时间段打手机给高可天的，他不可能都听不见？也不可能看不到未接电话。周明朗心里琢磨着唯一能解释清楚的也许是那个晚上，几乎一个通宵互发短信，而且还富有感情色彩，并把彼此的心拉近了许多。在周明朗眼里，高可天应该是一个感情丰富的男人，也懂得如何体贴女人的男人。只是他有一个奇怪的想法，选择独身生活。周明朗不明白这到底是高可天的时尚，还是高可天对爱情的失望。周明朗知道，现代人对爱情观都有新的认识，甚至不断地追问到底有没有真正的爱情。多年来自己在商界风雨兼程，也有过各种各样的爱情和感情。周明朗始终没有在意，因为那都不是自己所需要的，直到认识高可天后，她对爱情才有了信心，觉得天底下应该有真正的爱情存在。起码自己对高可天产生了极为强烈的爱，而且可以为之而生，为之而死。可惜，高可天偏偏要选择独身生活。但是，周明朗很自信，凭自己的能力可以改变高可天的想法。

　　周明朗是一个比较稳重的女人，虽然曾经历过一段感情。但是，在她心目中依然充满着天真与浪漫、矜持与自尊、含蓄与纯洁。她也曾想当单身贵族，如果上帝不能给自己一个优秀的男人，如果天底下没有一个男人值得自己去爱，如果在这个世界上遇不到为之所狂的男人，那就选择单身贵族。然而，周明朗欣喜地感到上帝没有亏待自己，让她遇上了高可天。也许是巧合，高可天要做独身者，这并不可怕，自己也是这么想的。在认识高可天的那一刻，她好像就改变了以往的想法，只是没有告诉高可天而已，总有一天，高可天也一定会改变自己的初衷，只要高可天不是一个禁欲者。

　　人非草木，孰能无情。七情六欲是人类赖以生存的一种生理心理本能。周明朗也曾想过，如果自己选择单身贵族，身边也一定不能缺少男人。她认为一个人可以一辈子不结婚，但是一个人不能一辈子没有异性朋友。在周明朗眼里，男女之间情爱也好，性爱也罢，无非在两种背景下发生，一种是在婚姻以内，一种是在婚姻以外。这是为什么？很多人都无法解释清楚，人们只能用社会道德规范去解读感情的价值。但是，人的感情是无法用道德去规范，也不属于法律的范畴，所以，至今仍然不断地发生各种各样的感情。

　　周明朗在事业上很成功，也很有主见，但是在感情上很失败，也很无奈。现在她面对高可天突然之间的冷漠，突然中断了与自己联系，她不知道是什么原因？是他后悔了？还是害怕了？或者是自己过于直白？还是高可天看不上自己？周明朗心里清楚，爱情也好，感情也罢，都要两相情愿，如果自己很爱这个男人，而这个男人根本不爱自己，那也只能是一种单恋而已。但是，在周明朗的眼里，应该读得懂高可天的心迹，起码他是喜欢自己的，有喜欢就会产生爱，而且喜欢基本上可以与爱画等号。当然周明朗也做了最坏打算，如果高可天执意要做独身者，那就告诉他，自己也选择独身，这样可以以单身者的身份交友，这是周明朗浪漫的想法，也是最无奈的选择。

　　高可天的助手许真容来电，使周明朗大感意外，同时也很惊喜。因为助手许真容的来电，就意味着高可天的出现，许真容一定是受高可天之托。这是为什么？一定有文章。周明朗听得出来，许真容在电话里说得很平静，她说高可天去北京出差！这点周明朗相信，当她想问高可天有没有带手机时，听许真容要和自己约个时间见面，周明朗就没有多问什么了，反正见面时就会真相大白。

周明朗已经把车停在黄昏艺术茶吧门前，背着她那个粉红色挎包，从白色的小轿车上下来，走进茶吧。

周明朗与许真容只有一面之交，也算认识。周明朗一眼看到许真容坐在窗户边上的座位上。两个人双目对视，微笑一下，说了声："你好！"没有握手。这也许是女人的习惯，不像男人一见面先握手，女人之间好像没有习惯握手，这与礼貌不礼貌无关。

周明朗说："让你久等了。"

"没事，今天的雨依然下得很大。江海这几天怎么了，一直下雨。"许真容说。

"是啊！下雨天带来许多不便，但气候反而凉爽多了。对了，你准备喝什么茶？"周明朗说后拿着价目单看起来。

许真容好像早有准备，脱口而出："我喝菊花茶吧！"

"好，我喝玫瑰茶。"周明朗说后面对许真容，开门见山地问："是高主任叫你来约我的？"

许真容笑笑，然后点了点头，说："他出差还没有回来。怕你有什么急事，叫我见你一下。"

"哦！那难为你了。"周明朗说。

"不会，我是他的助手，责无旁贷。"许真容依然微笑着说话。

"其实，我没有什么大事。只是想和他通通电话，问问好。"周明朗说。

"周小姐，没有这么简单吧！是因为我来约你，你才不敢说真话是不是？"许真容见周明朗欲言又止，有一种敷衍了事的样子，就直白地说。

周明朗迟疑一会儿，见服务小姐已经把两杯茶水端上来，示意地说："我们喝茶吧！"

许真容喝了一口茶，对周明朗说："看得出来，你对高可天有着爱慕之情，是吧！"

"你没有猜错。当我第一次见到他的时候就产生这样的感觉。作为女人你应该理解和相信这种感觉。"周明朗说得很真诚，因为她以为许真容仅仅是高可天的助手而已，可以把自己的感觉说给许真容听，让许真容去转达给高可天，一些事情往往从第三者的嘴里说出来更能征服人，感动人。殊不知许真容也是爱高可天的，这是周明朗始料未及的，周明朗不可能把一个助手与高可天的爱情联系在一起。

许真容见周明朗说得这么坦率，心里想周明朗一直打手机给高可天，一定得了相思病。她相信周明朗所说的没有什么大事，只是想通通电话，问问好。女人就是这样，要是爱上一个男人，就会不断地想念他，这是女人的弱点。男人不一样，拿得起，放得下，他可以暂时忘记女人，投身到自己的事业当中去，这就是男女之间的区别。许真容曾经听高可天说过，周明朗是一个了不起的女人，专业水平很高，社会资源很丰富，在商业界、金融界都有惊人的业绩。今天看来也不过如此。许真容没有从周明朗身上看到什么了不起的地方。她想，是不是女人一旦陷入爱情的旋涡，智商就会降到零点？如果是这样，那周明朗也是一个丰富的感情动物。她现在仅仅见到的是高可天的助手，如果见到高可天，那说不定就瘫软了吧？许真容这么一想，又有几分同情周明朗，自己为了爱却做出很不理智的事情，真是悔恨莫及。

周明朗见状，问，"许助手，你在想什么？"

许真容又喝了一口茶，说："周小姐，如果我告诉你，高可天人在江海，你会怎么想？"

周明朗一听，脸上像窗外阴雨的天气，失去了灿烂的笑声和明朗的表情。心中涌起一股悲伤，然而不断地追问："为什么？这是为什么？"

## 52

窗外的雨似乎小了很多，街道上的行人也多了起来，城市好像被冲洗了几遍，变得清洁起来。许真容的目光从周明朗的脸上移到窗外，又从窗外移到周明朗的脸上，她没有马上回答周明朗的疑问。许真容考虑要不要告诉她的真相。周明朗脸上的困惑，使许真容深深地感觉到女人都是弱者，被伤害的也常常是女人。

这时，周明朗突然问许真容："许助手，你是不是也喜欢高可天？"

许真容思索一下，坦诚地说："每个到婚嫁的女人，遇到优秀的男人，谁不动心？谁不喜欢？谁不想要？"

周明朗点点头。然后说："是啊！好男人总是有许多女人抢的。"

"可惜，高可天是个独身主义者。"许真容提醒周明朗。

"这我知道，我也曾想当单身贵族，自从遇上高可天的时候，就改变了主意。"周明朗很自信地说着，好像对许真容说，自己能够改变，高可天也一定能够改变。

许真容点点头，好像表示赞同周明朗的观点，但是，她的表情又似乎对周明朗的话不屑一顾。她说："这就是周小姐一直打电话给高可天的原因吗？"

"不完全是，当然还有工作上的事。"周明朗说。

"如果我告诉你高可天人在江海不想见你，你会怎么想？你还没有回答我的问题。"许真容再次问周明朗，她准备把真相告诉周明朗。

周明朗见许真容一直追问这个问题，她判断高可天没有出差，可能是在江海，那为什么不接听自己的电话，她有些不明白，接一下电话又不会让他损失什么。为什么这么为难，最后叫助手和自己见面，周明朗的确有些想不通。今天见许真容讲话有些阴阳怪气的，觉得她也被高可天迷住了，其实周明朗不在乎这些，她觉得越多人追求高可天越好，这样一来，就有竞争，有竞争就有胜利者。同时，高可天被感情包围，感受人间春色如此温暖，说不定就改变了不结婚的想法。如果按这样推测，自己就有希望与高可天携手共度一生。周明朗知道，那个千姿百态的电视台主持人杨梅，还有市委书记的千金卓心兰都在追求高可天，多一个许真容又算得了什么。周明朗不会感到有什么威胁，再说，每个人都有爱与被爱的权力。

其实，周明朗是想多了，这时候的许真容已经心灰意冷了，她早已经出局了。在周明朗、杨梅、卓心兰几个竞争者的行列当中，她现在只求心灵的安宁，感情的沉默。今天只不过是最后一次为高可天工作，既为高可天个人的事，也为高可天所从事海西建设的事。

正在这时，周明朗打断许真容的思绪，她说："你两次提到如果高可天人在江海，我会怎么想，现在告诉你，这说明高可天已经爱上我了。因为他怕接我的电话，怕与我见面，怕一见面就会碰撞出感情的火花。所以他只能暂时选择回避，骗我说出差。我不怪他，因为他现在心里充满着矛盾，在不断地自问，该不该爱我这样一个女子？该不该去接受我这样一个女子的爱？你说我说得对吗？"

许真容沉默不语。心里想，周明朗的分析也有一定的道理。就是不知道高可天是不是真的这样想？如果是这样，那么周明朗最有可能获得高可天的爱。既然这样，许真容就不得不把更多的真相告诉周明朗："周小姐，除我之外，江海电视台的杨梅是高可天的同学，她也在追求高可天。"

"我知道，还有卓书记的女儿卓心兰也爱高可天。"周明朗做了补充。

"这你也知道？"许真容问。

"既然爱这个男人，就应该了解他身边的事，包括还有谁在追他、爱他。"周明朗像情场上的精英，一点也不亚于商界。

"哦！那你也一定知道有一天晚上高可天同时和你们几个人约会吃饭？而且每个人只有一个半小时了。"许真容问。

周明朗摇了摇头说："这个还不知道。"周明朗回忆那天晚上吃饭的情形，高可天风尘仆仆、匆匆忙忙，感觉是有点不对劲。他为什么要一个晚上和三个女子吃饭呢？为了公平？还是为了不伤害任何一个女子？这倒让周明朗感到几分不解。

正在这时，许真容再抛出一个秘密："你大概还不知道高可天为了一个晚上同时和三个女子一起吃饭，付出了沉重的代价吗？"

"什么代价？"周明朗紧张起来。

"被人举报与众多女子的感情纠缠不清，生活作风泛滥，游戏感情。"许真容说。

"真是可笑，这也值得举报？这也算罪名？现在是什么年代？更何况高可天还是单身呢？人家有权谈恋爱，有权与女子共进晚餐。你以为他是贪污公款，是搞下流色情活动呀！"周明朗激动地替高可天打抱不平。

"但是，卓书记还是免去了他港口建设和核电站工程项目负责人的职务。这也许就是高可天不接你电话的真正原因。"许真容说。

周明朗一时无言以对，她想不到会是这样。那江海市委书记也太不开明了。这也算犯错误吗？如果算的话，最多提醒一下注意影响嘛，犯得着动真格的吗？海西建设可是高可天投入全部心血的事业啊！周明朗一时为高可天担忧，同时，也感到是自己害了他，在这样的情况下，高可天一定很失落，一定很痛苦，一定需要人的安慰，需要朋友的支持。这就更应该去找高可天了，与他一起分担苦与愁。于是，她问许真容："许助手，高可天一定很痛苦吧？"

"不，他很勇敢，而且不屑一顾，一笑而过。这就是优秀男人荣辱不惊的魄力。"许真容说。

"是哪个人这么邪恶，写了举报信？这一定是高可天的敌人，那也一定是我们的敌人。是吗！"周明朗似乎对写举报信的人深恶痛绝。

"写举报信者也是追求高可天的爱慕者。"许真容淡淡地说。

"是谁？是电视台的杨梅吗？"在周明朗所了解的几个女子中，杨梅是最有可能做出极端事情的女子。

许真容摇摇头，不知道是在说不知道还是在说不是。反正她这一摇头，一摇双关，让周明朗感觉不到是什么意思。最后许真容要完成高可天交给自己的任务。就问："高可天交代，你是否有重要的事情，还是指招商引资的事。"

周明朗在这样的情况下，是没有心思谈这个了。本来，她打电话给高可天，准备邀请他一起去瑞典考察一个项目。周明朗设想：如果瑞典成行，那么，她和高可天就可能有着美好的发展空间。可是，这一切都要成为泡影，当务之急是去看望高可天，了解他的生活状态，关心他的生活现状，使他感受到朋友是多么重要。周明朗这么一想，心里琢磨：许真容是高可天的助手，每天都会见到高可天，随时都有献殷勤的机会。于是，周明朗试探地问："许助手，我想去看高可天，你会告诉我在什么时间，什么地方最有可能见到他，他也最愿意见我吗？

"每天晚上六点三刻在市政府食堂餐厅，他会在那里吃工作餐，你不能进去，在门口死等，一定会等到。"许真容说后站了起来，并叫小姐买单。

周明朗说声："谢谢！"见已经将近十二点了，就问："我们一起吃饭吧！"

许真容伸手想与周明朗握手告别："不了，我的任务完成了，明天我会辞掉助手的职务，离开江海，离开市委大院，离开高可天。"

"这是为什么？"周明朗一时莫名其妙起来，一时感到许真容变得神秘起来。

许真容满脸愧色地说："因为那封举报信是我写的。"许真容说后松开周明朗的手，然后走出茶吧。

周明朗一时回不过神来，看着许真容的背影慢慢地消失在湿漉漉的街头……

## 53

许真容的离开让高可天始料不及。周明朗突然登门造访，更让高可天忧心忡忡。

高可天离开乐山县之后，来到江海进入江海市委、市政府大院，成为市长助理、卓书记身边的红人，负责港口建设和核电站工程的招商引资工作。可到目前为止，好像什么事情都没有做成，反倒陷入了儿女情长之中。高可天深深地感到歉意：江海市委卓书记为什么会看上自己？让自己从一个小县城来到都市。是因为自己那两本著作吗？江海市也有许多创作者，优秀者也大有人在，为什么被提拔的是自己？当然自己也想不负众望，积极开展爱心活动、创建无贼城市，让卓书记、叶市长耳目一新，也想让江海市在兄弟城市群体里别开生面，独树一帜。眼看实施计划在即，却偏偏发生这么多的事情。高可天担心卓书记会为此而瞧不起自己，举报信刚水落石出，自己刚刚得到平反，正在这个节骨眼上，许真容突然要求离开，理由很充足，因为她就是那个举报人。

那是许真容与周明朗见面的第二天，江海市的天气刚转好，天空放晴，只是风有些大，给人几分萧然的感觉。许真容在办公室里向高可天汇报与周明朗见面的情况，说没有什么大事，只是想你而已，并且渴望与你见面谈心，可能这几天会找上门来。许真容的话很简短，没有更多的情感表达，然后从包里掏出一封信，给高可天说："高助理，感谢在您身边工作的这些日子，得到您的关心和爱护，在您身上学到很多东西。同时，也给您增添许多麻烦，表示歉意。今天我要辞去助手的职务，这封是辞职信。"

高可天一直看着许真容，半天说不出话来，这太突然了，他没有任何思想准备。他没有想到许真容会辞职，她是喜欢自己的，是很愿意留在身边帮助做事情的，怎么突然要辞职？难道因为那封举报信？我们不是已经原谅她了吗？高可天见状说："小许，为什么要辞职，是怕我以后对你不好吗？还是你恨我？"

"没有，您很好，好得让我不想再看到您。"许真容动容地说着。

"难道好人也有错？你的想法是不正确的，你想想，下一周我们就要开展免费派送馒头的爱心活动了，很多事情需要我们去做，为什么要在这个时候离开呢？"高可天想挽留许真容，他以为这是许真容幼稚的想法。

"我不但要离开您，还要离开市委大院，还要离开江海市。"许真容坚定的话语好像是铁了心肠。

"你至于这样吗？是因为我拒绝你的爱对不对？如果是这样，那你没有必要。因为我拒绝很多女子的爱，她们还不是生活得好好的。你这不是为难我吗？叫我为你背一辈子的包袱吗？你还年轻，进入市委大院不容易。你可以不当我的助手，请你不要离开市委大院，不要离开江海市。你要三思。"高可天感到事情的严重，激动起来。然后严肃地说了以上的话。

许真容眼眶里有些潮湿，但她控制着不让眼泪掉下来。她沉默一会儿，然后什么也不说，回头走出高可天的办公室。高可天见状，叫着："站住。"

许真容站住了脚，但是没有回答。高可天说："再说，你不当助手也不是我说了算，那是卓书记安排的。"

"我已经找卓书记了，也递交了辞职信，卓书记同意了。"许真容平静地说。

高可天迟疑一下，心想，卓书记同意了？难道卓书记觉得许真容再在市委待下去，再在自己身边当助手会很尴尬，很没面子。让她走，也许是最好的出路。

这个时候，高可天的手机响了起来。他一看是卓书记的电话，不敢怠慢，接通电话之后，马上赶到卓书记的办公室。

高可天一到卓书记办公室，就说："卓书记，许真容不干了。"

卓书记点点头，说："知道了，让她走，那样对她有好处。你又不能给她爱情，人家要去追求自己的前途和幸福。她要离开江海去泉州求发展，听说泉州有一个要好的同学。我还替她给泉州市委副书记写了一封推荐信，请他帮一把许真容。她应该不会有事的。"

高可天听了卓书记这一番话，想不到卓书记想得这么周到细致，一个市委书记肯为一个普通的工作人员写推荐信，真是难能可贵。高可天从心底敬佩这样的干部。他说："卓书记，也许这些导火线是我引起的。"

"不说这些了，我们要办正事。每天免费向街头派送馒头的爱心活动马上就要启动。按照你的方案有步骤地实施，你要做好全力以赴的准备。这是江海市有史以来最别开生面的活动，也是开了全国的先河。只能成功，不许失败。"卓书记虽然与叶市长都做了周密的部署，但还是有所担心。他们最大的担心就是怕农民工朋友把有序派送演变成无序抢夺。如果出现那样的场面，又无法控制那样的场面，就有可能发生意外，给社会正常秩序带来混乱，甚至出现治安问题，那就好事办成坏事了。

高可天却胸有成竹，这是一次爱心活动，给农民工兄弟免费派送馒头，那不仅仅是馒头这么简单，从另一个侧面也是给他们派送温饱。农民工兄弟有的是惊讶、感激。如果出现一些抢夺现象是可以制止的。当然，也不排除社会上闲杂人员捣乱，那就另当别论。所以，高可天强调各个辖区派出所民警、城管执法人员要上街协助维持秩序，这是高可天最迫切的要求。高可天的这个要求当然会得到卓书记的支持。

高可天说："卓书记，我预计爱心活动进行一周以后，经过各家新闻媒体的深入报道，可能会有一些爱心企业主动加入，特别是那些食品企业会加入这一行列。我们要做好思想准备，由民政局统一登记安排，使这个活动长期开展下去。"

"你这么有把握？"卓书记还抱怀疑态度。

高可天毕竟学过社会学，"现在世界各地的企业、商人对社会的慈善事业都非常热心，只要组织得好，活动开展得有影响力，有很好的政策支持和保证，我想很多企业和企业家是会愿意加盟的。"

卓书记点点头表示赞同，然后说："我们也要好好地考虑一下，江海市要出台一些政策，保证那些向社会献爱心的企业和企业家的最基本利益。比如可以给他们适当免税等等。"

高可天笑了笑说："那是卓书记您的英明政策了。"

卓书记问："怎么样，再为你配一个助手？"

高可天说："不要了。"

卓书记说："不要了？港口建设和核电站工程必须在一年内上马开工。你的招商引资进展如何？"

"您不是暂停这两个项目吗？我现在也不是这两个项目的负责人啊！"高可天说。

"现在恢复你负责人的职务，不迟嘛！"卓书记说。

高可天点点头，他心里想，卓书记是信任自己的，包括人品与能力。他感到很高兴。正在这时，高可天的手机响了起来。

## 54

电话是周明朗打来的，高可天在卓书记办公室里，不敢接周明朗的电话。立刻将手机上的拒绝接听键按住。卓书记是一个开明的书记，他见状说："可天，没有什么事了，你去吧！"

高可天离开卓书记的办公室之后，马上给周明朗回电话，事到如今，他不能再不接周明朗的电话了，也没必要隐瞒她不在江海出差了。高可天挂通周明朗手机后，第一句话就是："周代表，对不起。"

周明朗显得很大度，好像什么都没有发生过，她问："你还忙吗？"

"还行。"高可天不知怎么说。

"现在方便听电话吗？"周明朗善解人意地询问。

"方便，你说吧！"高可天语气中有几分歉意。

"我想见你。"周明朗。

"现在不行。"高可天的语气没有商量的余地。

"那我晚上到你家，因为在街上容易被人看到，人言可畏。你说呢？"周明朗说去高可天家的理由。

"那行吧！"高可天无可奈何地答应了。他不得不答应，近一个月来，高可天是有意回避周明朗的，因为他感觉到周明朗已经向自己发出爱的信号。高可天既害怕伤害周明朗，又担心自己陷入感情纠缠。但是，高可天是不愿意失去周明朗这个朋友的。在这样的情况之下，高可天派助手许真容与周明朗见面，不知道许真容和周明朗讲些什么，是不是她向自己所汇报的那样，有没有什么事情隐瞒着自己。周明朗又对许真容说些什么？高可天很想知道。周明朗提出到高可天家，高可天同意，这样见面至少可以规避许多风险。

周明朗和高可天约好今晚见面，而且是去高可天的家，心中有些欣喜若狂。感觉到高可天好像是自己的男朋友，心中感到无比温馨。至少，今天下午，她都没有心思办事情，她去美容美发店专门化妆一番，长头发重新修了一遍。她必须要将最好的状态展示给高可天。

这也许是女人的共性。女人要去见一个男人。她必须注重三个地方，一个是脸蛋，除了先天之外，必须有所化妆。头发作为脸蛋的背景，能点缀出各种风情。第二个就是胸部，不管先天如何，都必须有女性特有的身材，给人一种整体苗条、局部丰满的感觉。第三个就是大腿。大腿可以展示女人性感的地方。聪明的女人不管是夏天还是冬天，都会选择裙子。更何况现在是初秋的季节，应该说是女人打扮的最好季节。

周明朗好不容易挨到傍晚，太阳已经开始落山，江海市下班的高峰期来临。大街小巷车水马龙，男女老少行色匆匆。周明朗像许多人归心似箭一样，开着小轿车到达了小区门口，就在街边小店匆匆忙忙吃一碗卤面，然后回家洗澡。

大约在晚上七点的时候，周明朗出门了。车子直奔高可天家的方向驶去。这是周明朗第二次去高可天的家，知道高可天住在哪个小区哪幢楼哪个单元。半路上，周明朗突然记起什么又停下了车，她想去高可天的家不能空手而去啊！但是也不能送礼物行贿啊！最后，周明朗到花店买了一束鲜花。这样既高雅又不会有行贿之嫌。

　　今晚周明朗穿着一套紫蓝色的套装，显得高贵而亮丽。当她按响高可天家门铃的一刹那，心跳明显加剧，心中涌起一股莫明其妙的冲动。好像是一对久违的恋人，现在要重逢，心里未免有着许许多多的情感潮水般涌起。

　　高可天刚看完新闻联播，听见有门铃响，判断周明朗到了。高可天已经为周明朗准备好饮料，甚至他准备了今晚要和周明朗谈话的内容。决不涉及个人感情的事。

　　门被轻轻地开启，高可天说："欢迎你的到来。"说后看到夜色中的周明朗，装束端庄，举止文雅，手中捧着一束鲜花，显得更加灿烂与妩媚。

　　周明朗踏入高可天的房间，将鲜花插入花瓶，然后礼貌地问："不会打扰你吧！"

　　高可天风趣地说："人都来了，还担心打扰我？见外了吧！"

　　周明朗自个儿笑了起来，说："你是大忙人吧！见你一面真是比登天还难。"

　　"你这话夸张了。前一段时间真的发生了许多事情，弄得我焦头烂额。所以和许多朋友少了来往。你给我打了几次电话，因为不方便接听，所以没有通上电话。"高可天蹩脚地解释着。

　　周明朗自个儿坐在沙发上，这时，高可天打开饮料易拉罐，叫周明朗喝。

　　周明朗笑着说："可以理解，你不管在哪一方面都处于非常时期。然后说："许真容辞职了？"

　　"对，辞职了，你也知道？"高可天问。

　　"我不但知道她辞职了，我还知道她就是写举报信的那个人。"周明朗说。

　　高可天惊讶起来，周明朗也知道了举报信的事？她消息真灵通。他问："你是怎么知道的？"

　　"是许真容本人亲自告诉我的。"周明朗说着，喝一口饮料后，又继续说："她还告诉我有一天晚上你同时和三个女子吃饭，真难为你了，你如果早说有饭局，我会改期的。"

　　"你都知道了，也好。所以我是一个不适合谈恋爱的男人，我崇尚独身是明智的。不然真的会闹出许多笑话和尴尬场面。"高可天解释。

"现在没事了吗？"周明朗关心地问。

"没事了，只是想不到许真容会做出那样的傻事，这也许是她要离开江海市的原因。这样也好，都过去了。"高可天自我安慰地说着。

"是不是因为这样，害怕我对你纠缠不清，赖着你，让你不敢见我？"周明朗问。

"应该不是，前一段时间只是感到很烦，任何人都不想见。再者，就是免费向街头派送馒头的爱心活动马上要开始，许多细节的问题需要我去落实。这毕竟关系到江海市委、市政府的声誉问题，不能出任何瑕疵，所以忙得很混乱，顾不上和你联系，请你也能够理解。"高可天无可奈何地说着。

"可天，我都可以理解你，你不要过于自负，也不要过于害怕谈情色变。好吗？"周明朗温柔地说着。

高可天见周明朗的讲话变得这样卿卿我我起来，怕自己又卷入其中，他转移了话题说，"现在港口建设和核电站工程项目的招商引资工作要全面展开了。"

周明朗说："你放心，在招商引资方面，我还有一些资源。我一定会助你一臂之力。"

高可天感激地点点头。窗外的明月透过云层，淡淡地照着进来，与屋内柔和的灯光糅合在一起，变幻出一种色彩透明的光芒。周明朗痴痴坐在那里，感受着高可天讲话的神态，举手投足的魅力。

而高可天却小心翼翼地阐述着他的故事……

## 55

进入秋季，雨水经常光临江海市，虽然不大，但秋风夹着雨水，还是给人带来几分初寒乍到的感觉。高可天回首这一段时间所发生的事情，有如一场梦。许真容走了，开始了她的新生活，她的如花容貌也渐渐地在高可天的脑海中淡化。

时间是一个了不起的调剂师，它可以让人变得健忘起来，把所有的烦恼与悲伤冲刷得一干二净，让那些不堪回首的往事淹没在遥远的时光隧道里。

此时的高可天尽量把生活看淡一点，这样就可以轻装上阵，为自己的事业拼搏。他依稀记得那天晚上和周明朗交谈非常愉快和轻松。周明朗是一个通情达理的女人，同时也善解人意。尽管从她的言辞中可以听出，她依然对自己情有独钟，但是，她还是保持着女人应有的自尊与矜持。这让高可天很欣慰，至少没有压力，因为爱一个人并没有错。

有人说爱一个人是幸福的，可是，被一个人所爱，却是一种负担。高可天是有这种感觉，而且很强烈，因为他不仅仅被一个女人所爱。那天晚上，周明朗一直待到十点左右才离开高可天的家，大约相谈了三个小时。周明朗把她的芬芳和温馨留下，带走了高可天的担心与忧虑。临走的时候，还对高可天说："不管怎么样，我都会一如既往地支持你的工作，同时也会一如既往地关注你的生活。

高可天目送周明朗渐渐远去，高可天关上门，一股难以言喻的释怀感觉涌上心头，他对自己严厉地说：要尽快把自己的精力投入到开展免费派送馒头的爱心活动中去。

江海市免费向街头派送馒头的爱心活动，终于在各方配合下顺利开展起来了。尽管这几天江海市飘着绵绵细雨，高可天坚持每天都到江海各个街头去看一看。所见所闻，都让高可天感到无比激动和欣喜若狂。派送的每一天，可以说街头巷尾的行人都投入惊讶的目光，并且疑惑不解。以为是哪一个工地的老板发了慈悲，为农民工兄弟做善事。那些蹲在街头的农民工兄弟也是疑虑重重，他们拿着热气腾腾的馒头狼吞虎咽。用朴素的话语向派送人员道谢，以感激的目光向派送人员致敬。这一切都映入高可天的眼帘，他感到自己这一举措，起码为江海这座城市与五湖四海的农民工兄弟打通了心灵的隔膜。

人与人的心灵一旦打通，人与人的感情就自然而然地流畅起来。一天一人两个馒头，一座城市六个街头，这六个地点，每天下午两点钟，那些翘首以待的农民工兄弟都以热切的目光盼望着那辆粉红色的面包车出现，热腾腾的馒头承载着温饱和爱心。这一景象尽管在秋天的绵绵细雨里，却仿佛是温暖的春日。这种景象在江海市从来没有过，不单单让受益的农民工兄弟感激不尽，称赞不已，而且引发了广大市民、网民的热议，一致认为江海市委市政府的这种人文关怀、爱心活动、温暖举措是实实在在的东西，将会给这座城市带来无形的社会效益和经济效益。

就在这时，绵绵细雨中的高可天发现不远处停了一辆小轿车，它的主人是市委书记卓越。高可天不觉有一股暖流涌上心头，感动和力量包围着自己的全身。卓书记亲临现场，而且无声无息，不惊动任何人，也不告诉高可天，他从车里出来，全然不顾绵绵细雨飘落在身上，看着一个个馒头在派送人员和农民工兄弟手中传递，脸上荡起欣慰的微笑。作为一座城市的市委书记，卓书记一方面关心着城市的建设，另一方面是抓民生工程。从八十年代开始，国家鼓励和提倡一部分人先富起来，到了新世纪后，卓书记认为应该让全部人都过上温饱的生活，所以卓书记很焦急。他希望在自己管辖的城市范围内，不让百姓挨饿，甚至努力做到外来人口在江海市有饭吃，有房子住，有工做，有地方玩。这就是高可天提出向街头免费派送馒头的爱心活动能够迅速地得到卓书记赞赏和支持的主要原因。通过各方论证，在市委常委上做了分析报告，还征求了部分政协和人大代表意见，最后在江海街头六个地方实施。

按卓书记的说法，任命高可天为市长助理，可以给江海市注入了一股新鲜血液，他要为高可天扫除种种障碍，让他的道路更加平坦。让卓书记感到欣慰的是叶市长能够同自己肝胆相照，卓书记更为欣赏的是江海市委能够统一思想、集思广益、锐意改革、勇于探索、以人为本、实事求是地根据江海市的具体情况具体分析，然后做出英明的决策。在卓书记的眼里，免费派送馒头的爱心活动倘若像高可天所说的那样卓有成效。那么，江海市将成为全国第一座爱心城市。

高可天快步向卓书记走去。卓书记已经看到高可天了，他称赞高可天不但有着学者的睿智，还有年轻人冒险的勇气。

"小高，不错吧！"卓书记兴奋地说着。

高可天笑了笑说："一切正常，我在几个街头看到井然有序，当然，有个别农民工提出两个馒头不够吃，也有个别农民工风趣地说：'这是免费的午餐，别得寸进尺。哈哈！'"

卓书记也开心地笑了起来。然后对高可天说"具体问题具体解决嘛，遇到个别农民工兄弟饭量大的，可以多给一个馒头嘛"。

高可天说："对，尽量满足农民工兄弟的要求。现在是清一色的馒头，到了第二阶段、第三阶段，可能还会有面包、八宝粥或其他食品，到了夏季，可能还会有水果。"

"你这么有把握？"卓书记听高可天这么一说，心里觉得面前这个年轻人很不简单。

"应该没问题。只要江海市委、市政府支持，这个活动就能持之以恒地开展下去。"高可天侃侃而谈，憧憬着江海市明天的景象。

卓书记听得很入耳，他好奇地问："你还有第二阶段、第三阶段，你准备分为几个阶段？"

"是三个阶段。进入第三个阶段，这个活动可能就成为一种常态。一天的馒头就不要一万个了，也许只要五千个就够了。"高可天说。

"为什么？"卓书记问。

"因为农民工兄弟都不饥饿了，都找到工作了。"高可天笑了笑地说。

"但愿如此。"卓书记说后，示意高可天坐他的车回去。

一会儿，卓书记和高可天上车，一辆黑色的丰田小轿车飞驰在绵绵细雨之中。


# 56


秋天是浪漫的季节，因为它的短暂，所以显得特别珍贵。秋风带着丝丝凉意与淡淡的婉约洗尽夏日的湿热与浮华。在远山近岭，一抹抹深红的枫林在萧瑟的季节里燃起生命之火，那是秋天的色彩。这时候的骄阳和风霜使得远山近水流霞映绿，那袅娜多姿的枫树层林尽染，由黄转红，如一排排火炬耀眼，似一杯杯浓酒醉人。

有道是叶落关山知秋意，血冷夕阳凉风起。梧桐秋霜染北尖，鸿雁驮福横南岭。江天万里诉衷情，日月常新话旧谊。殷勤为君多祝福，万水千山总是情。高可天面对秋高气爽的天空，感慨又激扬地吟出了几句诗文。

江海市开展每天免费向街头派送一万个馒头为农民工兄弟姐妹充饥的爱心活动，就像这一年的秋风，吹遍了大江南北的每个角落。

高可天的同学、江海电视台的记者杨梅当然按捺不住寂寞，台里知道她和高可天是中学同学，就派她对江海市开展免费派送馒头的爱心活动做一个深度采访，并要进行系列跟踪报道。争取通过这一系列报道，来提升江海市在全国的知名度。采访对象为卓书记、叶市长、高可天，还有农民工兄弟。然而，《江海晚报》早以"江海，温暖的城市"作为标题，在头版头条报道了江海市每天免费向街头派送一万个馒头为暂时找不到工作的农民工兄弟充饥的消息，并且还附有"编者按"和"评论"文章。《西岸早报》以"温情，在细雨中漫延"为标题，高度赞扬了江海市的温情关怀，大得人心的举措，将会使江海市变成充满爱心和温暖的城市。同时还配发了街头派送馒头的图片。《城乡生活报》则以"农民工兄弟，你在江海打工是幸福的"为标题，介绍江海市开展每天免费派送馒头的爱心活动和农民工深表感恩的情况。

这三份报纸是江海市重要的新闻媒体，发行量都相当大。特别是《江海晚报》在每年质量评比中都名列前茅。而《西岸早报》也具有影响力。有许多港台澳两岸三地的新闻内容。据说港台澳同胞也非常喜爱这份报纸。《城市生活报》普及更广，几乎走进了千家万户。有人评价这份报纸是城市与乡村的桥梁。这样颇具影响的主流媒体，用比较大的篇幅，深刻而详细地报道了江海市开展别开生面的爱心活动，称之为"具有历史意义和时代特征的一种伟大创举"。是在一种市场经济大发展的背景下开展了一项前无古人、后无来者的爱心运动。这一活动甚至比历年来开展的大大小小，不同形式的"创卫"活动、"文明城市"评比活动、"环保城市"评比活动、"园林城市"评比活动等来得直接与实惠，意义也更加深远。所以许多新闻媒体共同称之为"江海现象"。

一位政协人士说：这是江海有史以来，新闻媒体首次将笔端和镜头聚焦在城市与外来工、当地政府与农民工、官员与百姓的关系上。这位政协人士称这种关系是鱼水般互相交融，日月般互相交辉，将会给这座城市带来无穷的文化软实力。这位政协人士还预测，这座城市一定会吸引更多的投资者、创业者和打工者。

一位人大代表这样评价江海政府：江海市委、市政府领导真正懂得民以食为天这个含义，并以此为切入口，来全面提升江海百姓包括外来人口的幸福指数。这是文明的举措，因为管理者心中有贫民的意识、温情的管理、怜悯的决策，才有今天一个个热气腾腾的馒头送到农民工兄弟手里。这位人大代表还说：江海的做法可以在全省甚至全国推广。

一个叫童真的农民工，他来自江西上饶。在江海市打工长达八年之久。他的老婆、孩子也跟随他来到江海。老婆是环卫工人，每天起早贪黑打扫街道。孩子九岁在城市小学就读。童真在江海市拆迁办干临时工，哪里有拆迁需要拆房子的，他就有干不完的活。前几年江海市旧城改造多，童真有的是体力，起早摸黑，上爬屋顶，下入下水道，不怕脏不怕累。但是，拆迁毕竟是有阶段性的。所以，童真的工作也不是成年累月都有工做，闲得没有工做的时候，他也蹲在街头，捡些临时工做，赚点伙食费。他想不到能遇上江海市免费派送馒头的爱心活动，想不到天上真的掉馅饼。欣喜若狂之后，感触颇深。他感受到江海市政府真的把自己这些农民工兄弟当作亲人看待，一时心中涌起无限的感慨。

童真刚到不惑之年，而且有一点文化。在江海市打工八年，对江海不但了解，也有感情，可以说江海就是他的第二个故乡。面对每天下午两点，一个个热气腾腾的馒头在秋风中传递，不但能给人充饥，也温暖了人心。童真认为感动不如行动，他代表所有农民工兄弟，向《江海晚报》写了一封信：

江海市领导：

江海市人民：

　　我是一名在江海打工八年的农民工，这几天，我都在吃免费的馒头，很热、很香、很甜，也很温暖。这一股股的热气、香气穿透我的五脏六腑，温饱了我的肚子，温暖了我的心灵。为此，我在没有征求所有农民工的同意之下，代表所有农民工兄弟姐妹写一封信，通过《江海晚报》向江海市领导、江海市人民表达我们的衷心感谢和崇高敬意。同时，我也会在适当的时候，向所有在江海打工的农民工兄弟姐妹发出倡议，倡议所有农民工兄弟姐妹把江海作为自己的第二故乡，自觉遵守江海市的有关地方法规，维护江海市的社会治安，做一个文明的"江海人"。

　　虽然每天只有两个馒头，但是对于一个打工的农民工来说，却具有生命的意义。每天都有一些因找不到工作的农民工，无可奈何地蹲在街头等候人来雇工。也许一天没有等到，也可能一周还找不到工作。但是每天都要吃饭。有时，一些农民工的口袋里确有分文全无的情况，一些农民工也确实挨过饿，一些农民工只能吃一餐或者两餐也大有人在。这个时候的两个馒头，无疑是雪中送炭。大部分农民工不懂表达感情，但是，从他们的眼神中可以洞察出他们的感激、感谢、感恩。

　　今天，我只不过是通过这封信，把所有农民工那份感恩的心表达出来，对江海市委、市政府领导这一伟大善举，表示一辈子的感激之情，对江海人民的无私给予，表示一生的感恩之心，对江海这座城市的温暖胸怀，表示一如既往地爱护。

为此，我们农民工兄弟姐妹要以江海为荣，并向全世界宣誓，为建设美丽的江海市，心甘情愿奉献自己的生命。

农民工代表：童真

×年×月×日

这封洋溢着农民工朴素语言、表达了农民工深切心声的信，及时地被刊登在《江海晚报》上。第二天，《西岸早报》《城乡生活报》等作了全文转载。一时，又成为江海市街头巷尾热议的话题……

# 57

冬天来临了，充满诗情画意的秋季是那么短暂，在秋风与秋雨夹击下，走完了它的季节。初冬对于南方来说并不是很冷，但是，常常有较强的冷空气光临，使人们感到极为不适应。幸好在这样的一个季节里，江海市发生了一件温暖人心的事，这就是免费向街头派送馒头爱心活动。

农民工代表童真的一封信，朴素而真诚，道出了千千万万农民工的心声。这封信在江海市各大报纸刊登和转载之后，激起了舆论千重浪，引起极大反响。特别是农民工兄弟姐妹非常赞同童真的做法，并且积极响应童真的倡议。一致认为江海市委、市政府和江海两百多万父老乡亲对外来工的厚爱，应该化为实际行动，为江海市做些力所能及的事情，以表达对江海的感激之情。

的确，人非草木，孰能无情。作为背井离乡、风雨兼程、走南闯北的农民工兄弟姐妹，在一座城市里总以为天是别人的天，地是别人的地，就连那轮明月也和自己家乡的不一样。心中总有寄人篱下、低人一等的感觉，加上自身的文化程度低、个人修养不高，总感觉自己像山鸡混在凤凰里，野草攀延在百花中，处处被人唾弃。于是，他们在江海这座城市里，突然感受到有生以来的温馨关怀，确实有些受宠若惊。虽然一天只有两个馒头，但是，那种香喷喷、热腾腾的馒头仿佛不仅仅是馒头，而是江海政府和人民的心，不但给人们带来温饱，也给人们带来温暖。即使那些已经有了工作，暂时没有在街头找工等工的外来工，甚至那些已经进入白领阶层、金领阶层的外来工们，目睹这一情景也感慨万千。

一个开面包店的外来老板，他也曾沦落街头等工行列，后来经好心人帮

164

助才有了今天，这次他要通过新闻媒体传达自己的心意。每天要捐出一百块面包，加入免费派送爱心活动，以表达那些农民工兄弟姐妹对江海市委、市政府的感激，并以实际行动做出自己应有的义务。这个面包店老板叫吴同根，来自四川省德阳地区。他来江海市已有五年多了，今年不惑之年的他同老婆初来江海市时，是推着车在街头卖烤地瓜的，常常被城管追赶、罚款、没收，吴同根常常感叹打工不容易，做小本生意更不容易。有一次，他和老婆在一个交通要道卖烤地瓜，被路过的城管抓到。这次城管没有没收吴同根的东西，也没罚他的款，而且对他说："兄弟，你这样在街头打游击不是长久之计，整天提心吊胆，我建议你找一个便宜的店面，办一个营业执照，合法经营，如果你有这种能耐，我帮你协调有关部门，各种费税给你免收三年。"

吴同根听城管这么一说，感激不已，今天不但不抓自己，也没罚款和没收东西，还好心地给自己提出建议，并且承诺各种费税免收三年。吴同根心头一热，好像天上掉下馅饼，恭恭敬敬地说："有这么好的事？您不会骗我吧？"

"我骗你干吗？你有没有开店做生意的本事？如果有，先找个店面，然后找我帮忙。"

"那你要留给我一个电话，你是哪一个片区的城管呀？我好联系你。"吴同根怕这位城管蒙自己，向他要电话。

这位城管见状，从衣袋里掏出一张名片递给吴同根，然后说："你按上面的电话打，也可以按上面的地址找我。"

吴同根一看名片，吓了一跳。原来是江海市城市管理执法局副书记王甘长。吴同根笑着说："王书记，我有眼不识泰山。"然后对身边的女人说："老婆，我们今天遇上贵人了。"

三个月后，吴同根的面包店开业了，面包店的店名叫作"好心面包店"。据说是为了感激那位好心的王甘长书记热心帮忙，才使这位外来工当上了小老板，而且夫唱妇随、薄利多销，生意红火得很。从烤面包到做蛋糕，有供应早餐的，也有做点心的，还有做夜宵的。买卖很兴旺，日复一日，年复一年，这档生意成了吴同根夫妇的大"事业"。于是，去年他从老家将两个子女接到江海市，也是在王甘长副书记的帮助下，就近入学了。吴同根在江海市有了这样的特殊渊源，面对今天江海市开展免费向街头派送馒头的爱心活动，他能无动于衷吗？而且这些爱心活动是为了许许多多像自己一样的外来农民工啊！吴同根认为自己是幸运的，能够遇上贵人相助。

他知道许多人不能都像自己一样遇上王甘长书记这样的城管，江海市也不可能有千千万万个王甘长，王甘长也不可能帮助千千万万个吴同根。于是，吴同根得出一个真理，只有人人都伸出双手献出一份爱，从我做起，这个社会才能充满爱心、温暖、和谐。这也是吴同根每天要捐出一百块面包的原始想法和充足理由。

高可天获悉这样的消息之后非常激动，自己的想法和正在实施的爱心活动有了人们的响应。而且这个响应者竟是一位普普通通的做小本生意的外来工。高可天决定要去拜访这位农民工老板。

江海上空的一缕阳光，在这个刚刚步入冬季的天气里，显得特别珍贵。高可天根据工作人员提供的地址，迎着那一缕阳光，驱车找到了吴同根的面包店。

吴同根的"好心面包店"位于江海市江中路与江北路交叉的路口，这里坐落着很多生活小区，虽然没有什么高楼大厦，但人口非常密集，有的生活小区还是棚屋结构。这也许也是吴同根"好心面包店"生意红火的原因。高可天很快找到"好心面包店"，他停好车，站在"好心面包店"门前望着一对夫妇模样的中年男女正在忙碌着招揽生意，顾客前呼后拥，人气兴旺。高可天走近柜台前，掏出一元人民币说"买一块面包"。

吴同根找五角钱给高可天，然后递一块面包给高可天。高可天手里拿着面包，心里想一块才五角钱？这么便宜？难怪他的生意这么好。看看手中的面包还有些微热，而且散发着香味，高可天不禁咬了一口，说："好吃。老板，你就是吴同根吧？"

吴同根见状，点点头说："你有事吗？"

"听说你要为江海市政府正在开展的爱心活动每天捐一百块面包？"高可天没有自报家门，先打听虚实。

"是啊！你想想，江海市体恤农民工，爱护外乡人，每天向街头免费派送一万个馒头，为那些没有生计的农民工充饥，这是何等伟大的创举，这是全国首例啊！我作为外来农民工的一员，能够在江海市开一家小店，有了一定的收入，为了支持江海市政府的爱心活动，也为了代表农民工对江海市父老乡亲的感谢，决定每天捐一百块面包。"吴同根说得很激动，也说得很诚恳。

高可天听后，一股热血涌上心头，多么朴素的话语，多么真诚的想法。

一个外来农民工老板能有如此惊人的善举，那么那些大企业家，有着千万亿万家产的商人、富翁们，你们在哪里呢？你们在这场爱心活动中不应该缺席啊！高可天感慨一番后对吴同根说："吴同根兄弟，江海市爱心活动要长期开展下去，并成为一种常态。你这种小本生意能经得起长期捐赠吗？"

"只要我的店在，我就会永远做下去。"吴同根毫不犹豫地说。

高可天点点头，然后说："谢谢你。不过我建议你每天只要捐五十块面包就行了。献爱心是一种文明的善举，不需攀比财富分出高低。"高可天生怕吴同根小本生意承受不起。

吴同根这才认真地看着高可天，这位不速之客引起了他的怀疑。于是就问："你是？"

高可天这时才自报家门："我叫高可天。"

"哦！久仰大名。高助理，我有眼不识泰山。"吴同根是听过高可天的名字，也知道爱心活动就是他发起的，吴同根一下子不知所措……

## 58

不甘寂寞的江海电视台主持人杨梅，及时地挂通了高可天的手机。她早已从江海当地报纸上看到了高可天正在实施免费派送馒头的爱心活动，并引起社会各界人士的热议。她受台长大人授意，准备对高可天进行采访，必要时要做一期现场访谈节目，来推广江海每天向街头免费派送馒头为农民工充饥的爱心活动，使江海变成温馨、和谐、友爱的典范城市。

杨梅有了电视台的既定主题，她要好好策划，把这次采访任务和访谈节目完成好，并且能够产生良好的社会效果。但是，杨梅担心的是这位老同学高可天会不会配合？前一段日子，那些无中生有的绯闻，弄得他焦头烂额。她也不知道高可天为什么一个晚上要同时约会三个女子吃饭，有点像记者抢新闻"跑片"一样，一个晚上可以跑好几个片场。高可天一个晚上约会三个女子确实有些不妥，自己想不到也是其中一个，而且还是如此疯狂。高可天也因此被举报生活腐化、游戏感情，使他的名誉受到极大影响，也吸引了众多人的眼球。杨梅暗暗断言：高可天如果是一个歌星、影星，一定绯闻不断，个人隐私的曝光率也一定很高。杨梅边回忆与高可天交往的点点滴滴，边思考着如何采访高可天，并如何确定采访的内容和主题。

　　杨梅一下子想了很多，觉得像高可天这样的男人是可遇不可求的，优秀的男人谁都想要，谁一旦拥有就不愿放弃。杨梅虽然已有婚史，但她始终认为自己风韵犹存，而且比天真的少女成熟多了，只要是成熟的男人应该都会喜欢自己这样的少妇。杨梅深信这样的妇人，男人一样喜欢。杨梅屈指算来，有一些时日没有和高可天联系了，那次绯闻风波之后，杨梅不敢打手机给高可天，她知道高可天一定很烦，这时候给他打电话一定会碰钉子。现在作为一名记者，代表江海电视台要采访江海市政府开展免费派送馒头的爱心活动，而高可天作为负责人，对他的采访应该名正言顺。只是杨梅觉得这么久了没有和高可天联系，高可天会不会认为自己很势利？

　　女人的心总是复杂又简单的，复杂的时候可以把很简单的事往复杂里想，简单的时候，把很复杂的事想得过于简单。杨梅毕竟受过一次婚姻的打击，虽然婚史短暂，也没有留下后遗症，却是刻骨铭心的。女人就这样，对感情总是很认真，对男人也总是死心塌地，特别是自己心爱的男人，哪怕成为他的奴隶也在所不惜。杨梅知道，作为同学，同为一个年代的人，一个已婚女人和一个未婚男人放在那里，一个在围城里兜了一圈又出来了，一个在围城外游荡，无拘无束，根本不想跨入围城半步。不管从什么角度去衡量都是不对等的，就是从职业、地位也无法抗衡，唯一能够胜他一筹的可能是金钱。杨梅总认为比高可天有财富，一幢别墅价值五百多万，加上装修一百多万，合起来六百多万，高可天可能没有这么多财富。这是杨梅唯一引以为自豪的东西，只要高可天同意，马上就可以给他一个温馨而豪华的家。杨梅甚至知道自己无法与卓心兰、周明朗等女子竞争，她们毕竟是黄花姑娘，而且也比自己有内涵，有本事。但是，杨梅有一张底牌比她们有优势，如果成不了高可天的妻子，可以做他的情人，而卓心兰、周明朗她们不能。于是，杨梅在失望之后，倒希望高可天坚持独身主义立场，那样的话，卓心兰和周明朗就没有希望了，而自己可以成为高可天的情人。这是杨梅最后的底线。

　　江海市是菊之乡，虽然已入冬，但是，白菊、黄菊、紫菊还是盛开在江海的每个角落。江海的各个公园还举办了菊展。杨梅是看完菊展之后给高可天打电话的，她还是快言快语地说："老同学，我是杨梅呀！"

　　高可天最近心情特别舒畅，其原因很简单，就是免费向街头派送一万个馒头爱心活动开展得非常顺利，获得很好的社会效果，引起了社会各界的热议，在广大市民特别是外来农民工兄弟姐妹当中产生极大的反响。各媒体报纸以头版头条作为专题报道。农民工代表写了一封感谢信和倡议书，外来工农民面包店老板还报名参加捐面包献爱心活动。这一切的一切都给高可天极大地鼓舞和安慰，同时也给他无限的信心，他甚至想好了第三本书《教育与社会》主题思想和创作的主要内容。

在这个时候，高可天接到杨梅的电话并不意外。在高可天眼里，记者的职业总是今天可以这样说，明天可以那样写，有时候让人不知听谁的，有时候，新闻的真实性却值得怀疑。所以，高可天始终对记者抱有戒备心理，但对于老同学杨梅相对比较放心，毕竟知根知底，知道杨梅在做新闻报道的时候比较敬业，具有高度的职业道德和记者的良知和正义。高可天经常和杨梅探讨这样的问题，高可天承认杨梅的职业素养是可靠的。也就因为这样，高可天迄今为止还能与杨梅以同学的名义互相来往，保持联系。

虽然如此，高可天与杨梅交往还是心有余悸的，担心把自己引入她设计的情感圈套里去。高可天知道，杨梅的情感陷阱很有一套，她为了爱什么都可以做出来的，甚至可以用毁灭性的行为把自己逼上绝路，按她的话说这是爱的力量。高可天还知道杨梅是一个敢爱敢恨的人，而且当仁不让。她当时的结婚和后来的离婚，都可以证明这一点。高可天心里明白，如果自己要谈儿女私情，也决不和杨梅这样的女人谈。像杨梅这样的女人只能看成是一个异性朋友，决不能看成妻子，这样的妻子绝对会红杏出墙。她作为女人可以很优秀，但作为妻子绝对不称职。这就是高可天对老同学杨梅的评价。

高可天怀念的是卓心兰，欣赏的却是周明朗。卓心兰是值得男人爱的，只要是男人都会喜欢这样的女性。而周明朗则需要征服，这给男人留有许多空间。男人天生就喜欢征服一切，挑战一切。因为周明朗是女中豪杰，如果与她谈恋爱，话语必须在恋爱之外，才能获得她的芳心。高可天在接通杨梅电话的一瞬间，头脑里不禁闪过这三个所认识的女子，并对她们作了不同评价。尽管高可天不想恋爱和结婚，但他对感情、婚姻、女人并不糊涂。他应该懂得女人的心，晓得感情的微妙。

这时候，高可天慢条斯理地说："你是杨梅啊！这声音有些陌生啊！"

杨梅知道理亏，好久没有和高可天联系，赶紧借口说："对不起，前一段一直忙于一个专题的深度采访，没有时间给你打电话。同时也知道你工作很忙，不敢打扰你。时间过得真快，现在都入冬了。"

"我以为你失踪了。"高可天不冷不热地说着。

"你笑话我还是挖苦我？这样吧！今天我请你吃饭，算是向你赔罪。"杨梅一下子又眉飞色舞起来。

"请我吃饭？向我赔罪？没有那么简单吧！是不是有什么事求我？"高可天知道杨梅葫芦里卖的是什么药。他知道杨梅作为记者是称职的，对事物的观察独树一帜，对新闻的敏锐一针见血。她一定是冲着免费派送馒头爱心活动来的，一个电视工作者、专门做新闻节目的杨梅怎么会错过这么好的机会呢？这一次，高可天也需要杨梅的宣传报道。所以，高可天有一点心有灵犀的感觉。

杨梅见高可天这么一说，笑了起来，然后说："你是我肚子里的蛔虫呢？好了，十二点整，我在北海道菜馆等你，就是江心公园门口那一家，不见不散。"杨梅说后怕高可天拒绝，就马上按掉手机按键，不让高可天有回绝的机会。

高可天见一阵忙音，知道杨梅已经挂线了，现在是十一点三十分，心里苦笑一下，觉得杨梅从来就有先斩后奏的德行。不过，高可天今天心情格外舒畅，他迎着蓝蓝的天，白白的云，愿意赴约吃饭。


## 59


红日当空，几朵白云在阳光的折射下，像色彩斑斓的翡翠，悬挂在半空中，在一阵阵微风吹拂下，有些飘忽不定起来。高可天驾车直往北海道菜馆。那是一家中日合璧的菜馆，有许多鲜美的深海鱼，环境又好，只是价格有些昂贵，一般食客聚餐不会选择这里，只有请客吃饭才会去这里消费。作为电视台记者的杨梅，就是冲着环境好，而且是请高可天吃饭，不是一般的朋友，在这样的气氛下吃饭，多少都有一些浪漫情调。这是杨梅所要的效果，其实男女在一起吃饭，真正意义不在吃饭，吃饭只是一种见面的形式，尽管高可天没有想得那么多，起码杨梅想了很多。她既想完成自己作为一名记者的任务，也想在和高可天聊天中获取某种个人感情的需求。

高可天到达北海道菜馆后，已经看到杨梅，她没有进入包厢，在大厅等高可天。杨梅喜形于色地说："老同学，我们进去吧！"她说着指向一间叫作

"信和"的包厢。据说"信和"源自日本的一个名字，有着日本渊源文化在里头，高可天当然没有认真去探究。杨梅还没有入座，就对高可天揶揄地说："近日春风得意，左右逢源呀！"

高可天不屑一顾，自嘲地说："自古英雄难过美人关，幸好我不是什么英雄。"

"那意思说我是美人了？"杨梅得意扬扬的样子。

"自古美人多薄命，你愿意是美人吗？"高可天看着面前这位同学，确实有几分姿色，而且眉宇间常常流露出勾人魂魄的娇媚。

"谁不想是美人，就连你们男人也都想找美人当老婆或情人，不是吗？"杨梅说后脱掉身上那套乳白色的风衣。

两个人终于入座点菜，这就是他们一个季度以来见面的开场白。

菜虽然还没有上，但杨梅已经迫不及待地切入正题。她说："老同学，我这次见你，有一个很重要的任务。"

"是关于免费向街头派送馒头爱心活动的事？"高可天问。

杨梅点点头，然后说："江海本土的报纸上都报道了这一消息。江海电视台要做一期访谈节目，有人说这是江海现象。我们台长说要把这种江海现象向全国推广。所以，我这次任务很重，你一定不能拒绝我。"

"我答应你。"高可天干脆利索地回答，这也是他所希望的。但是，他话锋一转，对杨梅说："我有个要求，在做访谈节目之前，你要采访两个人。"

"谁？"杨梅疑惑不解了。

"一个是农民工代表童真，就是向报社写信和倡议书的那个农民工兄弟。还有一个是好心面包店老板吴同根。"高可天说。

"面包店老板吴同根？没有听说过。"杨梅知道有一个农民工代表叫童真，报纸采访过他。他的那一封信写得很好，那一封倡议书也写得很鼓舞人。就是没有听说过好心面包店老板。

高可天说："这个面包店老板了不得，他要每天捐赠一百块面包参与派送活动。你想想，一个外来工在江海开一家小面包店，是很不容易的，他每天要拿出一百块面包参加派送，这不是被江海推行免费派送馒头爱心活动所感动了吗？作为外来农民工的一员，他也可能经历过蹲在街头无生计的窘境，现在自己开店了，过上好日子了，没有忘记帮助别人，这种人性的光辉闪烁在一个普普通通的农民工老板身上，显得更加明亮和温暖。你应该从他们身上去挖掘一些东西，更有说服力，更让人感动，更让人思考。"

杨梅痴痴地听着，心里在想：高可天不愧是一个学者型的干部，分析起这些东西一套一套的。她点了点头说："你说得有道理，从最普通的人群中或最平凡的事件入手，会显得更真实可信。"

"你知道吗？江海开展免费向街头派送一万个馒头为农民工充饥爱心活动，不是运动，它是长期的，是常态的。否则就是作秀，是哗众取宠，那是不可取的。所以免费派送馒头爱心活动不搞这样的形式，要让平民百姓看到实实在在的东西，让广大外来工、农民工感受到真真切切的关怀。那才能得人心，让百姓得到实惠。因此，这场爱心活动还需要更多的企业家、巨商富贾加入其中。所以你作为电视新闻工作者，有这种责任和义务从深度报道江海这一现象。"高可天有些激动，又带着些许感慨地发表了自己的观点。

杨梅不吭声。坐在面前的这位老同学、市长助理、爱心活动的发起人、有些另类的独身者、不为美色所动的男人面前，此时此刻，在杨梅的心目中，高可天不单单像一个学者，他的话率真但过于尖锐。作为一名记者，杨梅经常与各类人打交道，懂得利害关系，什么可以说，什么话不能说。否则就会犯错误，甚至会丢饭碗。今天，杨梅听了高可天一番话，觉得这个男人确实与众不同。杨梅很欣赏这样的男人，也很倾心这样的男人。这样的男人有骨气、有胆识，这样的男人有良心、有正义，这样的男人有感情、有魄力。杨梅尽管认为高可天有些话很极端，但是，她还是受到了感染，柔和而甜美地说："可天，我听你的，明天我就安排采访童真和吴同根两个人。而且以现场采访的形式拍成专题片。与你的访谈节目结合起来，进行跟踪报道。"

高可天点点头，然后喃喃地说："我就不信，江海的企业家、商人们慈善意识这么淡薄，对这一场人文关怀活动这么无动于衷，在慈善面前保持沉默。如果是那样，你们媒体应该怎么做？"

杨梅望着高可天，笑了起来。

高可天问："你笑什么？"

杨梅说："我把你的身份想象得很复杂，不是纯粹意义上的领导，既是一个教育家，又是一个作家，既是一个学者，又是一位政客。在你的基因里可能有现实主义的东西，也有理想主义的东西。所以你的身份很复杂。

高可天承认，如果那些有着亿万财富的企业家、商人们那么冷漠，应该受到媒体的讥笑和谴责。同时媒体也应该站出来营造舆论，呼吁那些有钱人、富人们慷慨解囊，为社会为人民做出自己应该做的贡献。高可天笑了笑对杨梅说："不愧是记者，你很聪明，明白了我的意思。"

两个人不约而同地笑了起来。高可天说："我希望看到这样的结果。我相信江海的明天将有许多富有社会责任感的企业家、商业界精英加入我们这个献爱心行列。"

杨梅却说："作为媒体的一员，也要做好另一种结果的准备。如果真的社会变得这样冷漠，也是我们媒体的悲哀。但是面包店老板已经做出了榜样。"

"所以，对他的采访很重要，毛主席说过，星星之火，可以燎原。面包店的老板吴同根就是星星之火，通过你们新闻媒体，将他燎原。"高可天打一个比喻。

杨梅又点了点头，两个人再次笑了起来。今天中午，菜吃得不多，话却谈得很投机。两个人突然间发觉，两个人的谈话从来没有这样融洽过。

# 60

杨梅不敢怠慢，为了做好高可天的访谈节目，她答应过高可天对童真、吴同根进行采访。第二天她就向电视台领导做了申请，准备带着摄像师一起去找面包店老板吴同根。

冬天的北风，让人感觉有一种真正的冷，而不是那种凉风的感觉。杨梅今天起得早，推开窗户，外面的天是灰色的，没有阳光，又是一个阴天。偌大一幢别墅只住一个女人，确实让人感到空旷和寂静。特别在冬季，屋子里的每个角落仿佛都流动着一股寒气，没有人气。杨梅似乎也习惯了。她尽管渴望感情，但是，不是每个男人都能让她心动和献身的。宁愿孤芳自赏，也不随便降低自己的感情需求。这时候，她又想起高可天，心中又翻起了几束说不清道不明的情绪。她想不明白，为什么喜欢的又得不到，不喜欢的却又自告奋勇。这是不是老天爷在捉弄人呢！

杨梅按捺不住心中的寂寞，拿起手机给高可天打电话："老同学，一大早打扰了。"

"是什么事？"高可天见是杨梅的电话以为发生了什么。

"没有什么大事，只是向你确认一下好心面包店是不是在江北路口？"杨梅只好找个借口。

"是在那个附近，我不是给你吴同根的手机号码吗？"高可天说。

杨梅心中暗喜，心里想：当然知道电话号码了，人家一大早就是想听你的声音嘛！杨梅问："可天，你早上吃什么？"

"牛奶加面包。"高可天脱口而出。

"要不要我请你吃早茶？"杨梅想见他。

"你今天有没有打算采访好心面包店老板啊？"高可天问。

"当然有。都安排好了。"杨梅说。

"那还吃什么早茶？等你采访任务完成了我请客。"高可天爽快地承诺。

"那一言为定。对了，请我吃什么？"杨梅露出了几分娇气的样子。

"到时候再说吧！反正我欠你一顿。"高可天一本正经地说着。

杨梅好像被泼了一盆冷水，心里不舒服。她又说："不然这样，你请我去度一个浪漫的周末？"

高可天有些哭笑不得，他说："杨梅，你说可能吗？那样我会害了你。杨梅，你什么都好，就是在个人感情上太轻浮了点。别怪我说话难听，你是不是对每个男人都这样？"

"你胡说。"杨梅羞愧成怒起来。她说："老同学，你以为我真的轻浮吗？想不到你这样评价我，你根本不了解我。告诉你，我在外面，在众多的男人面前，是一个高傲的公主，只对你高可天才这样。真是诚心对明月，明月却照臭沟。"

高可天发觉杨梅有些生气了，赶紧缓和语气说："我高傲的公主，别生气了，一大早落了个心情不好，还怎么采访人家？"

"都是你惹我生气嘛，人家诚心浪漫对话，你怎么就这样不解风情呢？难道我在你心目中一无是处吗？"杨梅嗔怪地说着。

"你又说远了。杨梅，我们到此为止好不好，十分钟后我要出门，我答应你，等你采访任务完成，我一定请你吃饭，绝不食言。"

"我们今晚就可采访完。"杨梅说。

"还有那个叫童真的农民工代表。"高可天提醒似的说。

"那要安排明天，哦！明天还不行。"杨梅无可奈何地说。

"就是嘛！你什么时候采访结束。我什么时候请你吃饭。这样可以吗？"

高可天说。

"只能如此了。那就这样，不打扰你出门上班了。"杨梅说完后主动先挂电话。

高可天舒了一口气。而这边的杨梅却嘘嘘了几声，感觉口有些干，赶紧泡了一杯咖啡喝下，然后心里想：谁稀罕你一顿饭，就是想和你见见面嘛。然后又自叹起来：自己为什么这么贱，外面那么多男人，为什么对高可天情有独钟？他有什么魔力？人家明明不结婚，不谈恋爱，自己还痴痴地钟情于他，甚至引诱他。这是为什么？为什么？杨梅在心中喊叫着。似乎是上帝对她不公平，让她因为高可天而受尽感情的折磨。

时间已滑过上午九点钟。杨梅知道已经到点，赶紧收拾东西准备出门。她必须先赶到电视台，然后和摄像记者一起前往。杨梅穿着她那件乳白色风衣，匆匆忙忙地进入地下室，拿出车钥匙准备打开车门的一刹那，从后面蹿出两条人影，一人卡住杨梅的脖子，另一人用黑布蒙住她的眼睛，往嘴里塞一团棉花，把杨梅往车厢里一拖。轻声威胁说："放老实点，不然要你的命。"

杨梅不敢动弹，感觉有一把利器顶住自己的腰身。她知道遇上绑匪了。真是无法无天，敢在高级住宅区绑架。一会儿，车子驶出小区，不知往什么方向飞疾而去。

坐在车厢里的杨梅由于嘴里塞着棉花，无法说话，但是还能感觉到绑匪是两个人，一个在开车，一个押着自己。她想动弹一下，就被绑匪紧紧地压住，然后从她的包里搜出手机，马上关机。

一个绑匪问："你就是电视台记者杨梅？"

杨梅不能说话，只好点点头。

绑匪又问："听说你很风流是不是？"

杨梅摇了摇头，有些难言的痛苦。在心里想："你他妈的狗屎，有机会我一定要把你们千刀万剐。"

绑匪又问："你有几个情人？"

杨梅不摇头也不点头。心里想：这两个绑匪到底是要劫财还是劫色？抑或是要命？杨梅身为记者，见多识广，绑匪大部分是要财的，当然也有撕票的，这要看绑匪的心狠不狠，如果遇上变态狂，杀人不眨眼的绑匪，财、色、命都难保。杨梅一想这些就毛骨悚然，她还不想死，心里不断地念着高可天，你在哪里？高可天，你在哪里？我已落入虎口，你快来救我。杨梅脑子里一遍又一遍地胡思乱想起来。

车速越来越快，好像不是在高速公路上行驶，没有停车经过收费站，绑匪非常狡猾，不走高速公路。那一定是省道？是哪一条省道？杨梅在黑暗中猜想着车子行驶的方向。

大约三十分钟后，车子驶进一条小道，道路有些崎岖不平起来，杨梅在车厢里颠簸得比较厉害。一会儿，车子进入了一间大仓库，黑乎乎的一片，然后仓库大门被关上。杨梅一下子感觉四周像死穴一般阴森森的……

# 61

江海电视台记者兼主持人杨梅的失踪，轰动了江海市。江海市公安局立马成立专案组，对杨梅家及小区进行了布控、调查。但是，从小区监控探头上可以得知：杨梅的车子从当天上午九点十五分驶出小区，就这样不知去向。

这下急坏了高可天。

杨梅是在十二个小时之后没有任何音讯时，才引起了高可天的怀疑和重视，并且在当天晚上十点向江海公安局报警。高可天知道，杨梅是一个很敬业的记者，今天约好去采访好心面包店老板，她是不可能不去的，而且已经和摄像记者约好在电视台门口相见，一起坐车前往。在出门的时候，还和自己通了近半小时的电话，怎么突然失踪了？高可天判断一定发生了意外。但是，他还没有想到是被人绑架。

高可天有一种不祥的预感，杨梅也许正面临着危险。

杨梅的失踪让高可天感到江海的治安之复杂。第二天，当江海公安局判断杨梅可能被绑架的消息告诉高可天的时候，高可天感到江海创建无贼城市已经迫不及待。他就是想通过创建无贼城市，在全市掀起抓捕大行动，让那些窃贼、小偷、抢劫、绑匪、骗子无藏身之地。力争挽救一部分、遣送一部分、刑拘一部分、教育一部分，把江海的这座城市培育成春色满园、空气清新、人文关怀、和谐安康的典范乐园。这当然只是高可天的理想，他相信这种理想能够实现。就像免费向街头派送一万个馒头为农民工充饥一样，现在已经成了现实。从这一点上高可天很有信心。

然而，现在火烧眉毛的是杨梅被人绑架了，谁绑架了她？她又为什么被绑架？到底是为了钱财绑架她，还是因为她的感情，抑或是与今天采访有关？许多不解的难题摆在高可天面前。这一切的一切只能靠警方一层一层地解开迷雾，尽快破案，解救杨梅，将绑匪缉拿归案，还江海一个太平。

　　第二天，江海市各种媒体报纸刊登了杨梅失踪的新闻。一个电视台记者兼主持人更加引起警方的重视和大众的关注。一时江海的各个角落都在谈论着杨梅的情况。

　　而此时的杨梅身陷一个漆黑的大仓库里。几个男子正围着她，迄今为止才给杨梅一块面包和一瓶矿泉水，而且一句话不说，也没有打电话勒索。不知道是为了什么？杨梅也一头雾水，既不伤害自己，也不打电话向她亲人勒索。绑架不就是为了钱吗？到底这帮绑匪是为了什么？杨梅的心被悬在半空中，她就连那块面包和矿泉水都咽不下了。肚子虽饿但吃不下去，这是最痛苦的事。直到第二天晚上，一个熟悉的面孔出现在杨梅的面前，让杨梅大吃一惊。

　　虽然算是初冬，但是晚上还是让人感觉寒冷。大约在晚上八点的时候，杨梅头上的黑布被揭开，然后亮起了一束弱光。杨梅眯着眼睛才肯定这里就是一个偌大的破仓库。尽管自己全身还被绑着，但是，眼睛能够隐约看到东西，还是舒服多了，但让杨梅万万没有想到的是，站在面前的是赵大平。

　　谁是赵大平？大家可能忘记了。这位看上去蛮斯文的男人原来是江海市政府前市长秘书，是杨梅的追求者。因为高可天的出现，他认为是高可天夺走了自己前市长助理的位子，也因为高可天的出现，使赵大平对杨梅的求爱受阻。事业没了，心爱的女人也没了，这对于一个男人来说是多么悲哀。于是，赵大平铤而走险，在高可天与杨梅共进午餐的饭店里，制造了一场爆炸事故。这一响并没有炸伤高可天和杨梅，却炸毁了自己的人生，从此赵大平受牢狱之灾。由于身为市长秘书的缘故，再加上没有造成人员伤亡，只判他一年六个月的有期徒刑。

　　这时候，杨梅不禁惊叫了起来："赵大平？"

　　"没有想到吧！"赵大平伸手扶了扶脸上的眼镜，似笑非笑地面对着杨梅。然后挥了挥手，意思叫旁边的两三个男子退下，好像一个黑社会的头头。

　　杨梅有气无力地说："赵大平，你好大的胆子，你知道你在做什么吗？这是绑架，你要掉脑袋的。"

赵大平又笑了笑，说："你认为我会怕掉脑袋吗？你放心，我不怕，而且也不会掉。"

杨梅见赵大平很自信的样子。曾经一个堂堂的市长秘书，竟然会沦为绑匪。就是因为要得到市长助理的位子吗？还是为了得到不可能的爱？杨梅想不明白，她也爱高可天，却也得不到高可天的爱，那又怎么样？不也要去面对每一天，该怎么工作还要怎么工作，该怎么生活还要怎么生活。赵大平怎么会变成这样？她说："赵大平，我劝你把我放了，我不报案，你没事，重新开始生活，你的人生还有希望。"

"哈哈！你当我是三岁小孩？我辛辛苦苦把你绑过来，把你放了？你以为我吃饱撑着没事干？你想得美。"赵大平不听杨梅劝告。然后又说："杨梅，你还是吃点东西，不然肚子会饿的。"他说着从桌子上拿着一块面包递给杨梅。

杨梅的手被绑着，只有一点活动空间，心里想，落到赵大平手里，他可能不敢杀人，不吃白不吃。于是说："你把我的手松了，这样怎么吃？"

赵大平见状，点点头说："行，但只能松一只手，吃完还要绑上。"

"这么阴森的地方你还怕我跑了？"杨梅说。

"不是怕你跑了，是怕你想不开自杀。"赵大平说。

杨梅连续吃了两块面包和一瓶矿泉水。肚子填饱了，人多了几分精神。然后对赵大平说："赵大平，我们曾经是朋友，你就这么忍心对待我？"

"我没有亏待你啊！只是让你暂时失去自由而已，就权当我金屋藏娇了。"赵大平得意扬扬地说着，然后又把杨梅的手绑上。

"你知道吗？我失踪两天两夜了，江海的公安一定在找我。你能藏多久？"杨梅说。

"我不怕，他们不会找到这里，我又没有和他们联系，他们怎么知道？"赵大平胸有成竹的样子。

"那你到底想干什么？"杨梅尖叫起来。

"我想和你成亲，在这里我要和你举办一场浪漫的婚礼。两个人的婚礼，从此我们白头偕老，这里就是我们的家，我们在这里生儿育女……"赵大平美滋滋地说着。

杨梅听赵大平这么一说，又尖叫起来："赵大平，你疯了。"

# *62*

赵大平是一个至今未娶的男人，他原本有一个美好的前程。大学毕业后就被分配到江海市政府当秘书，后来成了前市长的秘书。他在江海市政府有"一支笔"之称。不但行文流畅，而且速度极快，可以下笔成文，一气呵成。据说他在中学时代就是一个文学青年，当时的赵大平虽然才十七岁，但他的小文章常常在当地的小报上发表。学校的墙报、教室的黑板报都有他的大作。到了大学，他甚至想长大后要成为一名作家。

可是，阴差阳错，当他被分配到政府机关工作之后，他的作家梦破灭了。面对文山会海，他要为各级领导起草各种材料报告，什么发言稿、年终总结、会议纪要等。由于赵大平出手敏捷、行文流畅、观点新鲜、引经据典、含义深刻，获得了许多领导的好评。从此，政府"一支笔"之称戴在了赵大平的头上。并且成了市长专职秘书。赵大平平时谈吐温文尔雅，举止落落大方，脸上戴一副近视眼镜，整天西装革履，有着儒家风度，学者派头。然而，就是这副风度与派头，却得不到爱情青睐。他原来追求一个银行女职员，以为自己工作体面、经济稳定，再加上自己的才华和品貌，应该会得到许多姑娘的爱慕。谁知道第一次求爱却受到挫折，人家姑娘看不上什么政府秘书，人家姑娘喜欢金融界人士。也许自己是吃银行的饭，想找一个同行，能为自己插上理想的翅膀，对政府机关干部不感兴趣。正所谓萝卜青菜，各有所爱。赵大平很受打击，他回到家，对着镜子，从头到脚，从里到外，来回不断地审视了几遍，就是想不明白这位银行女职员怎么就看不上自己？赵大平的自尊心很受打击。第二次相亲是经过一个亲戚介绍的。只要是经人介绍，就要先讲条件。赵大平的条件在江海这座城市里可以说是数一数二的，这样的条件当然也说得过去。偏偏那个相亲的姑娘是一个女强人，自己开一家文化传媒公司，很有文化，也很有品位，她做任何一件事情就是凭第一感觉。当她与赵大平相亲的时候，立马感觉到赵大平没有男人的味道，一刻之间悬念全无，一个拜拜都没有说转身就走了。赵大平就这样糊里糊涂地被爱情捉弄了两回，使他的精神受到了严重打击，但心里想天涯何处无芳草？总有一天爱情会降临到他的身上。

这一天终于来临了。那是江海电视台记者杨梅到市政府采访前市长，是由赵大平接待的。杨梅的活泼可爱、美貌惊艳，令赵大平怦然心动，好像杨梅就是他一生中苦苦寻找的那位白雪公主。赵大平总结前面两次相亲和求爱失败的经验，他一边为杨梅大开绿灯提供各种方便，一边替杨梅出主意应该如何采访市长大人，给杨梅留下深刻的印象。当时的杨梅还没有结婚，但已经有了男人。赵大平当然不知道，杨梅也当然不会告诉赵大平。

杨梅认为有一个政府部门的秘书朋友，也是自己人生中的一件幸事。杨梅始终认为要交朋友，必须要交学识比自己高、地位比自己高的朋友，自己才会进步，遇到困难才有人帮助。杨梅就是把赵大平看成这样的朋友。从此，赵大平成了杨梅的朋友，而杨梅却成了赵大平求爱的对象。

爱情确实很神奇，它可以改变一个人的命运，也可以改变一个人的生活习惯。可以这么说，因为爱情，不但改变了赵大平诸多的生活习惯，同时也改变了他的一生命运，甚至沦为一个犯人。

一个人对另一个人的爱得不到对等的回应，这是非常痛苦和悲哀的一件事。两个人能够同时擦出火花，产生爱情其实需要缘分。世界上每一对相爱的人其实都有缘分，可赵大平不相信这些，他认为一切都事在人为，只要你努力、坚持，最终你一定会获得成功。可是，这种努力可以适用于任何领域，唯独不能适用于爱情。爱情既不能强攻，也不能智取，它只能靠水到渠成。赵大平不懂这些，所以他对爱情的追求感到特别艰难，甚至怪罪对方怎么这样不解风情。殊不知人家对你根本就没有感觉。

赵大平遇见杨梅之后，陷入了一条死胡同，他使出浑身解数，十八般武艺全部用光，什么献殷勤、当奴才、英雄救美、怜香惜玉，用尽了男人情感的财富，施展一个男人应有的本色，都没有让杨梅心动。身为记者的杨梅，是一个久经沙场的女人，也是一个情场老手，她心里明白赵大平的意思，就是装糊涂，甚至想利用赵大平。据说爱一个人而为她牺牲一切的时候，这个过程也是快乐的。赵大平就有这样的心态，所以他不感到累和委屈，他觉得自己在恋爱了。而杨梅作为女人，不管爱不爱，总喜欢被男人宠的感觉。所以杨梅也快乐。

真正让赵大平感到危机四伏的时候，是高可天的出现。高可天的出现可以说影响了很多人，江海市委、市政府的人感到意外，这简直就是天降神兵。特别是高可天一跃成为市长助理，这可急坏了赵大平。他认为这市长助理应该是他的，因为高可天的出现，一切现状改变了，赵大平对高可天可谓恨之入骨。再者，他突然发现杨梅与高可天亲密无间，这让赵大平醋意大发，怒火中烧。他当然不知道杨梅与高可天是中学同学，他当然更不知道高可天是一个独身者。他只知道杨梅是自己的女人，他为杨梅付出了许多，任何人都不能夺走杨梅。于是他开始偷偷地跟踪杨梅和高可天，终于有一天，赵大平忍无可忍，谋划了一场爆炸事件。

那一炸，使赵大平彻底地失去了秘书这个职位，离开了江海市政府大院，到了一个四面漆黑阴森的牢房里，过上一年半的牢狱生活，出狱后变成了一个社会无业游民。这就是爱情改变了一个人的命运。

但是，赵大平还没有死心，还不想收手。破罐子破摔就是这个道理，败北走麦城一走到底。他决定绑架杨梅，然后与她成亲。

他动用在市政府当秘书时候的关系，找了社会上一些铁哥们，一边做些小生意，以短平快的手段赚些小钱，加上自己原来的积蓄，与铁哥们花天酒地，培养自己的人际关系和哥们感情。他在江海市后山郊区租一间荒废多年的仓库，准备作为绑架杨梅的藏身之地，也作为他与杨梅成亲的洞房。然后派出铁哥们对杨梅的举动进行详细摸底，她的生活起居、工作习惯、夜间活动去向等都掌握在手，然后实施绑架。

这就是赵大平为什么要绑架杨梅的真正原因。是因为爱。爱是多么伟大？又是多么无耻？


# 63


尽管江海市发生了一起绑架案。但是，这个冬天的江海还是比较温暖人心的。特别在每天下午两点左右，街头上人头攒动，冒着热气的馒头，还有面包、蛋糕在人们手中传递，送到农民工手里，场面极为温馨感人。更让高可天欣喜若狂的是已经有一些食品企业、超市加入了派送行列。但是，这时候的高可天却高兴不起来，杨梅已经五天没有音讯了，这怎么能让高可天高兴得起来呢？

作为同学，作为曾经追求过自己的女人，杨梅的容貌历历在目，她是为了采访免费派送馒头的爱心活动出门才出事的。如果那一天没有出门，没有去采访好心面包店吴同根老板，也许就不会出事，高可天开始自责起来。警方虽然成立了专案组，但是绑匪没有打来敲诈电话，所以无法获悉杨梅的下落。目前警方只好派出大量警力进行排查,警方甚至怀疑杨梅是否真的被绑架?一般来说,绑匪绑架人都有目的,要么为了钱,要么为了人。以某种东西作为交换条件,否则就撕票。但是,至今没有接到绑匪的电话,这让警方产生怀疑。难道是被杀?如果是被杀,那么尸体呢?或者是杨梅因为什么事逃避?那是不可能的。高可天听警方的一番分析,有一定的道理。只是这起案情至今无法解开,警方也陷入尴尬境地。高可天觉得是自己对不起杨梅,而且断定杨梅一定身临险境,她不可能没事的,也不可能不辞而别,更不会无缘无故地消失。杨梅不是这样的人。尽管前面有两三个月没有见面,但是前几天刚在一起吃饭,而且一贯地开朗、洒脱,不可能想不开做出什么傻事来。

江海电视台已经连续三天在黄金时段滚动播放寻人启事,但是杨梅照样没有出现。

高可天的心情很沉重,他今天要去见卓书记。卓书记是慈祥的长者,他非常重视杨梅失踪这起案件,已经给江海市公安局下了命令,全力以赴、想方设法解救电视台记者,并尽快破获案件,准确地锁定杨梅失踪的原因。今天见高可天来了,非常理解他的心情,就对他说:"小高,这件事交给警方吧!"

高可天说:"卓书记,我想如果一座城市没办法让老百姓有安全感,经济再繁荣,物质再丰富,百姓都没有办法感受到幸福的。一座城市的人民幸福指数应该体现在安居乐业上。只有安全了,才能快乐地工作。您说呢?卓书记。"

卓书记点点头,他知道高可天想说什么。他说:"如果一座城市无法让老百姓安居乐业,就是这座城市政府的责任,就是政府领导干部的失职,甚至是犯罪。"

高可天不敢吭声,卓书记一语道破:"我们不但要让百姓感到温饱,更重要的要让百姓感到安全。"

"所以你那个创建无贼城市的方案要尽快实施,在全城范围内掀起一场史无前例的抓贼行动,从抓贼入手,掀起扫黑除恶大行动。"卓书记非常欣赏高可天创建无贼城市和免费向街头派送馒头爱心活动的建议。

高可天说:"卓书记,杨梅失踪之后,对我打击很大,绑匪这种嚣张的气焰没有被消灭,可能就会变本加厉,社会治安就会陷入不堪设想的混乱局面。您说得对,不但要抓贼,还要扫黑除恶。所以,我想通过创建无贼城市,掀起抓贼行动,彻底整治社会治安,把江海市创建成真正意义上的平安无贼城市。我想提早实施这个方案。"

"你的方案成熟可行了吗？"卓书记问。

"还没有，本来想等免费派送馒头爱心活动半年后，再来实施创建无贼城市这个方案。自从杨梅失踪之后，感到这个方案迫在眉睫。"高可天向卓书记吐露苦衷。

卓书记略有所思地说："你也不能感情用事，如果失踪的不是杨梅，而是别人，你还会这么焦急吗？"

"杨梅毕竟是江海电视台的记者、新闻工作者，当然还有一方面原因，她也是我的同学，我承认有私心的一面。但是，一个记者凭空失踪，警察压力很大，如果破不了案，既无法向政府交代，也无法向百姓交代，更无法面对新闻工作者了。"高可天有些激动，但他说的是实话。

这时候，卓书记桌上电话铃声响了起来。是叶市长打来的。卓书记还没有等叶市长讲完话，就说："叶市长，我们下午召开常委扩大会议，高可天助理也参加。"

那边的叶市长说："好的。"然后补充说："卓书记，免费派送馒头效果很好，许多企业和企业家纷纷要求参加免费派送馒头活动。"

电话刚放下，高可天就插话："卓书记，如果是这样，可以成立江海市爱心免费派送服务中心。设一名中心主任，两名副主任，若干驾驶员和配送工作人员，还要购买几部小货车。"高可天见免费派送馒头爱心活动前景看好，大快人心。许多爱心企业和爱心人士加盟，有必要成立一个机构，专门来运营爱心活动。这样就可以长期地实施下去。

卓书记听高可天这么一说，哈哈大笑起来，说："你已经胸有成竹了吧！这个想法很好，也很有必要，我赞同你的想法，可以马上筹备。"

高可天说："卓书记，我是不是有点不懂事？说心里话，这些想法也只敢对您说，就连叶市长都不敢说。有些事情说起来容易做起来很复杂，怕引火烧身，不知天高地厚。"

"那你就不怕我了？"卓书记问。

"我不但把您看成市委书记，还把您看成父辈，甚至比父亲还亲，所以不怕犯错误，说错话。"这时的高可天像一个孩子一样天真起来。

"年轻人，你确实遇上了既爱才又开明的市委书记了，叶市长和我一样爱才若渴。你想想，偌大一座城市，从工业到农业，从商业到商品，从经济到民生，从医疗到文化，从教育到就业等等，需要多少精力和努力？不管是市委书记也好，还是市长也好，都不是万能的，不可能面面俱到，需要上下干群齐心协力、同心同德、层层落实、齐抓共管、集思广益、出谋划策，才能很好地完成一番事业。有的领导干部很武断，很专横，听不进群众的声音，容不得别人的建议，这样的领导干部当然成就不了事业的。"卓书记激动地说着。

高可天听得很感动。他说："我是遇到了贵人。我一定在您的带领下干出一番事业来。"

"这就对了，不管遇到什么事，认定的事一定要去完成。小高，你别忘了，江海的建设与发展不单单靠免费派送馒头爱心活动和创建无贼城市。这两者只能作为这座城市的软建设。"卓书记提醒高可天。

高可天心里明白，他说："卓书记，我没有忘记，我的任务非常明确，江海的发展靠的是在海西建设大背景下，来完成江海的历史使命，所以港口建设和核电站建设作为江海的重头戏、排头兵，也作为江海发展的硬建设，来提升江海市的综合实力，是至关重要的。目前进入招商引资阶段，我想很快就有结果了。"

卓书记听高可天这么一说就放心了，因为这两个项目得到中央的支持，许多专家学者也很看好。所以只能成功，不许失败。卓书记问："小高，许真容走后，需不需要再派一个助手？"

"卓书记，免了吧！现在新区管委会有几个人，分工非常明确，我轻松多了。两个项目的具体情况也是他们在抓落实。"高可天不想再要助手，这样反而更自由。

卓书记说："那这样，时间不早了，下午五点钟召开常委扩大会。筹备成立江海市爱心免费派送服务中心、表决通过创建无贼城市方案。"

高可天一听，一看手表，赶紧向卓书记告别，去准备开会的材料。

# 64

冰冷的寒夜被江海的第一缕朝霞所温暖，在这个还没有被喧嚣吵醒的早晨，有一群农民工有条不紊地出现在市委、市政府大院四周，人数多达五十多人。

难道是农民工上访？不像。难道是工地上的工人？也不像。那是为什么？这引起上早班、赶早市和晨练的人的注意。每个农民工手上不是拿着刷子，就是拿着水桶，或者是拿着毛巾。一会儿，他们有计划地对市委市政府大院大门两侧的围墙、铁栏杆、大门等处进行大扫除。再过一会儿，农民工还拉开了一幅红布，上面写着：江海市农民工卫生服务队。这条横幅才让过往的人们恍然大悟起来。

这是农民工代表童真的杰作。童真尽管年纪只有三十多岁，但是他走南闯北的打工经历却有十多年之久。最后靠他自己一步一个脚印走出一片新天地，落脚在江海这座城市，成了某企业的一名中层干部。但是，他没有忘记自己是农民工出身，没有忘记这座给自己机会的城市，没有忘记还有成千上万曾经和自己一样在最基层、最脏、最苦的地方打工的农民工兄弟姐妹。江海如此温暖人心的怜悯与关怀、实惠与大度、善良与包容，为那些暂时没有工作的农民工免费派送馒头充饥，让他感慨万千。童真是一个有知识的农民工，也是一个有思想的农民工，在他自己的努力下和社会的关心下，以及他所在企业领导的培养下，已经成长为一名人才。他懂得江海这种做法是前无古人后无来者的，江海市委、市政府把天南地北的农民工看作是自己的兄弟姐妹。于是，童真不但要在报纸上发表文章代表农民工感谢江海市的父老乡亲，同时还发出倡议，倡议在江海打工的农民工兄弟姐妹把江海作为自己的第二故乡爱护她，而且还要以实际行动号召农民工当义工，为江海市的发展、繁荣，为江海的美丽、文明做出自己力所能及的事。

童真经过半个多月的奔波、动员、策划，召集了第一批五十多名农民工，他们当中有男有女，有老有少，有的正在打工，有的暂时找不到工，有的天天都在接受江海市免费派送的馒头，有的是像童真一样的白领、金领了。

童真召集人之后，决定先从市委、市政府大院外围大扫除开始，然后形成各种形式不同的义务工队伍，为江海的城市卫生、道路清洁、交通秩序、花草维护等进行义务护理。于是，在入冬的第一个清晨，童真亲自指挥，顶着昨夜的残星，踏着今晨的露水，迎着冷冷的晨风，在不妨碍交通、不影响行人的情况下，悄悄地走到了市委、市政府大院门前。童真告诉大家，必须在市委、市政府领导干部上班之前清洗完毕大院门口西侧围墙、铁栏杆等设施。

这就是童真的杰作。确实有一定的创意，也很有说服力。他不但为江海做一件好事，也为江海市委、市政府做一件好事，更重要的是为所有农民工兄弟姐妹做出了表率，开启了所有农民工兄弟姐妹的感恩之心。

也许我们平时太多地提倡奉献爱心，却无人倡议要懂得感恩，人人都应该具备一颗感恩的心。是啊！拥有一颗爱心不但是一种文明，更是一种人性的光辉。而拥有一颗感恩的心同样也是一种文明，更是一种礼仪的体现。

这时候的童真感到非常自豪，他看到那么多的农民工懂得知恩图报，看到他们发自内心地来到市委、市政府门前擦亮江海市这张名片。

清扫市委、市政府大院门口两侧，前后大约两个小时左右，许多晨练的、路过的围观相望，也有人向报社、电视台爆料，说现在江海市委、市政府大院门口正在绽放一道亮丽的风景。于是新闻媒体的记者纷纷赶到现场，一看这情景，记者就被感动。这是一则新闻，不，这一条具有时代意义的新闻。

这时候，童真悄悄地离开，他不想再上报纸了，他不想成为新闻人物。在他的心目中，他的一举一动不是为了作秀，不是为了新闻，而是为了实实在在地报答江海这座城市。他觉得这一切都是应该的，今天的表现仅仅是开始，他还要召集更多的农民工参与，要让所有农民工兄弟姐妹明白一个道理，受人滴水之恩，必当涌泉相报。

市委、市政府大院门口站岗的武警战士也为之动容。他们开头还以为农民工是来闹事的，格外警惕，后来发现是来做好事的，突然对这群朴素无华的农民工肃然起敬。武警战士庄严地站在那里，目睹了农民工的一举一动，见证了农民工发自内心的义举。武警战士感动得举起右手，向农民工敬了一个庄严的礼。

阳光冲破了乌云，洒向江海这座城市的每个角落，街头上开始车水马龙起来。五十多名农民工悄悄地离开了市委、市政府大院，留下一片干净整洁。农民工的背影渐渐远去，而市委、市政府领导干部陆续上班。每一个领导干部都停车或驻足注视，怎么一夜之间市委、市政府大院门前焕然一新？

高可天这时候正站在市政府门前，久久不愿离去。他看着被洗刷一新的大院围墙、铁栏杆，还有那几扇铁门和自动升降旗杆，心中翻滚着澎湃的潮水。他觉得农民工是可爱的，是朴素的，同时也感到农民工是需要帮助需要关心的，农民工是可以为社会做出贡献的。高可天深深地懂得，今晨那感动的一幕都基于一件事，那就是免费向街头派送馒头的爱心活动。

这让高可天更加坚信，免费派送馒头爱心活动一定会传承下去，创建无贼城市也一定会获得成功。他心里想农民工的这种精神值得宣传，让江海人学习。这时，高可天又情不自禁地想起了杨梅。她在哪里？如果她在，一定叫她进行现场报道。可惜……高可天一阵心酸，匆匆地离开了市政府大院门前，向自己的办公室走去。

# 65

江海市免费派送爱心服务中心挂牌成立了。高可天兼任中心主任，两名副主任由江海市民政局的同志担任。这是江海市的首创，也是高可天到江海市以来实现的第一个理想。

高可天充满了信心，市政府也出台了相关的政策，凡是加盟免费派送的爱心企业，都颁发荣誉证书，享受某种优惠政策，适当地减税或免税。这是前几天江海市委常委扩大会上一致通过的决定。在常委扩大会上，高可天就免费派送爱心活动的开展情况做了详细的汇报，并且就下一阶段的工作，做了部署和安排，成立江海市免费派送爱心服务中心也是在扩大会上通过决定的。爱心服务中心机构暂时设在江海市民政局大院内，配备五辆小货车，六名驾驶员，十名派送工作人员。可以这么说：江海市免费派送爱心服务中心的成立，意味着这一爱心活动将是长期的、常态的。这对于那些还处于失业的弱势群体来说是一个福音。

在常委扩大会上还有一项重要的议题获得全体通过，这让高可天热泪盈眶、心潮澎湃、思绪万千。这个议题就是高可天提出的创建无贼城市活动。并通过这一项活动，打击各种犯罪行动，把江海市打造成一座平安的城市。如果一座城市有平安和爱心，那么这座城市就是文明和幸福的城市。高可天的感动在于常委们一致赞同和支持自己的想法。高可天深深地感到要想办成一件大事，不是靠一个人或者两个人就能办成的，要靠集体的力量，要靠集体团结的力量。高可天面对包括卓书记、叶市长在内的常委们，能够如此高度达成共识，如此富有爱心地体恤民情，如此不忘民生工程的建设，自己作为参会的一员深感自豪。虽然高可天现在还不是常委，他认为江海市委、市政府的领导有着这样的思想，江海市一定会前途无量。

如何开展创建无贼城市，高可天已经胸有成竹。正在这个时候，有一个陌生的人走入高可天的视线。

　　那是一个下着大雨的傍晚。高可天刚走出江海市政府大院，手机的铃声响了起来。

　　"喂，您是高助理吗？"对方是一个男人的声音。

　　"我是，你是哪一位？"高可天觉得陌生，不认识这个人。

　　"很冒昧，您不认识我，但是，我们都认识江海电视台记者杨梅。"对方亮出底牌。

　　高可天眼睛一亮，提高了嗓音："你说什么，你认识杨梅？"

　　"是，我和您一样不但认识杨梅，而且也很了解她。"对方的声音带几分神秘。

　　"这位同志，认识杨梅的人多得很，她是电视台主持人，当然有很多人认识她。"高可天说着，心想此人如此卖关子，可能来者不善。

　　"高助理，关键是我现在知道她的下落。"对方终于说明来意。

　　"那你还不赶快报警？"高可天一听说知道杨梅的下落，脱口而出。

　　"别，别这样做，为了保证杨梅的安全，不能报警。"对方很老练，说出利害关系。

　　高可天迟疑一下，喜出望外的心情一下子没了，他怀疑杨梅可能在他们手里，那他们想干什么？于是，高可天问："那你想干什么？"

　　"高助理，我们能不能借一个地方见面说话？"对方提出见面。

　　高可天见天上下着大雨，天早已黑了，但街上依然繁忙，车水马龙穿梭而过，各种灯光在雨幕中显得色彩斑斓。一阵阵风吹过，夹着雨点，显得特别冷。高可天面对这一切，犹豫了一会儿，决定和这个陌生的男人见面。他说："在什么地方？"

　　"我请您吃饭，在江海市海洋鲍庄，行吗？"对方显得很恭敬。

　　高可天知道海洋鲍庄是一家很高档的酒家，主要经营鲍鱼，而且非常正宗，其次是鱼翅，还有燕窝。一般宴请贵重宾客，而且人数在两三个的情况下，都会到海洋鲍庄。所以生意很好，当然消费也很高。在海洋鲍庄，每人最低消费在五百元左右，还不包括酒水。因此，这个陌生男人请高可天去海洋鲍庄，由此可见，他是把高可天当作贵宾看待的。这个不速之客在高可天看来，就显得特别神秘了。但是，高可天可以断定，他一定与杨梅的失踪有关系。不管怎样，只要能够知道杨梅的线索都值得，绝对不能失去机会。

高可天冒着雨，按时到达海洋鲍庄。

海洋鲍庄的装修很有特色，使用了大量的玻璃，颜色有黑色的、白色的、茶色的、金色的、红色的、蓝色的等等，工艺有透明的、磨砂的、立体感的、镜子式的等等。在各种灯光照耀下显得金碧辉煌、姹紫嫣红。有时候空间变大，有时候空间变小，像个迷宫式的，又似水晶宫。高可天是在一间叫作紫珊瑚的包厢里与那位通电话的陌生人见面。

陌生人见高可天进来，站了起来，伸出一只手礼貌地说："高助理，您好！"

高可天没有和他握手。这是一个中年男人，四十岁左右，看上去要比高可天大很多，有些发福的样子，头发打扮得很油亮，穿一套很休闲的服装，外套是一件黑色的毛衣，好像还散发着一点法国香水的味道。肚子有些大，手上戴着一块金色手表，在灯光反射下，闪闪发光。手里拿着一部手机，手机的铃声偶尔响起，但是他始终不接，并及时按下拒绝接听键。可见他把与高可天的见面看成一件大事，拒绝别人的打扰。

高可天看了一会儿，觉得他不是社会上的小混混，倒有点像生意人，有点财大气粗的样子。高可天问："你是谁？怎么知道我的手机号码，怎么知道杨梅？"高可天急着想知道什么。

陌生人从口袋里掏出两根雪茄，递一根给高可天说："你会抽烟吗？"

高可天摆一摆手说："不会，也希望你不要抽。"高可天不但不会抽烟，而且非常排斥二手烟。

陌生人见状，赶紧收了起来，说声对不起，然后叫服务员进来，先点菜。他首先点了两份鲍鱼，再点两份鱼翅，然后点了一盘烤羊肉，几盘爽口小碟，一扎玉米浓汤。菜肴很有特色，也很简洁，搭配也很合理。这时候，陌生人问高可天："我们要不要喝酒？"

高可天说："我们还是免了吧！"

"行。主随客便，我们不喝酒。"陌生人说后笑了起来，然后自我介绍起来："高助理，现在该向您做自我介绍了。首先，我不是坏人，只是一个普普通通的商人。"

"商人？什么商人？是做人贩交易的？"高可天的话有些尖刻。因为他与杨梅的失踪有关，所以称他为人贩交易也不为过。

"高助理，请不要误会。"陌生人并没有生气，他当然要经得起高可天任何的误会和不客气。他说："我叫罗阳伟。包罗万象的罗，太阳的阳，伟大的伟，我为什么向您解释这么清楚我的名字呢？因为我的名字很特殊，经常被人误解，把阳伟误称作'阳痿'。闹了许多笑话。其实我的性欲很正常，没有'阳痿'。只是该死的名字给我抹黑。"

高可天一听，哈哈大笑起来……

# 66

罗阳伟确实是一个商人，而且还是一个奸商。他印证了自古以来的一句话，无商不奸。

十年前，罗阳伟从海峡彼岸来到大陆，来到江海市办塑料凉鞋厂。他借着台胞的各种优惠政策，钻了许多政策空子，生意越做越大。但是，塑料凉鞋厂的污染也越来越大，直到三年前一场大火，塑料凉鞋厂一夜之间成了废墟。罗阳伟见势不妙，逃之夭夭。从此，罗阳伟到处打游击，打着投资的旗帜到处考察。罗阳伟还是一个贪色之徒，据说他小情人无数，一般不超过半年就更换一个。一些涉世不深的女孩子见他是台商，心甘情愿地委身于他，以为傍一个大款，可以不劳而获，以后还有可能去台北。而罗阳伟却是一个虚情假意的男人，只肯花些小钱，只要女孩子狮子大开口，他就拂袖而去，从此不见踪迹。罗阳伟本来就是情场上的浪子，游戏感情，寻找刺激而已，不管谁离开谁都无所谓，只要有闲心去找女子，不怕没有。只是罗阳伟毕竟办过工厂，经营过公司，商人的身份没有改变。面对日益竞争激烈的生意场，他也想走捷径，通过各种渠道获得成功。

江海作为沿海开放城市，这几年的发展可以说是突飞猛进。不但在房地产开发上令人目不暇接，还有基础建设如马路、铁路、高速公路、高铁等项目都是遍地开花，还有港口建设、水电站等大型重轻工业也不断立项上马。现在又在海峡西岸经济区的大背景下，江海作为先试先行的城市，已经快马加鞭，全速前进。全市掀起了海西建设的浪潮。特别是港口建设和核电站工程非常引人注目。罗阳伟知道这是两块肥肉，谁能拿到这两个项目，谁就发大财了。现在政府提倡引进外资和利用各种合作方式，特别在江海市政府提出"你赚钱，我发展"的口号，使在江海的企业家们眼睛一亮，如一阵春风吹过，留下许多让人遐想的风景。罗阳伟当然也不甘沉默，他想东山再起，虽然没有那么雄厚的资金，但是他可以走合作的道路。

罗阳伟是在赵大平落魄之时认识他的，看在赵曾经是江海市长秘书这个身份，社会上应该有一些关系网，才决定和赵大平交朋友，说不定日后会有什么用处。那时的赵大平刚从劳教所里释放出来不久，一年半时间的劳动教育，改变了赵大平的人生。现在他一无所有，举目无亲，当然不敢回家见父老乡亲了。在人生的十字路口，遇见了罗阳伟。

罗阳伟给赵大平的见面礼竟是女人。赵大平为了杨梅落得今天这个地步，正是情感饥寒交迫之际，罗阳伟把漂亮的女人送给他娱乐，让他如鱼得水，一下子坠入五里香雾之中。从此两个人成为铁杆兄弟。

罗阳伟万万没有想到，赵大平竟敢绑架江海电视台女主持人杨梅。这让罗阳伟刮目相看。平时，赵大平在罗阳伟眼里，只是一个猥琐的男人，没有魄力，没有胆识，没有勇气，有的只是唉声叹气，怨天尤人。想不到他不鸣则已，一鸣惊人。

那一天晚上，色胆包天的罗阳伟找到铁哥们，悄悄地对他说："赵大平，我和你商量一件事。"

"什么事？我们谁跟谁，我能做到的一定做到，不要商量。"赵大平觉得罗阳伟有恩于自己，讲话也干脆利落起来。

"赵大平，你绑架女主持人不怕？"罗阳伟问。

"怕就不绑架了。"赵大平说。

"你为什么要绑架她？"罗阳伟又问。

"我今天落魄如此田地，都是她害的。"赵大平愤愤地说着。

"兄弟，我为你报仇"罗阳伟意气风发地说着。

"你怎么替我报仇？"赵大平问。

"你把那个女主持人交给我，我要先尝尝她的味道。看看是甜的还是酸的，抑或是辣的。"罗阳伟眉飞色舞地说着。

"你疯了！"赵大平吼了起来。

"你怎么了？女人就是拿来玩的，要不然我们共同享用？"罗阳伟说。

"你这个流氓，我的女人你也敢动？"赵大平说。

"你的女人？女主持人是你的女人？"罗阳伟迟疑了一下，心里想有可能，赵大平原是市长秘书，有一个电视台主持人的老婆也是天经地义的事，也符合门当户对的规律。然后又问："绑来的那个女主持人真的是你老婆吗？那你绑架你老婆干什么？"

"什么老婆，还没有结婚，她想着别的男人，就是不理我。你说要不要采取强制行动？"赵大平说。

这时罗阳伟才恍然大悟，原来不是夫妻关系，你赵大平只能算一个失败的追求者。这就好办了，让我罗阳伟享用享用又何妨。于是，他说："兄弟，女主持人反正不是你的老婆，你又得不到，要么你先来，玩腻了让给我玩。然后你爱怎么就怎么，该放了就放，该杀了就杀。"

"不行，任何人都不能动她一根毫毛。"赵大平信誓旦旦地说着。

"包括你本人？"罗阳伟问。

"对，包括我自己。我要等到与她洞房花烛夜的时候，才能与她鸳鸯戏水、蝴蝶双飞。"赵大平美美地说着。

罗阳伟不解地问："你要和她成亲？"

赵大平点点头。

"你这是抢亲啊！"罗阳伟惊叹地说。

"那又怎么样？反正那个仓库就是我的新房，那个人质就是我的新娘。"赵大平说。

"你不怕江海市的公安吗？这时候，江海市应该满城风雨、草木皆兵了，人质可是江海电视台的主持人啊！不是平民百姓啊！你要三思而后行啊！"罗阳伟有些担心。

"我连高可天都不怕，还怕什么公安？"赵大平说。

"高可天是谁？"罗阳伟问。

"高可天就是她的男人，是江海市长助理、新区管委会主任、港口建设和核电站工程项目负责人。"赵大平一下子说出高可天的几个头衔。然后又补充说："还有就是实施免费向街头派送馒头爱心活动的策划者。这个人厉害得很。"赵大平对高可天可谓是咬牙切齿地恨。

罗阳伟"哦"了一声，好像什么都明白了。他心里想，原来赵大平是和那个市长助理高可天争风吃醋。自古有"人为钱死，鸟为食亡"之说，当今社会男人何必为一个女人走上不归路呢？更何况现在女人多得很，只要你有钱，向你投怀送抱的有的是，赵大平真傻、真傻。

罗阳伟劝赵大平："兄弟，把那个女主持人放了，或者敲她一笔钱，女人有的是，我们联手搞生意，等我们有钱了，要多漂亮的女人都可以得到。"

赵大平不屑一顾地说："罗阳伟，你不懂，你只是像动物一样地玩女人，低级。我不是，我是高尚的人。"

罗阳伟摇了摇头，心里想：赵大平无可救药。有着商业头脑的罗阳伟灵机一动，既然赵大平不听自己的劝告，为什么不去找高可天，与这个市长助理做一笔交易呢？他看中的是高可天手中的港口建设和核电站工程项目。于是，罗阳伟积极准备着打听高可天的个人材料、工作起居和手机号码。

这就是罗阳伟，一个曾经是台商老板，一个玩世不恭的奸商，一个重色轻友、见财眼开的男人。


# 67


环境优美的海洋鲍庄并没有给高可天带来愉悦的心情，眼看着面前这位陌生男子，不知他与杨梅之间有着什么样的关系。高可天知道来者不善，善者不来这个道理，所以他也不敢小视这个不速之客。

服务小姐开始上菜。盛菜的器皿特别精致，要么是陶瓷的，如汉白玉般玲珑剔透；要么是玻璃的，像水晶般闪闪发亮，就连筷子也是镀金的，金光闪闪。但是，高可天没有什么食欲。倒是罗阳伟不断地赔笑，不断地吃菜，然后开口说："高助理，在我和你谈话之前，请你答应我一件事。"

"你说吧！"高可天有些不耐烦。

"请你不要问我从哪里来，将要去哪里。因为这对于你来说并不重要。"在罗阳伟眼里，高可天也算江海市领导，如果港口建设或核电站工程能够拿到手，自己就金盆洗手，重新再来。所以他不希望高可天对自己有太多的了解，最好是从今以后能够成为好朋友，那前景就无限好了。

高可天说："我对你的过去不感兴趣，对你的将来也不关心。我所关心的是杨梅，你可以直奔主题了。"

"看来高助理讲话干脆利落，办事也一定干脆利落，那我就开门见山了。"罗阳伟得意扬扬起来。

高可天看不惯罗阳伟的这副德行。他说："我提醒你，你如果糊弄我，我马上报警。"

罗阳伟脸色一下子阴了下来，严肃地说："高助理，你千万别这么说，你这是拿杨梅的性命开玩笑。告诉你，只要你报警，杨梅就只有死路一条。"

高可天笑了笑，说："别卖关子了，说吧！"

"高助理，杨梅的确是在我手里。但是，不是我绑架的，你如果不信，到时候杨梅小姐可以做证。我今天找你，就是为了救杨梅小姐一命。"罗阳伟缓缓地说着，没有说谎的表情和糊弄人的口气。

高可天一听也有几分可信。他为了杨梅的安全，也只好把语气放得温和一点。他说："那我还要感谢你了？"

"感谢就不要了，但是，高助理，我们都是男人，作为一个男人，一生中什么最重要？那就是女人，你想想，一个男人成家立业，然后一生一世地呵护家庭，一辈子追求事业。所以成家是摆在第一位，和谁成家？当然和女人，所以当男人有了女人之后，不但有责任让她快乐、幸福，更重要的是有责任让她安全。高助理，你说我说得有没有道理？"罗阳伟很狡猾，他没有单刀直入，先引经据典，让高可天产生共鸣。

高可天心里想，罗阳伟也许错把杨梅和自己联系起来了，以为是夫妻关系，或者是正在恋爱的朋友关系。殊不知什么也不是，如果说有什么关系的话，仅仅同学而已，还有就是麻烦的追求者而已，更重要的一点罗阳伟也许还不知道，自己还是一个独身者，所以也没有什么成家立业之说。高可天只是在考虑要不要告诉罗阳伟这些东西。这时，高可天只淡淡地说："罗先生，你有女人吗？"

罗阳伟笑而不答。

高可天又说："看来你还不曾有过女人？你今年有四十岁了吧！？

罗阳伟点点头，依然在嘴角上荡漾着几点笑意。不知是欣喜还是遗憾。

高可天说："罗先生，一个成熟的男人，是不可以随便说女人长女人短的。难道说一个女人一旦成为你一生拥有的女人之后，就是她最重要的了，其她女人就不重要了？还有你的母亲、你的女儿、你的姐妹都是女人，就不重要了？罗先生，你想告诉我什么呢？"

有点水平，不愧是市长助理。罗阳伟又点了点头说："你说得有道理。你看问题比我有高度，杨梅不仅仅是你的女人，她还是江海电视台著名女主持人，是吗？在这样背景下，杨梅可以算是一个重要人物吧！"罗阳伟说。

"那当然，不然怎么会有人绑架她？但是，我就是不明白，绑架杨梅之后没有任何动静，到底是为了什么？"高可天问。

"我不是来了？有动静了。"罗阳伟说。

"那就是你绑架了杨梅，怎么不承认？"高可天有些动怒了。

"高助理，你别动怒，老实告诉你，杨梅确实不是我绑的，苍天在上。我今天见你，真的是想救杨梅。"罗阳伟说得很真诚。

高可天有几分信他的话，然后问："怎么救杨梅，你说说。如果你能够救出杨梅，我为你请功，不，让市委市政府、市公安局为你请功。"

"高助理，我不要虚的，再大的高帽我都不喜欢戴，我原本就是一个生意人，我要实在的东西。我们把这事当作一桩生意来谈好不好？"罗阳伟怕被高可天弄成满城风雨。他要的只有你知我知的一桩生意。

高可天说："也行，你开个价，多少钱？"

"那不就成了敲诈吗？不谈钱！"罗阳伟说。

"那谈什么？既然做生意就离不开钱啊！"高可天有些不懂，不谈钱，那罗阳伟想谈什么？

"高助理，我没有别的要求，救出杨梅，保证杨梅的安全，我唯一的条件是你把港口建设和核电站工程项目给我。"罗阳伟终天把条件亮给高可天了。

高可天心想，这小子心可真大，想做海西的龙头项目。高可天毫不犹豫地说："不可能。"

"怎么不可能？你别小看我，不管以什么样的合作方式，我都有能力按你的要求，做好这两个项目。"罗阳伟信心十足地说。

高可天说："港口建设和核电站工程是市委、市政府重点项目，是在海西建设大环境下上马的实验基地。必须按正常程序，通过招商引资的方式，不可能交给与绑架有关系的嫌疑人。"

"我就是商，我也有资，我并不是绑架人。我曾经开过公司，办过工厂，接过建筑，不管在商业界、金融界都有朋友和合作伙伴。这几年是有些落魄，但是我总想东山再起。没有办法，所以只能通过这样的方式，冒着危险与你谈判。我做了各种准备，希望你给我一个机会，我保证给江海一个奇迹。"罗阳伟深情并茂地说着。

"你不要给我谈这个条件，但是，只要你能够保证杨梅的安全，我也保证你的安全。来日方长，今后有机会，我一定让你在江海有重新创业的机会。"高可天想说服罗阳伟。

罗阳伟摇了摇头，坚持地说："高助理，对不起，这是我唯一的条件，你知道，我如果拿不到港口建设和核电站工程这两个项目，我无法翻身，那只有死路一条。你明白我的意思。"

高可天也摇了摇头说："我无能为力。你说怎么办？"

罗阳伟想了一会儿，然后做了让步。他说："高助理，我退一步，希望你别再说不了。"

"你说吧！"高可天说。

"二选一。由你定是哪一个。"罗阳伟说。

高可天明知故问地说："什么二选一？不明白。"

"港口建设或核电站工程，二选一，由你定。总算可以了吧！我让步了，你别让我无路可退了。"罗阳伟苦涩地说。

高可天一下陷入了沉思，他不知道怎么回答罗阳伟，此时此刻只有无限烦恼。

# 68

窗外的夜幕雨点纷飞，与城市各种亮光交集在一起，显得特别迷茫，在迷茫中透出各种色彩，这种色彩又被那些车水马龙的声音慢慢撕破，显得支离破碎。这就是江海的夜。一个下雨的夜晚。江海市长助理高可天在这个夜晚里，显得特别无助。他面对这个自称为台商、知道杨梅下落的陌生男人，不知是厌恶还是好感。面对他提出的交易条件，有些不知所措。

高可天非常清楚，任何人在某种特定的环境之下，人的角色是会变化的。在强势与弱势之间，在某些时候，甚至只在几秒钟之内，就会产生意想不到的变化，这要看谁的手中握有主动权。高可天面对罗阳伟，觉得他握有主动权，他以杨梅为要挟，提出了要做港口建设和核电站工程项目的条件。现在他虽然做了让步，二选一。但是，对于高可天来说，依然难以选择。

桌子上的精致菜肴，至少还有三分之二没有动过。高可天一听到杨梅两个字就没有食欲了，再听到港口建设和核电站工程的时候，简直就感到恶心。这哪里是吃饭？简直就是鸿门宴。

高可天沉思良久，终于开口了："罗先生，我不能马上回答你。因为我没有这么大的权力，所以无法不负责地答应你。但是，你给我一点时间，与有关方面沟通一下。看看有没有办法让你合法地做一些项目。"

罗阳伟听了高可天的话，看到了一丝希望。但是，罗阳伟也是一个老奸巨猾之人，他怕上当受骗，夜长梦多。于是，不大情愿地说："既然高助理表态了，我当然要给高助理的面子。不过，高助理千万不要害我，你害了我，就等于害了杨梅，知道吗？"

高可天笑了笑说："我从来没有想过害人，也从来没有害过人，所以，也请你保证杨梅的安全。如果杨梅有什么三长两短，江海市会地震的，你明白我的意思吗？"

罗阳伟心里想：高可天的话可信度很高，绑架杨梅不是一件小事。赵大平这个小子已经在钢丝线上行走，非常危险。而自己能不能替他化险为夷，还是一个未知数。如果高可天肯让自己投资港口建设或核电站工程。那么，赵大平就对不起了，兄弟只能把你出卖了。人为钱死，鸟为食亡嘛！我罗阳伟一定要东山再起，所以只能不择手段，这是罗阳伟的心思。只是他非常担心，高可天会不会和自己合作，会不会以缓兵之计，到时反戈一击。他决定不能给高可天太多时间，他说："高助理，在本周末之前，你要给我一个明确的答复，超过这个期限，不要怪我了。"

"你什么意思？"高可天的脸一下子阴了下来，很不高兴地问。

"我老实告诉你，不管怎样，我都不会去杀杨梅。我开头给你说得很明白，我找你是为了救杨梅，这一点你要相信。所以超过我的期限，我就无法救杨梅了，我无法阻止别人杀她。你明白吗？"罗阳伟向高可天解释。

"这个人是谁？他为什么要杀杨梅？"高可天好像有些发怒了。

"高助理，这好像不是你的风度。"罗阳伟见高可天有些不高兴起来，就提醒他的分寸。

"如果杨梅是你的兄弟姐妹，我看你还有没有风度？"高可天平静了下来。

"高助理，你如果能够马上答应我的条件，我就可以马上告诉你是谁绑架了杨梅。"罗阳伟只好先抛出一个绣花球来引诱高可天。

高可天当然想知道绑架杨梅的人是谁？只是罗阳伟提出的条件太苛刻，他无法答应。他故作镇静地说："是谁绑架杨梅并不重要，这个信息抵不了什么港口建设或核电站工程项目。我关心的是杨梅在哪里？准确的地点，是否安全，如何救出她？这才是最重要的。"

"那当然，我肯定要告诉你。现在是讲诚信的社会，在任何领域，只有讲诚信，才能办成一件大事。我们之间也不例外，虽然不大光明，但毕竟是各取所需，你说呢？"罗阳伟说。

这时的高可天正在猜想是谁绑架了杨梅，杨梅到底有多少冤家仇人？突然有一个人的名字跳入高可天的脑海。那就是赵大平。这只是高可天的猜想，他当然不知道是否能猜中。对于高可天来说，杨梅既不陌生也不熟悉。她生活的另一方面是不了解的，这也是高可天为什么无法与杨梅深谈感情的事。他知道一个漂亮的女主持人一定有很多男人追求，特别是金融界的成功人士，杨梅作为女人也喜欢被男人拥簇的感觉。所以，杨梅应该有各种各样的绯闻。虽然高可天不知道杨梅在灯红酒绿的社会中是一个什么样的女人，但是，有一点可以肯定，在杨梅的内心里，一定有一个比较纯洁情感的角落，这个角落是美好的、浪漫的。等待着像高可天这样的男人走进。这是高可天的判断。

自古对女人的评价有灵与肉两个方面，许多男人得到的往往只有一个方面。女人对男人真正的爱，也应该是两个方面。在日常生活中，常常是无性的爱或无爱的性遍及许多家庭。高可天可以判断，杨梅迄今为止还没有把灵与肉有机地结合在一起，献给过一个心爱的男人。所以，当高可天想到这些现象时，杨梅在他心目中又变得复杂起来，包括她的社会背景，猜想到她能够被谁绑架的时候，只能想到赵大平。

赵大平为了杨梅毕竟制造过一场爆炸案，虽然没有成功，却毁了自己的一生，丢掉了市长秘书的职位，还沦为阶下囚。现在赵大平应该出来了，他一定非常恨杨梅，也一定非常恨自己。但是，高可天是了解赵大平的，他还算是一个比较书生气的知识分子，平时做事比较谨慎，这样的形象和性格的人好像又不能与绑匪连在一起。赵大平绑架杨梅？市委、市政府领导也许也不相信，不相信他有这么大胆子，不相信他有这么大能耐。只要认识赵大平的人都会无法接受这个事实。

遗憾的是这就是事实，赵大平就是绑匪。这也说明一点：爱情有时是可以毁灭一切的。

高可天既然想到了赵大平，他就决定瞎猫碰老鼠，来打探罗阳伟的心思。他成竹在胸地对罗阳伟说："罗阳伟，我老实告诉你，其实我是知道是谁绑架了杨梅？"

"是谁？"

"当然不是你。所以我相信你的话。"

"那是谁？"罗阳伟再问。

"我说过是谁不重要，重要的是杨梅在哪里，如何救她出来。"高可天重复前面说过的话。

罗阳伟紧张的表情被高可天看出来了。罗阳伟心里想：如果高可天真的知道杨梅是被谁绑架了，那么，杨梅被藏在什么地方也一定很快被公安弄个水落石出。这是一件非常危险的事。赵大平不但完蛋，自己的一切梦想也将破灭。罗阳伟赶紧追问高可天："高助理，港口建设和核电站工程项目二选一，你是否同意？如果你同意，我保证让杨梅安全归来。否则只能鱼死网破。我不想看到那样的结局。"

高可天冷笑了一声，说："二选一可以，但是，你能有勇气见公安吗？"

"我当然敢见公安，但是，你要保证我安全，说我是提供有价值的线索的人。公安还会给我请功，然后你给我一个项目，皆大欢喜。"罗阳伟当然有自己的算盘。他心里想：只要和高可天谈清楚，合作成功，他就敢去见公安，无非是把赵大平卖了。

高可天点点头，然后问："赵大平能听你的吗？"

罗阳伟一听"赵大平"三个字，大惊失色。

# 69

高可天不知是如何与罗阳伟分手的，不知什么时候离开那家金碧辉煌的海洋鲍庄，不知和罗阳伟达成了什么协议。他只知道，这个晚上雨一直下，他到家时发现自己的全身衣服湿透了。

夜色很深了，寒气也更浓了，窗外的雨没有停下的迹象。在这样的夜晚，注定了高可天要失眠。他想到这时候的杨梅她寒冷吗？她胆怯吗？她受伤了吗？她安全吗？虽然平时自己并不喜欢杨梅，但也没有让人那么讨厌。现在杨梅有难，不禁同情起她来。杨梅毕竟是一个弱女子，落入坏人手中，也许受尽折磨。如果真的是赵大平所绑架，这个变态的男人，也许真的会做出变态的行动。高可天从罗阳伟的惊诧表情上觉察出可疑之处：他一定是认识赵大平的，赵大平一定与杨梅被绑架有关。那么，罗阳伟到底与赵大平是什么关系？罗阳伟难道真的只为港口建设和核电站工程项目吗？高可天冲了一个热水澡之后，在屋里踱来踱去。虽然精神有些恍惚，但没有睡意。正在这个时候，他的手机响了起来。

高可天迟疑一下，这么晚了是谁的电话？难道是罗阳伟？他想说什么？高可天看了一下手表，已经是深夜十二点三十分了。他一接听手机，原来是周明朗的电话。

"高助理，很不好意思，这么迟了给你打电话。你睡了吗？"周明朗那清脆而又明亮的声音。

"哦，是周代表。我还没有睡。最近有些事，我们很久没有联系了。你有事吗？"高可天坐在沙发上，突然感觉已经很久没有和周明朗、卓心兰她们联系了。同时又感觉周明朗有什么急事，不然不会这么晚打电话。

"高助理，电视台女主持人杨梅被绑架了？"周明朗问。

"是，被人绑架了。"高可天确切地说。

"我刚得到这个消息，前一段我回杭州一趟，昨天刚到江海。所以才知道这个消息。"周明朗知道杨梅是高可天的同学，又是他的追求者，高可天一定很关心这件事。周明朗问："公安介入了吗？"

"已经介入了，就是没有任何线索，所以很难有突破口。但是，我今晚得到一个重要的线索。"高可天说。

"高助理，你也不要过于焦急，公安一定会有办法的。我打电话给你是关于海西建设招商引资的事。本来明天给你打电话，心里想，你反正是单身汉，不会影响你家庭，而且你也是夜游神，再加上多日不见，挺想念你的，所以就挂电话了。"周明朗柔情似水地说着。

高可天一听，难得一笑，说："谢谢你的挂念。你刚才讲招商引资的事是不是指港口建设和核电站工程的项目？"

"是啊！你不是曾经给我讲过吗？在明年开春时候要上马吗？我可没有忘记啊！"周明朗把高可天的话记在心里。她是一个很睿智的女人，要想俘获高可天的心，只有在事业上大力支持他、帮助他，让他如愿以偿地实现某个目标，他才能被感动，甚至改变自己的初衷。周明朗正朝这样的方向去努力，她的社会资源非常丰富，特别在金融业，招商引资是她最拿手的本事。不然她怎么会成为瑞典皇家招商引资公司驻中国江海地区的代表呢？

"有什么进展吗？"高可天有些喜出望外，他判断周明朗一定带给他好消息。

"当然有，我在本周内要安排你和他们见面洽谈。你要知道，他们本来是要去瑞典投资的，被我拦截了。他们可是我的客户哦！"周明朗得意地说着。

"是真的吗？可见我高可天的人气磁场有多强。从中也彰显你周代表的人格魅力。为朋友不计得失，将投资瑞典的客人引进江海来，江海一定不会忘记你的，一定会感谢你的。"高可天一下子变得晴朗起来，暂时忘了杨梅被绑架的事。

"我可没有你想象得那么伟大，我只想为你这个朋友做些什么，那是我心甘情愿的事，也是我有生以来真心实意地为一个男人去做一件事情。因为这个男人是我在人生旅途中遇到相当特别的一个，能为这样的男人做些事情是人生莫大的快乐和幸福。不是吗？"周明朗说得很动情，也很抒情，好像不是在谈商业的事情，而是在谈情说爱。

高可天依然有些受宠若惊，他是不希望这样的。周明朗如果要这样想，那高可天一辈子都还不清这笔人情债。高可天说："周代表，我很荣幸，有你这样的朋友，但是，我也感到不安，以后我拿什么还你这样的一片盛情？"

"你见外了。江海是我的第二故乡，是一个宜居城市。我很喜欢这座城市，现在正值海西建设时期，江海作为海西的前沿城市，我非常看好这座城市，并准备在这座城市永久地定居，把自己事业的重心也放在这座城市。上帝又安排我们有缘认识，你又是负责海西建设的招商引资工作。我有这种资源能不提供吗？换成是你也会这样做的。"周明朗怕高可天介意，拒绝自己的一番好意，只好把自己内心的想法告诉了他。

高可天觉得周明朗的话很有理，不愧是女中豪杰，年纪轻轻的，出语不凡。高可天心中清楚，周明朗的所作所为是有原因的。她不可能对每一个男性朋友都这样，她所做的一切都包含着一种爱与情。高可天一想到这些，既感到幸福，又感到彷徨。因为自己无法给周明朗爱，她为自己付出，高可天感到有一种无形的压力。但是，他又必须去面对，这不但考验高可天的智商，同时也考验高可天的情商。时间不能让高可天有太多的犹豫，港口建设和核电站工程必须要上马，江海免费派送爱心活动还要继续，还要尽快地开展创建无贼城市活动，并要掀起一场别开生面的抓捕大行动。这一切的一切，都容不得高可天思前顾后，他必须勇往直前，哪怕有困难，也要排除困难，哪怕有危险，也要披荆斩棘。高可天这么一想，对于周明朗的帮助，就特别地期待。他说："小周，你方便的时候，安排时间吧！我们以江海市政府招商引资办公室的名义宴请他们，举行一次洽谈。"

"那行，有你这句话我就放心了，我就不会瞎忙乎了。"周明朗轻松地答应了。她要把这次江海的招商引资洽谈会做得滴水不漏，只许成功不许失败。这不但关系到自己在高可天心目中的能力，同时也关系到高可天对自己的重视与否。这将意味着两个人的感情是否有一个突破。这种突破可以奠定她与高可天之间的友好感情基础，对今后两个人关系的发展都能够起到推波助澜的作用。周明朗想到这些，心里就美滋滋的，好像高可天就是自己心爱的男人，只是时机还没有成熟，高可天还没有被自己彻底俘虏。

高可天感激地说："小周，时间不早了，约个时间，我请你吃饭，具体地商讨一下洽谈的方式。"

"行，由你定，我都有时间。"周明朗看了看墙壁上的挂钟，已经是凌晨一点多钟了。不觉谈话已经有一个多小时了。

两个人几乎同时把手机挂断。高可天从沙发上起来，这时才感觉有些累。一股倦意向他袭来，他赶紧关了灯，进入梦乡了。

# 70

夜色在雨水的冲刷下，变得苍白与迷茫。江海这座城市仿佛沉浸在由雨水制造成的云雾中。高可天从床上爬了起来，睁开惺忪的眼睛，灰色与阴冷的天空好像还没有彻底亮起来。其实这时候已经是早上七点多钟了。

高可天洗漱之后，用一杯牛奶与面包打发走早餐，然后匆匆忙忙地赶往市政府。昨晚与罗阳伟的一席对话，也算得到了杨梅的一点蛛丝马迹。昨夜与周明朗的电话相谈，终于看到港口建设与核电站工程项目实质上的进展。这两者对于高可天来说都是好消息，只是忧喜参半。因为杨梅仍然处于危险之中，经过认真思考，他决定要向卓书记汇报这件事。

虽然天还下着雨，但是无法阻挡高可天出门。他还安排下午与周明朗见面，商谈关于洽谈港口建设与核电站工程项目的事，晚上请周明朗吃饭。这就是高可天一天的工作安排。

高可天的家与市委市政府距离不远，他走路喜欢观察与思考，所以走得慢，大约需要二十分钟。当然，遇到下雨天就不方便了。尽管天上还下着雨，街上匆匆忙忙赶路的人依然很多。公交车、私家车、电动车、摩托车、自行车交集在一起，你追我赶。汽车喇叭声、自行车铃声混杂在一起，构成了一幅城市上班高峰期车水马龙的画面。也许每一座城市都这样，赶路、拥挤、堵车、违章、事故组成了交通现状。江海市也不例外。随着经济不断发展，城市化进展不断推进，商业活动不断频繁起来，流动人口的剧增，使得每一座城市都面临着空前的压力。有人说这就是繁荣的象征，也有人说这是城市人口爆炸的先兆。高可天走在街上，面对如此繁荣而又纷杂的景象，脑海里联想起了许许多多的事。这让他感到必须不折不扣地开展创建无贼城市活动，并通过这个活动，彻底地改变江海市的治安问题，真正体现文明、和谐、平安的城市风采。

高可天正美滋滋地构思着自己的理想，不觉来到一个路口。他突然发现几个青年男女手上正拿着小红旗，红旗上写着"农民工交通劝导人"字样。高可天心头一热，一种感动涌上心头。又是农民工？自从江海开展免费向街头派送馒头为农民工充饥的爱心活动以来，高可天不断地看到农民工以他们的方式在报答江海市和江海人民。可见一座城市的和谐是可以塑造的，一个人的文明是可以培养的，笑贫仇富的现象是可以改变的。这给了高可天无限的信心。他走近一个农民工身边，客气地问："兄弟，你们这是在维持交通秩序吗？"

这位农民工兄弟点点头，然后抹一把脸上的雨水，笑着说："江海市每天上班时间交通都非常拥挤，也很混乱，为了安全，我们义务成立农民工交通劝导队，劝导汽车走机动车道，自行车走非机动车道，行人走人行道。红灯停车等候，绿灯有序通过。"

高可天哈哈大笑起来，赞扬地说："兄弟，你的交通法规意识和水平很高，你们做了一件好事。你们从什么时候开始当起了交通劝导队？"

"我们是从今天开始的，想不到第一天就遇到下雨天。"农民工兄弟说。

"是谁组织的？"高可天问。

"我们差不多是自发的，当然，有一个叫童真的老乡，他出钱制作了小红旗。他说为江海市做好事值得。"农民工兄弟说。

"童真？又是他！"高可天自语地说着。

"你认识他？"农民工兄弟问。

高可天点点头，然后问："你们有多少人参加这个劝导队？"

"江海市十个交通路口都有交通劝导队，一个路口有五六个人，五六十人吧！"农民工兄弟说。

"你们有在打工吗？"高可天关心地问。

"我有工作，在一家鞋厂上班，这一周是上夜班，所以白天有空，他们几个没有工作，每天都会领两个馒头。所以我们不能白吃，闲着也闲着，在童真兄弟倡议下，就成立了交通劝导队。童真说过了，每天上下班高峰时段，江海市十个交通路口都要保持五六个人维持交通秩序。所以谁有空都会来参加这个活动。我觉得非常有意义，也是对江海感恩的一种方式。"这位农民工兄弟说得很朴素。

高可天听得也很动情。他自言自语地说着，江海市有一支五六十人组成的农民工交通劝导队，这又是一道亮丽的人文景观。看来江海市每天派送馒头没有白送，这种爱心活动没有让人寒心。农民工兄弟虽然文化不高，教育程度也不高，但是他们那颗善良的心懂得道理。如果农民工的这种善良得以充分体现，与城市的文明精神融为一体，将会产生积极的意义，那江海市离真正的文明和谐就不远了。只要让一座城市真正意义上步入文明、和谐的时代，广大民众才能真正地感受到幸福，这也是高可天奋斗的目标。

高可天离开这个路口，不急着去市政府，他还要到其他路口去看一看农民工交通劝导队的情况。

可能有人向新闻媒体爆料。现在新闻媒体都是联动的，只要一家发现了一个新闻，就会互相发布，这也叫资源共享。高可天到达另一个交通路口的时候，发现有电视台记者扛着摄像机在录像，做现场报道，也有报社摄影记者在拍照。场面极为温暖人心，就连经过的车辆、行人也自然而然地遵守交通法规了。

高可天在这个路口发现了一个熟悉的身影，他就是童真。这个农民工兄弟较真起来了，他要号召在江海的农民工兄弟姐妹，为保卫江海的文明与安全、和谐与有序做毕生的努力。高可天看着眼前这一切，没有去打扰他们，也没有与童真打招呼，默默地看着他接受记者采访，认真地看着农民工兄弟姐妹挥舞着小红旗，学着交通警察的姿势，一会儿指挥车辆这样走，一会儿劝导行人走斑马线。

高可天相信，总有一天，江海的交通状况在农民工交通劝导队的协助下，变得有序、畅通、安全……

# 71

一阵沉闷的爆炸声，惊动了整个江海市。这既不像人工爆破，也不像战场上的炮火。那是什么？顷刻间，在江海市响起了警笛声。110警车、119消防车、120救护车不约而同地向爆炸声的方向疾驰。

那是位于江海市东北侧的一个郊外，一座破旧的仓库里突然发出了一阵巨响，然后，浓烟和火药味从仓库的窗户和门缝里滚出来。周边的居民被震得吓破了胆。他们从报纸上或电视上经常看到爆炸事件，大都是恐怖分子所为。好像都是发生在国外，在中国很少有这样的事件发生。今天，江海市郊外也发生这种爆炸事件？难道也有恐怖分子？还是有其他原因？平时一向寂静的郊外，因为这一声巨响，变得热闹起来。公安干警、武警部队、特警、消防人员、医务人员纷纷赶到现场。这时候的仓库已经被警戒线隔离开来，带着火药味的烟雾从仓库里飘了出来。

戴着面罩的消防员和武警、特警人员扛着水枪、机关枪小心翼翼地向仓库移近。一会儿，仓库的大门被打开，仓库内漆黑一片。这时候，仓库已经被团团围住，特别在出口处，有众多警察、武警、特警等守护，随时准备作战。但是，仓库内却一点动静都没有，除了火药味、烟雾还有什么烧焦味，没有什么让人感到恐怖的事。这时候，几支高压水枪不断地射向仓库，几盏超强的探照灯同时照射到仓库的各个角落。公安、武警、消防等人员陆续潜入仓库，从四面八方控制了整座仓库。烟雾慢慢散去，终于在仓库的中间发现被烧焦的两具尸体。

他们是谁？怎么被烧？是自焚还是被人引爆？引起了刑警的拷问。四周散落着残败不堪的衣服、花篮，还有各种道具。刑警从被烧焦的尸体上看到还留有婚纱衣裳的破絮。难道他们是夫妻？这是否与前一段江海电视台女主持人杨梅的失踪有关？一下子，各种疑问和各种线索交集在一起。只好先把两具尸体转移至江海市第一医院太平间，进行医学鉴定，确认死者的身份。

当高可天得知爆炸声来自江海郊外的一个旧仓库时，几乎晕了过去。当高可天被告知那两具被烧焦的尸体确实是一男一女时，高可天几乎尖叫了起来：不要做医学鉴定了，他们就是杨梅和赵大平。

有的人知道杨梅是谁，不知道赵大平是谁？也有人知道赵大平是谁，不知道杨梅是谁？其实知道与不知道是谁并不重要，重要的是他们是什么关系？为什么会在仓库？为什么会穿着婚纱？为什么发生爆炸？引起各种的猜想。警方还没有向社会公布爆炸原因，但是，已经确认与一起绑架案有关。两具尸体也被确认为女的就是前一段失踪的江海电视台女主持人杨梅，而男的就是江海市原市长秘书赵大平。

于是，人们不难想象和猜测：杨梅被赵大平绑架到郊外旧仓库，然后制造一场爆炸同归于尽。那么，赵大平为什么要与杨梅同归于尽？他为什么要绑架杨梅？为钱？为色？他们又为什么双双还穿着婚纱？他们原来是一对恋人？然后反目成仇？或者都不是。原本就是一对相亲相爱的恋人，正准备举行婚礼之际，被人引爆身亡？难道他们只有两个人的婚礼吗？不是婚礼又为什么穿着婚纱？各种各样的猜疑既合理又毫无理由。

不管人们怎么议论和猜想，江海电视台女主持人兼记者杨梅，一个泼辣又敬业、敢爱又敢恨的女人确实死于非命。还有一个原本有着光明前途的前市长秘书，因为不慎失足断送了前程，现在又死于非命。在人们哀叹惋惜声中，总想探出个中的原委来。有人说为财，也有人说为色，更有人说为爱。不管人们怎么说，应该承认一个事实，任何人一旦涉及财、色、权，终究会发生意外。这似乎是一种宿命，只是不知赵大平与杨梅的死到底是贪财、好色还是与权力有关，这当然要等警方弄个水落石出。

其实有一个人非常清楚，那就是高可天。这件事对高可天打击很大，他万万没有想到杨梅会死，这么年轻的生命，这么敬业的记者，这么活泼的性格，怎么会和死亡联系在一起。高可天更没有想到，那个看上去温文尔雅当过市长秘书的赵大平，会是一个杀人狂，是什么让他走向死亡，竟然以如此恶劣的手法与杨梅同归于尽。难道爱比什么都重要？没有了心爱的女人就无法生存？得不到别人的爱就活不下去？高可天想不通，也想不明白。但是，他有一点是明白的，赵大平绑架了杨梅就是为了爱。这是一种强盗的爱，而软弱的杨梅对爱的理解却是刚烈的，她不会去接受不爱的男人，哪怕粉身碎骨。于是，最终走向死亡。

有时候，爱是和危险联系在一起的，甚至和死亡交集。这种危险的爱、笼罩着死亡的爱是无处不在的。因为这个世界上千千万万的男男女女，造物主不可能分配得那么平均有序，该爱的无法爱，不该爱的却爱上。爱成了一种借口，爱也成了一种动力，在这样的借口下，在那样的动力下，什么事情都可能发生。

高可天很自责，觉得是自己没有保护好杨梅。如果那天没有叫她去采访那个"好心面包店"老板吴同根，杨梅就不会出门，赵大平就没有绑架的机会。都是自己那个免费向街头派送馒头爱心活动引起的，高可天为此感伤不已。如果那天罗阳伟来当说客，做一场交易，自己答应了罗阳伟的条件，把港口建设或核电站工程项目交由罗阳伟来做，杨梅也许不会死。自己为什么没有答应罗阳伟的要求？为什么义无反顾地向市委书记卓越汇报，由公安介入。高可天为了正义，却付出了同学杨梅生命的代价。高可天悲痛欲绝，突然他想起罗阳伟的名字。罗阳伟在哪里？必须抓住他，不能让他跑了。罗阳伟就是杀人犯，应该受到法律的制裁。于是高可天毫不犹豫地跑去公安局，把自己所知道的前前后后再向警方重复一遍。

# 72

罗阳伟已经到了台湾。

江海的上空终于露出阳光，雨停了。但是仓库爆炸声的阴霾依然笼罩着大地，杨梅之死的悲痛依然在亲朋好友心中弥留。尽管有阳光，却让人感到严寒的凄凉。

高可天记得非常清楚，那晚与罗阳伟分手之后，思想斗争非常激烈。与周明朗通了一个多小时之后，港口建设与核电站工程项目招商引资的事又排上了日程。一夜未眠的他决定第二天向卓书记汇报，并向公安局报了案。

罗阳伟还在傻傻地等待高可天的电话。可是，到了第三天，狡猾的罗阳伟已经发觉了可能有意外的事发生，他立即先动身回了台湾。然后和赵大平保持联系。

这时的赵大平已经覆水难收了，他雇人绑架了杨梅，几个社会上的"兄弟"拿了钱回老家去了，偌大一个仓库只剩下他和杨梅。赵大平也终于心平气和地坐下来与杨梅谈判了。

这几天杨梅虽然毫发未损，但是没有吃好睡好，人憔悴了许多。天气虽冷，赵大平只能买些面包、蛋糕、可乐、矿泉水。今天，赵大平终于弄来两盒快熟面，开水泡后热气腾腾地递给杨梅。杨梅已经很久没有吃热的东西了。顾不了自己的形象，如饥似渴地吃着。

这时，赵大平开口了："杨梅，高可天有什么好？他这一辈子是不结婚的。"

"这不关你的事，他好不好，结婚不结婚，和你有关系吗？"杨梅有气无力地说着。

"当然有关系。如果他真的很好，我比不上他，认输，就不和他争高低了。他如果想结婚，我就让了他。可是，这两者他都不是。"赵大平说得很实在，也很在理。

杨梅似笑非笑地说："赵大平，这和高可天没有关系。是我看不上你，过去是这样，现在还是这样，以后也是这样。我宁愿一生独居，一辈子嫁不出去，也不会嫁给你。"杨梅说得很坚定，确有几分烈女的个性。

"难道你连命都不要了？"赵大平阴下了脸。

"有一句话叫作宁为玉碎，不为瓦全。你知道吗？"杨梅毫无怯色。

赵大平一怒之下，把手中的另一盒快熟面摔在地上，然后拂袖而去。刚到仓库门口又折了回来，说："看来我要来硬的。"

"我这个人软硬都不怕，除非把我杀了。"杨梅闭上眼睛。这时，却发觉自己的眼中滚出泪水。是可怕还是伤心？她自己也说不清。她只知道自己命运多灾多难、生活坎坷。短暂的婚姻、求爱受阻，现在又落入变态男人手里，生死难保。此时此刻，她最想念的人还是高可天，他一定会为自己担忧，也一定是他第一个向公安报警。可是杨梅就是不明白，公安为什么至今还没有来救自己呢？时间已经过了一周，这些公安真是吃干饭的，堂堂一个电视台记者被绑架了也不着急，这要是传出去，江海市多丢人啊！难道江海公安破不了案子？找不到线索？杨梅一时胡思乱想起来。

杨梅越想越气愤，她甚至感到高可天也太差劲，他本来应该是很聪明的男人，他应该知道自己的情敌就是赵大平吧！杨梅的失踪应该与赵大平有关啊！这一点高可天为什么没有想到呢？难道他在与卓心兰缠绵？在与周明朗亲热？杨梅相信高可天不会这样。他应该在忙于免费派送馒头爱心活动的事。都是这个爱心活动惹的祸，为了高可天那个免费派送馒头爱心活动才去采访的。这次如果能平安回去，一定要让高可天给自己压惊，赔偿自己的精神损失。不，要他娶了自己，否则和他没完。因为是他惹的祸，是他欠我的。

临近中午的时候，赵大平又来了。他手上提了一个大包。杨梅不知道赵大平搞什么名堂。但是，杨梅有一点可以肯定，赵大平不敢杀自己。这时她看到赵大平从包里掏出炸药，心里怕了。

赵大平确实豁出去了。他不知从哪里弄来炸药，对杨梅说："杨梅，我希望你配合我，否则的话我们一起粉身碎骨。杨梅，你想想，我自己连命都不要了，还怕什么？什么事情做不出来？"

"你要我配合什么？"杨梅怕极了，她以为赵大平要强奸她，她终于哭了。说："赵大平，我求求你，你不能做禽兽不如的事情。男子汉大丈夫，做事应该光明磊落，天下比我优秀的女子无数，你为什么要为难我？"

赵大平哈哈大笑起来，问："杨梅，你怕了？我喜欢你哭的样子，喜欢看到你无助的样子，这样才像一个女子，女人不能像轰轰烈烈的疯子一样，应该小鸟依人般在男人的怀抱里。这样你才会感到幸福和快乐。否则你就什么都不是了，不但被男人糟蹋，还会被男人强暴，知道吗？"

"我知道了，你放我走吧！我会感激你一辈子的。"杨梅央求地说。

"这个容易，只要你答应嫁给我，我马上给你松绑。"赵大平走近杨梅，摸着她的脸，擦着脸上的泪痕。

"可以，你要保证把我安全地送到江海电视台，然后我们去登记结婚。"杨梅只好走为上策，先保自己安全出去，然后再做打算。只要能够安全出去，赵大平只有死路一条了。

可是赵大平没有这么傻，他虽然有些变态，头脑还清醒，然后对杨梅说："我把你安全地送到电视台，那我就危险了。我能这么做吗？"

"你不相信我，那我怎么办？"杨梅泄了气。

赵大平又从包里掏出东西让杨梅看："杨梅你看，我把我们俩的婚纱都弄来了，我与你在这里举行一场两个人的婚礼。"

杨梅惊呆了，她重复了一遍："在这里举行两个人的婚礼？你没有吃错药吗？"

"我没有。所以你要配合我，举行婚礼之后，我们一起度一个浪漫的蜜月，一直到你怀孕为止，然后带你出去，去电视台也行，回你的家也行，反正到那时，我们是夫妻了，一起去民政局补办一张结婚证而已。再补办酒席，宴请一些亲朋好友。你要请高可天也可以，我没有那么小气，只要你们不要藕断丝连就行了。"赵大平的计划很周全，也很甜蜜，说得眉飞色舞起来。

杨梅不惊脱口而出："你想得美？你去死吧！还举行婚礼，度蜜月。"杨梅骂一阵后大哭起来。

赵大平不得不把杨梅的嘴封了起来。然后说："看来你是不配合了。那我只好帮你换上婚纱，穿上嫁衣了。今晚你就是我的女人。"

杨梅只能不断地摇头。

正在这时，赵大平的手机响了起来，他一看是罗阳伟的，就接通了问："罗兄，你在哪里？"

"我人在台湾，我是向你通风报信的。"罗阳伟见与高可天交易成为泡影，怀恨在心。只好通过赵大平杀掉高可天心爱的女人。于是他打电话的目的就是暗示赵大平杀死杨梅。

"你通什么风？报什么信？"赵大平以为自己做得滴水不漏，不可能被公安找到。所以不明白罗阳伟说什么。

"赵兄弟，江海市已经满城风雨了，你想想，你绑架的是电视台女主持人，影响多大？肯定调动所有警力非破案不可，我从朋友处打听到消息，警方已经把目标锁定你的破仓库，只是如何行动正在酝酿之中，他们要做到安全救出杨梅，一枪将你毙命。"罗阳伟用激将法把赵大平逼上绝路。

赵大平哈哈大笑起来，然后疯狂地说："来吧！来吧！"说后将手机摔在地上，散了。

这一个晚上，将是无眠的夜晚。是赵大平的良宵，是杨梅黑色的恐怖之夜。

赵大平将杨梅换上婚纱之后，自己也换上新衣服。然后燃起了红蜡烛，他和杨梅站在一起，自言自语地说："一拜天地，二拜父母，三夫妻对拜。"

杨梅的身体是僵硬的，她全身已经没有了力气，连自杀的能力都没有了。而赵大平却有用不完的力气，他利索地举行完婚礼仪式，然后兽性大发，将杨梅送进痛苦与悲惨的深渊里……

在第二天太阳升起的时候，赵大平点燃了炸药装置导火线。一声巨响之后，一片狼藉的废墟构成了江海郊外破仓库的恐惧画面。

# 73

一家雅致的咖啡馆，背靠一条内河，河床旁长满柳树，柳枝垂在河面上，郁郁葱葱。前面是一条木栈小道。咖啡馆的落地玻璃、落地飘窗，可以遥望四周的景色，营造着浪漫的气氛。这家咖啡馆名字很特别，称为"三杯咖啡馆"。

说起咖啡，总是和美酒联系在一起，成了现代人不可或缺的饮料。特别在出台严禁酒后驾车的交通法规之后，酒逐渐被咖啡所代替。因为饭局缺少了饮酒就没有气氛，人们改为喝咖啡了。这使人们突然发现：酒总是会让人迷醉，而咖啡恰恰让人清醒。于是，江海市近年来开了许多家咖啡馆。在咖啡馆里不单单卖咖啡，还有红茶、绿茶之类的饮品，也有西餐之类的主食。因此，咖啡馆成了人们时常光临的温馨浪漫之家。因为咖啡馆里的装修都特别讲究，很有艺术风格，非常适合各种商务谈判和男女之间约会。

这时候，是下午两点钟。高可天和周明朗正坐在三杯咖啡馆里，他们在背靠内河一排的一个包厢里，一眼望去可以欣赏河面上跳跃的金鱼，还有柳枝上停留的喜鹊。今天是周明朗约高可天喝咖啡的。周明朗见高可天很失落的样子，心里非常难受。杨梅之死不但高可天想不到，就连周明朗也想不到。

许多事情常常以悲剧收场，杨梅的失踪之谜，曾经牵动了江海市公安局的神经，引起了市委、市政府的高度重视。让人意想不到的是一声巨大的爆炸，才弄出个水落石出。死亡常常成为人们看清真相的标签，太可怕了。

周明朗说："可天，我理解你的心情，虽然我和杨梅不熟，但是，我依然很难受。死的人也许不知道痛苦，而活的人不应该过分悲哀，对死者最好的纪念，是要去铲除造成这种悲剧的可怕根源。这样才能让死者安息，让活着的人安心。"

高可天小口地品着咖啡，他点了点头。他说："我只是想不明白，赵大平为什么这样做？仅仅为了一个女人？"

"如果赵大平没有其他的阴谋，仅仅为了一个女人，从某种意义上去分析，他倒有一点像骑士的做派。可以为一个女人而同归于尽。尽管有着贪婪与邪恶的阴影，但是，作为一个人，为了得到一件东西，或者说追求一件东西，可以以生命作为代价。如果没有得到，全世界的人都别想得到，最终的选择只能毁掉一切。这就是人性的弱点，也是人之本善中邪恶的一面。我想，你应该比我更清楚。"周明朗发表自己的意见。

高可天很赞同周明朗的意见和观点。人是很复杂的，既有大度的一面，又有自私的一面，就看哪一面占上风？这也许是心理学家和社会学家的课题。高可天尽管也喜欢思考这样的问题。但是，现在没有时间和精力让他去研究这些问题。他今天出来喝咖啡，最关心的事就是港口建设和核电站工程项目招商引资。他说："小周，你放心，一切都会过去的，我不会放弃我的理想。而且还会加快去实现我的目标。比如，我要大张旗鼓地在江海市掀起创建无贼城市活动。"

周明朗点点头，说："我相信，同时也很期待。因为作为一个还是单身的女人来说，多么希望自己所居住的这座城市没有小偷、没有抢劫、没有打架、没有杀人。"

高可天却摇了摇头说："那是不可能的，社会太复杂，总是有一些违法乱纪、作奸犯科的人存在。就因为这样，我才决心在江海市要缔造出一座让百姓感到安全、幸福的宜居城市。"

周明朗也品了一口咖啡，欣赏着高可天讲话的表情。她喜欢他讲话的犀利、尖锐。她也喜欢他的善良、宽容。她说："现在许多城市都在打宜居的牌子，然后进行一系列民生工程的改造。"

"我认为宜居首先要让人感到安全，然后是温饱，最后是卫生。如果不安全，就是大鱼大肉也让人吃不下。没有饭吃，一日三餐无着落，再清洁的街道，再美好的景物，再芬芳的环境，也不能让人赏心悦目。所以城市建设和社会管理的三部曲就是安全、温饱、卫生。现在还有人被杀害，也有人被抢劫，也有人得不到温饱，街头还有许多乞丐，垃圾不断地包围城市，污染不断地扩散四周。这些问题都离不开我所说的城市建设和社会管理的三部曲。"高可天积压很久的心病，这时要一吐为快，他不管这些观点是对的还是错的，他都要讲给周明朗听。毕竟周明朗走南闯北，见多识广，特别在国外待过。她应该懂得判断，懂得比较。

在别人眼里，一对男女坐在这样雅致的咖啡馆里，应该是谈情说爱。但是，高可天与周明朗却例外。高可天的话题带着批判色彩，语气尖锐愤怒。周明朗作为商务人士，当然也有生意场上的专业语言，但是，她和高可天在一起的时候，却喜欢谈一些有感情色彩的话题。可是，每一次的见面却注定谈话的内容不可能是有感情色彩的，今天就是没有杨梅之死的话题，也有招商引资的话题。那么，什么时候能够和高可天真正谈情说爱呢？周明朗很是期待和盼望。就是没有和高可天结婚，哪怕谈一次恋爱，也感觉是幸福和快乐的，这就是此时此刻周明朗的心境。女人的心总是这样富有柔情，而且把美好的东西幻想成伤感。

周明朗已经沉不住气了，她直白地说："可天，你的理想和抱负很让我倾慕，有着卓书记和叶市长对你的支持和帮助，你一定会实现目标的。但是，凡事都要一步一个脚印地去走。"

"你有什么高招？能助我一臂之力吗？"高可天打断了周明朗的话，他知道周明朗话中有话，他要听一听她的意见。周明朗在高可天眼里虽然不是爱人的形象，但始终都是商界精英的形象。

周明朗说："可天，我们是偶然相遇，那时我就喜欢上你。从那时起我就被你迷住了。整个人就像风筝，线在你的手里。从此我的世界因为有你变得美丽，我不怕爱你的路上遇到暴风雨，也不怕爱的激情燃烧我自己。我知道你一直都在拒绝我。但是，我不怕，我可以改变爱的方式。所以我把港口建设和核电站工程项目作为自己的项目，从上一个月就开始秘密招商引资。"周明朗终于把积压在内心深处许久的爱意一吐为快了。她觉得不管高可天如何反应，都要勇敢地表达，让高可天明白自己是一个什么样的女人。

高可天听周明朗这么一说，一下子惊呆了。他知道周明朗是爱自己的，他也知道周明朗不会放弃对自己的爱。但是他还是感到太突然了。他从来都认为周明朗是一个稳重而含蓄的女人，她不应该这样来表达爱情。难道是自己太铁石心肠了？还是周明朗势在必得？高可天说："小周，感谢你的厚爱，更感谢你的帮助。我把你看成很重要的朋友，这样的朋友甚至比夫妻更重要，你相信吗？"

"我当然相信，所以我才敢这样直白地向你表达我的心情。可天，你相信吗？我是你这一生中不可或缺的女人，你信吗？"周明朗那灼热的眼睛注视着高可天。

高可天感到非常为难，面对这样热烈而又经典的女人，自己的独身誓言差一点被瓦解。他极力地控制好自己的情绪，沉思良久，然后从牙缝里挤出几个字："也许吧！但是，如果那样的话，我就害你一辈子了。"

"爱情总是伟大的，多少人为之赴汤蹈火。"周明朗不禁脱口而出。

高可天回避周明朗的话题，问："港口建设和核电站工程的事怎样了？"

"我已经谈得差不多了。主要是怎么合作，这要由你来定。"周明朗说。

"市委、市政府的政策非常明确，你赚钱，我发展。但是杜绝暴利。"高可天欣喜若狂起来。

"那我就安排你们见面。"周明朗说。

"就定明天，顺利的话，在本月内举行签订仪式。"高可天已经等不及了。他还有许多事情需要去落实，他必须快马加鞭。

周明朗默默地听着高可天讲，然后情不自禁地伸出那只小巧玲珑的手，抓住了高可天的手……

# 74

元旦过后，春节就临近了。

江海冬天没有雪，冬天对于江海人来说似乎不怎么冷。这个时候，很多江海人去北方旅游，主要想去看雪。农民工代表童真在这个冬季，也没有感到寒冷，当他了解到江海电视台女主持人杨梅之死后，恻隐之心油然而生，与杨梅的亲朋好友同悲同愤。由他发动的追悼大会在江海电视台广场举行，有两条黑布白字的横幅引人注目：沉痛哀悼江海电视台杨梅记者、誓死捍卫江海的平安和谐。还有许多农民工兄弟姐妹手上举着小布条，有的写着杨记者一路走好；有的写着杨梅，你是一个勇敢的记者；也有写着你在天堂依然美丽；还有写着天堂那边有浪漫的爱情，等等。这是一场自发的追悼纪念活动。江海市自从推行免费向街头派送馒头爱心活动之后，规模越来越大，普及越来越广，受益面也越来越大，就连当地的低保人员、孤寡老人，还有街上"摩的"骑手等偶尔也分到馒头。爱心企业也不断地增加，这说明了江海市委、市政府推行这样的活动是英明可行的，在社会上产生积极的影响，得到各界人士的共鸣。童真看在眼里，感动在心里。他知道大部分的农民工文化程度低，面对江海如此温暖人心的爱心和善举，有的农民工也许还不懂得感动，不知道怎么感恩。童真认为农民工当中总有人懂得感动，知道怎么感恩的。于是，童真召集了一些有识之人，不断地号召农民工以不同的形式举办各种有意义的活动。他也要让江海的父老乡亲感受到农民工作为江海的一分子，在感激之余，开始以实际行动来维护江海的安定团结、和谐友爱、繁荣发展。为江海市委市政府清洗外墙、为主要交通路口维持秩序，还有今天杨梅的追悼大会，都是童真的"杰作"。他还要推出许许多多有利于江海市，有利于江海社会，有利于江海人民的活动。童真认为杨梅记者是为了采访免费派送馒头爱心活动而被绑架的，她本来计划先采访"好心面包店"老板吴同根，然后再采访自己。可是，刚一出门就被绑架，童真认为杨梅之死和自己有关系，自己有着不可推卸的责任。所以他和吴同根商量，策划了这场追悼大会。

　　这个时候已经是上午十点钟，江海电视台广场已经人山人海，电视台里的保安自觉地维持好秩序。街上的交通警察也来协助，还有报纸记者、摄影记者、电视台记者、广播电台记者纷纷赶到现场。江海电视台获悉消息后，决定做现场直播。一场特殊的、别开生面的、由农民工自行导演的、追悼江海电视台主持人杨梅的纪念大会在江海电视台广场上拉开了大幕。

　　追悼大会由童真主持，首先默哀三分钟。童真虽然没有准备讲话稿，但是，每一句的追悼词都冲击着人们的心灵。他说：太阳只有一个，却能普照大地。江海就是我们农民工的太阳。眼睛虽然只有两颗，却能装下整个世界。我们在江海看到了中国的希望。童真还说：杨记者是江海市委市政府培养起来的记者、主持人，她的正义与敬业，她的勇敢与美丽永远活在农民工心中。童真又说：两个馒头将会成为永恒的经典话题，"爱心"二字将成为江海的名片。而这张名片将会不断地被传递。我们农民工有了这张名片，就有了幸福与快乐的保证。童真还说：文明是把尺，刻度是爱心，人心是杆秤，道德是准绳、礼仪是衣裳、仁义是风格、感恩是种子、和谐是春天。所以我们农民工愿意做春天里的种子，为江海萌生文明与和谐、爱心与感恩的花丛。最后，童真说："杨记者的人生虽然短暂,但是她的人性光辉就像太阳能够普照大地。我们想起她，依然感到温暖。"

　　童真的讲话结束了，肃穆的露天会场，感人肺腑的追悼词，让人们从悲愤中又看到希望，从伤痛中看到生机。这个时候，高可天与周明朗就在人群当中。高可天已经热泪盈眶，他自己就是农民工的孩子，他在农村生活了将近二十年，他懂得农民工兄弟姐妹的心。今天，他从童真身上看到，从他的追悼词里听到，从广大农民工代表手上举着布条上写着每一个话语里感受到。就因为江海市委、市政府推行免费派送馒头爱心活动，受益者就如此感激涕零？从某种意义上说，是不是平时我们太缺少爱心了？但是，当高可天看到许多企业和企业家无私奉献，积极参与，又感到是不是缺少倡导者？高可天认为：不管是政府还是企业，抑或是个人，如果财富不能发挥善意的力量，那么在法律和公理面前就如同粪土。今天高可天看到这样的场面，在沉重的心情之下感到了某种安慰。他在心里默默地念着：杨梅，安息吧！今天为你举行追悼大会，这是农民工自发的，史无前例。电视台做了现场直播，市政府还会追认你为革命烈士。

这个时候，童真大声地说：农民工兄弟姐妹，掏出蜡烛吧！于是大家从口袋里掏出白蜡烛，然后一一点燃。火焰在冬天北风的吹拂下，摇摇摆摆。农民工用手捂着，然后自觉地围成一圈。由于人太多，真是里三圈外三圈。中间放着杨梅的相片，那是江海电视台提供的。童真又大声说：请大家跪下。于是，所有农民工都跪下，蜡烛上的火焰在北风中燃烧，农民工默默地向杨梅的相片致哀。高可天和周明朗见状也情不自禁地跪下……

活着的人对死者的哀思，是中国的传统。这不仅是对死者的纪念，从某种意义上说也是对生者的一种珍重与鞭策。从大的方面讲应该如何珍惜生命，做社会有用的人；从小的方面说是对自己生命不断凋零的警惕，如何更好地去服务社会和人民。在童真的追悼词中，高可天听到了这种含义，这让高可天很欣慰。作为一位农民工，童真有这样的思想高度是难能可贵的。现在江海的农民工占江海人口的三分之一，如果这三分之一的农民工发挥作用，那么，江海将是一座前途无量的城市。高可天甚至大胆设想，像童真这样的农民工代表，可以招收为国家公务员，明年的公务员招考应该为部分农民工大开绿灯。这当然只是高可天的设想，他希望自己的设想都能够梦想成真。

追悼大会持续了一个多小时。这一个多小时的场面被凝固成一种奇迹：社会是和谐的，人心是友爱的。不是人们所说的当今社会矛盾都是由于贫与富的纷争引起的，关键在于政府对于社会管理的能力。高可天设想江海如果能够作为一种在改革开放里又能够坚持"中国特色"，在倡导解放思想又能够自觉地坚守中国传统文化，在经济市场的浪潮里不忘扩大民生工程。把江海创建成文明与和谐的标本，那将是跨时代的城市管理理念。

高可天参加这样一个来自民间的追悼大会，让他联想到了许多关于城市建设的话题。他好像接受了一场农民工的教育。然后他与周明朗悄悄地离开了江海电视台广场。身后的烛光依然在北风中摇曳着。

# 75

周明朗与高可天道别之后回到家，今天的情景让她有许多感动之处，也使她陷入深深的思考之中。严格地说，杨梅本来是自己的情敌，虽然高可天没有表态要恋爱结婚，但毕竟有几个包括杨梅和自己在内的女子在追求高可天，从情理上说应该有一定的心理障碍。可是，自从杨梅遇难之后一切都改变了。周明朗并没有因为少了一个情敌而欣喜若狂，她的感伤与愤怒不亚于高可天。特别今天看到有那么多的农民工朋友自发地聚集在电视台广场前举行追悼大会，唤起了人们的同情与爱心。再者，她看到高可天为一个同学遇难，表现出如此不安与悲痛，可见这个男人是多么柔情与博爱。尽管平时他对个人情感只字不提，对事业执着追求，其实高可天也是一个性情中人。

周明朗知道，高可天现在处于最困难时期，活生生的朋友，还有某种说不清道不明的个人感情，毕竟杨梅追求过高可天，给过高可天男女间最狂热而柔美的感情，只是高可天始终回避罢了。就这样一夜之间没有了，确实让人无法接受。周明朗也为杨梅感到某种安慰，自己死后有这样一个男人为之痛苦、为之沉落，杨梅在天之灵应该可以安息了。

周明朗自己也是一个性情中的女子。也许她在商场上见惯了那种利益的争夺，人与人之间的交往都是以商业的目的维持着所谓朋友关系、合作关系、同盟关系。有一句广为流传的话叫作只有永远的利益，没有永远的朋友。周明朗对此有着深刻的领会。因为利益的关系，本来是对手可以变成朋友，原来是朋友也可以变成对手。周明朗尽管时时刻刻保持着自己应有的做人原则，但是面对凶猛的商潮滚滚，也身不由己。自从她认识高可天之后，这一切又改变了。

周明朗为了得到高可天的爱，做了一件大事，这也许是她人生的转变。这一切都源于对高可天的爱。

那就是江海市的港口建设与核电站工程项目。周明朗考察过，江海市这几年的发展可以说是突飞猛进。但是地方政府的财政困难是一直存在的，这几年江海政府盖了大量的经济适用房、保障房、廉租房、限价房，出台了许多政策。比如弱势群体可以申请保障房、困难户可以申请经济适用房、单身白领可以申请廉租房、公务员或引进人才可以申请限价房等等。这一系列的住房政策，使江海市的商品房价格始终低于全国各个城市的平均价格。这种注重民生工程、构建和谐社会的政府，周明朗是看好的，现在江海面临着一个挑战，也是大好时机。海峡西岸经济区的建设是国家重点的经济战略。关系到台湾海峡的三通，以致海峡东岸的整个经济区。而江海市正处在这个海峡西岸经济区内，作为先试先行的城市，江海市委、市政府提出了建设蓝图。港口建设与核电站工程项目非常引人注目。可是，政府财政资金紧张，政府提出了"你赚钱，我发展"的城市建设管理理念。利用社会资金引进、国有作为控股的方式，把经营权委托投资者，达到"你赚钱，我发展"的目的。周明朗认为江海市委、市政府的思路是对的，也是时尚的，更是大胆的。只有这样，才能在有限的时间里把经济搞上去。周明朗多次从高可天嘴里得知江海的政策，认为这样的投资环境是好的。于是，周明朗比较详细地对江海做了考察，并对港口建设和核电站工程进行市场评估，拟成了可行性报告。她花了整整三个月时间。这一切高可天并不知道。周明朗也不想告诉他。特别在这个时候，周明朗只希望心上人能够坚强地撑住，渡过这个非常时期。她相信，时间是最好的医师，随着时间流逝，可以冲淡一切的伤痛。每个人毕竟都不能活在悲痛之中，都要从各种阴影中走出来。

周明朗所做的这一切并不算什么，更让她做出痛苦选择的是必须她离开瑞典皇家贸易有限公司。按她的能力和地位，作为瑞典皇家贸易有限公司的一名驻外代表，不要说年薪有七位数字之多，而且权力也大。如果瑞典皇家商贸城招商引资项目成功，周明朗可以有百分之二十的股份。有这样丰厚的待遇和如日中天的前程，是什么让周明朗放弃了这些东西？周明朗虽然心中明白自己在做什么，但她不敢去想那么多，怕自己后悔。一个年仅三十岁的女子，如此成功也许不单单是她的双文凭和能力，还有她的美貌和人品。

有两个投资者或者叫企业家，是周明朗一直跟踪的对象。周明朗非常看好这两个人。而这两个神秘的人物对投资的方向，恰恰看好瑞典皇家商贸城，这让周明朗颇为头痛。她既不能让这两位投资者感觉自己在挖东家的墙脚，又要将江海的港口建设和核电站工程项目自然地呈现给他们。周明朗是一个精明的女人，又是一个细腻的女人，她是有能力让这两个投资者感动的。因为江海的投资环境和城市的发展，非常适合这两个投资者。在周明朗眼里，投资者有好几种类型，有的追求短平快、高暴利，当然也有高风险；有的追求低风险，甚至没有风险；有的想钻国家政策的空子，把心思放在阴暗的交易上，这就是所谓官商勾结的那一种；有的想名正言顺地作为投资者，把一切的东西都放在桌面上谈判，在国家政策允许的框架下进行合作，等等。

　　周明朗看重这两个投资者主要是他们不是奸商，应该属于儒商。这符合高可天的要求，也符合江海市委、市政府的要求。更重要的一点是他们喜欢投资基础建设项目，比如高速公路、水电站、能源、码头等项目。港口建设和核电站工程项目非常适合他们投资，这也是在国家政策允许的框架下，海西建设已成为国家重点经济区，不但是经济的需要，也有政治上的意义。在这样的大背景之下，周明朗很自信，能够让这两个投资者放弃瑞典皇家商贸城的项目投资，转入江海投资港口建设与核电站工程项目。这两个项目总投资达八百亿元，应该是一个大项目，足够吸引这两个财团投资者。只是周明朗自己的心里很纠结。如果把这两个投资者从瑞典转移到中国江海，那么，她将如何向瑞典总部方面交代？这确实是一件很棘手的事情。周明朗这么多年来始终忠于瑞典皇家公司，维护公司的利益，这不但是商业上的游戏规则，也是作为瑞典皇家公司职员必须具备的原则和底线。现在周明朗面临着两难选择。唯一能够说服自己的只有一点：自己是一个中国人。

　　每个人都有弱点，特别是女人，是女人总需要感情。女人是一个特殊的群体，始终都要回归到感情的世界里。周明朗也不例外。她能够付出这么大的代价，其实只为一个人，那就是高可天。高可天代表着江海市，江海市是中国的一座城市，这座城市正在海西建设的大背景之下，以豪迈的雄心、博大的胸怀、宽阔的视野，掀起繁荣经济建设、注重民生工程、净化投资环境、提升城市综合实力的大发展。而高可天作为江海市引进人才的代表，成了先试先行的弄潮儿，偏偏又让周明朗一见钟情。

　　周明朗面临着人生的选择。这种人生选择考验着周明朗的智商和情商，如果她选择离开瑞典皇家，就意味着自己十几年来的努力和奋斗付之东流，要重新开始；如果选择放弃江海的项目，就意味着她将永远与高可天无缘，不会有任何感情瓜葛。离开与放弃，成了周明朗人生的两难选择。

　　那么，这两个神秘的投资者又将是如何选择呢？他们又会是谁呢？


# 76


　　真正的企业家，应该对社会有所贡献，他常常又是一个慈善家；真正的投资者，投下的不单单是金钱，还有他的情怀。准备在江海市投资经商的神秘人物叫作韩金和张青舟。

对于江海人来说，韩金和张青舟也许是比较陌生的名字，就连高可天也未曾听说过。但是，他们在东南亚地区却很有名望，在新加坡、中国台湾、香港、澳洲等地区都有他们的投资项目，而且大部分是与当地政府合作。所以他们投资的项目大部分是基础建设，也有涉及房地产，主要是商业地产。他们追求的不是暴利，而是长远的项目居多，并且都是利民利国的投资项目。所以有人称他们是红顶商人，其实他们是不喜欢别人称自己为商人，他们认为商人是追求个人利益最大化的。他们更愿意以企业家自居，而且做了许多公益事业。所以许多人又称他们为慈善家。

韩金和张青舟在年龄上整整差了一个年轮。韩金今年已经六十二岁，张青舟刚好五十。两个人都属牛，也都是金牛座。所以他们的脾气相近，志趣相同。让人感到不可思议的是他们至今都过着单身生活，尽管韩金结过一次婚，由于志不同、道不合，劳燕分飞，从此未娶。而张青舟谈了三次恋爱，姑娘都是直奔主题，为了金钱而不是为了爱情，这让张青舟很受打击，从此决心不问儿女私情。他的事业刚刚起步，在新加坡认识了韩金，韩金在金融界比较熟悉，两个人相遇志同道合，张青舟受到韩金的提携，后来两个人干脆携手合作，一起创办了环球投资有限公司，主要投资基础和能源项目，涉及公路、水电、环境等领域。前几年他们也涉及房地产领域，赶上了中国房地产暴利十年的这趟列车，使他们的财富翻了几番。他们决定要回报社会，成立了金舟银水基金会，在中国十个落后地区捐建了十所希望小学，每年捐助一百名孩子上学。

韩金和张青舟对学校和知识情有独钟，是因为他们都是知识分子型的企业家。韩金是读金融专业的大学生，而张青舟是念中文系的，他还是一名业余的诗人，曾经在《诗刊》发表过诗作，那是在九十年代初的事情。也许他们有着这样的文化底蕴，心中才充满着仁慈与爱心。即使在商潮激荡的浪涛中，也会寻找一湾静港，掀起朵朵浪花，留给人间几多温馨与盛情。

韩金是北方人，出生地是沈阳；张青舟是南方人，出生于南昌。他们的家乡都把他们奉为神灵，因为他们为家乡做了太多的奉献。然而，韩金和张青舟决定放弃瑞典皇家商贸城的投资，转移到江海的港口建设和核电站工程项目上来，不仅仅自己是中国人，也不仅仅看好海西建设的好时机，更重要的一点是因为周明朗。

周明朗在他们心目中是一个经典的女人。虽然年纪不大，不管是作为女人本身，还是为人方面，或者在生意场上，都让人感受到的一种魅力。这位杭州姑娘，虽然还没有结过婚，却有着少妇般的性感，她曾经让张青舟动过心，只是张青舟不想做出晚节不保的事情，再加上周明朗本身的清纯与精明、脱俗与浪漫，好像冥冥之中，她在等候传奇中的一个人，这个人不知道是一种梦想，还是一种希望，即使她随时处在众多的优秀男性中，都表现出无动于衷、不屑一顾的神态，让那些有一点自尊的男人都退避三舍。

韩金、张青舟与周明朗也算是老朋友，他们是五年前在香港认识的，当时是李嘉诚先生在香港举办一次盛大的奠基仪式，韩金、张青舟、周明朗都是受邀请的嘉宾，在酒会上经李嘉诚先生介绍认识。周明朗也是金融界的精英，他们在很多方面都有共同的语言。于是，周明朗就向韩金和张青舟推介了瑞典的项目，并在第三天邀请韩金和张青舟到瑞典考察，虽然合作没有成功，但从此成为好朋友，他们还互相融资，支持各自的事业。直到今天上半年开始洽谈瑞典皇家商贸城项目，韩金和张青舟考察了几次，非常看好。一方面有一定的规模，而且是一座综合型的商贸城。商贸辐射周边十公里的居民，投资年限为五十年，并且可以输出中国地区的人员。这使韩金和张青舟都非常认同。

正当他们进入最后程序的时候，周明朗却叫停了洽谈业务。

那是韩金和张青舟参加广州一场慈善募捐晚会之后，赶往江海与周明朗见面。这时候的周明朗虽然带着儿女私情的感情，但是，她还是掂量一下将要产生的后果。她约了韩金和张青舟，开门见山地说："韩总、张总，也许这是我从商以来第一次这样幼稚地选择，也可能是我从出道以来第一次违背市场的游戏规则，但是，这必须是唯一的一次。"

韩金问："小周，怎么了？"

"你不会是违约了吧？我们可是与你们总部谈好了意向啊！"张青舟不解地问。

周明朗说："对不起，你们不能投资瑞典皇家商贸城项目了。"

"为什么？"韩金和张青舟几乎异口同声地问。

"不是我总部的原因，也不是你们的原因，是我的原因。"周明朗有些难以启齿的样子。

"到底发生了什么意外？"张青舟问。

"韩总、张总，请放弃瑞典的投资，把资金转到江海来。"周明朗亮出了底牌。

"为什么？"韩金和张青舟都不解。

"说来话长，江海市作为海西建设大背景下的前沿城市，是投资者的沃土。江海是新兴的城市，更适合你们的投资。"周明朗有些语无伦次。

韩金和张青舟一时沉默起来。他们不明白一贯办事精明、为人真诚的周明朗，此时葫芦里到底卖的是什么药？

周明朗说："江海有一个港口建设和核电站工程项目，明年初必须要马上投建，现在正处于招商引资阶段。我想你们是最适当投资这两个项目。"

韩金和张青舟有些明白过来了，周明朗这不是移花接木吗？这不是她的作风啊！张青舟问："你这样做，如何向总部交代？再说，江海的港口建设和核电站工程项目也还没有头绪啊！"

"是啊！因为这样，我可能要离开瑞典皇家有限公司，而且还要对总公司有所交代，代价可能是巨大的。但是我必须要付出，到时我一定会向你们交代清楚。"周明朗吞吞吐吐起来。

韩金看出周明朗好像有什么难言之隐。他问："小周，江海的投资从何谈起？"

"你知道高可天吗？"周明朗问。

"不大知道。"张青舟说。

"那么，你们知道江海市每天都免费向街头派送一万个馒头为暂时找不到工作的农民工兄弟姐妹充饥爱心活动吗？"周明朗又问。

"这知道，这是江海市最温暖的人文关怀。"韩金说。

"这个活动的倡导者就是高可天先生，现在身为江海市长助理，兼任新区管理会主任，负责港口建设和核电站工程项目招商引资工作，他也是我的朋友。"周明朗介绍了高可天。

韩金和张青舟都"哦"一声，用若有所思的眼神看着周明朗。

"高可天现在正准备推行创建无贼城市活动，他要把江海打造成平安、和谐、文明的城市。他说这是投资环境的软实力。江海市委书记卓越和市长叶江东都非常器重他，欣赏他的管理理念，支持他的先试先行。"周明朗如数家珍地介绍高可天。

韩金和张青舟依然认真地听着，而且对周明朗的话题产生了兴趣。

"高可天还是一个学者、教育专家，他著有两部大作，是一个很有才华的年轻干部。"周明朗不敢更深地说下去，怕韩金和张青舟有更多的想法。

其实，韩金和张青舟已经感到很意外，他们从来没有感觉周明朗这么冲动过，而且眼神里流露着某种说不清的情愫。张青舟大胆地问："周明朗，恕我直言，冒昧地问一句，这市长助理，是不是和你有什么特殊关系？"

周明朗面对张青舟的提问，不知怎么回答。

# 77

爱是自私的，有时也是狭隘的。但是真正的爱情又是无私的，甚至是伟大的。周明朗面对韩金和张青舟，心中有几分羞愧，她不知道要不要向他们袒露自己的心迹。一个三十岁的女人，在商场上富有经验的商人，极其反常地做出如此选择和决定，不单让韩金和张青舟感到意外，更让他们猜测其中一定有故事，只是不知周明朗会不会把心中的故事告诉他们。周明朗很犹豫，同时也很害怕。因为她所做的一切只不过是自己一厢情愿。她知道高可天不止一次地告诉自己，感情的事他是不谈的。是啊！一个独身者为什么要谈恋爱？这正是周明朗的心理障碍。

周明朗只好避开这方面的话题。她从挎包里拿出两份材料，对他们说："韩总、张总，这两份是港口建设和核电站工程项目的市场调查和可行性报告，总投资八百多亿元，港口吞吐能力要达到五千万吨，港口共建成 15# 集装箱泊位。还有十五万吨的散货码头和深水航道工程。这主要在二期工程里完成。而核电站的工程，建成投产电力装机容量五百万千瓦，还有附属工程。这是江海市委、市政府重点工程，也是海峡两岸经济建设的重点项目。"

富有投资经验的韩金当然知道这两个项目的重要性，也知道周明朗能够推介这两个项目，是出于多年朋友的信任和交情。只是韩金很想知道周明朗在这里面扮演着什么样的角色。韩金和张青舟当然不会怀疑周明朗的人品，能够与江海市政府合作，这是投资者梦寐以求的事。周明朗这么有能耐获得那个叫高可天的信赖，乃至江海市政府的信任？还有周明朗挖走自己东家的投资，这是为什么？那个叫高可天的市长助理给了她什么好处？江海市政府又给了周明朗什么好处？韩金和张青舟都想知道。张青舟翻着手中的可行性报告，对周明朗说："我们拿回去好好研究研究。这倒是很好的投资机会。不知道江海市的条件是什么？"

"很简单，江海市政府在招商引资工作上，早就提出'你赚钱，我发展'的工作目标来吸引更多的企业家，同时营造良好的文明与和谐的环境，加快招商引资步伐，并以'投产一批、开工一批、生成一批、储备一批、引进一批、洽谈一批、合作一批'的滚动发展思路，确保江海市建设跟上海西建设的总体要求。"周明朗熟练地介绍江海市招商引资的有关政策。

韩金听完后笑了笑说："不愧是商界的女中豪杰，对江海市的发展思路和投资政策这么熟悉。你到底是在研究瑞典皇家商贸城招商引资的政策，还是在研究江海市招商引资的政策？你不会人在曹营心在汉吧！"

周明朗笑而不答，她只淡淡地说："你知道吗？港口建设和核电站工程有多少人在抢吗？而且不择手段，有的用金钱，有的用色相，有的用威胁，有的用悲情……"

"都没有把高可天拖下水？他是铜墙铁壁？还是不食人间烟火？抑或是一枚清官？"张青舟疑惑地问。

"他说过，要把真正的儒商当作上帝一样请进江海市，把那些下流的奸商赶出江海市。这是高可天先生的原话。据说他的这些话曾在江海市委常委扩大会上说过，得到了在座的常委们认可。卓书记说他这话说得掷地有声。"周明朗把高可天平时给她说的城市建设和社会管理以及招商引资的有关政策，搬给韩金和张青舟他们听。

"我们倒想见见这位年轻有为的市长助理，江海市有这样的干部，是江海人民的福气，也是我们投资者的福音。"韩金感慨地说。

"我已经把你们介绍给高可天了，他也已经向江海市委、市政府做了汇报，并期待与你们举行洽谈。"周明朗说。

"那你这个媒婆要一当到底。"韩金风趣地说。

"周明朗，我们也算老朋友了，你透露一下江海市和你的关系，或者说你和高可天的关系。"张青舟大胆地问。

周明朗一时沉静下来，略有所思的样子，好像有什么心思爬上了她的眉梢，甚至眼眶里荡漾起淡淡的泪花，然后轻声地说："韩总、张总，你知道吗？我等于背叛瑞典总部，你们知道这有多么严重吗？我失去了瑞典，等于失去了半壁江山，今后可能只能待在江海了。"

"你知道有这么严重，为什么要这样做？"韩金关切地问。

"我也许是在赌吗？赌人生，赌命运。"周明朗渺茫地说着。

"小周，我是过来人，你知道我和张青舟为什么至今都不结婚吗？我们其实都是感情的受害者，我们赌不起，但躲得起。你明白我的话吗？"韩金怀疑周明朗被情所困。不然她不会这样做，女人只有被感情所迷惑，智商才降到零点。

张青舟直白地说："周明朗，恕我直言，你和那个高可天是不是一对呀？"

周明朗平静地说："高可天虽然算是一个优秀的男人，但是，他和你们一样，崇尚独身主义。他曾说过终身不娶。"

韩金和张青舟这时有如坠五里云雾中，在他们眼里，始终认为周明朗一定和高可天有着特殊关系，只是不敢多问而已。现在被张青舟捅破话题，她与高可天没有关系？高可天是个独身主义者？才想对招商引资的事可以做到刀枪不入，无欲则刚吧！特别是男人。韩金肃然敬佩高可天的同时，心里不明白，那周明朗是为了什么？这么热情为江海市拉网牵线？

作为一个成熟的投资者，不仅看投资项目的风险，还要评估投资环境。投资环境又分为两点：一点是硬件的，主要指地理环境和气候环境；另一点是软件的，主要指政府政策和治安问题。同时还要考量投资的方式。韩金和张青舟尽管对周明朗非常了解，但是，她毕竟做出了超乎正常思维的举动，其中会不会有什么交易？如果存在什么交易，那么，最终受害者也许是投资者。既然是投资人，不管是微利还是暴利，都要讲回报。而且港口建设和核电站工程项目不是短期行为。万一有什么意外，连本带利都要赔进去。这是韩金所担心的，也是韩金必须要了解清楚的。这是投资者最起码的防火墙。

其实，周明朗都明白韩金和张青舟的心思，并且也很理解。自己从事招商引资多年，也搞过投资项目，每一个环节都至关重要。如何做到双赢，考验合作双方的智慧和胆识。周明朗不想把自己感情的东西告诉他们，自己毕竟还是未婚的女人，多少还有腼腆的一面。而且自己对高可天的感情只是一厢情愿，生怕他们讥笑自己痴情，从而破坏了自己的形象。不管在商业界还是在金融界，自己始终都能够保持着高雅而圣洁的美人形象，在感情上也始终处于真空状态，婉言谢绝过无数男人的追求。如果被韩金和张青舟他们知道了自己为一个并不爱自己的男人，心甘情愿倾家荡产，甚至断送美好前途，十几年的努力要付之东流，从头再来。这是不是会留下笑柄？会不会被人称为贱女人？正当周明朗矛盾纠结之时，韩金说："小周，我们是来投资的，既然投资，就要光明正大、名正言顺，不做任何赌注。"

"韩总，你误会了。当然是光明正大，并且受到法律保护的，不是街边的买卖。"周明朗赶紧解释。

"那你赌什么？赌人生？赌命运？"韩金不解，张青舟更是担心，他说："明朗，我们都是好朋友，你也知道，自从金融风暴之后，生意非常不好做，许多项目我们都持观望态度，你能为我们穿针引线，我们很感激。但是，也不能有任何闪失，包括你在内。不要因为我们或者是某个人，把你陷入其中，我们于心不忍。"

韩金接着张青舟的话说："小周，虽然在商贸界你经验比我丰富，但从年龄上我应该是你的长辈，你不能因为个人的感情问题做出不明智的选择啊！投资项目达八百亿啊！"

周明朗点点头，她心里想：韩金和张青舟都是谨慎之人。她决定如实告诉他们。于是，便缓缓地说："韩总、张总，把你们引进江海确实是为了爱情……"

# 78

有道是人间情多爱难说，有缘无缘是否会错过，来来往往，你你我我，谁又知道最后的结果。一时欢笑，一时寂寞，一生朋友能有几个？茫茫人海，倘若孤寂，那颗心多么想有个地方停泊。这是一个人面对爱情和情感的心境。人世间的爱与恨、情与怨、笑与泪、分与合、离与聚，谁又能想得到？周明朗面对这一切虽然无法把持，但是她懂得人世间最珍贵的还是真情，其他都是浮云。然而，周明朗发现自己愈发喜欢这座城市了，这不单是高可天的原因，还有不断出现的良好社会现象，都使周明朗感到赏心悦目，确实是一座宜居城市。

这个冬季的江海市，从秋季开始就是一个多事的季节，已经延伸到冬季。寒冷并没有让人们感到不适，而近期发生着一件又一件的事却让人感到意外和吃惊。史无前例的免费派送馒头爱心活动，已经增加了面包、肉包、菜包、茶叶蛋、卤品、牛奶、果汁、水果等，品种繁多，内容丰富。据说这些爱心食品大部分都是食品公司、超市等单位捐助的，按他们的说法，这些食品过几天也到了有效期，所以就派送给农民工充饥。主要是江海市委、市政府能够提供了这样一个爱心平台，让我们有机会参与这个爱心活动。由于食品较多，每天扩大了免费派送范围，由原来的六个点，增加至十五点。人群也扩大了范围，由原来单一的农民工扩大到街头的"摩的"司机。

江海市区有很多"摩的"司机。被称为"摩的"的是指拉客的摩托车。这个行当兴起于二十世纪九十年代初期，一些下岗工人没有工作，又不懂得做生意，就买了一部摩托车载客，市区内三五元就够。当时公共汽车不发达，而且许多小巷和小路没有公共汽车，"摩的"填补了空白。方便了赶路和办事的人们。虽比公共汽车贵，但比出租车便宜。这个行当一直沿袭至今。现在公共汽车增加了一倍，出租车也逐年增加，"摩的"生意也越来越难做，再加上许多路段开始禁止"摩的"通行，使"摩的"生意雪上加霜。但是，"摩的"生意比较有优势的是一次性投入，没有什么成本开支，有跑才产生油耗。所以，一般"摩的"司机都是三五成群地在热闹街头或车站、火车站边，守株待兔般地招揽生意。他们平时也大多在街头小饭店吃一碗面条或一份快餐充饥。眼看着江海市街头免费派送馒头等食品爱心活动，心中知道这是给农民工准备的，但是，"摩的"司机当中也有来自五湖四海的，他们就跃跃欲试，询问派送员有没有剩余的爱心食品，这样一来，渐渐地"摩的"司机也得到了照顾，消息慢慢传开，江海市的"摩的"司机喜出望外，减少了一天的成本开支。

摩托车拉客生意也分季节，春夏生意还好，入秋之后就差了，冬天生意最难做，客人怕冷，有钱人都坐出租车，既安全又不冷，而坐"摩的"一趟下来，全身上下冰凉透了，又不是很安全。今年的冬天，江海市的"摩的"司机师傅吃上了爱心食品，对于他们来说，如雪中送炭，大风中送来了棉袄。

让人感到欣慰的是摩托车司机师傅也没有白吃爱心食品，他们眼看农民工兄弟姐妹都自发清洗市委市政府外墙，自发到各交通路口维持交通秩序，甚至自发到江海电视台广场为被绑架遇难的女主持人召开追悼大会。这也给"摩的"司机师傅很大的压力，他们认为自己也要为江海市做些什么。以往"摩的"在人们心目中的印象是横冲直撞、闯红灯、不按道行驶，有时还抢客。"摩的"司机师傅认为要先改掉这些恶习，改变自身的良好形象，同时做到文明骑车，遵守交通法规，诚信对待乘客，并要自发起来维护江海市的治安。长期以来，"摩的"司机师傅在街头看到行骗的、偷窃的、抢劫的、打架的等影响社会治安的不良行径已司空见惯，只能睁一只眼闭一只眼，也是为了自保安全。但是，现在不一样了，自从吃了免费爱心食品之后，"摩的"司机师傅当中就有人提出了倡议：我们要义务承担起江海市治安卫士的职责，要做到路见不平该出手时就出手，保江海一方平安。这一倡议得到了大多数"摩的"司机的响应。于是，从我做起，路见不平该出手时就出手的城市卫士，在这个寒冷的冬天出现了江海市的大街小巷。

这不能说不是江海市这个冬天里的一股暖流。

但是，江海市电视台女主持人杨梅之死的阴影依然没有从人们的记忆之中抹去。如果一座城市经常发生绑架案，这座城市经济再繁荣、生活再富有、高楼大厦再多，人民群众的安全得不到保证，那生活的幸福指数就会不断下滑，使人们失去了生活的信心。按高可天的说法：人为什么会失去信心？就是看不到希望。不管是一个国家还是一个企业，不管是一个家庭还是一对恋人，都要让人看到希望。让人看不到希望，就会让人失去信心，最终的结局一定会一败涂地。如此看来，杨梅被赵大平绑架，赵大平最终与杨梅同归于尽，也属于看不到希望。赵大平对杨梅失去了信心，不得不走上不归路，从某种意义上说道理是一样的，从犯罪心理来说也有科学依据的。所以高可天更恨罗阳伟，一定要将他绳之以法。是他没有给赵大平希望，是他让赵大平失去信心。如果罗阳伟能配合警方，把赵大平稳住，先解救杨梅，再擒拿赵大平，那么两条性命就不会化为灰烬。

这个案件给江海市这个难得温馨的冬天留下一个令人不寒而栗的噩梦。

幸好，有许多人从噩梦中醒来。比如穿梭于江海市大街小巷的"摩的"司机师傅。他们发誓只要做"摩的"这一行当，就义务充当城市卫士，路见不平该出手时就出手，让江海市大街小巷没有欺骗、没有抢劫、没有小偷、没有打架等违法乱纪的现象。

"摩的"司机一夜之间骑车中速行驶、遵守交通法规、礼貌让人、文明行驶，让交通警察叹为观止。一位交通警察形象地说："都是免费爱心食品'惹的祸'。这个"惹祸"恰恰证明了温情不但令人感动，同时也让人变得善良和正义起来。是啊！有道是你敬我三分，我就会爱你一尺。你给我一个微笑，我就会送你一个拥抱。这是人之常情。

"摩的"司机也许就是出于这种常情。他们每天中午，都能够吃上街头免费派送的爱心食品，这不仅仅是两个馒头、两块面包或者两个肉包、两个茶叶蛋和两个水果，留下的可能是一种政府的关怀、社会的爱心、人间的温情。他们和那些农民工一样都会产生强烈的报恩心理。自古有受人滴水之恩，必当涌泉相报。所以"摩的"司机师傅的倡议和决心乃至行为也就不足为怪了。

高可天目睹了这一切，尽管杨梅之死的悲痛还没有从心灵上抹掉，但是，这个冬天确实是一个不平常的季节。自从他推行免费向街头派送馒头为农民工充饥爱心活动以来，不仅带动了许多食品企业和超市爱心参与，这从某种程度唤醒了人们的善良与博爱。如果这个社会、这座城市能够处处充满善良与博爱，那么离真正的文明就不远了。高可天向往的典范城市就指日可待了。

可是，高可天万万没有想到，正当他为江海市的变化而感到欣慰的时候，正当他为大街小巷在这个冬季里发生温情变化的时候，正当他为自己推行的爱心活动得到应有回报暗暗自豪的时候，正当他为死去的杨梅还在愤愤不平的时候，有一位女子却为他做出了如此牺牲和代价的举动。

他怎么知道这时候的周明朗正为自己的两个项目倾尽所囊，而且仅仅为一厢情愿的爱。


# 79


爱真的那么神奇吗？爱真的有那么伟大吗？这是投资商韩金和张青舟几乎同时问周明朗的问题。如果真有的话，那么，周明朗可以称得上是爱的天使。

的确，爱的力量是无穷的。韩金和张青舟最后决定在江海市投资是被周明朗的爱所感动。周明朗告诉韩金和张青舟：真正爱一个人，并不一定要有结果。而投资一个项目一定要有回报。韩金也告诉周明朗：有情人终成眷属，你一定会获得美丽而幸福的爱情。

这是周明朗和韩金、张青舟的最后谈判，并确定与高可天正式会谈的时间。那一天晚上，周明朗非常开心，她本来要与韩金、张青舟他们共进晚餐，想到高可天，周明朗取消了这个安排。她此时此刻最想见的是高可天，要马上告诉他好消息。

江海的天色在冬天的阴霾中很快暗了下来，路灯也陆续地亮了起来。车来人往，汽车的喇叭声、人们的吆喝声形成了繁忙的街头风景。周明朗掏出手机，迟疑了许久，想直接打手机给高可天？还是用短信形式发送给他？周明朗和高可天联系总是保持小心翼翼的心态，而且彬彬有礼、温柔可人，不像商场上那个精明而果断的周明朗。每个人都有两面性或者多面性，周明朗在高可天面前的情愫是自然而然流露出来的：亲近松竹可以傲骨，亲近风月可以脱俗，亲近山川可以养目，亲近花鸟可以入图。也许就是这个道理，周明朗亲近高可天，自然就变得那么美丽动人起来，所以说起话来，做起事来就有仙女下凡般一尘不染。

她还是禁不住想听高可天声音的冲动。于是决定打手机过去，一组熟悉的阿拉伯数字很快输入手机屏幕，接通以后，周明朗第一句话就说："可天，晚上你要请我吃饭。"

在中国人眼里，吃饭成为朋友之间友好的象征，也是朋友之间相见的最好方式。而这时的高可天，正沉浸在这个冬天变化的喜悦之中，江海市"摩的"司机的变化让他始料未及。街头"摩的"曾经是交通乱象的始作俑者，横冲直撞、无理拉客、围堵公交站、与出租车抢客等等，被人称之为"路霸"。每到交通整顿时期，"摩的"都是重点整顿对象，好了一阵子，又死灰复燃。由于这些"摩的"司机都是弱势群体，有的是下岗工人，有的是外来工，都是家庭顶梁柱，政府对他们只能用引导的方式去规范。可是"摩的"司机却说，如果按规范做事一天下来赚不了几块钱，要想多拉客，就要不择手段，这令许多部门头痛。

现在"摩的"司机突然改变了作风，而且充当起了城市卫士的角色，在路见不平时该出手就出手。这令高可天感动之余，又有了更深刻的思考。他认为一个成功的管理者，面对难题不是一味地打击，要想出破解难题的最佳方式。打击的对象应该是犯罪嫌疑人，现在某些城市管理者不分青白皂红，一味采用打击的手段，造成了矛盾进一步恶化，问题得不到解决，也损坏了政府的形象。这次"摩的"现象，应该说可以为城市管理者提供一个成功案例。因为免费派送爱心食品的原因，让这些"摩的"司机得到政府和社会的关心，使他们自觉地产生了一种规范行为，甚至引发他们内心深处的英雄主义气概。这个巧妙的变化和杠杆作用产生的成功个案，应该引起有关部门的思考。

高可天有时是一个非常感性的人，他想尽快推行以创建无贼城市活动为契机，掀起大抓捕行动。他已经把方案呈送给卓书记。江海市委已经召开了几次常委会和常委扩大会。现在江海市政法委方书记正与公安局研究部署。基本上时间敲定在元旦开始，在新年伊始吹响创建无贼城市活动的号角。这时候的高可天当然如风口浪尖上的博弈者，有着乘风破浪、背水一战的感觉。他正夜以继日地策划创建无贼城市活动的具体方案，主要分为几个阶段：第一个阶段就是大抓捕行动。让那些小偷小摸乃至各种抢劫犯罪嫌疑人无藏身之地。

　　窗外虽然灯火通明，高可天依然坐在桌面前敲打着那台电脑键盘，一阵手机的铃声才把他从思索中惊醒过来。他说："小周，什么事这么高兴？"

　　周明朗知道高可天近来因为杨梅的事陷入哀思之中，她不敢过于兴奋。只淡淡地说："可天，港口建设和核电站工程这两个项目可以定时间会谈了。没有其他重要的事，只是想见你，所以约你吃饭。"

　　"这么大的事情还说没有其他重要的事。晚上我们一起吃饭，算你请客，但由我买单。"高可天说得很爽快。

　　这让周明朗感到意外，难得高可天那么高兴。其实她和高可天上馆子吃饭谁请客谁买单并不重要，在周明朗眼里，两个人的经济现状，谁都可以消费得起。经济没有问题，吃饭买单就变成不重要。重要的是两个人相见的愉悦和开心。周明朗问："可天，你还在办公室吗？"

　　"我在办公室，去哪儿，我不熟悉，你定完去哪儿吃饭，我马上过去。"高可天准备关掉电脑。这时候，他才觉得肚子有几分饿。

　　周明朗说："不然我开车过去接你？"

　　"不了，我自己去，你告诉我去哪一家馆子吃饭就行了。"高可天历来不喜欢别人用车接送自己，特别是异性。他就连自己的车都不经常用，按高可天的说法，有时人要绿色地生活，环保地工作。

　　周明朗知道高可天的性格，他不会让自己去接他，其中有许多原因，周明朗有心理准备。她说："我们去天度会吃牛排吧！"

　　"行，我喜欢吃牛排。"高可天脱口而出。

　　"你知道在什么位置吗？"周明朗问。

　　"对了，在什么位置？我没去过。"高可问。

　　"天度会位于北江路口的一座大院内，靠近新电视台附近。"周明朗说。

"哦，知道了。"高可天说后挂断手机。他听到"电视台"三个字，好像条件反射地涌起几分惆怅的情绪。尽管高可天是一个独身者，但是他也算一个有血有肉、有情有义的男儿。一个活生生的女子，一个那么亲近的朋友，突然间在自己眼前消失了，这对于高可天来说确实打击很大。他感到生命很重要，又感到生命很脆弱。所以他就要更加珍惜生命，在有限的生命里做一些有利于社会的事情，这样的人生才不会遗憾。

的确，一个很亲近的亲戚朋友突然间离开了人间，会让人改变生活的态度。就好像一个人去哀悼另一个人的时候，那种悲伤不单单是对逝者的惋惜，而也有对自己生命凋零的感叹。这种哀悼的心情总是复杂的，用语言无法表达的。就好像一个人去送葬的时候，到了火葬场看到那种场面，你总会感慨万千，这种感慨不单单是对逝者在瞬间化为烟灰的悲哀，而是联想到自己终有这一天的来临而感到无限惆怅。豁达的人一笑而过，多愁善感的人久久难以释怀。这就是人。是人总会触景生情。

## 80

"天度会"是一家酒庄，加之西餐，消费比较昂贵。酒庄里面装修高档，环境幽静，客人很稀少，主要以酒会、派对等形式对外开放。许多企事业单位的产品发布会、新闻发布会、文化、影视、音乐、歌舞、广告等大型活动也常常选择酒庄，品酒、吃西餐都是自助的形式，有点仿效西方国家的生活习俗。平时对外经营主要接待重要商务谈判、文化交流的人士，还有情人也常常选择这里。因为天度酒庄环境优美，灯光柔和暗淡，客人稀少有素养。当人置身于天度酒庄的时候，仿佛进入了无人区，偌大一个大厅，不到两三张桌子上有客人，只有墙壁上亮着柔和的壁灯，还有桌子上的烛光。这样的环境非常适合情人们谈情说爱。酒庄顾名思义，以各种葡萄酒为主，兼营西餐。主要以牛排为主，配之糕点、饮料等，属于无烟餐厅。

周明朗也只去过一次，感觉天度会的环境可以盖过江海市所有的酒家餐馆。以前到馆子吃饭人太多吵死人，而到天度会却有一种幽静让人感到孤独。这倒很适合周明朗的心情，她想高可天也一定会喜欢，只是天度酒庄地处新电视台附近，刚才在电话中说起"电视台"三个字，周明朗明显感觉到高可天语气的变化，一定又让他联想到杨梅的事，周明朗为此感到非常后悔。在这样的环境中与高可天共进晚餐，一定要掌握好分寸，把气氛调节得恰到好处，不要因某句不合时宜的话破坏了气氛。周明朗作为女人已经想得很周到了。

夜色涂满了江海市的大街小巷，周明朗已经驾车到达天度酒庄大院，停好车后下车，见天度酒庄门口站着一男一女的迎宾，正准备为周明朗开门，周明朗摆摆手，她没有马上进去，左顾右盼地看是否有高可天的身影。一会儿，高可天的身影映入了周明朗的眼帘，周明朗赶紧招招手，向高可天打招呼。

高可天今晚披着一件风衣，有点风尘仆仆的样子。他见周明朗站在风中等他，怀有几分幸福和快乐。心想这本应该属于恋人们约会的情景，怎么也会出现在自己身上？高可天上前对周明朗说："让你久等了。"

"没有，我也是刚到，我们进去吧！"周明朗微笑着说，那笑容在灯光下显得特别妩媚。那柔和的声音在天度酒庄的大院里弥漫出一种心灵的回响。这让高可天有一种心旷神怡的感受。

高可天点点头，与周明朗一起进入天度酒庄。他不禁说道："江海市还有这样一个好地方啊！"

周明朗说："刚开业半年，许多人还不知道。"

"这样的酒庄是不是为你们商贸界、金融界的成功人士开的？我想平民百姓是消费不起的。"高可天见酒庄的架势，认为价格一定不菲。

周明朗说："也不是，许多恋人、情人、年轻夫妻、同学朋友都会选择这样的地方消费，毕竟环境怡人人人都喜欢。不是吗？"周明朗说得有些暧昧。

高可天哈哈大笑起来，然后说："说得也对，这里的环境确实是一流的。"

这时候，服务小姐上前来，把他们引向一张靠窗的桌子前，并招呼他们入座，然后把桌面上的蜡烛点燃，微微的烛光慢慢地映红了高可天和周明朗的双脸。服务小姐递给高可天和周明朗菜单，一会儿又端来两杯温开水。高可天一眼望去，见只有两三对客人坐在座位上，不禁问："这是餐厅吗？怎么没有一点人气？"

周明朗和他解释一番，高可天点点头，然后说："环境好，生意不好，迟早要倒闭。"

周明朗心里并不关心天度酒庄会不会倒闭，她关心的是今晚要和高可天度过一个美好的良宵。她认真地看着菜单，然后要了一款三百三十八元的牛排。点完菜，周明朗问："你喝酒吗？"

高可天反问："到酒庄来，有没有规定要喝酒？"

"这倒没有，我开车不能喝酒，如果你要喝酒，我陪你喝，车放在这里就不开了。"周明朗心里很矛盾，既想喝酒，又有所顾虑。

"我们喝杯葡萄酒吧！"高可天今晚破了天荒，他平时很少喝酒，也不主动要求喝酒，也许酒能消愁，今晚他有喝酒的欲望。

周明朗心里想：也好！酒后能吐真言，如果高可天有些醉意，她就可以大胆地询问一些感情的事情。

高可天强调说："小周，今晚说好了，你请客，我买单。"

周明朗倒不是很计较这些东西，只是听高可天一直叫自己小周有些不舒服，他并没有大自己几岁。她说："可天，我在你心目中有那么年轻吗？怎么一直叫我小周？"

"习惯了吧！怎么你不喜欢？年轻不好吗？那叫你什么？"高可天心里感到可笑，女人总是很在乎称呼啊、年龄啊、打扮啊、长相啊这些问题。

"你直接叫我明朗不好吗？就像我叫你可天一样，你不会生气吧！"周明朗说。

"生气什么？"

"本应该叫你高助理或高主任之类的。"周明朗说。

"多俗啊！"

"但是，在公开场合我会叫你职务的。"周明朗说。

"好了，我以后直接叫你明朗，希望你永远都是那一轮晴朗的明月。"高可天风趣地说着，然后一本正经地问："对了，港口建设和核电站工程的项目有了意向？"

周明朗点点头，说："你可以定个时间，与他们举行正式洽谈。市委市政府定的原则性政策也都向他们转达了，他们基本上接受条件，只是一些细节上要与你商谈。"

"我们就定明天吧！"高可天有点急不可耐。

"明天来不及，太仓促了。你也要准备材料吧！"周明朗说。

"我已经万事俱备，只欠东风了。对了，我要向卓书记和叶市长做详细汇报。"高可天说。

"如果可能的话，定在这个周末。"

"那还有四天。"

"地点呢？"周明朗问。

"放在市政府办公厅小会议室如何？"高可天征求周明朗的意见。

"这倒不错，说明项目的重要性，市委市政府的重视程度。"周明朗赞同高可天的意见。

高可天问："他们是哪家公司？"

"国际环球投资实业有限公司，是在香港注册的上市公司。"周明朗心里想，高可天一定满意，这样大的公司，投资实力应该没有问题。

这时候，服务小姐将两杯葡萄酒端了上来，高可天即刻拿起酒杯，对周明朗说："明朗，谢谢你，我代表市委、市政府敬你。"

周明朗手里也拿着酒杯，说："这有点大了，我倒希望你以个人的名义与我干杯。"

"行，我不代表任何人。我高可天三生有幸，认识你这个朋友，一切谢意都含在酒中，敬你。"高可天说后竟然将一杯葡萄酒一饮而尽。

周明朗手上还拿着酒杯，久久未饮，面对高可天如此豪爽，面对高可天这一番话，想起自己为了港口建设和核电站工程项目，把投资瑞典皇家商贸城的资金转移到江海，被韩金和张青舟他们称之为一次爱情的投资。而自己将要面临永远离开瑞典皇家总部的结局，一夜之间将成为无业游民，说不定还会受到什么样的惩罚。这一切都是为了高可天，此时此刻，周明朗面对这个心爱的男人，心中有许许多多的话语又不能表达。一时感到无限惆怅，同时又为高可天的开心而感到欣慰，于是喜与忧、苦与乐、爱与愁同时爬上她的心头，那杯葡萄酒一直停留在手中，情不自禁地热泪盈眶起来，几滴硕大的泪水从那双美丽的凤眼中滚了出来……

# 81

进入冬天之后，潮湿而阴冷的天气，常常伴着绵绵细雨，让人品尝到了隆冬的味道。就在这样隆冬的季节里，江海市掀起了一场热火朝天的运动。

这就是高可天所倡导的创建无贼城市活动。无贼城市，顾名思义，也就是说通过这样的活动，要把江海市打造成没有小偷小摸的城市。在流动人口如排山倒海般泛滥的今天，社会治安的复杂一度成为警方最棘手的难题，上街钱包被扒，家中贵重物品被盗，路边车子被偷，夜间行人被抢。像这样的案件在各个城市每天都发生，给居民带来不安全感，让人整天提心吊胆。江海市根据这种现象，在高可天的提议下，经过近半年的酝酿，终于在元旦这一天，实施大抓捕行动。

江海市的四大媒体记者，跟随公安、武警、联防组成的全市大抓捕行动小组，对江海市拉网式大抓捕实时报道。江海市委、市政府打出了"为了江海人民的安居乐业，为了保证来自四面八方创业和投资者的安全，要把江海市创建成一座无贼城市"的标语，一下子引起了社会的轰动。一时江海市又成为全国的焦点。据江海市委宣传部透露，江海市推行每天免费向街头派送馒头爱心活动以来，引起了中央电视台焦点访谈节目组的重视，准备春节过后派记者到江海采访。中央电视台要通过江海现象做一期访谈节目，向全国推广。这引起了江海市委、市政府的重视，卓书记和叶市长为此准备给高可天请功。正在这个时候，高可天提出创建无贼城市，卓书记当然要大力支持高可天的方案，并要求江海市公安局根据高可天创建无贼城市的方案组织实施。在半年内要初见成效，在江海市区内没有偷、抢、盗、窃等丑恶现象存在。

高可天知道创建无贼城市要比免费派送馒头爱心活动难得多。高可天只希望通过这样的活动，能够唤起大众防患意识，做到看好自己的门，保管好自己的东西，同时也能够激发起人们见义勇为的善举。让那些盗贼成为过街的老鼠，人人喊打。如果能够达到这样的效果，那么江海市就有可能成功创建无贼城市。这是高可天的理想，也是他的希望。这种理想和希望，他是向卓书记和叶市长承诺的

是啊！这个进入江海市委、市政府大院不到两年时间的高可天，凭着一腔热忱，一股作气，不断地推出新的城市管理理念，他虽然没有经过党校的学习和培训，也没有从政的经验，但他的著作证明了他对社会的思考。也就是因为他的著作，卓书记大胆地提拔他，并让他有了用武之地。卓书记把高可天调入江海市政府，原本对他的期望值只想让他为政府提供内参，对城市的管理或治理提出个人的见解，然后经过科学论证，结合江海市的

具体情况，发展纲领，经济建设远景计划，形成一套有效的科学管理模式。能够从高可天那种管理理论中体现人文关怀的文化软实力，创造出一套与众不同的城市治理方案。谁知高可天不但有这套理论，而且还是一个实干家。他对社会底层生活的基本面都非常了解，这说明高可天有着很丰富的实践经验。同时他还具有很深厚的心理学水平，对人心的把握，特别对大众的心理学思考可以说是入木三分。他提出的各种方案在实施过程中都能立竿见影。卓书记想这样的人才如果不培养成领导干部，就是自己从政以来最大的遗憾，甚至是失职。卓书记从政几十年来最深的体会，就是非常注重身边的人，或者比他地位低的人，只要是一个人才，他都想方设法提拔重用。在这一点上，叶市长也有同感。他们为什么能够在同一座城市里，一个是书记，一个是市长，能够像兄弟朋友一样肝胆相照，无所不谈，许多方面都能达成共识。就是因为他们的政治素养、人生抱负、为官处事的方式相近。

卓书记最大的遗憾是高可天不能成为自己的女婿。在这一点上，卓书记承认有自私的一面，认为这么好的年轻人，能够成为自己的女婿，不但女儿卓心兰将会幸福一辈子，对她死去的母亲也有所交代。所以，卓书记经常暗示自己的女儿多和高可天联系，用自己的实际行动去感动高可天。卓书记认为任何事情都是事在人为，只要努力、坚持，一定会成功的。爱情也一样，需要努力、坚持，更需要去追求，让对方感动。这是卓书记最大的心病。他想：高可天为什么是一个独身主义者呢？难道他真的看不上卓心兰吗？自己的女儿卓心兰温柔而宁静、大方而礼貌、漂亮而善良，几乎汇集了东方女性所有的优点，高可天没有理由不喜欢。那么，为什么他们之间无法擦出爱情的火花呢？难道是卓心兰的问题？女儿看不上高可天？应该不会，高可天可以算男人中的精品，年轻有为，如果他不从政，做学者型的专家人生也一定会辉煌，这样的男人一定会受到许多女性的青睐。也许是自己的女儿过于矜持？太孤芳自赏？应该不会。那是为什么？

卓书记想不明白，这么好的一对金童玉女可以称得上天仙配，也门当户对，虽近在咫尺，却无法穿越感情的河流，被堵在莫名其妙的心灵彼岸，相望无语，相见无意。高可天真的一辈子不想结婚吗？是什么让他对婚姻有这么大的恐惧？从他非常焦急地要掀起大抓捕行动，为江海市创建无贼城市活动拉开序幕，可以看出来高可天对杨梅被害有一股莫名的激愤。可见他是一个有情有义的血性男儿，这样的男儿为什么成不了自己的女婿？

卓书记知道高可天为了实施创建无贼城市，已经很久没有和卓心兰联系了。现在全市大抓捕行动已经进入实质性阶段，高可天每天都在关注，他要让江海市的父老乡亲今年春节过上一个真正祥和、安康、快乐的节日。警方已经抓了一批抢劫的、盗窃的犯罪嫌疑人，并按情节的轻重，分别给予教育、警告、拘留、劳教等不同程度的治安惩罚和法律制裁。卓书记还知道，高可天对江海的贡献是巨大的，他在关心高可天政治生命的同时，也应该关心他的个人感情生活。所以，卓书记认为高可天的独身想法是错误的，是唯心主义的，是不健康的，他要改变高可天的想法。当然，卓书记不会以市委书记的名义，也不会用政治手段，更不会用强迫的命令，也不会用威胁的手段。那么，用什么方法呢？卓书记心中也没有底，他今晚回去要先去问一问自己女儿的态度。那么，现在的卓心兰又在哪里？她又是怎么想的呢？

# 82

每个人对待爱情是不一样的，有的人爱得狂热不怕燃烧自己，有的人爱得贪婪不怕伤害别人。每个人对爱情的表达方式也不一样的，有的人海誓山盟不怕自己后悔；有的人不轻易流露心迹深藏着爱意不怕自己错过。那么，卓心兰又是什么样的女孩呢？

自从认识高可天之后，这位心比天高、情比海深的女子心中突然间喷发出青春的活力，生命的荷尔蒙涌动不止。卓心兰自己感觉这就是爱。一个人遇上一个异性，不是都能够产生爱的冲动，但是，一旦有了这种爱的冲动，就证明了自己已经喜欢上这个异性了。这并不是心理学，而是爱的信号。可惜，落花有意，流水无情。这是卓心兰目前的心境。

她不像杨梅那样可以变出花样去接近高可天，甚至大胆地表达自己的爱情；她也不像周明朗那样以各种借口，创造有利条件接近高可天，在无意中流露出自己的爱意。卓心兰相比之下显得含蓄多了，她胆小羞涩、爱面子又腼腆，只好把爱埋在内心深处。她的工作单位是江海市旅游局，常常出差，走南闯北。有时参加旅游节，有时到北方推介江海的旅游风景点，每到一个地方，她都会为高可天买一件礼物，有的是皮带，有的是领带，有的是围巾，有的是手表，有的是衬衫。虽然不算贵重，但大都是名牌。奇怪的是回到江海后，卓心兰一件礼物都没有送出去，都放在她房间的某个箱子里。这是为什么？她害怕被高可天拒绝，但是，当她每到一个地方又想起高可天，又有了为他购买礼物的冲动。

送礼也有技巧，这要分场合和对象。恋爱中的男女应该远离金钱的诱惑，除了定情之物外，不应该把物品作为爱情的筹码，在物欲横流的气氛中谈情说爱。那样的爱情既充满着铜臭味，又一文不值。卓心兰对这些是非常讲究的，在她心目中，世界上没有规定男人一定要送女人的礼物，也没有规定女的就可以乱花男人的钱。那不叫爱情，也不平等。不管多么美好的爱情一旦与金钱联系就会变味，现在不会变味只是暂时的，总有一天会发霉。这是卓心兰的看法，也是她对爱情的理解。这不是因为她是江海市委书记的女儿，也不是因为自己有钱。一个人站在爱情面前，没有高低之分，贵贱之别，更没有富裕与贫穷之关系。卓心兰之所以为高可天购买礼物，是因为她爱着他。她的礼物之所以没有送出去，是因为怕高可天不爱她。这是一件非常尴尬的事。

这几个月来，卓心兰明显瘦了，她感觉到人为什么会烦恼？以前认为书念得不好，考试成绩不好会苦恼，工作不如意，父母身体不好会苦恼。想不到想念一个人，爱恋一个人也会这么苦恼，甚至非常惆怅，这就是爱的神奇。卓心兰也有许多追求者，可惜都不在她的视线里。旅游局的一个金牌导游，也是一表人才，都出过几次国，精通英语、俄语、日语等多种语言。对卓心兰的爱也是诚心实意的。可是，卓心兰就是没有感觉，只能让对方失望。这也是爱的神奇。任何人都不可以乱点鸳鸯谱，也不能可以一厢情愿。现在为什么有那么多剩男剩女？大龄青年的队伍为什么不断壮大？电视上的相亲节目为什么那么多？这都充分证明了一对男女相遇相识相爱有多难。一擦能够产生火花的概率有多低。尽管在这样的恶劣环境下，依然有成千上万的红男绿女们为了真正的爱情苦苦追求着，寻找着。

卓心兰尽管不经常和高可天联系，但是她随时在关注高可天的行踪。她不敢向市委书记的父亲打听高可天的情况，但是她可以从当地的报纸、电视上看到高可天的消息，她知道江海市最近的变化都与高可天有关。她倒是偶尔听到父亲谈起高可天的事，父亲的用心良苦，卓心兰记在心里。可是婚姻大事不是国家大事，高可天可以终身不娶，过独身生活，我卓心兰为什么不可以？她曾经对父亲说："爸，你不要担心我，你如果怕女儿嫁不出去，我明天就带一个人回来让你瞧瞧。爸，不是女儿嫁不出去，是因为女儿有自己的爱情信仰。明白吗？市委书记！"

卓书记见女儿这么一说，无言以对，只是沉默无语。当然，卓心兰说这话时心里是苦涩的，一个人最烦恼的是爱一个人无法爱，不爱的人却爱上了自己。有一次，卓心兰失眠，她想和高可天打电话，又怕打扰了他。她知道高可天很忙，一件事情接着一件，好像比她父亲还忙。她到凌晨三点，终于忍不住给高可天发了短信：

> 把匆忙裁剪，留下空间，把烦恼轻叠，留下欢颜；把脚步放慢，留下瞬间，把冬夜入梦，留下温暖，把祝愿珍藏，留下思念。

卓心兰的短信是含蓄的，也是有故事包含其中的。高可天并不傻，但是，他很内疚，深更半夜收到卓心兰的短信，他吃了一惊，他判断卓心兰一定还没有入睡，也许她有无数个不眠之夜。此时此刻，高可天认为自己不能沉默，一定要与她互动，这样才能暂时抚平她心灵上的惆怅。高可天即刻也回了一则短信：

> 夜空因繁星而美丽，清晨因旭日而多彩，人生因朋友而美好，朋友因关心而幸福。

卓心兰接到高可天的短信，好像天上掉下馅饼，一下子满屋生辉，温暖如夏。于是，卓心兰又发了一则短信，表达自己此时此刻的心情：

> 有一种思念的歌唱给海洋听，海洋把心愿交给了天空，天空又托付给了流云，流云化作小雨轻轻地飘落在你的窗前。

高可天怕卓心兰陷入自己的感情当中，他只发了两个字：感谢！然后用无数的省略号来代替自己此时用语言无法表达的心情。

夜就这样在惆怅与思念中被东方的旭日戳破。卓心兰也就这样在夜色无眠中浪漫了一回。她感觉高可天是爱自己的，那他为什么要无动于衷呢？是那个该死的独身主义的障碍吗？是因为江海的爱心活动、创建无贼城市吗？

还有什么港口建设、核电站工程吗？还是因为杨梅？杨梅已经死了。还有那个周明朗？卓心兰无法理解高可天的想法，她知道周明朗也爱高可天，卓心兰并不怕，优秀的男人一定会有很多女子爱，只要是聪明的女子都喜欢优秀的男人，这一点无可厚非。关键在于高可天本人，他选择的空间很大，他挑选的余地很多。主要看他的审美目光倾向于哪一个方面，还有他择偶标准的价值取向。

卓心兰就是在这样反复思索与思念中度过每一天。有了这种思索的经验和思念的积累，练就了卓心兰的胆识和果断。她在情感的矜持中，流露出了某种主动，在美好的暗恋中想揭竿而起，对高可天进行一次温柔的攻击。所以，有人说女子似水，水一旦有了落差，冲击力就是巨大的。卓心兰心想不能再受爱情的折磨，她一定要弄出个水落石出。可是她又是多么担心，一旦失败了，连被爱情折磨的机会都没有了，留下的可能就是痛苦，而这种痛苦不知要用多少时光来医治才能痊愈。

正在这时，卓心兰的父亲卓越推门而进。今天卓书记回来得特别早，卓心兰还没有做好饭，她每天四点到家，这是由于卓心兰经常出差，所以她的上下班时间非常有弹性，有时候要到晚上八点才能下班，这主要取决于旅游团的业务。这时，卓心兰不禁问："爸，怎么这么早回来？"

"今天有事，你多炒几盘菜，等一会儿有客人来。"卓书记放下包，神秘地对卓心兰说。

卓心兰一头雾水。那么，这个客人是谁呢？

## 83

华灯初上的都市是温馨的，万家灯火的夜晚是美好的。可是，在每一扇窗户的背后，却有着不一样的故事。这时候，江海市委书记卓越家的灯火一样通明，当卓书记告诉女儿卓心兰今晚的客人是高可天的时候，卓心兰惊住了。这几天为什么老是上眼皮和下眼皮打架，脑海中总是浮现着高可天的形象，心中不断地想起他。原来父亲又要当隐形的媒人，以谈工作为名，替女儿姻缘牵线。这算不算以权谋私？不管怎样，卓心兰知道身为市委书记的父亲也是为人父母，可怜天下父母心。难道说自己真的与高可天有缘？聪明的高可天也应该知道父亲的苦心，如果没有父亲，他不可能有今天，他不看僧面也要看佛面。多情的卓心兰一时也迷信起来。

"爸，你今天请高可天到家里做客吃饭，有什么重要的事吗？"卓心兰问卓书记。

"傻丫头，老爸是为你创造条件和机会啊！高可天很忙，你又太自尊，距离虽然能产生美，但是，距离也会疏远感情。要想有缘，需要时间，需要接触，这样才能彼此了解，培养感情。"卓书记讲了大实话。卓心兰点点头，她坦诚地对卓书记说："爸，说心里话，女儿是喜欢他的，可是，人家决意要过独身生活，再加上我是市委书记的女儿，而高可天又是你的部下，你对他又恩重于山，所以我又不敢让他为难。如果处于平等的平台上，我会去大胆表达自己的感情。但是，对于高可天总是难以启齿。"

卓书记语重心长地说："心兰，我们都不能改变这种事实，这和你婚姻没有关系，高可天是有个性的人，他懂得判断，不会被其他东西所左右。这一点我已经从他的工作作风上看出来了。他最大的心结就是他曾经发过誓一辈子不结婚，什么原因不得而知。只要你能够为他解开这个结，你就成功了。明白吗？"

卓心兰似懂非懂地点了点头。心里想，今晚要和高可天做个了断。不能总是生活在他的阴影下，把思念当作每一天的生活内容，那样会把自己的青春荒废了。她说："爸，你请他来吃一顿饭就能解决问题吗？"

卓书记说："其实我下午已经和高可天谈了两个小时，是工作上的事，最后才请他来家吃饭，是他先提到你。"

"哦！"卓心兰眼睛一亮，发现了新大陆一般，好像爱情之神已经向自己招手。

今天下午，是高可天主动找卓书记汇报工作的。主要是关于港口建设和核电站工程的事。那是高可天与投资方韩金、张青舟见面会谈后，才向叶市长和卓书记汇报的。

高可天和韩金、张青舟的洽谈是放在市政府办公厅的小会议室进行的。时间是星期六。双方都准备了有关材料，特别是投资方，韩金和张青舟带齐了公司的资质和银行的报表。高可天因为有了周明朗这一层关系，对韩金和张青舟比较信任。而且韩金和张青舟对高可天就更加放心了。这等于跟政府做生意，没有风险。他们惊讶的是高可天竟然如此年轻，而且一点也不像地方政府官员，倒有点像大学里的教授。他们只听周明朗介绍过，他很有才华，知识渊博，思维敏锐，很有知识分子的气质，也有科学家的风格，充满着理想主义的气概，又有英雄主义的胆识。今天一见，并不是周明朗情人眼里出西施。高可天确实一表人才，难怪周明朗会花这么大的代价，放弃瑞典的一切，为小小一座江海城，原来鱼池虽小，却有蛟龙出没。让人感动的是周明朗所做的一切，高可天并不知道，可见周明朗是真心的，在物欲横流的世界里，这就显得更加可贵了。韩金决定在江海投资，也希望能够成全一段姻缘。必要的时候，他要把真相告诉高可天。

高可天见到韩金和张青舟的第一句话是："欢迎你们！你们是贵客啊！"

韩金说："高助理，有您这样开明的政府官员，我们投资者有一种宾至如归的感觉。不过，值得一提的是，周小姐对江海这座城市情有独钟啊！我们听她的，所以放弃了瑞典的项目，来到这座美丽的城市江海。"

站在一边的周明朗显得有几分尴尬，她招呼大家入座，并做了开场白："高助理是我的朋友，也是我的导师，因为我看过他的作品，也算是他的读者。他现在为江海效劳，我有一些投资和金融上的资源，互相引见并没有什么，资源共享吧！另外，韩金和张青舟两位老总又是我商场上多年的合作朋友，彼此较为信赖。所以就有了今天的会晤。"

高可天和韩金、张青舟双方异口同声地向周明朗表示了由衷的感谢。今天高可天带了两个工作人员，他们是负责港口建设和核电站工程的具体工作人员。今天只是谈个意向，双方签订仪式要在春节后的三月份，在春暖花开的季节里，在举办江海市贸易项目洽谈会上举行签订仪式。作为江海市海西建设的重要项目，到时还要举行奠基仪式。

高可天在一个月前把港口建设和核电站工程项目的招商引资方案交给了周明朗，想必韩金和张青舟已经详细阅读和研究了，不知道他们是否做了风险评估。今天，高可天只强调三点：第一，港口建设和核电站工程是海西建设的重要项目，不仅是江海市一项经济建设的工程，政治上也有着战略性意义。江海的港口建设，意味着对海峡西岸的三通起到积极作用。而核电站的建成，为周边地区的工业、农业、科技等园区输送近三百万千瓦的电力。这对江海市的经济建设提供应有的能源保证，所以港口建设和核电站工程不是一般的工程，投资公司和施工单位不但要有经济实力，还要有一定的政治素养。我把这种实力和素养称为儒商。一个儒商或者企业家首先是爱国的，然后要有爱心。在获取利益的同时，能够回报社会。第二，港口建设和核电站工程，尽管以招商引资的方式进行立项建设，但是，这属于基础建设，所以国有应占主导地位，这是高压线，是招商引资的先决条件。注册成立具有法人代表的责任公司，进行市场化管理。国有一定要占有百分之五十一的股份。管理权由投资者管理，按照市场经济规范进行运营。从项目动工到投入使用，就移交投资方管理，共同承担风险。银行贷款由政府信用担保，这是经过江海市委常委会上制定的合作方案。第三，江海市委市政府倡导"你赚钱、我发展"的政策。江海市政府是热情的，也是好客的，为投资者提供有效的后勤保证，我们通常所说的投资环境。江海有能力在硬环境和软环境上给投资者营造一方平安、和谐、公平、文明的工作气氛。同时要保证投资者的回报，但不能有暴利，只能是微利。这是双方合作的原则。

高可天说得比较详细，其实韩金和张青舟基本上已经了解了这些情况，在项目可行性报告上也有详细说明。只是他们听完高可天的阐述，发现高可天不仅仅是有学者的风度，也有政治家的风范。

双方洽谈得比较顺利。从下午两点一直谈到五点，持续三个小时。高可天作为东道主，晚上举行了宴会款待了韩金和张青舟……

# 84

不胜酒力的高可天不知是高兴还是出于酒桌上的礼节，他竟然喝醉了。

高可天虽然在工作和生活中都是一个严谨的人，但是，他又是一个率真的人，也是一个性情中人。他今晚的醉酒是为江海而醉，是为卓书记和叶市长而醉。因为他们给了高可天机会，也给了高可天信任。作为年轻人，遇到这样的领导干部，是幸运的。同时，他今晚也为周明朗而醉，是她引荐了投资者，高可天认为韩金和张青舟是真正的企业家，他们公司做了那么多慈善事业，为社会做了那么多公益事业，从这一点上，高可天就完全信赖他们。再者，就是国际环球投资实业公司主要以基础建设为投资项目，从技术层面上看，高可天也完全放心。因为，他想以江海的美酒，以江海人的热情，好客地招待客人。但是，没有什么酒量的高可天当然经不起酒精的侵袭，他在一半清醒一半醉的状态下，被周明朗搀扶着送回家。

周明朗是愿意护送高可天回家的，她把他看成是自己的男人，尽管是单方面的，也是一种幸福。只是这种幸福带着某种凄凉和茫然。高可天被周明朗送回家时，已经什么都不知道了。而周明朗不敢离开高可天的家，她把高可天安顿好，一直守在高可天的身边，然后和窗外的那一轮孤独的冬月一起慢慢地走向黎明。

当月亮残星坠落在天边的时候，高可天睁开了惺忪的眼睛，才发现周明朗半闭着眼睛，艰难地守候在床旁。高可天吓了一跳，赶紧爬了起来，轻声地叫着："明朗、明朗。"

这时候的周明朗不但困了，而且已经很累了。她看见高可天醒来了，好像来了精神，说："天亮了？"

"我昨晚醉了？"高可天好像明白了一切。

周明朗点点头，说："你不但醉了，而且还吐了。"

高可天感到有些难堪，不好意思地说："连累了你，失态了。"

"一个男人喝酒醉是家常便饭的事，只是酒醉很伤身体。再说，你怎么是韩金、张青舟他们的对手？"周明朗站了起来，然后又说："我也该走了。"

"不，不。"高可天赶紧留住周明朗。周明朗不解，以为高可天对她有意思，心中一时暗喜，感激地望着高可天，那双含情脉脉的眼神，让清早的高可天更加感到不安。

高可天说："明朗，对不起，酒这东西真的误人误事。我这一醉把你折腾一个晚上。你看，这个时候，你要是走出我的家门，一到小区门口，一定又会传出许多绯闻。别人以为你在我家过夜。"

"我本来就一整夜在你家嘛。"周明朗有些委屈，眼睛里一时溢出泪花。

"明朗，不是这个意思，我可能说话不当，伤害了你。我的意思怕被人说闲话，人言可畏。我们很难解释清楚。"高可天有些语无伦次，他不知道如何处理面前尴尬的场面。

周明朗趁机说："可天，我不在乎，你在乎吗？"

高可天看着周明朗，半天说不出话来。周明朗见高可天无语，便上前说："可天，你难道没有看出来吗？自从认识你之后，我无时不刻地想念你，这并不是我的感情空虚，而是我对你的崇拜。人海茫茫，我也阅人无数，从来没有为某个男人动过情，却可以为你赴汤蹈火。我觉得这就是爱。"周明朗终于按捺不住积压在心中多时的感情，此时此刻认真地向高可天表达。

"明朗，你冷静一点，我很感激你对我有这样的感情，但是，你也应该知道我的具体情况。我对爱情、婚姻没有任何概念。不是我冷血，也不是我不食人间烟火。只是我面对爱情、婚姻没有任何思想准备。我从来没有想过恋爱、结婚，这些东西好像离我很远，我喜欢现在这样的状态。请你原谅。"高可天很愧疚地说着。

周明朗沉默了，她冷静了下来，她怕高可天又太难为情，她怕会给高可天太大的压力，影响他的正常工作和生活。然后说："可天，我们不谈这些了，我理解你。现在研究一下我该如何离开你的家，才不会造成你的不良影响。"

高可天一听，感到自己太自私了，后悔自己不该说那样的话。他也许被流言蜚语弄怕了。现在正是他风风火火干事业的时候，港口建设和核电站工程刚有了意向，免费派送爱心活动正如火如荼，创建无贼城市已经全面展开。如果在这个时候，自己又陷入男女是非之中，不但会断送自己的前程和声誉，也会给江海市带来极大的负面影响，甚至江海一系列正在上马的工程就此夭折，也会让卓书记和叶市长大失所望。所以他必须时时保持清醒的头脑，谨慎地面对生活和工作，让大众监督自己的所作所为。可是，昨晚酒喝得过多，多情的周明朗陪了自己一夜。自己不但没有感谢人家，还伤害了人家。毕竟人家是有恩于自己，如果没有她引荐，韩金、张青舟他们不可能在江海投资，港口建设和核电站工程也不可能这么快就落实了。高可天一想到这些，头脑似乎又疼了起来，一时感到自己变成一个小人，一个自私的人。他说："明朗，对不起，你不要误解我的意思……"

周明朗说："你口渴吗？我为你熬一碗粥吧！这个时候从你家出去确实不妥，我想等到十点后再说吧！"

高可天觉得很对不起周明朗。但是，他自己上午又必须去市政府一趟，他准备上午向叶市长汇报港口建设和核电站工程签订意向的情况。今天下午卓书记已经约好要去见他一趟。顺便汇报一下近阶段自己工作情况。这便是高可天今天的日程安排，他不可能等到十点以后出门。这该怎么办？

这时，周明朗已经进入高可天的厨房。而高可天正在客厅上踱步，表情极为烦恼。周明朗把米下锅之后，见高可天焦急的样子，便问："你上午有事吗？"

高可天坦白地说："我上午要去市政府，已经和叶市长约好了。"

"哦！"周明朗掏出手机，拨打韩金的手机，向他求助："韩总，你好！"

韩金见周明朗这么早来电，以为有什么急事，问："小周，有事吗？"

"韩金，要麻烦你一下，你和张总一起来高助理家一趟。"周明朗说。

"什么事啊！"韩金吃了一惊。

"昨晚高助理喝醉了，折腾一个晚上，我至今还没有离开他的家，现在他醒了酒。可是，这么早我们俩出门怕会被人误会，所以请你们过来做挡箭牌，把我们救出去。四个人一起出入，不会有人说三道四吧！"周明朗不得不向韩金他们说出原委。

韩金一听，好像明白了周明朗的意思，心里想，周明朗真是用心良苦，考虑周全，为高可天动用了身上每一条神经。他马上通知张青舟开车过来。然后又问周明朗说："小周，高助理的家在什么方向？"

周明朗告诉了韩金高可天家的地址和小区名称以及几幢几号。半个小时之后，韩金和张青舟带着两瓶五粮液来到了高可天的家。

高可天感觉自己失态了，丢了很大的面子。他对韩金和张青舟说："韩总，张总，酒是绝对不能收的。请你原谅。"

韩金一直解释："酒不是特意去买的，也是别人送的，放在家里很久了，就顺便带过来。"

高可天走到书房里，从书架上拿下《教育与生活》《教育与经济》两本书，分别签了名送给韩金和张青舟。然后说："我很少签名送书给人，今天是个例外，酒不能收，但心意领了，回馈两本书作为答谢。"

周明朗知道高可天的性格，就示意韩金、张青舟按高可天说的办。然后说："韩总，张总，这样吧！酒先带回去，我们什么时候想喝，你把五粮液拿出来一起喝，如何？"

韩金和张青舟互相对视而笑，说："只能如此了。"

一会儿，他们一起从高可天家出门，坐着张青舟的车，驶出小区……

# 85

人生也许会面临着许许多多的考验。命运也会时不时地捉弄每一个人。这就需要你如何去面对。你无法回避，也无法后退，这就是生活。生活时时会为难你，让你常常处于两难之中。于是，你就有了烦恼、惆怅、忧愁，同时也就有了得失。高可天也许正处于这样的境遇之中。他上午向叶市长汇报近期工作计划后，下午走进了卓书记的办公室。

高可天最近心情很好，为自己出色的工作成果感到自信满满。免费向街头派送馒头为农民工充饥的爱心活动，已经卓有成效。这一江海现象几乎成为这座城市的名片，传遍大江南北。民以食为天，有的地方称江海为丰衣足食的城市，也有人说江海是宜居城市，这让身为市委书记的卓越感到无限荣光。现在江海又掀起了大抓捕行动，为创建无贼城市打开了新的局面，估计不久将会引起全国的关注。其实，现在已经引起全国媒体的关注。这一切的一切，都与高可天的建议有关。江海市长叶江东曾经形象地称赞高可天是一位理想的城市管理者。

这时候，站在卓书记面前的高可天依然有点拘谨："卓书记，我想先向您汇报港口建设和核电站工程招商引资的事。上午已经向叶市长做了详细汇报，并把有关材料上呈给叶市长。"

卓书记点点头，招呼高可天坐下，然后说："关于招商引资的事我就不过问了，由叶市长全权处理。可天啊！原来想让你先做市长助理过渡一下，给你戴一个帽，小海西新区临时管委会主任，这是江海市的重要区域，靠近海边，港口和核电站工程正处于新区内。所以这两个项目交给你，为你日后的工作打好基础，想不到你做得如此出色，得到了江海市委市政府的肯定。"卓书记的一番话，让高可天更加自信起来，并作谦虚状："卓书记，我年轻气盛，做事还很浅薄，恳望您不断提醒。"

卓书记慈祥地笑了笑，说："年轻人就要在政治素养方面不断锻炼、提高，尽快成熟起来。"

高可天牢记卓书记的话。他说："卓书记，您就别表扬我了，其实我的想法很简单，就想以实践来验证自己的理想。原来，我的理想只在书本上、脑海里，现在我的理想可以在江海这块沃土播下种子。所以，什么市长助理、新区管委会主任对我来说，都不是主要的。"

"那什么是主要的？"卓书记问。

"当江海成为名副其实的平安、文明的典范城市，那是最主要的，也最能证明我的人生价值。"高可天说。

卓书记笑了笑，指着茶几上的杯子说："喝茶吧！"然后语重心长地说："可天，你如果要想成为对国家有用的人，就不能满足现状，江海只是中国成千上万座城市中的一座，单单一座城市平安、文明是远远不够的。仅仅江海有免费的午餐也是不够的，全国的农民工兄弟姐妹都跑到江海怎么办？江海能承受得起吗？我们创建无贼城市，进行大抓捕行动。小偷没有了，抢劫没有了，是被我们赶出了江海市，还是改良了？如果被我们赶出江海，不敢在江海市作案，这些窃贼、抢劫犯还会在其他城市作案，是不是这样？有一句话叫作一花独秀不是春，万紫千红花满园。中国有九百六十万平方公里土地，如果江海市的免费午餐成功了，创建无贼城市成功了，如何向全省乃至全国推广，把江海现象变成中国现象。中国有中国的特色社会主义，中国还有中国的模式，如果中国还有一个中国现象，就会让全世界瞩目。那才是伟大的创举。"

卓书记的一席话，让高可天目瞪口呆起来。本以为自己长期以来认真地观察和思考社会问题，有一套属于自己的理论。此时此刻听到卓书记的一番话，感到卓书记的分析不但有深度，还有广度。他的目光可以说是高瞻远瞩的，不愧是一名老干部。高可天从心里佩服卓书记的观点和看法。是啊！江海独秀并不能解决中国的问题，江海的免费午餐引来更多的农民工怎么办，江海能容纳得下吗？创建无贼城市，江海没有贼了，都跑到其他城市去了怎么办？这引起了高可天新的课题。这新课题富有挑战性，高可天一时感到现实的复杂远远超出自己的想象，感到"理想与现实永远都有距离"这句话的真正含义。

"怎么了？害怕了？"卓书记见高可天六神无主的样子，又怕惊住了这位才气十足的年轻人。他始终把高可天视为晚辈而不是部下，所以，卓书记对高可天更多的是关怀。这种关怀甚至渴望着是亲情般的关怀。如果是女婿，女婿就是半个儿子，那就是亲情般的关怀。所以，幸福不单属于被关怀的人，也属于关怀别人的人。这与爱和被爱有异曲同工之处。

高可天半天吐出一句话："卓书记，我明白您的意思。"

"小高，你明白我什么意思了？"卓书记反问，他判断高可天并不明白。

高可天笑了一笑。然后说："我站得不够高，看得不够远。"

"可天，一个人做任何事都要站得高，看得远。然而，做任何一件事都要从小做起，从基础做起。我想这道理你比我明白。你现在仅是一个市长助理，你想治理好江海，你这个权力不够。"

"这不是有您卓书记嘛！还有叶市长。"高可天脱口而出。

"你想做大事，总不能老躲在我们的腋下，那样你的翅膀永远不会丰满，永远硬不起来，怎么能展翅飞翔？"卓书记说。

高可天似乎明白一点卓书记的意思。他说："起码要有足够的时间让我锻炼。"

卓书记又笑了起来，说："你应该要有做市长、市委书记的雄心壮志。"

高可天怎么敢这样想呢？他可是从来没有想过，也没有这种雄心壮志。如果有，这不成了忘恩负义，而且是踩着别人的肩膀。他说："卓书记，你放心，我宁愿回乐山县，也不想成为江海市长或市委书记。"

"这不是你想和不想的问题。可天，你要知道，我和叶市长就是要把你培养为接班人，我们晚上干两杯，别像上一次喝醉了还叫心兰送你回家。"

高可天不好意思地笑了笑，卓书记又说："我已经向省委作了推荐。江海市引进你曾经有许多争议，时至今日，仍然还有不同的声音，我和叶市长顶着各种压力，但令我们欣喜和安慰的是已经看到了江海的变化。这些变化都与你有关，一个名不见经传而又名声在外的年轻干部，不但是你本人的自豪，也是江海的骄傲。所以，除非你江郎才尽，否则，我们一定要把你推上重要的领导岗位上来。"卓书记发出了肺腑之言。

高可天一时不知说什么，他面对卓书记除了感激外还是感激。卓书记见时间不早了，说："小高，晚上到我家吃便饭吧！"

高可天恭敬不如从命，点了点头说："我拿一瓶五粮液一起喝如何？对了，心兰最近怎样？工作好吗？"

"她还好，经常提起你，说你了不起，是她学习的榜样。"卓书记有意替女儿说好话。

一个市委书记，一个市长助理。一个长辈，一个晚辈，也算情投意合，平易近人，一点不像官场上的政客。

# 86

　　冬天里的夜色很苍白，夜色中的城市又显得几分喧嚣。由灯红酒绿组成的繁华娱乐城，由琳琅满目的商品组成的百货商店，由车水马龙组成的大街小道，把城市里的夜色装饰得那样热火朝天。这就是江海市的夜色。在夜色的万家灯火处，有一家橘红色的灯光洒满一对父女的全身。他们就是市委书记卓越和他的女儿卓心兰。

　　这时候，他们正在等高可天的到来。卓心兰有些忐忑不安起来，她既盼望高可天马上敲门出现在自己的面前，因为很久没有见到他了，可是，她又不希望高可天唐突地来到自己的跟前，又怕自己不懂如何应对。这种矛盾让卓心兰的心情变得复杂起来。她不断地安慰自己，今天也许又是一个机会，如果今晚没有结果，从今以后不可能再有机会了。她听父亲说高可天会带一瓶五粮液。酒将成为今晚的主题，那么爱情呢？将会出现在第几乐章？卓心兰只准备了几盘下酒菜，然后烧着一盆火锅，青菜、粉丝、冻豆腐、牛肉一样也不少。

　　卓书记走到卓心兰跟前说："心兰，感情的事是双方的，不能勉强。感情的事又是很个人的事，老爸不能为你们做主。虽然我很欣赏高可天，也希望高可天能成为我的女婿。但是，你老爸又是一个这样的身份，实在不好开口。哪怕有一点暗示，都会给高可天无形的压力。如果高可天不爱你，是因为你老爸的原因和你成亲，那你们也不会幸福。知道吗？"卓书记生怕女儿过于紧张或者寄予太大的希望，给她讲了一些道理。

　　"爸，我明白。看得出来，高可天应该是喜欢我的，只是他有障碍，什么障碍？能不能排除我不太清楚。今晚我要弄个水落石出，要高可天明确地答复我。成也行，败也行。仅此一搏。"卓心兰豁出去了。

　　"心兰，那你们不要当着我的面谈个人感情的事。高可天会尴尬的，我这个市委书记也会尴尬。"卓书记说。

　　"我今晚要送高可天回家。我在他家谈。"卓心兰准备今晚的安排。

　　这时，有人敲门。卓书记判断就是高可天，卓心兰走到门口打开门，门口站的是高可天，他提着一瓶五粮液，见是卓心兰开门，不禁脱口而出："你好，心兰。"

"欢迎、欢迎！"卓心兰把高可天引了进来。

高可天见卓书记坐在大厅沙发上看电视新闻，说："卓书记，我来迟了。"

"不迟，刚好，心兰开席吧！"卓书记站了起来。

高可天一边将酒打开，一边说些客气的话。卓心兰问："高可天，在我印象中你不会喝酒啊！"

"是啊！我的酒量不行，只是陪卓书记喝而已。昨天我就喝醉了，吐得一塌糊涂，真是难受。"高可天回忆起昨夜的事仍心有余悸。

三个人入席，火锅里正冒着烟，也冒着可口的味道，还有几盘小菜，五十二度的五粮液，对于酒量不好的高可天来说每喝一口简直都在烧灼着五脏六腑。高可天有了昨夜的经验，懂得了分寸，特别在卓书记家，面对卓心兰，更不能洋相百出，斯文扫地。所以喝酒的速度和数量控制得恰到好处。卓书记知道今晚还有事，就没有劝酒，自己不多喝，也没有让高可天多喝。而卓心兰滴酒不沾，高可天一直劝酒，卓心兰就是不喝，她借口说等一下还要送你回家呢。高可天说没事自己可以坐出租车。卓书记倒是赞同女儿的意见，要送高可天回家。

大约九点钟时，卓书记家的晚餐结束了。高可天在卓心兰的坚持下，坐卓心兰的小车回去了。卓书记到了他的书房，看他的文件去了。

高可天虽然喝了几杯，并没有醉。但嘴里仍然有酒气散发出来。卓心兰的头脑非常清醒，她边开车边问："高可天，你有没有问题？"

"应该没有问题，比昨晚好多了。"高可天说。

"那你昨晚怎么回家？"卓心兰问。

"我自己都不知道怎么回家的，第二天才知道是周明朗送我回家。"高可天说。

"就是那个瑞典皇家商贸有限公司驻江海的代表？"卓心兰问。

"是她，昨天下午举行港口建设和核电站工程项目招商引资洽谈，昨晚举行宴会，所以周代表有参加这个会。"高可天解释。

"听说周代表是女中豪杰，又是一位知性女子？"卓心兰问。

"也许是吧！"在卓心兰面前，高可天不想谈太多关于周明朗的事，这时他有些后悔为什么提起周明朗。

十多分钟后，车子到达高可天家的小区。高可天说："心兰，谢谢你！"

"可天，我扶你上去。"心兰热情地说。

"不了，我自己行，没事。"高可天说。

"我也想到你家参观一下，可以吗？"卓心兰问。

高可天见卓心兰这么一说，就不好拒绝了。他说："你如果不嫌时间太晚，我热烈欢迎。"

高可天并没有醉，他知道卓心兰的用意，只是故作轻松，幽默地说着。他想，今晚可能又会有一场感情的风波。他正考虑着如何把握分寸，做到既体面又不伤害卓心兰。

到了高可天的家，卓心兰不客气地参观了高可天的客厅、卧室、厨房乃至卫生间。她几乎惊讶起来，这就是单身男人的家？处处井井有条、一尘不染。她问："是谁帮你整理得整洁有序？有条不紊？好像有女人似的。"

"你以为男人都很随意散漫？家里的卫生没有请钟点工、保姆之类来打理，这是我从小的习惯，自己动手做。"高可天说。

卓心兰笑了笑说："新新好男人。"

高可天也笑了笑说："能得到你的赞美很荣幸。来，坐下喝杯茶水。"高可天说着准备泡茶。

卓心兰在高可天对面坐下，开门见山地说："可天，你知道我为什么要开车送你吗？又为什么坚持想到你家参观吗？"

高可天装作糊涂，说："不知道，你说是为了什么？难道有什么阴谋？"高可天说后自己先笑起来。其实他的心中有一丝淡淡的惆怅。

"是有阴谋。我不管你是不是装糊涂，反正我不让我爸知道，所以才到你家来向你说一件事。"卓心兰说。

高可天问："是什么事？"高可天心里想：卓心兰最好不谈感情的事，如果是其他什么事，不管多难，自己都要去办。也许卓心兰不是谈感情的事，是自己太敏感了。

而卓心兰正考虑着如何向高可天开口？是轻描淡写？还是拐弯抹角？是开门见山？还是点到为止？她酝酿良久，觉得简单一点好，如果高可天有心灵感应的话，他应该明白自己的心情和爱意。今晚，自己滴酒不沾，就是为了向他倾吐心中的情感。本来卓心兰准备好了许多爱的箴言，把自己对他的情义和爱慕，高山流水般地娓娓道来，把自己的心掏出来让高可天浏览一遍，把自己的爱涌上心头，让高可天感受到一股暖流。可是，那种浪漫而神奇的话语此时此刻却说不出来。只好提炼成三个字："我爱你。"

高可天一听，手中的茶杯滑到了地上，他用内疚歉意的语气说："心兰，对不起，我、我、我……" 两个人一时沉默了，凝固似的定格在这寒冬的夜色里……

# 87

江海市几乎是在一夜之间，那些小偷小摸、抢劫盗窃、蒙人拐骗销声匿迹了。这是创建无贼城市活动之大抓捕行动的成效。江海市警方也意想不到，简直是立竿见影。以往也曾阶段性地开展打击各种犯罪行为活动，都没有明显成效。警方大加赞赏的是这次大抓捕行动得到了社会各界群众的支持和协助。大众踊跃参与、挺身而出、见义勇为，大大地弘扬了正气，打击了嚣张气焰。特别是街头的"摩的"司机们，令警方肃然起敬。警方历来对街头的"摩的"司机心怀不安，总是惹是生非，生意好的时候宰客，生意不好的时候骗客，特别对外地客人乱叫价，有时还干过顺手牵羊的勾当。平时骑车横冲直撞，无视交通法规，违章违纪时有发生，交通事故不断，给社会造成极大影响。许多"摩的"司机的摩托车是套牌、假牌等。警方经常与城市运管处配合整顿"摩的"市场，但是整顿一段，好了一段，之后又死灰复燃。再加上这些"摩的"司机大都是无业游民，有的是下岗工人，有的是失业人员，有的是暂时找不到工作，又无资金做买卖，有的手无技能，只好从事"摩的"拉客生意。所以，警方和城市运管处也没有一棍子打死，给他们留有后路。

然而，这次全市掀起开展创建无贼城市活动，第一阶段的大抓捕行动中，这些"摩的"司机师傅的表现让警方刮目相看。他们积极配合警方，冲锋陷阵，与犯罪嫌疑人做斗争。其中有两名"摩的"司机在大抓捕行动中身受重伤，正在医院里抢救。虽然脱离了生命危险，但是人还处于昏迷之中。有人说这与免费向街头派送馒头的爱心活动有关，他们没有什么文化，也不会想到更多，可能最直接的表达方式就是用实际行动来报答江海对他们的怜悯和体恤。

这种推断是有道理的。自从"摩的"司机们每天中午都能够吃上免费派送的爱心食品之后，他们三人一堆、五人一群地议论开了。有的"摩的"司机说："看来我们不是被打击和管制的对象，是我们自己不争气，常常无视公共秩序，甚至还做些偷鸡摸狗的勾当，惭愧啊！"有一个年长的"摩的"司机就附和说："是啊！不然，江海政府怎么能让我们这些马路骑手也吃上免费午餐呢？这说明政府是同情和关心我们的，是我们太没有规矩了。"所以，有的"摩的"司机就提议：我们要改变自身形象，规范自身行为，从自己做起，不做违法乱纪的事，不做伤天害理的事，不做矇人拐骗的事，不做偷鸡摸狗的事。要做一个堂堂正正、规规矩矩的"摩的"司机。有的"摩的"司机就附和说：这话讲得有道理，人家街边的农民工兄弟姐妹都能做到，我们不能不如人家。看看人家义务洗围墙，义务在路口维持交通秩序，而我们呢？相比之下，我们是对不起江海啊！

"那我们应该怎么做啊？"有的"摩的"司机开始发问。也有的"摩的"司机说：我们怎么改变？难道今后拉客载人都不要钱了？有的"摩的"司机就附和说：对，在关键时候，如果客人没钱，如果遇上老人，如果遇上不识路的外地人，不该收钱的就免费，为外地人当导游的就义务当导游。这样，个人虽然损失一点，但是能够为江海争光。政府也会赞赏我们。政府只要给了我们一点好政策，什么都赚回来了，是不是？大部分"摩的"司机都赞同这样的说法。一时他们信心百倍起来。就这样各种议论和想法、各种提议和决心在"摩的"司机师傅们当中传开了。

几乎一夜之间，"摩的"司机的精神风貌让江海市民惊讶不已，也让交通警察惊喜不断。

一个人有了正确认识之后，才能从内心深处真正地感动，有了发自内心的感恩，心中自然就充满着爱。因此，这样的人就会散发出无穷的力量，什么困难都不会难住，什么苦都会吃，什么爱心都会舍得给予。"摩的"司机也一样，他们有着同样的心态。让他们的心燃起感恩的激情，升起正义的勇气，而这根导火线恰恰就是免费派送爱心活动所点燃的。这使"摩的"司机彻底地想改变自己过去的恶习，下定决心塑造自己的光彩形象。有了这样的一种心理需求，恰恰遇上了江海市开展创建无贼城市活动之大抓捕行动这个机会，他们都想在这次大抓捕行动中为警方做些什么。于是，众多的"摩的"司机都纷纷参与这次大抓捕行动，协助警方用自己的摩托车围堵，抓捕，奋勇向前。

一些"摩的"司机在协助警方抓捕中也不同程度地受了伤。特别是两位身受重伤的"摩的"师傅可以说是他们当中的典型代表。这两个"摩的"司机的名字叫董田良和朱为山。董田良年纪还不到三十岁，至今还没有结婚，为什么？没有钱娶媳妇，他不是江海人，来自距江海五十公里外的一个小山村。家中有一个妹妹还在大学念书，妈妈体弱多病，爸爸靠田地农活养家糊口。而董田良自己在江海当"摩的"司机，每月也有一千元的收入，除了吃住穿以外，全部都寄回家补用，还要供上大学的妹妹。而朱为山是真正的江海人。他今年有四十二岁了，两年前，他和老婆一起下岗，成了靠吃失业金度日的下岗工人，家中有一个女儿在念中专，还没有毕业。懂事的女儿每年寒暑假都出去打工，尽量做到自食其力。他们这次意外身受重伤，可能给他们的家带来雪上加霜的困难。现在两个人还处于昏迷之中。

一时间，董田良和朱为山两个"摩的"司机的名字在江海市成为热词被人们传颂着。"摩的"司机当中，有人提议要为董田良和朱为山捐款，帮助他们渡过难关。"摩的"司机在寒冷的街头开始了传递温暖人心的捐款活动。除此之外，那些农民工兄弟姐妹，还有广大市民也纷纷加入了捐款行列。你一百，我两百，从四面八方汇集成寒冬里的一股暖流，温暖的不仅是董田良、朱为山他们，还有他们家属的心，也温暖了这座准备腾飞的江海城市。医院领导和医生保证一定让两个英雄尽早地康复。警方表示所有的医疗费由江海市公安局垫付。

这时候，有一个人非常感动，热泪盈眶，他就是江海市长助理高可天。他目睹了这一切，仿佛看到了江海的希望，这种希望是在于有人民群众的大义、善举。同时他也仿佛看到了社会的和谐，这种和谐是在于人们的正义、爱心。他也仿佛看到了城市的文明，这种文明是在于人们的修养、感动。只要人人心中都有那么一份大义和善举、正义和爱心、修养和感动，那么这个社会就能够成为人们所希望的平安、文明的社会。

于是，高可天拿着三千元人民币，以他个人的名义到医院看望和慰问董田良和朱为山两个英雄。

## 88

　　今年的春节对于江海市来说是祥和的。江海市政府为外来农民工举办了一场大型年夜饭。总共一百桌，每桌标准两千元，每人还有一份丰富的年货礼包，现场还进行了抽奖活动：特等奖是三台三十七英寸的液晶彩电；一等奖是五台热水器；二等奖是八台微波炉；三等奖是五十辆自行车；幸运奖是一百张百元版的电话充值卡。在大型年夜饭晚宴上，江海市政府还表彰了外来农民工先进个人和杰出代表，还有一部分农民工被授予"江海市荣誉市民"的称号，享受江海市民同等的待遇。

　　这是江海市首次举办这样的活动，意味着江海市进入了实施民生工程、关心弱势群体、关注农民工这一特殊群体的人文关怀年代。这确实有了划时代的政治意义和经济意义。也许江海市政府举办农民工年夜饭在全国来说并不是第一个，但是，规模如此之大，内容如此之丰富，形式如此之时尚，引起了社会极大反响。这是继免费派送爱心活动、创建无贼城市活动之后，又一大亮点。这让广大民众看到江海市为民所采取的一系列温馨工程的努力和决心。就好像江海市社会科学院一位研究员在报纸上发表文章说：这是江海市委、市政府领导干部，以实际行动认真学习和贯彻中央精神的最好表现。把钢筋水泥的城市管理成一座用血肉筑起的激情四射、温暖无比、具有人间情义的美好家园。居住在这样的城市里无疑是幸运和幸福的，生活在这样的社会里无疑是平安和安全的。

　　高可天应邀参加了外来农民工年夜饭晚宴活动，他在年夜饭晚宴现场作了激情洋溢的演讲。那天晚上，江海市的所有媒体记者都来到现场。本来这是与亲人团聚坐在电视机前观看春节联欢晚会的时刻。但是，江海市的大会堂里有着一千多人的酒宴，星光灿烂、彩旗飘扬、福寿满室、歌声嘹亮，一派节日的喜庆气氛包围着江海大会堂。每个外来农民工今晚都穿戴整齐，有的农民工还穿上西装、系上领带，脸上洋溢着节日的喜悦。这时候，在农民工代表童真等人带领下，几位农民工兄弟扛着一面大匾，上面写着"感谢江海"四个大字，红底黑字，庄严而肃穆，放在大会堂舞台的中间。许多农民工有序地在上面签名留念，极像文化艺术开幕典礼上各界名流的签名仪式，只是今晚的名流嘉宾都是江海的农民工，气氛相当火爆。

高可天在人们的掌声中走上主席台，他首先向参加年夜饭的农民工代表鞠三个躬，然后以饱满的精神、洪亮的声音说："亲爱的农民工兄弟姐妹，除夕夜是万家团圆的日子。可是，这个时候，你们还身处异乡。为此，我谨代表江海市人民政府和江海市一百多万的人民，向你们表示节日的慰问和衷心的感谢！"

会场内响起热烈的掌声。高可天不断地向前来参会的农民工兄弟致意，脸上洋溢着热情的微笑。"有的农民工兄弟可能认识我，大部分是不认识的。所以，我在这里有必要向农民工兄弟作个自我介绍，我叫高可天，三年前从乐山县教育局调到江海市政府工作。身为市长助理的我，在这三年时间内，在江海市委、市政府领导下，我与我的同事们做了几件事情：第一件就是免费向街头每天派送一万个馒头为农民工充饥的爱心活动。当然，现在已经发展到不止一万个馒头了，食品的品种也多达十几种，派送的对象从农民工扩大至街头的"摩的"司机、街头环卫保洁员、当地的孤寡老人、低保人员等，获得了很好的社会效益。值得一提的是在派送爱心活动过程中，大家非常有序，互相礼让，没有出现抢、夺、争的现象。为此，作为这一项活动的倡导者，感谢大家的支持。"

会场又响起了阵阵掌声。有人喊起了口号：感谢江海！感谢江海父老乡亲。于是，会场里感谢的声音此起彼落起来。高可天等声音慢慢静下来之后，又继续演讲："第二件事就是开展创建无贼城市活动，第一阶段进行大抓捕行动，这一活动关系到居住、生活、工作和创业在江海市的每一个人的安全。可以说是深入人心，并得到广大群众的支持和配合，许多群众踊跃参与，敢于与犯罪嫌疑人做斗争，在关键时刻挺身而出。那种大无畏的精神，大大地打击了那些犯罪嫌疑人的嚣张气焰。为此，有两位'摩的'司机因参与抓捕行动身受重伤。大家可能都知道了，有的农民工代表还组织捐款活动，到医院看望两位英雄。我可以欣喜地告诉大家，两位英雄已经醒了过来。"

高可天话音刚落，会场又响起了掌声，为两个"摩的"司机脱离危险、从昏迷中醒来表示无比高兴。高可天又继续说："第三件事，我们江海市乘着海西建设的东风，被推上风口浪尖，重要项目有港口建设和核电站工程，现在已经完成了招商引资工作。春节过后，大约在三月份左右，就要开工奠基，到时，需要大量的农民工参与建设，项目投产使用之后，更需要大量的工人、技术人员等。我们已经与投资方签有协议，江海市的农民工优先进入两个项目工程中工作。到那时，江海的农民工就不要在街头苦守，做到人人有工作、人人有饭吃。同时，还要提供丰富多彩的文化娱乐生活。"

高可天的话又一次让广大农民工心潮澎湃，掌声激荡在会场的上空。有农民工提议喊出口号：江海，是我第二故乡，我们爱你。然后，全场跟着喊着口号。这下可忙坏了记者们，他们忙着拍照、摄影、采访等。站在主席台上的高可天感到从来未有过的自豪和欣慰。高可天又继续说："农民工兄弟姐妹，我刚才讲的三件事是我到江海后三年时间里实施的为民工程。明年，江海市政府正在酝酿，为农民工兄弟姐妹办理医疗互助保险。这一办法的实施从一定程度上解决了农民工兄弟看病困难。农民工兄弟作为受益者有了医疗保障，解决了后顾之忧。到时会通过各种渠道进行登记摸底、填表。希望农民工朋友们互相转达、告知和配合。这也是明年对农民工优惠政策的新举措。"

高可天的话深入人心，农民工兄弟仿佛已经看到了希望，在火红的灯光下，许多农民工兄弟热泪盈眶。此时此刻，也许只有掌声最能代表心情，如新年的爆竹声，把江海这座温馨的城市响亮地传递给四面八方。

高可天最后说："今天是除夕之夜，无法回家的农民工兄弟姐妹请放心，江海人民一起与你们过年。我们每年都会举办年夜饭，会一直办下去。明年这个时候，不但要办年夜饭，还要为农民工提供除夕夜的宾馆住宿，让农民工兄弟姐妹享受贵宾的待遇，入住江海市所有的酒店、宾馆。"

今年的除夕夜，对于江海市来说，可以载入江海发展的史册。


# 89


春天总是给人们许多希望。而有一个人却在这一年的春天里，将会失去许多东西，她就是周明朗女士。这位在商业界和金融界被誉为风云人物的年轻女郎，为了爱情，为了那一份虚幻的感情，做出了一个生意人不该做的决定。就连当事人韩金和张青舟在钦佩周明朗视爱情为上帝的同时，也有几分不解。她的代价不是生意场上一点利益的让步，而是毁灭性地破产。这对于一个商贸人士来说是不可能做到的。周明朗为了高可天,而且在高可天并不知情的情况下,把投资从瑞典转到中国江海。可见女人为了爱情是可以牺牲一切的。

周明朗预料中的事情终于发生了。在开春的时候,她接到来自瑞典总部的通知,要她马上赶回瑞典,接受瑞典皇家商贸有限公司总裁的询问,并就关于投资商贸城项目一事做出合理的解释。周明朗知道这次在劫难逃,她不敢告诉高可天。现在港口建设和核电站工程的招商引资工作已经落实,韩金是一个德高望重的投资商人,张青舟也是一个重情义的投资者。她相信他们不会给高可天脸上抹黑,也不会给江海投资建设带来麻烦,他们一定会本着"你赚钱、我发展"的投资原则,一定会恪守"只能微利、不能暴利"的诺言,把江海海西大建设中的重要工程完成好。

周明朗去瑞典前约了韩金和张青舟,一起共进晚餐。那是一个春雨绵绵的晚上,气候非常潮湿,这是南方城市的特点。江海市这几年来,火锅城遍地开花,品种繁多。周明朗约韩金和张青舟去了小肥羊火锅城。

韩金已经猜测到周明朗一定有事,而且是关于瑞典的事。因为春节前,他就接到瑞典方面的电话,要求落实瑞典商贸城投资的进展。韩金虽然说话非常婉转,但还是让对方听出韩金的意思。这种商业的意外事件虽然也经常发生,但是,周明朗作为谈判代表,瑞典方面是非常放心和信任的。于是瑞典总部马上联系周明朗。周明朗当时很难做出解释,只好借口说自己身体出了一些小毛病,人在杭州老家休养。周明朗的想法很简单,当时高可天正处于落实港口建设和核电站工程的关键时刻,同时又在配合警方狠抓全城大抓捕行动,为江海创建无贼城市打响第一炮。如果这个时候,瑞典方面与周明朗决裂,被高可天知道内情,这个固执的男人一定会拒绝韩金和张青舟投资,那么港口建设和核算电站工程就不能如期上马开工建设。影响了江海市海西大建设的总体规划,高可天就要承担这个责任。为了安全起见,周明朗硬顶瑞典方面的压力,等明年再说。

现在生米已经煮成了熟饭。韩金和张青舟在春节前夕,已经向江海市港口建设和核电站工程指挥部专设账号注入了百分之二十的投资信用金。现在就是瑞典方面不通知她去,周明朗也要去一趟瑞典,把招商引资的事做必要的交代。周明朗知道这一去其结果是可想而知的,也许很快就会回江海,也许需要很长一段时间,所以请韩金和张青舟吃饭,想和他们通个气,不要让高可天因为找不到自己而露出破绽。

小肥羊火锅城是比较雅致的，一个人一个小锅，吃辣吃酸自己选择，非常简洁和自由，也很卫生。三人入座点菜之后，韩金问："春节有没有回杭州？"

周明朗说："回了一周时间，初四就到江海了。现在是以江海为家，以后就给你们打工了。"

韩金听出周明朗的弦外之音。张青舟说："是啊！江海有一个高可天足够了，整座江海城都变成一座金山银山，我们今后就靠这座金山银山吃饭了。哈哈！"

周明朗也报以一笑，她知道韩金和张青舟被自己从瑞典拉到江海都是为了高可天。周明朗也已经向韩金袒露了心迹。周明朗认为这不是肮脏的交易，也不是从中破坏谁的利益。商业上的正常竞争是可以的，投资的方向可以不断推敲和无数次选择。投资方向的确定不但看地方政府的政策，也要看当地的人文环境，更要注重合作方代表的品质和素养。韩金和张青舟最终决定放弃瑞典投资江海，不单是周明朗的建议，也是对江海港口建设和核电站工程考察之后做出决定的。两者之间，江海的确有很多优势，最关键的一个，是在海西建设的大背景之下，不但能获得利益上的保证，同时也体现一个商者的人生价值。还有作为一个企业家能够为中国的大建设感到光荣。

但是，作为商人，在商必须言商，周明朗知道这一点。韩金和张青舟不管从哪一方面考虑，选择江海都是明智之举，同时也卖了一个人情。这一点周明朗是清楚的。所以她也不怕韩金和张青舟笑话，一个人，不管是从政还是经商，是军人还是农民，是知识分子还是工人，都会有感情的。而在多种感情中，爱情又属于最伟大和最重要的一种。为了这种感情可以付出自己的一些代价，甚至牺牲了自己巨大的利益。周明朗所做的事从来就不会后悔，就算无法与高可天相亲相爱也无怨无悔。

韩金问："小周，准备什么时候动身？"

"您怎么知道？"周明朗很惊讶，好像什么事都被韩金看透，姜还是老的辣。

"这事明摆的，你总要给瑞典一个交代。他们通知你啦？"韩金又问。

周明朗点了点头，如实地说："机票订好了，明天下午一点二十分的飞机。"

"你有何打算？瑞典总部会怎么处理？"韩金问。

"肯定要离开瑞典皇家商贸有限公司，应该不会叫我赔偿。虽然我有私心，在他们眼里有吃里扒外的嫌疑，我承认也确实违背了商业上的游戏规则。但是，从不同国度的角度来说，从人的情感出发，我的做法也可以站得住脚。这种现象用法律和道德都无法来界定。谁让我的心中有爱，爱一个人，爱这个人的家乡，爱自己的国家，这应该没有错。所以我比较心安理得。即使被开除，被罚款，我也不会感到很丢人。"周明朗说得很真诚，好像在解剖自己的内心世界。

韩金和张青舟听了这一番话，有些感动，不断地点头。张青舟问："我能为你做些什么？"

周明朗笑了笑说："以后到你们公司求一碗饭吃，但愿不要拒绝。"

韩金说："我们求之不得，恐怕我们这座小庙容纳不下你这尊大菩萨啊！"

"韩总，张总，我们都不要说客气话了，我这一趟去瑞典凶多吉少，希望不要把真相告诉高可天，他如果知道了真相，会非常难堪的，知道吗？"周明朗难为情地说。

"爱一个人这么难吗？他不知道真相能感动吗？他不感动能接受你的爱吗？不接受你的爱，你不是白忙活了吗？"张青舟激动地问。

"你不懂！"周明朗说。

"是，你不懂。"韩金见状，瞥了一眼张青舟，然后说："小周，你放心地去吧！保护好你自己，如果真的离开瑞典皇家，我们欢迎你加盟。"

周明朗点点头，表示感谢。然后说："那就把高可天交给你们了，我这个媒婆也该退出了。把港口建设和核电站工程交给你们，希望这两个项目成为你们公司在江海投资的里程碑。"

夜色在春雨绵绵的飘洒中更加浓郁了。几分春寒依然让人感到冬天还没有走远。夜色总会过去的，冬天总会走远的，春天里总会百花盛开、阳光明媚、春风拂面的。那么，这个春天又将带给周明朗是什么样的阳光和雨露呢？

# 90

温暖的阳光好像积蓄了整个冬天的能量，压抑着心中无法释放的热量，在春天来临之际，迫不及待地向大地投以热情。那轮又圆又大又红的太阳映在东方的天边，一大早就让人们感觉春天是那么灿烂和煦丽。此时，一缕柔和的阳光射进高可天的窗户。今天，高可天起了一个大早，并且，早早地喝了一杯牛奶和两片全麦面包。这是他长期以来的早餐习惯。然后站在大厅上，不断地重复系领带。他很少系领带，总感觉系着不整齐，总是要重复好几遍，直到满意为止。

今天他特别高兴，港口建设和核电站工程项目终于动工上马了。今天就是去参加奠基仪式。上午十点钟，在距江海三十公里的海岸边上，即将破土建设一座港口码头，而在相距不到十公里处，核电站工程也随即奠基开建。这是江海市的盛事，也是高可天人生中的盛事。三年多时间里，高可天从乐山到江海，虽然经历风风雨雨，情绪也时常波动，意志也起伏不定。但是，在卓书记的关心和帮助下，在叶市长的支持和鼓励下，自己一步一个脚印，推行免费向街头派送馒头的爱心活动、掀起开展创建无贼城市活动、举办大型农民工年夜饭活动等等，出台了具有中华民族优良传统特征的人文关怀政策，获得了极大的社会反响。港口建设和核电站工程及时上马开工，又一次地证明了高可天的开拓精神、学者魄力和管理才华。

今天，港口建设和核电站工程项目现场，已经是张灯结彩、彩球飘扬、横幅高挂、红地毡铺地、嘉宾云集，各级领导莅临，盛况空前。高可天作为具体负责的领导身份，身兼数职。既是负责人又是学者嘉宾，也是商贸界和金融界的朋友。所以，他今天必须西装革履，闪亮登场。他不但要参加奠基剪彩仪式，还要做城市与发展主题演讲。这对高可天来说也许是人生第一次，江海市委、市政府主要领导也将莅临现场。高可天受江海市委、市政府委托，代表江海市政府讲话，并在现场以海西建设为主题，主持四十分的"城市精神与繁荣发展"的报告会。而且在核电站工程项目现场也举办了一场题为"能源与环保，发展与绿色"的演讲会。所以，这次的奠基仪式内容之丰富，形式之多样，主题之时尚，典礼之新潮，引起了社会有识之士的关注，更让各路媒体记者兴致勃勃。

时间还不到九点，平时寂静的那一片海岸线，若干年后，这里将是一座繁忙的、吞吐能力达五千万吨的港口基地。核电站工程建成以后，覆盖了海西周边几个地区的工业、生活用电需求。于是，两个重大项目的建成，可以说是江海市跨越发展的一个标志。

高可天准备就绪，最后他梳了几把头发，让自己的发型定格在三七开来的分界线上。当他刚出门准备上车之时，他的手机突然响起了铃声。他打开一看，是一则短信。这则短信让高可天吓了一跳，一时不知如何是好。

发短信的人是卓书记女儿卓心兰。这位心比天高、情比海深的姑娘，想不到也折服于高可天的手下。她已经按捺不住自己感情的冲动，无法控制人生难得的偶遇，生怕在不经意中失去机会，只好出此下策，给了高可天的最后通牒。她的短信的内容是这样的：可天，我这一辈子非你不嫁，否则就出家当尼姑。等你佳音……

高可天看着这一行文字，怎么能放心呢？她可是卓书记的千金，不能因为自己伤了人家的心，甚至造成人家的不幸。高可天记得很清楚，那天晚上，卓心兰送自己回家，她已经表达了自己的感情。女孩子就是这样，一旦把话说透，好像就无法收回。是面子的问题，还是执着的原因。高可天不大清楚，就怕卓心兰羞愧成怒，做出超出常人的事。尽管高可天非常明白地告诉卓心兰，自己不值得她去爱，他自己对爱也没有任何感觉。希望双方能成为好朋友、好兄妹。可是，卓心兰却不予理睬。那一天晚上，她最后只留下一句话就拂袖而去。那句话是：我别无选择，一定要成为你的新娘。

在这个时候，高可天又接到卓心兰的短信，他坐在车上，叫司机方国展别开车，自己六神无主，双眼不断地看着手机上的屏幕。正在这时，手机的铃声又响了起来。高可天打了一个寒噤，心里吓了一跳。他接听后原来是韩金打来的电话："高助理，你出发了吗？"

"我正在自己家门口，准备出发。"高可天机械地说着。

"要不要我去接你？"韩金客气地问。

"不用了，我有车，一会儿见。"高可天心里有些乱，就匆匆地挂了。

高可天决定给卓心兰打电话，他对司机方国展说："你先下车，我要打一个电话。"

方国展明白领导有事，赶紧下车，在一边候着。高可天挂通卓心兰的手机，问："心兰，你知道今天是什么日子吗？"

卓心兰有些心动，这个时候接到高可天及时打来电话，感觉到一种春天般的温暖。她当然知道今天是什么日子，港口建设和核电站工程项目开工典礼是江海市的大事，作为市委书记的女儿当然知道。只是她感觉自己很幸福和快乐，高可天能在这么繁忙中给自己打电话，说明重视自己的短信。她问："是不是短信的内容吓到你了？"

"心兰，你不要和我开玩笑，你也别让卓书记担心。"高可天说。

"高可天，我长这么大没有让父亲担心过，也没有给他老人家带来什么麻烦，更没有沾什么光，我也没有向父亲要过什么。但是，我一生中只不过爱一个男人，想与这个男人携手共度一生。这种要求和希望并不过分吧！"卓心兰激动起来。

高可天想不到，平时多么文静的女孩，而且讲话温文尔雅、轻声细语的，这时候怎么变得如此冲动。难道女孩子一旦触动爱的琴弦，青春的荷尔蒙就会发生巨大的变化？不可思议。高可天说："心兰，你的追求和向往都没有错，问题是你选错了对象。你并不了解我，你只知道我表面，我的内心里根本没有爱，一个没有爱的男人，难道值得你去爱吗？"

"爱不需要了解，更不要理由。欣赏一个人或爱一个人，并不需要向对方说明欣赏哪一点，爱上什么？如果能说清楚，这个世界上就没有了爱。你可能还不是很懂。不对，你应该很在行，不然怎么会出版两部专著呢？你应该懂得哲学、美学和社会学。真正的爱就有哲学的内容、美学的魅力、社会学的感知。不是吗？"卓心兰作为旅游工作者，经常面对河流山川、阳春白雪，有着诗人一般的敏感。

"心兰，我们在电话上不讨论这些长篇大论好不好？我希望你冷静一点。你一定不要因为我而耽误了自己的人生。"高可天不知该如何结束这场谈话。

卓心兰善解人意地说："奠基仪式好像是十点的，你赶快去吧！结束完再说吧！我晚上想见你。一起观看江海新闻，看你在奠基仪式上的风采。"

高可天好像被允许后的学生，感激地放下手机，叫司机方国展赶紧出发。汽车刚起步，韩金又给高可天打来电话，说他的车子抛锚了，要坐高可天的车一起前往海岸。高可天叫司机拐到韩金所说的地点接上韩金。

韩金今天也西装领带，端庄打扮。他对高可天说："高助理，麻烦你了。"

"对了，张青舟呢？"高可天问。

"哦！他已经很早就去了，要先去招呼客人。"韩金说。

车子在江滨大道上行驶，前往港口基地，大约二十分钟左右就可以到达。

高可天突然记起什么，问："韩总，对了，周明朗也会去吗？"

"她？"韩金欲言又止。

高可天问："她？怎么了？"

韩金沉默，心里在想，要不要告诉高可天真相。

高可天说："周明朗不会来吗？这几天她都没有和我联系啊！她去哪了？"

韩金还是沉默，心里想：这个时候，周明朗在瑞典将要经受着如何的惩罚呢。

高可天有些急了，问："韩总，周明朗有什么事吗？"

韩金见状，问："她爱你，你知道吗？"

高可天呆住了，周明朗爱自己，自己是知道的，就好像卓心兰也爱自己，高可天心里都非常清楚。高可天问："韩总，周明朗和你说什么了？"

韩金怕高可天误解了周明朗，只好把周明朗为了港口建设和核电站工程招商引资的事，为了表达对高可天的爱，她所做出的努力和付出的代价，统统告诉了高可天。

高可天知道真相之后，如晴天霹雳，有一种眼花缭乱的感觉。这是他始终没有想到的，爱的魅力真有这么大吗？高可天有气无力地问："她现在哪儿？"

"在瑞典。"韩金说。

鞭长莫及。但是，一切都太晚了。纵然你高可天有三头六臂，也无法改变现状。唯一能够做的就是要主持好今天的港口建设和核电站工程奠基仪式和各种主题演讲和报告。车厢里的高可天，心潮已经被感情的风浪搅得泛滥成灾。

其实，高可天在与卓心兰和周明朗的交往与接触中，已经深深感受到她们不同的爱意与情义。她们的善良与真诚、温柔与包容，高可天似乎从来没有体验过这样的情感。他明白这种情感的珍贵与稀缺，绝不同于同学杨梅的世俗感情。高可天在内心感受到了爱情的美好，甚至颠覆了他以往对感情的看法。自己从小对家庭和婚姻的恐惧感，似乎也逐步地被身边这两个女子所瓦解。高可天更清楚自己是一个有血有肉、有情有义的男人，卓心兰与周明朗不经意间出现在自己的生活里，是自己的幸运和福气，这也使得他心中有了那么一份说不清道不明的期待和向往。难道爱情真的如此神奇？难道情感真的如此美好？能够激发人对一切充满着热爱和正能量？高可天思绪万千。但是，他生怕伤害这两个女子，她们的柔情似水而又肝胆相照，让高可天不敢表露自己的真实心迹。他知道自己应该千方百计地去呵护她们，不敢轻易地惊动她们。可是，高可天心中的独身主义堤坝已经摇摇欲坠，早已陷入情感的两难之中而不可自拔……

不久，车子到达了目的地。

这里早已人山人海，海浪拍岸的声音清晰可见。海风吹乱了高可天的头发，也吹乱了他的心情。他面对这一场庄严而又隆重的典礼盛会，必须振作精神，以最好的状态主持好这一奠基仪式。他自己也相信会主持好这一盛会，因为在奠基仪式上他有太多的话语要说，回头他还要面对卓心兰和周明朗为自己所做的一切。但是，他那凌乱的心情确实不知道自己的感情将要何去何从？

（完）

**图书在版编目（ＣＩＰ）数据**

海西风云 / 李玉平著. -- 北京 ： 中国文史出版社，
2018.11
（实力榜·中国当代作家长篇小说文库）
ISBN 978-7-5205-0776-9

Ⅰ．①海… Ⅱ．①李… Ⅲ．①长篇小说－中国－当代
Ⅳ．①I247.5

中国版本图书馆 CIP 数据核字(2018)第 257694 号

2017 年度福州文艺事业发展专项基金资助项目


责任编辑：全秋生
封面设计：杨飞羊

出版发行：中国文史出版社
地　　址：北京市海淀区西八里庄路 69 号　　邮编：100142
电　　话：010－81136602　　81136603　　81136606 （发行部）
传　　真：010－81136655
印　　装：北京温林源印刷有限公司
经　　销：全国新华书店
开　　本：787×1092　　1/16
印　　张：17　　字数：260 千字
版　　次：2019 年 6 月北京第 1 版
印　　次：2019 年 6 月第 1 次印刷
定　　价：49.80 元